Ren Dhark

Im Zentrum der Galaxis

Herausgegeben von
MANFRED WEINLAND

**Die große SF-Saga
von Kurt Brand**

Band 7

Bereits erschienen:

Band 1: Sternendschungel Galaxis
Band 2: Das Rätsel des Ringraumers
Band 3: Zielpunkt Terra
Band 4: Todeszone T-XXX
Band 5: Die Hüter des Alls
Band 6: Botschaft aus dem Gestern

Sollte Ihre Bezugsquelle nicht alle
REN-DHARK-Titel verfügbar haben,
können Sie fehlende Bände direkt
beim Verlag nachbestellen.

1. Auflage

Hansjoachim Bernt Verlag
Postfach 22 01 22
56544 Neuwied
Telefon: 02631-356100
Fax: 02631-356102
Internet: http://www.bernt.de

Exposé und Lektorat: Manfred Weinland
Beratung: Heinz Mohlberg
Cover: Ralph Voltz
Illustrationen: Olaf Schwarz

ISBN 3-930515-17-2

Vorwort

Für diesen zweiten Band neugeschriebener REN-DHARK-Abenteuer konnten Autoren des ›Goldenen SF-Zeitalters‹ aktiviert bzw. reaktiviert werden.

Zum einen ist dies Manfred Wegener, der schon damals, 1966, die Hefte 3 und 9 beisteuerte, die auch in den Büchern 1 und 2 vertreten sind, und zum anderen Konrad Schaef, der den Lesern vielleicht auch unter dem Namen Conrad Shepherd geläufig ist.

Unter diesem Pseudonym veröffentlichte er die *Perry-Rhodan*-Hefte 306, 318 und 319 sowie die *Atlan*-Romane 170, 188 und 189.

Werner Kurt Giesa leistete schon einen Beitrag in Buch 6. Er war Ideengeber und Chefautor der SF-Heftserie *Stargate* sowie Verfasser einiger in der *Terra-Astra*-Reihe des Pabel-Verlags erschienener SF-Romane und *Perry-Rhodan*-Taschenbücher.

Übrigens erscheint in der BLITZ-Hardcover-Reihe gerade in diesen Tagen der Titel *Mutabor* von Werner Kurt Giesa.

In dieses Buch eingeflossen sind die exklusiv verfaßten Originalbeiträge der Autoren Manfred Weinland (Kapitel 1-3), Manfred Wegener (Kapitel 4-5), Werner Kurt Giesa (Kapitel 6-9) und Konrad Schaef (Kapitel 10-12).

Mit dem nächsten, dem 8. Buch werden die ›eingeschobenen‹ Neuabenteuer wie geplant abgeschlossen, so daß ab Band 9 ebenso planmäßig wieder die Aufarbeitung der Heftromane aus der Ursprungs-REN-DHARK-Serie fortgesetzt wird.

Noch ein kleiner Hinweis zum Schluß: Wer die Impressum-Seite aufmerksam studiert, wird bereits den Hinweis auf den neuesten Service entdeckt haben, die Internet-Seiten. Unter der dort angegebenen Adresse **http://www.bernt.de** finden sich ab sofort aktuelle Informationen zur REN-DHARK-Buchreihe und zu anderen Projekten des Bernt-Verlages.

Wer bereits im Netz surft, sollte unbedingt in die entsprechenden Seiten hineinschauen. Anregungen und Kritik werden dabei dankend zur Kenntnis genommen.

Zweibrücken, im Frühjahr 1997
Manfred Weinland

Prolog

Zwischen Weihnachten und Silvester 2052 werfen unerhörte Gefahren ihre Schatten voraus, und noch niemand auf Terra vermag ihr wahres Ausmaß zu überblicken.

Erst als der parabegabte Robonenjunge Tyler einen hypnotischen Block löst, der Ren Dharks Gedächtnis seit dem Verschwinden des CAL umgibt, wird allmählich klar, daß Dhark die Daten, nach denen das Commutator-Enzephalo zur Befreiung der versklavten Menschheit gebaut wurde, nicht, wie bisher angenommen, aus eigener Kraft errungen hat, sondern mit Hilfe einer fremden Macht, die offenbar keinen Wert darauf legt, aus der Anonymität herauszutreten.

Diese Namenlosen haben damals den CAL und die beiden robonischen Kinder Pia und Edgar – Level-zehn-Qualifikanten wie Tyler – entführt. Ihre Technik scheint der irdischen haushoch überlegen zu sein – und der Mysterious-High-Tech zumindest ebenbürtig.

Komplett aber wird die allgemeine Verwirrung über diese neue Sachlage durch eine Entdeckung, mit der die geheimen Wohltäter unvermittelt ins Zwielicht rücken: Man findet nämlich heraus, daß sich hinter der Phantomortung im Giant-System, die zeitlich in etwa mit dem Verschwinden des CAL und aller Giants zusammenfiel, ein Raumschiff verborgen hat, das in seiner Konstruktionsweise jenen heimtückischen Spindelraumern entspricht, die ein Jahr zuvor, im Mai 2051, Terra angriffen und die Stadt Olan mit allen dort lebenden Menschen auslöschten!

Sollte das Commutator-Enzephalo eine Art ›Wiedergutmachung‹ für das Leid sein, das die Fremden den Menschen der Erde zufügten? Entsprang ihre damalige Aggression nur einem Mißverständnis?

Auch dies wird fragwürdig, als man am Rande des Sol-Systems das Wrack eines Spindelraumers entdeckt, das dort schon ebenso lange zu treiben scheint, wie die Bewohner Olans tot sind. Ein sonderbares

Schiff, das sich durch Selbstvernichtung weiterer Erkundung entzieht und im Moment seiner Auflösung die konservierte Qual Abertausender verstorbener Menschen freigibt.

Noch vermag niemand zu sagen, welchem Zweck diese gespeicherten mentalen Energien dienen sollten.

Überreste der ehemaligen Besatzung werden an Bord des Alienschiffs nicht entdeckt. Dafür aber die mumifizierten Leichen zweier Menschen, von denen niemand weiß, wie sie überhaupt dorthin gelangt sind. Falls sie das Wrack erst nach seiner Havarie aufgesucht hätten, müßten sie mit einem weltraumtauglichen Fahrzeug gekommen sein; aber ein solches Boot ist nirgends auffindbar, weshalb die Spekulationen ins Kraut schießen.

Haben etwa überlebende Aliens das Gefährt an sich gebracht, um ihre eigene Haut zu retten?

Aber wohin zu retten?

Das irdische Vehikel verfügte mit großer Wahrscheinlichkeit nicht über einen Antrieb, der einen überlichtschnellen Flug erlaubt hätte...

Mit Beginn des neuen Jahres finden sich endlich ein paar Antworten auf die überhand nehmenden offenen Fragen – auch, weil der Esperjunge Tyler von seinen traumatischen Erlebnissen unter der Oberfläche des Planeten Robon eingeholt wird.

Etwas, so sagt er, sei irgendwo im Sol-System – vielleicht sogar auf Terra selbst – ERWACHT.

Eine Gefahr, von der alle Milchstraßenvölker gleichermaßen bedroht sein könnten, und die – wie sich herausstellt – ihre Wurzeln in den noch unerforschten Regionen der Galaxis hat...

1.

Col-System, Anfang Januar 2053, Terra-Standardzeit

Der 50-Meter-Kugelraumer der Panther-Klasse – im Jargon ›Sternschnuppe‹ genannt – war mit einem Spezialauftrag unterwegs zwischen den achtzehn Planeten des Doppelsonnensystems.

Patrouillenflug!

X-Order von Terra!

X-Order, die an Tanakagara, dem neuen Stadtpräsidenten von Cattan, vorbeigemogelt worden war...

Die Crew der VESTA machte sich deswegen keine Gewissensbisse. Niemand an Bord trauerte den endlosen Stunden nach, die das ehemalige Giant-Schiff auf dem provisorischen Liegeplatz am Blue River verbracht hatte, zusammen mit einer zweiten Sternschnuppe, die dort immer noch festsaß – angeblich zum Schutz der jungen Kolonie...

»Arme Teufel.«

Wer zufällig Captain Nigel Teklas gemurmelten Ausspruch hörte, stellte vermutlich keine Verbindung zu denjenigen her, die weiter das Los der Langeweile ertragen mußten.

Aber außer seinem agilen Ersten Offizier Rupert Hawthorne achtete ohnehin kaum jemand auf die *leiseren* Töne aus dem Mund des Captains. Wenn der graubärtige Kommandant der VESTA Befehle aussprach, geschah dies deutlich lauter.

Momentan saß die komplette Zentrale-Besatzung des Raumers angespannt hinter ihren Instrumentenkonsolen und war damit beschäftigt, sämtliche zur Verfügung stehenden technischen Sinne *nach draußen* zu richten. *Hinter* die Schale aus purer Energie zu lauschen, mit der man sich nicht nur gegen mögliche, mit Vorsatz handelnde Feinde, sondern gegen den Feind schlechthin schützte: das aus den Fugen geratene galaktische Magnetfeld!

Noch immer wußte niemand verläßlich, was der eigentliche Auslöser der verheerenden Stürme war, die gerade diesen Teil der Milchstraße mit extremer Vehemenz heimsuchten.

Die auf dem fünften Planeten Hope – der neuen Heimat von knapp 40 000 Erdsiedlern – arbeitenden Astrophysiker jedenfalls hätten wahrscheinlich einiges dafür hergegeben, wenn die VESTA das System als *ihr* Instrument vermessen hätte.

Das aber war nicht der Fall. Etwas gänzlich anderes steckte hinter dem Einsatz. Etwas, woran kein Astrophysiker und kein Normalbürger auf Hope auch nur im Traum gedacht hätte.

Und das, fand Tekla, war auch besser so. Wenn sie etwas nicht gebrauchen konnten, dann war es ein weiterer Anstieg der latenten Aggressionsbereitschaft der Hope-Bevölkerung. Denn die Hoffnung, die dem Planeten einst den Namen geliehen hatte, war auf Hope kaum noch vertreten. Jeder einigermaßen klar denkende Mensch konnte sich inzwischen an seinen zehn Fingern abzählen, wann die neue Heimat im Col-System aufgegeben werden mußte. In immer kürzeren Abständen wurde die Siedlerwelt von kosmischen Strahlenstürmen heimgesucht. Eine intelligente Spezies war davon – das wußte man inzwischen sicher – bereits ausgerottet worden: Die wieselartigen Wesen vom neunten Planeten, die Plagiatoren, gab es nicht mehr, und viele, sehr viele, trauerten um die sympathischen, tapferen Geschöpfe, die vieles überstanden hatten, nicht aber eine Naturgewalt kosmischen Ausmaßes. Eine Geißel, gegen die es keinen dauerhaft wirksamen Schutz zu geben schien!

Cattan lag seit Monaten unter einer geschlossenen Energieglocke amphischer Prägung. Aber in letzter Zeit wurden während Magnetstürmen selbst unter dieser Glocke immer häufiger Spitzenwerte angemessen, die weit über der vom medizinischen Standpunkt aus noch tolerierbaren Marke lagen.

Anregungen, die *amphische* Feldenergietechnik gegen *giant'sche* auszutauschen und die Glocke dadurch widerstandsfähiger zu machen, wollte zur Zeit niemand ernsthaft diskutieren. Schon eher den Umzug von Cattan nach Deluge, in das dortige Höhlensystem der Mysterious. Deluge wurde bei besonders heftigen Strahlenorkanen von einem kontinentüberspannenden Intervallfeld verhüllt.

Aber hatte nicht das Beispiel der unterirdisch lebenden Wiesel gezeigt, daß es *nirgends* dauerhaft sicheren Schutz vor dem Tod aus dem All gab...?

Tekla schwenkte in seinem Sitz herum und blickte in Hawthornes kantiges Gesicht.

Sein I.O. und er vertrauten einander, und das war ein Kapital, das sich gerade in ungewöhnlichen Situationen auszahlte.

Zweifellos *war* diese X-Order außergewöhnlich.

»Was halten *Sie* davon, Eins? Will uns die Admiralität nur ein wenig Feuer unter den Hintern machen – oder steckt Ihrer Meinung nach mehr dahinter?«

Hawthorne hob die Brauen. »Mehr«, sagte er, und Tekla nickte, denn er teilte diese Ansicht.

Es machte ihn nicht nervös, aber *vorsichtig*. Und diese Vorsicht schien sich auf jeden Einzelnen hier zu übertragen.

Von der Laxheit mancher Gefechtsübung war nichts zu spüren. Gar nichts. Alle gingen mit einem Ernst und einer Akribie zu Werke, als hinge ihr Leben davon ab.

Vor 24 Stunden hatte sich die Admiralität der Terra-Flotte an *beide* auf Hope stationierte Panther-Raumer gewandt. Über Hyperwelle hatte sie die Kommandaten der Sternschnuppen zum absoluten Stillschweigen über das verdonnert, was im Zusammenhang mit sonderbaren Energie-Signaturen stand, die sowohl die VESTA als auch die VIGO aus dem Solaren System überspielt bekamen.

Signaturen, die sie – so der Befehl – unverzüglich in die Basisspeicher ihrer Ortungssysteme übernehmen sollten.

Eine Erklärung, was es mit diesen höchst exotischen Mustern auf sich hatte, war nicht mitgeliefert worden – dafür aber die dringende Aufforderung, eines der Terra-Schiffe im Col-System solle zum Patrouillenflug durch das System starten!

Tekla und Omar Narrodjo, der Captain der VIGO, hatten es untereinander ausgemacht, wer Hope – zumindest für einige Zeit – hinter sich lassen durfte.

Dabei wußte die Crew der VESTA ebensowenig über die Hintergründe dieser X-Order wie ihr Captain. Sie hatten nur eine strikte Weisung: Beim geringsten Verdacht, daß im Doppelsonnensystem etwas existierte, das auch nur entfernte Ähnlichkeit mit den übermittelten Signaturen aufwies, sollten sie umgehend nach Hope zurückkehren und zeitgleich einen Kompri-Spruch nach Terra abstrahlen...

Nigel Tekla trug die Geheimniskrämerei mit Fassung; immerhin war er lange genug Soldat, um zu wissen, daß ein streng dosierter Informationsfluß zur TF gehörte wie das Salz in die Butter.

»Synties?« fragte er.

Hawthorne hob die Schultern. »Möglich. Von den tropfenförmigen Energiewesen hat man lange nichts mehr gesehen oder vernommen. Aber das Col-System war einer der Orte, an denen sie besonders aktiv waren. Vielleicht sucht man nach ihnen, weil man sich Hilfe von ihnen erhofft.«

»Hilfe wobei?«

Der I.O. zuckte erneut mit den Achseln. »Wer weiß. Außerdem vermisse ich an den Signaturen, nach denen wir fahnden, psionische Parameter – die müßten bei den Synties aber vorhanden sein. Wäre doch logisch, oder?«

Tekla wollte sich nicht festlegen. Er wiegte den Kopf und sagte: »Kämen noch die Nogk in Frage. Auch sie haben sich ein paarmal hier getummelt, und von ihnen wird auch behauptet, daß sie eine einzigartige Tarnfeldtechnik besitzen. Aber seit dieser Huxley in den Rat der Nogk aufgenommen wurde, gibt es sicher andere Möglichkeiten, mit ihnen in Kontakt zu treten, und warum sollten sie hier irgendwo herumspionieren? Ihre Schiffbrüchigen haben sie längst vom achten Planeten abgeholt – ebenso alles andere, was für sie von Wert war... Nein, die Nogk sind auch keine Erklärung, die einer Hinterfragung standhält.«

»Bliebe noch etwas völlig *Unbekanntes*«, sagte Hawthorne.

»Ja«, nickte Tekla.

Er wollte noch mehr sagen, aber in diesem Moment unterbrach ihn einer der Ortungstechniker.

»Ich glaube, da ist etwas, Sir...«

Und aus diesem an sich harmlosen Satz entwickelte sich die größte Schlacht, die die beiden Sonnen des Col-Systems je gesehen hatten.

Zur gleichen Zeit, Hope, Kontinent 4

Um Noreen Weleans Lippen spielte ein Lächeln, das kaum weniger mysteriös war als der bizarre, aufrecht stehende Ring, durch den sie gerade mit einem einzigen Schritt über Hunderte von Kilometern hinweg hier angekommen war. *Ein* Schritt, der alles um sie herum verändert hatte: Gerüche, Temperatur, Licht und Geräuschkulisse.

Solche an Magie grenzende Technologie fand sich geballt im Höhlensystem von Deluge. Dort im *Industriedom*, im Schatten wolkenkratzerhoher Aggregate, fühlten sich Menschen mitunter sandkornklein und unbedeutend...

Unwillkürlich blieb die von Terra gesandte Hochkommissarin vor dem Ende der Rampe stehen, über die sie aus dem Zentrum des unheimlichen Rings getreten war. Beim Gedanken an die Erbauer bildete sich eine Gänsehaut zwischen ihren Schulterblättern.

Die genialen Extraterrestrier, vor langer Zeit auf Hope ansässig, waren immer noch so rätselhaft, wie es ihr Name zum Ausdruck brachte: *die Mysterious*.

Wie hatten sie ausgesehen, woher waren sie gekommen – und was hatten sie hier, auf Hope, gewollt?

Der fünfte von achtzehn Planeten des Col-Systems konnte ihre ursprüngliche Heimat nicht gewesen sein, soviel stand inzwischen fest. Und daß sie dieser Welt vor rund tausend Jahren offenbar überstürzt wieder den Rücken gekehrt hatten.

Wohin waren sie damals gegangen? Und warum? Waren sie geflohen? Aber wovor?

Die Geheimnisvollen, die Rätselhaften...

»Entschuldigt, aber Ihr steht mir im Weg. Würdet Ihr bitte beiseite treten oder weitergehen?«

Simons höfliche Frage beendete Noreen Weleans Gedankenflug. Wortlos setzte sie sich wieder in Bewegung.

Der hinter ihr gehende *Diener* atmete hörbar unter dem Gewicht der Ausrüstung, die er zu schleppen hatte.

Noreen sah flüchtig über die Schulter.

Simon war kaum älter als sie, etwas über dreißig, aber die Giant-Ära hatte unübersehbare Spuren an ihm hinterlassen.

Seine devote Haltung hatte das Interesse der Hochkommissarin geweckt, als sie ihm kürzlich in Illuminati, der neugegründeten Stadt auf Terra, begegnet war. Simon war eine unbestritten attraktive Erscheinung, und die Bereitschaft zu dienen verlieh ihm aus Noreens Sicht noch das i-Tüpfelchen an Anziehungskraft.

Für ein halbes Jahrhundert war die Zunft der Diener auf Terra nahezu ausgestorben gewesen. Dann waren die Kugelschiffe der All-Hüter gekommen und hatten die aus allen Nähten platzenden Städte in Schutt und Asche gelegt.

Der Takt des Pressors hatte die Architektur der Moderne wie ein Kartenhaus zusammenstürzen lassen. Nicht einmal vor unwiederbringlichen Artefakten hatten die Eroberer zurückgeschreckt: Die Pyramiden von Gizeh, die Akropolis, das Colosseum... Zahllose Kulturschätze waren in Trümmer gelegt oder ganz zu Staub zermahlen worden.

Nichts davon hatte eine strategische Bedeutung besessen. Aber vielleicht waren die Giants und ihr CAL einfach überzeugt gewesen, den totalen Sieg schneller erringen zu können, wenn sie den Menschen nicht nur ihre Verteidigung, sondern auch ihre stolze Vergangenheit nahmen.

Aber im Grunde, dachte Noreen, *war auch das unerheblich – bei der wahnwitzigen Geschwindigkeit, mit der sie Terra und die anderen Welten überrollt haben. Überrollt und mit gehirnverändernden Strahlen bestrichen, die aus lebenshungrigen Menschen apathische, schlachtreife Lämmer gemacht haben...*

... auch aus mir!

Auch aus ihm: Simon. Im Gegensatz zu ihr hatte er die Monate der Versklavung jedoch weit weniger unbeschadet überstanden. Und damit war er kein Einzelfall.

In der Post-Giant-Zeit boten viele seelisch zerrüttete Menschen ihre Dienstbarkeit an – meist uneingeschränkt. Offenkundig verbanden sie mit der einjährigen geistigen Umnachtung nicht *ausschließlich* unangenehme Erfahrungen. In mancher Beziehung schien die Agonie auch bis dahin geleugnete, geheime Bedürfnisse gestillt zu haben. Vielleicht waren dies eher ungesunde Bedürfnisse, aber darüber zu urteilen, maßte sich Noreen nicht an.

Sie hatte Simons Werben nachgegeben, weil sie sich ohnedies

gerade auf der Suche nach einem geeigneten Assistenten befunden hatte. Nach jemandem, der sie sowohl in ihrer Arbeit zu unterstützen als ihr auch Schutz vor den Gefahren einer längst nicht lückenlos erkundeten Wildnis zu bieten vermochte.

»Hochkommissarin Welean?«

Diese Stimme klang um vieles energischer als die Stimme Simons – aber Noreen Welean wußte inzwischen, daß ihr Diener damit über seine wahren Qualitäten hinwegtäuschte.

Sie schaute nach links, wo sich ihr aus den Augenwinkeln eine drahtige Gestalt in khakifarbener Arbeitskleidung näherte.

»Douglas Farmer?« fragte sie und streckte die Hand aus.

Der Leiter der Brigaden, die nicht nur mit der Rodung der für den Ackerbau vorgesehenen Flächen beschäftigt waren, sondern gleichzeitig sturmsichere Arbeiterunterkünfte nahe der Transmitterlichtung aus dem Boden stampften, begrüßte sie mit einem Blick frei von Ressentiments.

Farmer galt als unerschütterlicher Optimist – und einen solchen brauchte es wohl, wenn man die Größe der Unternehmung betrachtete, von der die künftige Lebensmittelversorgung der Menschen von Hope abhing.

Nachdem ein nuklearer Angriff aus dem All die Vegetation und den Boden des Hauptkontinents Main Island geschädigt hatte, auf dem die Siedlerstadt Cattan lag, war die Agrarproduktion auf Kontinent 4 verlagert worden. Das war auch so geblieben, obwohl der Wissenschaft inzwischen die Beseitigung des radioaktiven *Fallouts* rings um Cattan gelungen war. Der Reichtum des vierten Kontinents versprach bei entsprechender Präparierung weit mehr als nur wohlschmeckende Wildfrüchte, und die Gaumen der Kolonisten verlangten nach Getreideprodukten, Kartoffeln und Gemüse. Anfangs hatte man sich von den eingeleiteten Programmen zur Ertragssteigerung sehr viel versprochen. Doch dann waren Probleme aufgetreten, denen man mit hiesigen Mitteln nicht mehr Herr zu werden glaubte. Seit sich auf Terra die Wogen glätteten, unterstützte die dortige Übergangsregierung auch Projekte der Kolonie. Noreen Welean war offiziell entsandt worden, um die Probleme der Bauern zu lösen. Zeichen der angestrebten stärkeren Kooperation zwischen Terra und Hope waren auch die beiden terranischen Kugelraumer VESTA und VIGO, die den Menschen im Col-System Schutz bieten sollten.

Noreen Welean sah Farmer mit gemischten Gefühlen entgegen und dachte: *Hoffentlich erweist sich der Verdacht, dessentwegen ich kam, als unbegründet...*

Ohne sich etwas von den düsteren Gedanken hinter ihrer Stirn anmerken zu lassen, begrüßte sie den Leiter der Brigaden und machte ihn mit ihrem Diener bekannt.

»Das ist Simon. Ein... Freund.«

Natürlich war das nicht einmal die halbe Wahrheit, aber Farmer sah nicht aus, als hätte er mehr vertragen.

Und mußte man Dinge, die schon kompliziert waren, ohne Not noch komplizierter machen...?

Zwischen den Planetenbahnen sechs und sieben des Col-Systems ahnte an Bord der VESTA indes noch niemand, daß die letzte Stunde der gesamten Besatzung geschlagen hatte.

Aber das sollte sich ändern – sehr bald schon.

Auf die Frage des I.O. »Rücksturz nach Hope?« erwiderte der Kommandant der Sternschnuppe: »Nein. Noch nicht. Gehen wir etwas näher heran. Ich möchte nicht zum Gespött der Flotte werden, weil ich beim geringsten Anzeichen einer eventuellen Gefahr das Weite suche.«

»Aber die Befehle...«, setzte Hawthorne an.

»... kenne ich. Danke. Und wir werden auch unverzüglich den geforderten Kompri-Spruch absetzen – aber gleichzeitig werden wir auch etwas näher an die Quelle herangehen, von der unsere Taster die ungewöhnlichen Echos auffangen!«

Hawthorne schwieg kurz, dann nickte er. »Ich verstehe.«

»Kümmern Sie sich um den Spruch, Eins. Und packen Sie die genaue Raumkoordinate hinein, aus der die Signatur zu uns herüberstrahlt. Um alles andere –«

Weiter kam Tekla nicht.

Einer der Offiziere vor den Tasterschirmen schrie noch eine Warnung, aber einen Moment später wurde die VESTA bereits von der

Urgewalt eines wie aus dem Nichts einschlagenden Energiestrahls bis in ihre Grundfesten erschüttert.

Captain Tekla konnte sich gerade noch an den Armlehnen seines Kommandositzes festhalten – Rupert Hawthorne und die meisten anderen Besatzungsmitglieder hatten weniger Glück. Sie wurden wie welke, einer jäh über sie hereinbrechenden Sturmbö ausgelieferte Blätter durch den mit Giant-Technik vollgepfropften Raum gewirbelt.

Anderswo in den Weiten der 50-Meter-Hohlkugel sah es nicht besser aus.

Schreie, Husten und die Geräusche zerreißenden Metalls mischten sich mit dem leisen Fauchen von Kurzschlüssen und auflodernden Bränden. Binnen Sekunden legte sich nebeldichter Rauch über die Zentrale, und entweder waren die automatischen Löschsysteme bereits ausgefallen, oder sie kamen einfach nicht schnell genug nach.

Über die Kommandokonsole fragte Tekla den Status der VESTA ab.

Das Resultat war desillusionierend.

Der Schutzschirm war kollabiert und in sich zusammengebrochen, schon der nächste Treffer würde das begonnene Werk fremder Teufel vollenden.

Wer? dachte Tekla verzweifelt. *Wen haben wir da in seiner Ruhe gestört und aufgeschreckt?*

Von allen Offensivsystemen meldete nur noch die Raptor-Geschützantenne volle Bereitschaft.

Raptor... Teklas Gedanken überschlugen sich. Wenn sie überhaupt noch eine Chance hatten, dann über den Raptor...

Diese im offenen Kampf sehr effektive Waffengattung konnte einem gegnerischen Schiff die Energie seines Schutzschirms entziehen, um sie dem Energiehaushalt des eigenen Raumers zuzuführen. Ein gekoppelter Scanner analysierte zunächst die Zusammensetzung der gegnerischen Schilde und konfigurierte den Raptorstrahl optimal darauf.

Theoretisch.

In diesem speziellen Fall kamen mehrere Unbekannte hinzu, und niemand wußte besser als Tekla, daß die Wahrscheinlichkeit, sich den Raptor zunutze zu machen, nahe der Null-Prozent-Marke lag.

Sie wußten nicht das geringste über das gegnerische Tarn- und

Schutzfeld!

Neben ihm tauchte Hawthorne aus dem Rauch aus. Seine Augen tränten, und er hustete fürchterlich, was Tekla erst bewußt machte, wie sehr sein eigener Körper gegen die ätzenden Dämpfe rebellierte.

Ohne viel Federlesen nahm der Erste Offizier des sterbenden Raumers VESTA wieder seinen verwaisten Platz an den Kontrollen ein.

Mit einem Blick überschaute er die prekäre Lage.

»Raptor?« eichte er wie selbstverständlich die eigene Strategie auf die Wellenlänge seines Captains.

»Ja«, krächzte Tekla. »Versuchen wir es mit breitester Fächerung! Der Computer hat den Ausgangsort des Treffers analysiert. Vielleicht schaffen wir es...«

Fächerung und *Raptor* waren zwei sich eigentlich widersprechende Begriffe. Noch nie hatte jemand den Raptor *gefächert* eingesetzt – warum auch? Es minderte seine Effektivität, und normalerweise war ein gegnerisches Ziel ja klar zu orten; es verbarg sich ›nur‹ hinter einem energetischen Schild, nicht hinter Unsichtbarkeit. Lediglich die Nogk-Raumer stellten eine Ausnahme dar... und natürlich das, was irgendwo vor der VESTA durch das Col-System dräute...

Wenige Stakkato-Herzschläge später verließ der Raptor die Geschützantenne der Sternschnuppe. Der Panoramaschirm der VESTA war ausgefallen, aber die mit den Waffensystemen gleichgeschalteten Ortungsmonitore gaben Aufschluß über das, was sich im vakuumkalten Weltraum abspielte.

Tekla hatte jedes Gefühl für verrinnende Zeit verloren. Vielleicht waren erst Sekunden seit der Entblößung des Panther-Schiffes verstrichen – vielleicht Minuten.

Überall um ihn herum war Bewegung in den treibenden Schwaden. Ein laut brausendes Gebläse versuchte, den giftigen Rauch abzusaugen. Löschschaum trat aus Decken- und Wanddüsen.

Chaos...

Überall herrschten Wirrwarr und Voruntergangsstimmung...

»Da!« Hawthornes Stimme ordnete noch einmal Teklas vom Chaos infizierte Gedanken. »Der Raptor hat Kontakt! Sektor Grau-Gamma...!«

Tekla wuchtete seinen Körper aus dem Sitz und durch das schwankende, von immer neuen Beben durchlaufene Schiff. Irgendwo fanden kleinere Explosionen statt – Vorboten einer einzigen, gewaltigen, alles verschlingenden Detonation. Und jeden Augenblick konnte das Unsichtbare den Fangschuß auf sie abfeuern...

Das Unsichtbare?

In diesem Augenblick wurde es sichtbar!

Der Raptor schaffte es. Vielleicht erwischte der permanent im Hintergrund aktive Zufallsgenerator die Frequenz des getarnten Gegners... Niemand hatte die Zeit, sich darüber den Kopf zu zerbrechen. Auf der Mattscheibe blinkte ein Punkt, wo eigentlich nur leerer, schwarzer Raum hätte sein dürfen.

Das allein zählte.

Sonst nichts!

»Fokussiere Raptor auf Reflex!« Hawthornes Stimme klang eifrig wie während einer Kampfsimulation an der Raumfahrtakademie. Keine Spur von Panik. Vielleicht hatte er den Ernst tatsächlich in einen fernen Winkel seines Denkens zurückgedrängt.

Tekla wünschte sich, er hätte dies ebenfalls geschafft. Aber ganz so war es nicht. Sein Aufbäumen gegen den drohenden Untergang entsprang einzig der Furcht. Er wollte nicht vor die Hunde gehen. Nicht 30 000 Lichtjahre von zuhause. Nicht in einer Fremde, die ihn zuerst gelangweilt und nun ihr wahres, dämonisches Gesicht gezeigt hatte...

Noch immer hatte das feindliche Schiff nicht auf die Provokation des Raptors reagiert.

Es ließ sogar noch zu, daß die von den Giants entwickelte Waffe gebündelt zu ihm hinüberzuckte – und in der Crew der VESTA, die das Bemühen ihrer Kommandoführung verfolgte, noch einmal Hoffnung weckte.

Hawthorne rief: »Raptor analysiert den fremden Feldschirm... Verdammt, irgend etwas macht ihm Probleme. Die Energie, die unseren Bänken zugeführt wird, ist...«

Tekla hörte nicht länger zu.

Das Monitorbild und die eingeblendeten Werte bewiesen, daß die Geduld der Unbekannten in diesem Moment erschöpft war.

»O Gott...«, entwich es noch seinen Lippen.

Dann schlug das, was hinter dem verwaschenen Ortungsreflex

steckte, zurück.

Und verwandelte die VESTA in eine brennende atomare Hölle, in der alles Leben von einem Moment zum anderen aufhörte.

Aber nicht alles, was die Menschen an Bord ausgemacht hatte, ging verloren. Etwas überdauerte den Moment des Infernos...

... und wurde begierig dorthin entführt, von wo der Tod gekommen war...

Cattan

Nelson Doty stand, eine Hand in der Hosentasche vergraben, am Fluß und warf Steine ins vorbeiströmende Wasser des Blue River.

Steine... Aber in seiner Vorstellung war es etwas viel Edleres, etwas *Lebendiges* und unwiederbringlich Verlorenes, was er den Fluten übergab... wieder und wieder, als genügte es, den Stein in der Hand zurückzuhalten, um auch das ungeschehen zu machen, was er nie vergessen würde.

Den Tod allgemein, und Dong-dongs Tod im speziellen.

Auch anderthalb Jahre nach der Schlacht um Cattan war der blasse, schlaksige Junge noch nicht über den Verlust seines ungewöhnlichen Spielkameraden hinweggekommen. Der Feuerhüpfer hatte ihm Halt in einer bewegten Zeit gegeben – eine Zeit, in der Nelson in die Obhut fremder Menschen gegeben worden war.

Liebe Menschen, die sich Mühe gaben und um ihn kümmerten, als wäre er ihr eigener Sohn –

– und trotzdem hatten die dunklen, melancholischen Augen des Jungen seit jenen Tagen nie wieder glücklich in die Welt geschaut.

Anderthalb Jahre hier auf Hope, hier auf Main Island... Wie hatte sich doch das Gesicht der Stadt, ihrer Umgebung und ihrer Menschen in dieser verhältnismäßig kurzen Spanne verändert!

Zum Schlechteren!

Nelson Doty seufzte.

Er war nur ein Gestrandeter von vielen. Und wenn ihn Goofy nicht unter seine Fittiche genommen hätte, wer wußte schon, was dann aus ihm geworden wäre – bei allen guten Absichten seiner Pflegeeltern.

Goofy war etwas anderes als Vater oder Mutter. Er war ein Freund.

Nelson Dotys einziger, und daran war niemand sonst schuld als er selbst. Der Junge stieß die Faust noch tiefer in die Hosentasche und schlug mit den Knöcheln gegen den kleinen Kommunikator, den Goofy ihm geschenkt hatte, damit er ihn jederzeit und überall erreichen konnte, wenn er mal unverhofft seinen ›Moralischen‹ bekam... *Unverhofft ist gut,* dachte er. *Warum bin ich denn hierher gekommen? Doch nur, weil ich es liebe, im Vergangenen zu schwelgen und mich selbst fertigzumachen...*

Brüsk wandte er sich ab und kehrte dem Fluß den Rücken. Dem Fluß, in dem Dong-dong sein nasses Grab gefunden hatte, damals, als die Amphis die Stadt angegriffen und den ausgeschlachteten Kolonistenraumer GALAXIS zu einem Klumpen geschmolzenen Stahls zusammengeschossen hatte, der seither als bleibendes Mahnmal an jene Tage erinnerte – auch Nelson...

Unwirsch stampfte er noch einmal mit dem Fuß auf. Dann lenkte er seine Schritte zurück zur Stadt, die gerade einmal nicht unter ihrer schützenden Glocke aus geformter Energie lag.

Lähmendes Schweigen füllte die Zentrale der VIGO. Jeder Versuch, eine Verbindung zur VESTA herzustellen, war gescheitert. Und jetzt gab es nichts mehr, was auch nur einen Funken Zweifel daran gestattet hätte, daß nur ein harmloser technischer Versager die Schuld daran trug...

Omar Narrodjo, als ein ruhig und überlegt handelnder Mann bekannt, saß wie ein Häuflein Elend in seinem Kommandositz.

Vor zwei Minuten erst hatte ihn der Ruf seiner Offiziere aus seiner Unterkunft in die Zentrale zurückgeholt. Man hatte den Einsatz schwerer Energiewaffen innerhalb des Col-Systems angemessen und sofort die Übereinstimmung zum gegenwärtigen Aufenthaltsort der VESTA erkannt. Aber es war nicht gelungen, einen Kontakt zu Teklas Schiff herzustellen.

Und jetzt trieb das Schwesterschiff der VIGO als verglühende Wolke zwischen den Bahnen sechs und sieben des Doppelsonnensystems!

»Die Signatur...«, murmelte Narrodjo mit brüchiger Stimme. Dann fing er sich. »Eine verschlüsselte Verbindung zur Admiralität – sofort!«

Sein Befehl wurde willig ausgeführt. Von Menschen, denen der Schock in alle Glieder gefahren war und die wie selbstverständlich begriffen, daß das, was der VESTA widerfahren war, auch ihnen drohte – ganz egal, wo in diesem Sternensystem sie sich gerade aufhielten.

Die X-Order wurde zum Menetekel an der Wand!

»Rot-Alarm!« Narrodjos Stimme gewann an Kraft und riß auch den letzten Zauderer mit.

Sirenen heulten durch die Gänge des Kugelraumers. Sämtliche Schleusen schlossen hermetisch. Der Schutzschild baute sich als gleißende Kuppel um die VIGO auf.

Noch vor der Admiralität reagierte die Stadtverwaltung Cattans. Das Symbol der Amtsleitung von Präsident Tanakagara erschien auf der Kontrollscheibe der Sende- und Empfangsstation. Der zuständige Offizier blickte fragend zu Narrodjo.

Der zögerte, nickte dann aber. »Durchstellen! Aber sofort mit Eingang der Antwort von der Erde in die Warteschleife bannen!«

Wenig später erschien Tanakagaras Gesicht auf dem Schirm vor Narrodjo.

»Ich erwarte eine Erklärung!« sagte der Mann, der Marc Etzel abgelöst hatte und seither als ein Garant für Ordnung in Cattan galt – obwohl auch er seine Kritiker und persönlichen Gegner hatte.

»Wofür?« stellte sich Narrodjo unwissend.

»Das brauche ich Ihnen wohl kaum zu sagen! Warum haben Sie die Schilde hochgefahren? Unsere Meßstationen melden keinerlei Anzeichen für einen nahenden Sturm! Wissen Sie eigentlich, was Ihr Verhalten anrichten kann? Zuerst wurde die VESTA unter fadenscheinigen Begründungen abgezogen, und nun...«

»Es handelt sich um eine routinemäßige Alarmübung«, unterbrach ihn Narrodjo. »Ich denke nicht, daß ich Ihnen auskunftspflichtig bin, wann und wie lange ich solche Manöver durchführe – Manöver, die dazu dienen, unsere volle Gefechtsbereitschaft im Ernstfall zu garantieren und *Sie* zu schützen, Tanakagara! Sie und all die, um deren Nerven Sie sich gerade Sorgen machen!«

Tanakagaras Miene verdüsterte sich noch mehr. »Das ist alles? Sie *spielen* ein bißchen Krieg? Grundgütiger, Sie müssen die Sensibilität eines tollwütigen Wropprwrceks besitzen! Wie können Sie...«

Tanakagaras Abbild verschwand ohne Vorwarnung und wurde durch das Symbol der TF ersetzt. Kurz darauf sah sich Narrodjo einem hohen Stabsoffizier gegenüber.

»Sprechen Sie«, wurde er aufgefordert, worauf der Captain der VIGO in knappen Worten schilderte, was der VESTA während des befohlenen Patrouilleneinsatzes widerfahren war.

Damit brachte er den Stein ins Rollen, der das Gros von Terras neuer Flotte ins Col-System verlagerte.

Genau vor das Visier eines gnadenlos-skrupellosen Feindes...

Der gedrungene Mann winkte schon von weitem, als Nelson Doty sich dem Landeplatz der Scoutboote näherte.

Goofy war Waffenoffizier auf der GALAXIS gewesen, und zusammen mit seinem guten Freund Pjetr Wonzeff für die ständige Einsatzbereitschaft eines der insgesamt sechs Beiboote zuständig gewesen. Diese Kleinraumschiffe waren nicht als Rettungsboote konzipiert gewesen, sondern zur Erkundung fremder Planeten.

Später hätten sie auf Dorado, dem ursprünglichen Ziel des Kolonistenraumers GALAXIS, zurückbleiben und helfen sollen, die neugegründete Kolonie zu sichern.

Jedes der Boote war neunzehn Meter lang und maß im Querschnitt zirka zwei Meter. Veränderbare Tragflächen prädestinierten die Fahrzeuge für Atmosphärenflüge. Die Kabinen faßten eine Maximalbesatzung von fünfundvierzig Personen. Im freien Weltraum war eine Geschwindigkeit knapp unter der des Lichts erreichbar, wofür Plasmatriebwerke sorgten. Einen interstellartauglichen Antrieb gab es nicht. Die Kanzel war fensterlos, und der einzige Sichtkontakt zur Außenwelt fand über ein ausgeklügeltes System von Kameras und Monitoren statt.

Inzwischen fanden die Scoutboote ihre Verwendung hauptsächlich im ständigen Pendelverkehr zwischen Cattan und Deluge – jedenfalls in den Zeiten, wenn Deluge nicht durch sein Intervallfeld von der Umwelt abgeriegelt war und ein Zugang nur noch über die Transmitterverbindung von Kontinent 4 aus möglich war. Noch immer waren die Experten in Mysterious-Technik ratlos, was die *Steuerung* anging, die das Kontinentalintervall entstehen und wieder erlöschen ließ. Aber solange diese Automatik ihre Aufgabe verläßlich versah, erwuchs aus diesem Unwissen auch keine allzu große Besorgnis. Die Höhlen von Deluge hielten noch so viele Rätsel bereit. Auch der Industriedom, in dem die Gegenstation zum Transmitter auf Vier stand, gehörte in weiten Bereichen immer noch dazu. Tag und Nacht liefen dort die gigantischen Maschinensätze. Nur während der Phasen, in denen das Intervallum über Deluge stand, herrschte Totenstille in der bis zu tausend Meter hohen und kilometerlangen unterirdischen Halle, von der allgemein angenommen wurde, daß es sich um eine hypermoderne Produktionsstätte handelte – auch wenn noch niemand die Güter zu Gesicht bekommen hatten, die hier erzeugt und auf unbekannten Wegen an einen ebenso unbekannten Ort verschickt wurden. Manche Vorstellung aber lief dorthin, daß die mysteriösen Produkte nur *einen* mysteriösen Empfänger haben konnten...

Gab es die Mysterious doch noch irgendwo? Beobachteten sie gar die Menschen, die systematisch ihre Hinterlassenschaft erkundeten?

An all das – und noch einiges mehr – mußte Nelson Doty denken, während er sich dem Scoutboot mit der Bezeichnung CC 4 näherte. Er hatte sich schon seit Bekanntwerden der Entdeckungen auf Deluge immens für die dortigen Relikte einer verschwundenen Hochkultur interessiert. Dieses Interesse lenkte ihn oft, nicht immer, von seinem Schwermut ab...

Erst im Näherkommen fiel Nelson Doty die ungewohnte Hast in Goofys Bewegungen auf.

»Gut, daß du kommst«, empfing ihn sein Freund, den seine ausgeprägte Physiognomie oft genug zur Zielscheibe gedankenlosen Gespötts machte. Goofy hatte tiefhängende, dicke Wangen und zwei fast waagrecht vorstehende Schneidezähne. Die an der Spitze etwas platte Himmelfahrtsnase verlieh ihm endgültig Ähnlichkeit mit einer traurigen Bulldogge. »Ich habe dich schon überall gesucht! Warum hast du nicht auf die Signale geantwortet?«

»Weil ich sie nicht empfangen habe«, sagte Nelson Doty und zog den etuigroßen Kommunikator aus der Tasche. Dabei stellte er fest, daß dessen Ladestandsanzeige erloschen war. Er händigte das Gerät

Goofy aus, der es aber gar nicht ansah, sondern in einer Tasche seines Arbeitsoveralls verschwinden ließ. Dann streckte er einen Arm nach unten, um Nelson zur Einstiegsluke heraufzuhelfen. »Beeil dich!«

»Was ist denn?« Der Junge griff mechanisch nach der hingehaltenen Hand, die ihn mühelos nach oben zog. Neben Goofy kam er im Einstieg zur Kanzel zum Stehen. »Warum diese Hektik?«

»Das erkläre ich dir später – setz dich erst mal und schnall dich fest!«

»Wohin willst du? Sagtest du nicht, daß du die nächsten beiden Tage frei hast? Wir wollten doch –«

»Das verschieben wir«, fiel ihm Goofy ins Wort, und spätestens in diesem Moment wurde Nelson Doty bewußt, daß sein Freund sich nicht aus purer Laune heraus so sonderbar verhielt.

In Goofys Blick flackerte... ja, was?

Tiefe Verunsicherung auf jeden Fall.

Was war geschehen?

Der Mann von der traurigen Gestalt machte vorerst keine Anstalten, es Nelson zu verraten. »Wo sind deine Eltern?« fragte er.

Er sagte nie ›Pflegeeltern‹, und schon allein das zeigte, wieviel Feingefühl in diesem äußerlich so ungeschlacht wirkenden Menschen steckte.

»Sie verbringen ein Wochenende auf Deluge«, sagte er. »Das weißt du doch. Ich habe dir erzählt, daß sie nichts dagegen haben, wenn ich während ihrer Abwesenheit bei dir –«

»Gut«, unterbrach ihn Goofy. »Das ist gut. Ich wüßte nicht, wo sie momentan sicherer wären...«

»Sicherer?« Nelson konnte nicht sagen warum, aber urplötzlich wurde ihm kalt.

Goofy ließ ihm keine Zeit, sich in dieses Gefühl zu vertiefen. Er schubste ihn in den Pilotenstand der Kanzel und dort in den Sitz des Co-Piloten. »Anschnallen – los!«

Noch während er den Jungen dazu aufforderte, gurtete er sich selbst an. Mit wenigen Handgriffen schloß er die Zustiegsluke und startete die Turbinen des Plasmamotors. Der dröhnende Lärm machte sekundenlang jede Verständigung unmöglich. Erst als der Antrieb seine Betriebstemperatur erreicht hatte, flaute die Geräuschkulisse auf ein akzeptables Maß ab.

»Willst du mir nicht endlich sagen, was los ist – und wohin wir –«

Die beim Start freiwerdenden Andruckskräfte erstickten in Nelson Doty kurzzeitig jede Lust auf eine Unterhaltung.

Die CC 4 stieß in den von zwei Sonnen gekrönten Mittagshimmel Hopes. Das Scoutboot nahm direkten Kurs auf die Gebirgsausläufer von Main Island.

Noch ehe sie die Berge erreichten, an deren Hängen etliche Laser-geschützstellungen zum Schutz der Kolonie erbaut worden waren, löste sich der Knoten um Goofys Zunge von selbst.

Und je länger Nelson Doty zuhörte, desto starrer vor Entsetzen leuchteten seine Augen.

Terra

Manu Tschobe sah jeden Tag Robonen sterben.

Robonen, die im Zeitraffer alterten und deren Verstand nicht Schritt hielt mit dem, was ihnen widerfuhr.

Tschobe hatte sich nicht daran gewöhnt, das würde nie geschehen. Aber er hatte sich auch nicht vorstellen können, in nächster Zeit mit etwas konfrontiert zu werden, was ihn fast ebenso erschütterte wie das Schicksal der mit dem Commutator-Enzephalo behandelten Robonen.

Aber genau das war passiert.

Hier – jetzt.

Und es war auch schuld an dem würgenden Kloß, der sich in seinem Hals bildete. Für den Bruchteil einer Sekunde hatte der Arzt das Gefühl, den Boden unter den Füßen weggezogen zu bekommen.

Dies war bei weitem nicht seine erste Autopsie. Aber was das Perk-Skalpell unter der mit Geschwüren übersäten Haut dieses Toten freilegte, war absolut neu – und absolut erschreckend.

Als Ren Dhark auf die dringende Bitte des dunkelhäutigen Arztes und Weggefährten in der Paracelsus-Klinik von Alamo Gordo eintraf, wußte er noch nicht, um was es eigentlich ging.

Erst am Vortag war er mit der POINT OF aus dem Kuiper-Gürtel nach Terra zurückgekehrt, und von den Sorgen, die ihn bewegten, ließ er kaum etwas hinter der Freundlichkeit hervorscheinen, mit der er

Tschobe begegnete.

Sie trafen sich im Vorraum des Obduktionstrakts.

»Haben Sie endlich den lange gesuchten Silberstreif am Horizont entdeckt, der Sie das Alterungssyndrom bekämpfen läßt?« fragte Dhark. Trotz seiner Jugend sprach die Reife aus jeder kleinen Geste und aus jedem Blick.

In den letzten beiden Jahren war die Zahl der Fältchen rings um Mund und Augen gewachsen, und dennoch verströmte er einen ungebrochenen, andere mitreißenden Elan, der Manu Tschobe zu der insgeheimen Frage veranlaßte, wie lange dieser Mann den täglich größer werdenden Belastungen noch standhalten würde...

... aber im selben Atemzug wurde ihm klar, daß er selbst keinen geringeren Raubbau mit seinen Kräften betrieb.

Sie waren beide, wenn auch auf unterschiedliche Weise, besessen von dem Hunger nach Antworten.

»Nein«, sagte Tschobe und führte Dhark in den kalten, hell gekachelten Raum, wo immer noch der fahrbare Tisch mit dem untersuchten Leichnam stand. »Es geht nicht um Robonen.«

»Nein?« Schon dieses Eingeständnis schien Dhark zu verblüffen. »Ich war der Ansicht, Sie würden sich um nichts anderes mehr kümmern...«

»Das wollte ich auch nicht.«

»Was hat Sie umgestimmt?«

»Die Verzweiflung«, sagte Tschobe.

Dhark hob fragend die Brauen.

»Die Verzweiflung eines Mannes, von dem ich, noch bevor ich ihn zum ersten Mal persönlich sprach, schon soviel Gutes gehört hatte, daß er ein Engel gewesen sein muß.«

»Gewesen?«

Tschobe deutete auf den Obduktionstisch, auf dem der verhüllte Leichnam lag.

»Jetzt ist er ein *toter* Engel – und ich bilde mir ein, abschätzen zu können, was das für die Menschen, die er hinterläßt, für Konsequenzen hat...«

Ren Dhark schwieg. Geduldig wartete er, daß Manu Tschobe von sich aus die Katze aus dem Sack ließ.

Als Tschobe das Tuch lüftete, das den wahren Zustand des Toten gnädig verborgen hatte, zuckte es kurz um Dharks Lippen. Sonstige Reaktionen auf die Geschwüre und die Spuren der Autopsie verkniff er sich.

Und Manu Tschobe begann zu erzählen, wie er den toten ›Engel‹ kennengelernt – und bei seinem qualvollen Sterben begleitet hatte.

Bis zu der Grenze, die kein Lebender je überschreiten würde.

»Die Menschen, denen er half, nannten ihn *Doc Schweitzer*. Seinen richtigen Namen erfuhr auch ich nicht. Aber er ist wohl auch nicht von Bedeutung. Was zählt, sind seine Taten – und das, was in ihm zu wuchern begann. Ich habe etwas so Furchtbares in meiner ganzen Laufbahn noch nicht gesehen. Es könnte der Anfang eines Sterbens sein, das alles in den Schatten stellt, was die Giants den Menschen in der Vergangenheit angetan haben!«

»In der Vergangenheit? Sie reden, als gäbe es die Invasoren immer noch – und als hätten wir sie weiter zu fürchten.«

Tschobe nickte schwer. »So sollte es auch klingen. Ich habe untrügliche Hinweise darauf, daß sie zumindest ein schreckliches Erbe hinterlassen haben.«

»Was für Hinweise?« Ren Dharks Augen glitzerten plötzlich in einer Weise, die Manu Tschobe nicht zu deuten vermochte.

»Ich zeige es Ihnen«, sagte er und wandte sich dem entstellten Toten zu. »Wissen Sie, was *Hyphen* sind? Und sagt Ihnen der Begriff *außerirdische DNS* etwas...?«

Zur selben Stunde kam es an Bord der POINT OF zur Begegnung zweier anderer ungleicher Männer. Bernd Eylers, der Chef der Galaktischen Sicherheitsorganisation hatte eigentlich bei Ren Dhark vorsprechen wollen – unangemeldet, um kein Aufsehen zu erregen. Da er Dhark nicht antraf, nahm er ohne Zögern Vorlieb mit dem Stellvertreter und engsten Freund des Commanders, Dan Riker.

Auf Eylers' Wunsch fand das Treffen unter vier Augen statt, und Riker lud ihn statt in einen Konferenzraum gleich in seine Privatkabine ein. Er hegte Sympathien für den Mann mit dem Allerweltsgesicht, dessen einziges ins Auge stechende Merkmal die Armprothese war. Bernd Eylers hatte die Strandung auf Hope miterlebt und entscheidend dazu beigetragen, daß Roccos Unrechtsregime nicht von längerem Bestand gewesen war. Niemand, der Bernd Eylers in Unkenntnis seiner Stellung zum erstenmal sah, hätte auch nur vermutet, welcher großen Aufgabe sich diese ›personifizierte Unscheinbarkeit‹ verschrieben hatte: *Recht und Ordnung* nämlich. Auch wenn dies pathetisch klang, so traf es doch den Nagel haargenau auf den Kopf und charakterisierte Eylers absolut treffend.

»Ich nehme an, Sie sind über die Flottenbewegungen informiert«, sagte Eylers geradeheraus, aber es klang nach einer Frage, nicht nach Rhetorik.

»Flottenbewegungen?« Dan Riker war leicht zusammengezuckt. »Wie kommt es, daß das Wort Flottenbewegungen aus Ihrem Mund einen fast obszönen Beigeschmack erhält?«

Eylers lächelte zurückhaltend. »Vielleicht, weil alles, was mit Militär zu tun hat, obszön *ist*?« schlug er vor.

»Sie sind ein gefährlicher Mann, Eylers.« Auf Dan Rikers Kinn erschien ein kleiner roter Fleck als deutliches Zeichen seiner inneren Erregung. »Wer Sie zum Feind hat...«

»... braucht keine Freunde mehr?« Das Lächeln verschwand wie weggewischt aus der Mimik des GSO-Chefs. »Ich habe diese ›Weisheit‹ zwar etwas anders in Erinnerung, aber nun gut... Sparen wir uns den Austausch von Floskeln. Wir wissen beide, wie wir zueinander stehen und was wir voneinander zu halten haben. Reden wir also offen und ohne Umschweife: Ich weiß aus gut unterrichteter Quelle, daß mindestens fünfzig Prozent unseres gegenwärtigen Flottenpotentials Befehl erhalten hat, das Solare System innerhalb der nächsten Stunden zu verlassen und sich an einem sehr fernen Punkt im Kosmos zu sammeln!«

Dan Riker hatte Bernd Eylers ohne einen Einwand ausreden lassen. Als der Sicherheitschef nun aber eine kurze Atempause machte, drängte Riker: »Wo? Wo liegt dieser ferne Punkt?«

»In rund dreißigtausend Lichtjahren Entfernung.«

»Das Col-System?« Dan Riker sprang wie von der Tarantel gestochen von seinem Stuhl auf.

Eylers erhob sich unaufgefordert auf der anderen Tischseite. Seine

Gestik forderte Riker auf, die Beherrschung zu bewahren. »Sie wissen also wirklich nichts davon – und Ren Dhark wohl auch nicht. Das dachte ich mir – oder sagen wir besser: Ich hatte es *befürchtet*. Die ganze Art und Weise, wie der Kommandostab der Flotte das Manöver organisierte, machte mich hellhörig. Allerdings hegte ich die Hoffnung, daß man Sie als – wenn auch nur kurzzeitigen – ehemaligen Oberkommandeur der neuformierten Flotte vielleicht doch nicht übergehen würde...«

»Reden Sie weiter! Was wissen Sie über dieses... Manöver? Warum verlagert man die halbe Flotte in die Umgebung Hopes? Man will doch nicht etwa...?«

»Nein, nein«, beschwichtigte Eylers. »Auch wenn man in dieser instabilen Phase mit buchstäblich allem rechnen muß: Hope steht nicht davor, von den Militärs annektiert zu werden! Was das angeht, können wir beruhigt sein. Trotzdem scheint der Anlaß der Flottenbewegung ungeheuer ernster Natur zu sein.«

»Sie kennen ihn?«

»Ich kenne Andeutungen aus dem Mund meines Informanten.« Eylers strich sich in einer unbewußten, aber sehr vielsagenden Bewegung mit der gesunden Hand über die Prothese.

Riker bekam eine Gänsehaut, als er die an Zärtlichkeit grenzende Behutsamkeit beobachtete, mit der Eylers dieses *Ding* bedachte.

»Es scheint mit Daten zusammenzuhängen, die der Flotte erst kürzlich von der POINT OF, genauer gesagt von Ren Dhark zur Verfügung gestellt wurden. Daten, die in Zusammenhang mit einem Phantomschiff stehen, das vor Monaten im Giant-System geortet wurde.«

Rikers Frösteln wuchs sich zu einem eisigen Schauder aus. »Der Spindelraumer«, murmelte er.

»Bitte?«

»Ren hielt es für wichtig, die sonderbaren Ortungsmuster von damals an die TF weiterzuleiten, die der Checkmaster nach etlichen vergeblichen Anläufen doch noch demaskieren konnte. Er wollte, daß sämtliche Schiffe in die Lage versetzt werden, eine Spindel aufzuspüren, sobald sie sich in Reichweite der Taster bewegt – ganz gleich, wie sicher sie sich unter ihrer Tarnkappe wähnt.«

Eylers' Gesicht spiegelte keinerlei Regung mehr wider. »Auch im

Col-System gab es schon vor diesem Manöver Einheiten der TF. Könnte es sein...?«

Er brachte den Satz nicht zu Ende. Es war nicht nötig. Dan Riker wußte auch so, worauf er anspielte.

Könnte es sein, daß die TF ausgerechnet im Col-System auf die Fährte der grausamen Spindelschiffe gestoßen ist?

Das Aschgrau, das Rikers Züge überschattete, verschlang sogar das verräterische Mal auf seinem Kinn.

Gefolgt von Eylers eilte er zur Zentrale des Ringraumers, um Beweise für dessen Behauptungen zu erhalten – oder sie zu widerlegen.

»Tino, einen Komplett-Scann des Sonnensystems! Ich brauche Informationen über jede noch so geringfügige Veränderung, was die Standorte der einzelnen Flottenverbände betrifft. So schnell wie möglich! – Wenn das wahr ist! Himmel, die scheinen gar nicht begriffen zu haben, mit wem sie sich da anlegen wollen...!«

»Außerirdische DNS?« echote Ren Dhark. »Worauf wollen Sie hinaus, Manu? Und Hyphen... nein, was habe ich mir darunter vorzustellen?«

Der Tod in seiner greifbarsten Form war so nah, daß Dhark die Beklemmung nicht völlig aus seiner Stimme verbannen konnte. Nach seinem Gefühl besaß der Leichnam eines Menschen eine besondere Aura. Sie war nicht sichtbar, aber man konnte sie spüren, wenn man ihr nahe stand. Es war fast wie eine Anziehungskraft. Ein Sog, ein kalter Hauch, als hätte jemand eine Tür offenstehen lassen. Eine Tür ins –

»Hyphen«, lenkte Tschobes Stimme ihn ab, »sind die fadenförmigen Myzelteile eines Pilzes. Über das Myzel nimmt der Pilz organische Nährstoffe aus dem Boden auf.«

»Kommen Sie zur Sache, bitte.«

»Ich bin dabei.«

»Ist der Mann an einem *Pilz* gestorben?« Dhark sparte sich jeden Sarkasmus. Fast widerwillig trat er noch einen Schritt näher an den Tisch heran, auf dem Tschobe die Autopsie durchgeführt hatte. Danach empfand er es noch deprimierender, was aus einem Menschen werden konnte, sobald Herz und Hirn ihre Funktionen eingestellt hatten. Zum Philosophieren befähigte Geschöpfe, manche vor Esprit und Kreativität geradezu sprühend, endeten als kalte Klumpen aus Fleisch und Knochen...

»Sie werden überrascht sein: ja«, antwortete Tschobe. »In grotesk-gespenstischer Weise allerdings.« Er nahm ein bereitstehendes Spray und besprühte seine Hände nacheinander mit einem antiseptischen Film. Anschließend beugte er sich über den Toten und zog einen der bereits bestehenden und noch nicht wieder geschlossenen Schnitte klaffend auseinander.

Dhark spürte eine Welle von Übelkeit aus seinem Magen nach oben schießen.

»Um Himmels willen, was ist *das*?«

»Das, worüber ich gerade sprach«, sagte Tschobe. »Und keine Sorge. Es kann uns nicht gefährden. Um den gesamten Tisch und den Leichnam liegt ein hochwirksames Sterilisationsfeld, das auf die Myzel-Verbindungen eingestellt wurde. Ich wollte kein Risiko eingehen. Obwohl...«

»Obwohl?«

»... es sich in dem Toten definitiv nur noch um abgestorbene Verbindungen handelt, von denen nach allen Gesetzen der Organik keine Gefahr mehr ausgehen dürfte.« Tschobe lächelte bizarr. »Als ich Schweitzer in der Klinik aufnahm, sah das noch anders aus. Da *wimmelte* sein Körper vor fremdartigem Leben... Und damit wären wir beim Punkt *außerirdische DNS*.«

»Woher stammt dieser Mann – und wo hat er sich mit diesem... Pilz angesteckt?«

»Er stammt aus World City«, sagte Tschobe. »Er leitete dort ein Notlazarett für die Obdachlosen unserer einstigen Hauptstadt. – Wissen Sie eigentlich, wie es dort immer noch aussieht? Ich bin ehrlich und sage: Ich wußte es nicht. Aber seit ich es weiß, kann ich mir keine Übertragung einer Parlamentsdebatte mehr anschauen, ohne an das zu denken, was Schweitzer mir in der kurzen Zeit, die er noch lebte, über die dortigen Zustände geschildert hat.«

»Ich wußte nicht, daß dort immer noch Menschen leben«, sagte Dhark. »Die Giants haben World City doch dem Erdboden gleich gemacht...«

»Fast«, nickte Tschobe. »Vielleicht gäbe es auch längst keine Menschen mehr dort, wenn der Winter endlich vorbei wäre. Aber Kälte und Schnee lassen diejenigen, die es im Herbst nicht mehr schafften, die Ruinen zu verlassen, auch jetzt noch ausharren. Die meisten sind so entkräftet, daß sie lange Märsche nicht überstehen würden, und die Regierung verschanzt sich hinter vordringlicheren Aufgaben, anstatt eine groß angelegte Evakuierung in die Wege zu leiten. Aber damit hatten sich die meisten arrangiert... Bis die Käfer kamen.«

»Die Käfer?«

»Schweitzer – und nicht nur er – wurde von einem Käfer gebissen. Dabei müssen ihm Viren oder *Sporen* übertragen worden sein, die sich explosiv in seinem Körper vermehrten. Er sprach auf kein uns zur Verfügung stehendes Antimycotikum an. Er verfaulte bei lebendigem Leib!«

»Das hört sich furchtbar an. Aber wie kommen Sie darauf, daß diese Krankheit ein Danaergeschenk der Giants sein könnte? Es gibt immer wieder neuartige Erreger, die sich als resistent gegen Antibiotika erweisen. Und was die Geschichte mit den Käfern angeht...«

»Sie ist wahr – kein Hirngespinst«, nahm Tschobe ihm den Wind aus den Segeln. »Ich habe ihr auch zunächst mißtraut. Bis ich die Häufigkeit der Fälle überprüfte und bis ich...«

»Ja?«

»Mir ein paar Exemplare der Gattung *Coleoptera* aus World City einfliegen ließ und in ihre DNS-Fragmente zerlegte.«

»Was fanden Sie heraus?«

»Die Käfer selbst sind nichts Besonderes. Ganz normale irdische Scharlachkäfer. Aber in ihrem Körpersekret fanden sich dieselben Sporen, die sich in den von ihnen verletzten Menschen geradezu explosiv vermehren und sie so enden lassen wie diesen Mann hier... Und dieses Sterben geht weiter! Zum späten Nachmittag hin erwarte ich einen Transport mit zirka fünfzig weiteren Betroffenen im Endstadium.«

»Sie glauben an eine Epidemie?«

»Ich kann es nicht ausschließen.«

»Aber warum sollten die Giants...?«

»Die Erreger stammen nicht von unserem Planeten«, sagte Tschobe hart. »Das haben meine Untersuchungen zweifelsfrei ergeben. Und ich kenne nur eine Rasse, die sich nicht einmal vor dem globalen Holocaust auf Terra gescheut hätte... Geht es Ihnen anders?«

Ren Dhark antwortete nicht.

»Halten Sie mich über Ihre weiteren Erkenntnisse auf dem laufenden«, sagte er. »Natürlich auch in der Robonenproblematik. Ich werde mich bei der Regierung dafür einsetzen, daß man beides mit der nötigen Konsequenz und Entschiedenheit angeht...«

Mit diesen Worten verabschiedete er sich von Tschobe.

Einem Manu Tschobe, der Ren Dhark die ehrliche Anteilnahme glaubte, der aber skeptisch blieb, was die Bereitschaft der Regierung betraf, sich aufziehenden exotischen Gefahren in adäquater Weise zu stellen...

Ren Dhark bewegten beim Verlassen des Klinikums ganz eigene Gedanken. Geistesabwesend durchwanderte er die Korridore des überbelegten Gebäudes. Ein Expreßlift brachte ihn ins Erdgeschoß zurück. Draußen im Park wartete der Flash, mit dem er angereist war.

Der Anblick der 001 ließ ihn wie aus einer Trance erwachen.

Auch im Unitall des auf seinen sechs spinnenbeinartigen Auslegern ruhenden Vehikels manifestierte sich eine außerirdische Macht, die Zwiespältiges in Dhark bewegte.

Es gab Zeiten, da er sich nichts sehnlicher wünschte, als den Ort zu finden, an den sich die Mysterious vor tausend Jahren zurückgezogen hatten. (An die Existenz eines solchen Ortes glaubte er fest, obwohl es auch Verfechter der These gab, daß die Mysterious damals zwar vor einem übermächtigen Gegner geflohen waren, ihm aber letztlich nicht hatten entkommen können.) In anderen Momenten fürchtete er sich davor, daß die Erbauer der Höhlen von Deluge, die identisch mit den Erbauern des Ringraumers waren, eines Tages wieder auf die Milchstraßenbühne zurückkehren und ihr Eigentum einfordern könnten – zumal nichts über die tatsächliche Mentalität der Mysterious bekannt war. Alles, was sie über die Geheimnisvollen zu wissen meinten, entsprang letztlich purer Spekulation.

Sie könnten schlimmere Bestien als die Giants gewesen sein, dachte

Dhark.

Aber wirklich glauben wollte er es nicht. Zu wunderbar war alles, was man auf Hope gefunden hatte: nicht nur der Industriedom, nicht nur die Transmitterstraßen, nicht nur...

Die Gedankensteuerung des Flash reagierte auf seinen lautlosen Befehl.

Die Luke schwang auf, und Dhark kletterte in die Zweierkabine des ›Blitzes‹, wo er erfuhr, daß eine Information für ihn im Speicher hinterlegt war. Er rief sie ab. Sie stammte von Dan Riker.

»Schlechte Nachrichten«, sagte die absolut lebensecht aufgezeichnete Stimme seines Freundes. »Du wirst gebraucht. Aber ich wollte dich nicht von Tschobe wegreißen – auf eine Stunde mehr oder weniger wird es hoffentlich nicht ankommen. Vielleicht ist alles nur blinder Alarm... Kontakte mich, sobald du die Nachricht abhörst.«

Das tat Dhark.

Und so erfuhr auch er von dem Süppchen, das die TF eigenmächtig zu kochen begonnen hatte.

Er reagierte noch während des Rückflugs.

Der eingeschlagene Kurs mußte nur leicht korrigiert werden. Das logistische Zentrum der Terranischen Flotte grenzte unmittelbar an den Raumhafen Cent Field, wo nicht nur die POINT OF, sondern auch etliche Schlachtschiffe giant'scher Herkunft lange Schatten in der Mittagssonne warfen.

Hope, Kontinent 4

Es roch nach Sumpfgas.

Noreen Welean wischte sich den Schweiß aus dem Gesicht. Der Fahrtwind der Antigrav-Platte, die sie von Douglas Farmer erhalten hatten, um tiefer in die Wildnis vorzudringen, brachte kaum Kühlung. Die Schwüle war erst in der Abenddämmerung richtig unangenehm geworden.

Während die Hochkommissarin immer wieder verbal ihren Unmut darüber äußerte, schwieg Simon beharrlich. Es war angenehm, ihn bei sich zu haben. Noreen beglückwünschte sich von Stunde zu Stunde mehr dazu, daß sie sich für ihn entschieden hatte.

Ein Diener... Sie lächelte versonnen.

»Wir müßten die Felder in der nächsten halben Stunde erreichen«, sagte sie. »Laut Farmer hält sich momentan niemand dort auf. Die Hege der Saat erfolgt vollautomatisch. Die Brigade, die das Terrain vorbereitet und abgesichert hat, ist längst an einem anderen Ort und rodet diesen. Wir werden die Nacht ganz auf uns gestellt verbringen. Ist das ein Problem für dich?«

»Für mich?« Simon sah sie einen Augenblick lang verdutzt an. Dann schüttelte er den Kopf und versicherte: »Nein.«

Noreen ging nicht weiter darauf ein. Es reizte sie, immer neue Versuche zu starten, Simon aus der Reserve zu locken. Sie konnte sich nicht vorstellen, daß er über unbegrenzte Duldsamkeit verfügte. Irgend etwas *mußte* auch ihm einmal zuviel werden, und seltsamerweise hatte sie den Ehrgeiz, diese Reizschwelle auszuloten.

»Farmer sprach von einer einzigen einheimischen Spezies, vor der wir uns, soweit es geht, in acht nehmen sollten – der Rest der Fauna ist angeblich völlig harmlos.«

Simon kauerte am rückwärtigen Ende der Schwebeplatte und bediente das dort montierte Antigrav-Ruder. Zwischen ihnen lag die Ausrüstung, die er aus dem Transmitter getragen hatte.

Er dachte kurz nach und schien dabei zu dem Schluß zu gelangen, daß es ein Gebot der Höflichkeit war, Interesse an ihren Ausführungen zu zeigen: »Darf ich fragen, um was für eine Tierart es sich handelt?«

Noreen grinste so breit, daß es aussah, als würde sie die Zähne blecken. »Man hat sie *Piranhas* getauft – ihrer Ähnlichkeit mit bestimmten räuberischen terranischen Flußfischen wegen. Angeblich treten die hiesigen Piranhas sowohl in Schwärmen als auch einzeln auf, und sie sollen bedeutend größer sein, etwa schäferhundgroß.«

»Wenn sie nur in Gewässern leben...«, warf Simon ein.

»Das tun sie nicht nur – leider. Spätestens hier endet die Verhaltensverwandtschaft. Es handelt sich um Amphibien, die ihre seitlichen Stummelflossen meisterhaft zur Fortbewegung an Land zu nutzen verstehen. Wir müssen wirklich auf der Hut sein, zumindest wenn wir vorhaben sollten, uns auch außerhalb der energetischen Absperrungen zu bewegen.«

»Wird das nötig sein?« fragte Simon. Es klang nicht, als würde er sich echte Sorgen wegen der von Noreen erwähnten einheimischen Spezies machen.

»Vermutlich nicht, nein.«

Damit war das Thema für Simon erledigt. Offenbar glaubte er, der Höflichkeit Genüge getan zu haben.

Wenig später erreichten sie einen der Gärten, die Farmers Brigaden im Dschungel angelegt hatten. Schon von weitem waren die buntgrellen Warneffekte zu erkennen, mit denen das Getier dieses Kontinents davon abgehalten werden sollte, überhaupt erst in schmerzhaften Kontakt mit den Schockzäunen zu kommen.

»Wir sind da«, sagte Terras Abgesandte.

Und erstmals seit ihrer Ankunft auf Hope brannte in ihren Augen ein Feuer besonderer Leidenschaft. Vor ihr lag ein regelrechtes Paradies für *Gen-Schürfer*, wie sie einer war...

Das mitgebrachte Labor war ein Wunderwerk terranischer Mikrotechnik. Es erlaubte rasche Vorortanalysen der beim *Bioprospecting* gewonnenen Proben. Bis Noreen und Simon es aus mehreren Segmenten betriebsbereit zusammengesetzt hatten, verging eine knappe Stunde. Den nötigen Strom lieferte ein leistungsstarker Akku.

»So«, schloß Noreen ihre Bemühungen ab. »Das reicht für heute. Du kannst dich um unser Nachtlager kümmern und ein warmes Essen zubereiten. Inzwischen sehe ich mich in den Beeten um. Für heute begnüge ich mich mit ein paar Stichproben. In richtige Arbeit wird es morgen bei Tagesanbruch ausarten...«

Simon nickte stumm und machte sich sogleich ans Werk.

Über ihren Köpfen spannte sich das Dach des Unterstands, den die Brigaden errichtet hatten. Wände gab es nicht. Dafür waren die energetischen Absperrungen vorhanden, die eine Fläche von knapp einem Hektar gerodeter Wildnis umzäunten. Die Höhe, bis in die die Sperre wirksam war, betrug zehn Meter. Da es auf ganz Hope keine Vögel und auf diesem Kontinent auch keine geflügelten Sauroiden gab, schafften es nur harmlose Insekten, den Zaun zu überwinden. Es wäre ein leichtes gewesen, auch sie durch ein Dämpfungsfeld am Einflug zu hindern. Aber niemand wollte die Äcker und Gärten zu Oasen übertriebener Sterilität machen. Langfristig sollten sich die importierten Nutzpflanzen mit hiesiger Flora kreuzen und so noch widerstandsfähigere Arten hervorbringen.

Langfristig, dachte Noreen, während sie sich mit einer Probenbox und dem dazugehörigen Besteck von dem Unterstand entfernte. *Was für ein Selbstbetrug!*

Normalerweise vermied sie vorschnelle Urteile. Aber selbst in Farmers vordergründig so optimistischen Augen hatte sie Schatten beginnender Resignation bemerkt. So etwas nistete nur in Menschen, die sich innerlich mit dem zwangsläufigen Eintritt einer Katastrophe abgefunden hatten.

Und hier auf Hope drohte die totale Katastrophe.

Die totale Entartung alles Organischen...

Noreen sog die würzige Luft – ein Gemisch aus den Absonderungen des Wildwuchses jenseits der Sperre und des Gartens irdischer Prägung – tief in sich ein und *verstand*, warum die Siedler von Hope sich an einen Hoffnungsstrohhalm klammerten. Warum niemand zurück zur Erde oder zum ursprünglichen Ziel ihres Aufbruchs, nach Dorado im Deneb, wollte.

Hope *hatte* etwas.

Die beiden Sonnen, von denen eine bereits die Wipfel der Bäume ›küßte‹, tauchten den Himmel in ein verzaubertes Licht. Kurz bevor sie hinter dem Horizont versanken, schienen sie von einer Aureole umflossen zu werden, die Noreen schlagartig *bewußt* machte, wo sie war. Der Mensch verdrängte gern die wahre Dimension der Fremde, in die er aus einem unstillbaren Wissensdrang heraus vorstieß. Aber in solchen Momenten, unter einem abendlichen Himmel, der sich in dieser Weise *unmöglich* über einer Landschaft der Erde hätte wölben können, gab es keine Ausflüchte vor der Wahrheit mehr.

Wie können wir es wagen? dachte Noreen, in einer Weise bewegt, die sich nicht an sich kannte. *Woher nehmen wir die Unverfrorenheit, in Ökosysteme einzubrechen, die uns nicht das geringste angehen?*

Sie spazierte entlang der gestampften Pfade und Einfriedungen, die die einzelnen Beete und Saatkulturen voneinander trennten.

Natürlich war nicht Farmer derjenige gewesen, der Terra um Mithilfe bei der Klärung der Frage gebeten hatte, ob die sich abzeichnende Entwicklung überhaupt noch zu stoppen war. Cattans Stadtpräsident Tanakagara hatte sich diskret an das Ministerium gewandt, dem Noreen unterstellt war. Und dort hatte man sich unvertretbar lange Zeit gelassen, bis man Tanakagara endlich Unterstützung signalisiert hatte.

Vor einer Woche hatte ein Raumer der Planeten-Klasse Noreen in ihrer Eigenschaft als Hochkommissarin auf Hope abgesetzt. Inkognito hatte sie sich mit Tanakagara getroffen, der keine Mühe gescheut hatte, um die wahren Gründe ihres Besuchs vor seinen Mitarbeitern und vor der Öffentlichkeit zu verschleiern. Zu dieser Taktik hatte auch ihr Abstecher nach Deluge gehört. Von wo aus sie weiter nach Kontinent 4 gereist war.

Tanakagara fürchtete Unruhen, falls publik würde, daß bei den angebauten Getreide- und Gemüsesorten auf Kontinent 4 genetische Defekte festgestellt worden waren – und es war keineswegs abwegig, daß Cattans Bürger aus dem Bekanntwerden dieser Informationen Zusammenhänge mit den immer häufiger auftretenden allergischen Reaktionen bei den Kolonisten hergestellt hätten. Bislang schien noch jeder zu glauben, die Hautausschläge und sonstigen Befindlichkeitsstörungen hingen ursächlich mit der Aggressivität der nicht völlig zu filternden kosmischen Strahlung während magnetischer Stürme zusammen.

Noreens Untersuchungen sollten nun – zunächst inoffiziell – Klarheit darüber schaffen, ob das Ökosystem des Planeten wirklich vor dem Zusammenbruch stand.

Für die Bio-Prospektorin gab es kaum Zweifel, wie die Konsequenzen in diesem Fall auszusehen hätten: Hope müßte aufgegeben werden – zumindest von seinen Siedlern. Vermutlich sah die Zukunft des Planeten so aus, daß lediglich die Höhlen auf Deluge weiterhin permanent besetzt blieben, von Wissenschaftlern, deren Traum es war, die Technologie der Mysterious mittelfristig und behutsam selbst in den irdischen Alltag zu assimilieren...

Mit sich noch ziemlich uneins, ob sie heute überhaupt noch irgendwelche Proben einsammeln sollte, blieb Noreen unvermittelt stehen.

Sie hatte etwas entdeckt.

Etwas, das mit Sicherheit *nichts* mit der Strahlenproblematik zu tun hatte... Eines der Gemüsebeete war völlig zerstört, als hätten Vandalen darin gehaust!

Vandalen, die sich nicht mit Zerstörungen begnügt, sondern alles, bis auf ein paar welke Blätter *geräubert* hatten!

Noreen überwand ihre Verblüffung und ging näher. Unwillkürlich schweifte ihr Blick zu den pulsierenden Regenbogenfarben des Zaunes... dann hoch zum Himmel, als erwartete sie, irgend etwas in den Lüften zu entdecken, was diese Schäden angerichtet haben könnte.

Sie wurde nicht fündig. Das Erdreich sah aus wie umgepflügt, ohne daß Abdrücke darin hinterlassen worden wären, die auf den Verursacher hätten rückschließen lassen.

Kopfschüttelnd durchschritt sie das Beet. Der Boden war locker und roch wie frisch verarbeiteter Kompost. Noreen sank bis weit über die Knöchel ein. Aber auch das Betreten des Beets brachte keine verwertbaren Hinweise.

Sie ging zurück auf den Pfad und wischte sich den Schweiß vom Gesicht. Dann durchwanderte sie die nähere Umgebung auf der Suche nach weiteren gewaltsamen Eingriffen in die Pflanzungen.

An drei weit auseinanderliegenden Stellen fand sie ähnliche Verwüstungen.

Es gab keinen Zweifel: *Etwas* hatte es geschafft, die Zäune zu überwinden. Etwas überaus Gefräßiges, wenn auch wahrscheinlich für sie und Simon ungefährliches. Immerhin schien es sich um Vegetarier zu handeln, kein Geschöpf, das auf Fleisch aus war...

Noreen kehrte in weitem Bogen zu ihrem Diener zurück, der in der Zwischenzeit Nachtlager und Essen bereitet hatte.

Sie unterrichtete ihn über das, was sie entdeckt hatte, und Simon überprüfte die Bereitschaft seiner Waffen.

Mit Einbruch der Dunkelheit schwoll die Lautkulisse des umgebenden Dschungels merklich an. Die Lichteffekte der Umzäunung tränkten die Nacht mit unwirklichen Farben.

Eine Nacht, die Noreen Welean und ihr treuer Diener nie mehr vergessen sollten...

Auch auf Main Island herrschte die Dunkelheit.

Auf einem Gebirgsplateau, von dem man weithin freie Sicht hatte, saßen Nelson Doty und Goofy nah beieinander und spähten hinab in die Ebene, in der Cattans ferne Lichter, ins Samtschwarz der Nacht eingebettet, schwebten wie im Flug erstarrte Glühwürmchen.

Dicht daneben schillerte ein glockenartiges Gebilde, unter dem sich die VIGO, eine der beiden Sternschnuppen, verschanzt hatte.

Aber Nelson Doty und Goofy warteten darauf, daß sich eine wesentlich größere Glocke über die Stadt stülpen würde. Sie warteten seit mehreren Stunden, aber das Ereignis, das Goofys Erklärungen während des Herflugs untermauert hätte, trat und trat nicht ein.

»Das können Sie doch nicht tun«, stammelte der gedrungene Mann. »Ich weiß, was ich gehört habe – und die einzige logische Konsequenz daraus ist, daß sie den Schild errichten!«

Sein junger Freund musterte ihn eine Weile schweigend von der Seite her. Dann meinte er: »Du hattest von Anfang an Zweifel, daß sie es tun würden, oder? Sonst wärst du mit mir in der Stadt *geblieben...*«

Goofy schien gar nicht zuzuhören. Kopfschüttelnd raufte er sich die Haare.

Nelson Doty konnte nur vermuten, was in ihm vorging. Goofy hatte ihm gebeichtet, daß er in seiner Freizeit ab und zu kleine Lauschangriffe auf Flottenfrequenzen startete – für den ›Hausgebrauch‹, wie er es ausdrückte. Heute hatte er dabei einen verschlüsselten Dialog zwischen der VIGO und dem Hauptquartier der TF aufgefangen. Mit Hilfe seiner Vorkenntnisse und dem Suprasensor des Scoutbootes war es ihm gelungen, den Inhalt zu dechiffrieren.

So hatte er vom Verlust der VESTA erfahren. Sie mußte kurz zuvor irgendwo in diesem Sonnensystem von einem überlegenen Feind vernichtet worden sein – einem Feind, nach dem sie offenbar sogar *gesucht* hatte, ohne sich allerdings über dessen Stärke im klaren zu sein...

Aus dem Gespräch des Kommandanten der VIGO und der Admiralität war zu entnehmen gewesen, wie hochdramatisch dieser Vorgang eingestuft wurde. Aber Goofy hatte vergeblich auf eine vernünftige Reaktion der Stadtoberen gewartet. Zwar hatte es – von ihm ebenfalls belauscht – eine Unterhaltung Tanakagaras mit Captain Narrodjo gegeben, aber darin war dem Stadtpräsidenten nicht der wahre Grund eröffnet worden, warum sich die VIGO mit einem Prallschirm umkapselt hatte.

Mehrfach hatte Goofy versucht, selbst eine Verbindung zu Tanakagara herzustellen. Selbst auf das Risiko, daß er seiner Lauschaktionen wegen bestraft werden könnte, hatte er zum Wohl von Cattans Bürgern auf die Gefahr hinweisen wollen, die wieder einmal von einem noch unbekannten Aggressor aus dem All drohte.

Vergeblich.

Tanakagara hatte sich verleugnen lassen. Als Goofy dem Adjutanten, der ihn abwimmeln wollte, schlußendlich die Nachricht vom Untergang der VESTA ins Gesicht gebrüllt hatte, hatte ihn dieser als profilierungssüchtigen Verrückten bezeichnet und abgeschaltet.

Nelson Doty stieß seinem Freund sacht in die Seite, worauf Goofy ihm fast widerwillig das Gesicht zudrehte.

»Was ist?«

»Wäre es möglich, daß du einer Finte aufgesessen bist?« fragte der Junge vorsichtig.

»Einer Finte?«

»Soweit ich weiß, führt die Flotte unentwegt irgendwelche Übungen und Planspiele durch. Wäre es da nicht möglich, daß die Zerstörung der Sternschnuppe nur simuliert wurde – und auch die Hyperverbindung zur Erde nur Bestandteil dieses Manövers war?«

Goofy schaute ihn fast bestürzt an. »Du meinst...?«

Nelson zuckte die Achseln. »Ich ziehe nur in Betracht, daß es auch eine Erklärung geben könnte, warum in Cattan nichts darauf hindeutet, daß auch nur geringste Gefahr im Verzug ist. Ich kann mir auch nicht vorstellen, daß ein Mensch so kaltblütig das Leben Zehntausender aufs Spielen setzen würde, nur um Aufruhr und Panik zu verhindern. Das stünde in keiner Relation zu...«

Goofy schluckte hart. Müde gebot er Nelson zu schweigen. Seine Haltung drückte aus, daß er verstanden hatte, was ihm sein Freund zu verstehen geben wollte, der nicht einmal halb so alt war wie er selbst.

»Wir warten bis zum Morgengrauen. Wenn sich bis dahin nichts getan hat, fliegen wir zurück«, sagte er. »Jetzt laß uns ein wenig schlafen. Komm mit!«

Sie kehrten in die Kanzel des Scoutboots zurück. Es war eine laue Nacht. Die Sterne funkelten friedlich am hohen Himmel.

Und nicht einmal Goofy ahnte, daß es die letzte Nacht war, in der Cattan existierte.

Noreen Welean war sofort hellwach, als das Geräusch an ihre Ohren drang. Sie fuhr von ihrem Lager hoch und fühlte Simons Hand auf ihrer Schulter.

»Still!« flüsterte er.

Sie nickte nur, worauf die Berührung von ihr abfiel. Im Licht der Umzäunung konnte sie die Konzentration in den Zügen ihres Dieners ablesen. Er kauerte neben ihr in der Hocke. Eine seiner Hände umschloß den Lauf des Blastergewehrs und stützte sich darauf. Vielleicht war er nur Momente vor ihr aus dem Schlaf geschreckt.

Die Geräusche setzten sich unvermindert fort.

Ein dumpfes Rumoren, das aus den Tiefen der Erde zu kommen schien – nicht dort, wo der Unterstand lag, sondern irgendwo entfernt. Die genaue Richtung ließ sich schwer bestimmen.

»Es hat gerade erst begonnen«, flüsterte Simon. »Ich vermute, daß es mit Eurer Entdeckung zusammenhängt. Mit den Verwüstungen in den Beeten...«

»Vielleicht kommt es ja auch von jenseits des Energievorhangs«, schlug Noreen vor, ohne selbst daran zu glauben.

Simon kommentierte es nicht weiter. In geduckter Haltung entfernte er sich aus dem Unterstand heraus. Gestikulierend forderte er Noreen auf, dort zu bleiben, wo sie war, und seine Rückkehr abzuwarten.

Sie nahm das Angebot dankbar an. Zugleich begann sie, in dem Ausrüstungspacken, der ihr als Kopfkissen gedient hatte, nach einer Handwaffe zu fahnden. Sie fand ihren Paraschocker und hielt sich daran fest.

Ungeduldig erwartete sie Simons Rückkehr und Rapport.

Die Minuten verrannen.

Zu sehen war kaum etwas, trotz der Illumination durch die Schockzäune. In der Richtung, in der sich Simon entfernt hatte, verbaute ein Feld mannshoher Buschbohnen die Sicht...

Das Rumoren hielt unverändert an.

Als es von einem anderen Laut überlagert wurde, gerann das Blut in Noreens Adern.

Beinahe zumindest.

Simons Schrei erstickte ebenso abrupt, wie er aufgeklungen war. In derselben Sekunde hörte auch das dumpfe Geräusch auf.

Trotz ihrer Angst kam Noreen auf die Beine, griff sich eine Stablampe und bohrte den grell gebündelten Lichtfinger in die Schatten zwischen den Beeten. Ohne Rücksicht auf die eigene Sicherheit, rannte sie mit der Lampe und dem entsicherten Paraschocker in die Richtung, aus der sie das letzte Lebenszeichen ihres Dieners erhalten hatte. Im Laufen rief sie nach ihm: »Simon? Antworte, wenn du mich hören kannst! Wo bist du? Wo...?«

Sie verstummte, weil der Boden unter ihr nachgab und die Erde sie wie Treibsand verschlang – schneller als ihre durch die Luft rudernden Arme irgendwo Halt finden konnten.

Kühl legte sich die modrige Tiefe um ihren Körper.

Im ersten Moment realisierte Noreen nicht einmal den vollen Umfang der damit verbundenen Gefahr.

Erst als sie den Mund ohne Sinn und Verstand aufriß, als könnte sie weiteratmen wie bisher, begriff auch sie, was jeder Mensch weiß: Daß man Erde nicht atmen kann, sie aber ideal ist, um ein Grab zuzuschütten...

Tiefer und tiefer zog ihre eigene Schwere sie nach unten.

Als sie die Augen aufschlug, wußte sie nicht, wie lange sie bewußtlos gewesen war. Simon war bei ihr. Er hatte sie in die Seitenlage gebracht und sein Hemd unter ihren Kopf geschoben.

Der Geruch seines Schweißes war stärker als der umgebende Hauch von Moder. Ernüchtert fragte Noreen: »Wo – sind wir hier? Was ist passiert?«

Trübes Licht erhellte den Stollen, der so niedrig war, daß auch Simon darin nicht stehen konnte. Auf die Ellbogen gestützt, lag er in Kopfnähe seiner Herrin. Die Lampe, die diffusen Schein spendete, war dieselbe, die Noreen sich gegriffen hatte, ehe sie losgerannt war.

Offenbar hatte sie sie bis zuletzt festgehalten.

Noreen drehte den Kopf und blickte in beide Richtungen des Schachts. Zu ihrer Verwunderung entdeckte sie nirgends heruntergebrochens Erdreich, das den Stollen verschüttet hatte.

»Was ist passiert?« wiederholte sie noch einmal. Zwischen ihren Zähnen knirschte Sand. Aber es gab noch etwas anderes, was Noreens Ekel weckte. Sie wandte sich von Simon ab und erbrach eine schleimige Substanz, die weit hinten in ihrem Hals gesteckt hatte.

»Ich weiß es nicht«, sagte ihr Diener, ohne ihr das Gefühl zu geben, daß ihn ihre Reaktion abstieß. »Aber offenbar sind wir in dieselbe Falle getappt.«

»Falle?« Sie schüttelte sich.

»Vielleicht keine bewußt gestellte«, räumte er ein. »Aber auch unter mir gab der Boden urplötzlich nach. Ich trieb durch aufgeweichten Grund abwärts. Er wirkte irgendwie unnatürlich auf mich. Als ich merkte, daß ich nicht mehr lange ohne Luft auskommen würde, *unterstützte* ich instinktiv den Sog, der mich nach unten entführte, statt mich ihm entgegenzustemmen. Vielleicht schaffte ich es deshalb, den Stollen noch bei vollem Bewußtsein zu erreichen und Euch zu helfen, als ihr ohnmächtig nachgekommen seid...«

Noreen fragte nicht, was er alles verhext hatte, um sie wieder ins Diesseits zurückzurufen. »*Wo* sind wir heruntergekommen? Ich sehe nirgends...«

Simon deutete direkt über ihre Köpfe. »Dort.«

Dort war nichts anderes als eine geschlossene Decke, die sich kaum von der weiteren Umgebung unterschied.

»Die scheinbare Stabilität der Decke täuscht«, sagte Simon. »Man muß nur mit der Faust dagegen drücken, um mühelos hineinzutauchen. Trotzdem rieselt kaum ein Sandkorn zu Boden. Ich kann es mir auch nicht erklären. Aber irgend etwas scheint die Erde zu binden...«

Der Schleim, dachte Noreen unwillkürlich. Es überlief sie kalt.

»Willst du damit andeuten«, fragte sie, »daß jemand die Tonnen Erde über uns *präpariert* hat?«

Simon schüttelte den Kopf. »Nicht jemand – aber etwas.«

»Wie bitte?«

»Als ich hier unten wieder festen Boden unter die Füße bekam, war es noch stockfinster um mich herum. Ich hatte keine Lampe bei mir. Trotzdem sah ich etwas...«

»Was?«

»Augen.«

»Augen?«

»Viele Augenpaare, die sich von einem Geräusch begleitet davonmachten, das an über Sand huschende Pfoten erinnerte. Seitdem habe ich nichts mehr von ihnen bemerkt. Aber ich werde das Gefühl nicht los, daß sie sich vor mir mehr erschreckt haben, als ich mich vor ihnen...«

»Tiere?« fragte Noreen. *»Maulwürfe?«*

»Was immer es war, es war größer – und es kann offenbar mehr als nur simple Stollen wie diesen hier graben. Vielleicht wird die Erde mit einem Körpersekret gebunden. Es ist ja nicht so, daß dieser Stollen über seine gesamte Länge eine halbstabile Decke hätte. Ich habe ihn mir angesehen. Es sind immer nur hie und da wenige Bereiche...«

»Besteht eine Möglichkeit, durch diese... Stellen auch wieder nach oben zu gelangen?«

Simon schüttelte den Kopf. »Ich glaube nicht, daß unsere Lungen oder Extremitäten dafür geschaffen sind.«

»Wir könnten es wenigstens versuchen, ehe wir hier unten vermodern!«

Simon nickte, verblüffte sie aber mit der Eröffnung: »Vielleicht gibt es eine andere Möglichkeit. Wie gesagt, ich habe mich ein wenig umgesehen, als Ihr noch ohnmächtig wart.«

»Das klingt, als hättest du noch etwas anderes als halbstabile Deckenstellen gefunden...«

Ihr Diener hob den Arm und streckte ihn dorthin, wo der Horizontalstollen sich im Dunkeln verlor. Das Lampenlicht reichte höchstens zehn Meter in beide Richtungen.

»Nicht weit von hier ist etwas«, bestätigte er, »was kaum von irgendwelchen Tieren erschaffen worden sein kann.«

»Und das wäre?«

»Ein Metalltor«, sagte Simon. »Ich konnte es nicht öffnen, aber ich habe mich auch noch nicht ernsthaft bemüht...«

»Dann laß uns das schnell nachholen! Manchen dunklen Orte gewinne ich ja durchaus Romantik ab, diesem hier aber bestimmt nicht. Der fällt in eine ganz andere Kategorie.«

»Und welche?« bekundete Simon selbst in dieser Situation höfliches Interesse.

»Grauenhaft!«

Cattan, die Stunden nach Mitternacht

»Und Sie sind wirklich sicher, daß kein Magnetsturm im Anzug ist...?«

»Absolut sicher, Stadtpräsident«, betonte Wren Craig, einer der Leiter der Astro-Station, mit fester Stimme. »Zumindest nicht in der näheren Umgebung des Col-Systems. Unsere Meßgeräte haben sich bewährt und sind so gut wie unbestechlich. Ihre Schwierigkeiten, eine Hyperfunkverbindung nach Terra aufzubauen, müssen einen anderen Ursprung haben. Vielleicht fluktuiert die kosmische Strahlung irgendwo auf dem langen Weg zur Erde. Bedenken Sie: 30 000 Lichtjahre...«

»Schon gut. Danke für Ihre Auskunft zu dieser fortgeschrittenen Stunde.«

Stadtpräsident Tanakagara schaltete die Vipho-Verbindung ab.

Und fühlte sich einsamer als vor dem Gespräch, von dem er sich Aufschluß über wenigstens eines seiner Probleme erhofft hatte.

Menschen von seinem Format, Menschen auf denen vergleichbare Verantwortung lastete wie auf seinen Schultern, waren fast *immer* irgendwo einsam – das hatte er akzeptiert. Die Kunst bestand darin, es die Umwelt nicht merken zu lassen. Gerade damit aber tat sich der schmächtige Mann mit den afro-asiatischen Zügen von Stunde zu Stunde schwerer.

Etwas war faul im ›Stadtstaat‹ Cattan.

Oberfaul.

Er konnte förmlich *riechen*, daß sich etwas zusammenbraute, und unübersehbares Indiz dafür war das Verhalten des Captains der VIGO, Narrodjo.

Oder das Unvermögen, Terra auf Hyperwelle zu kontakten.

Tanakagara brauchte keine prophetischen Gaben, um zu ahnen, daß die VESTA am frühen Morgen des zurückliegenden Tages nicht nur zu einem simplen Aufklärungsflug gestartet war.

Schon allein *daß* der Raumer der Panther-Klasse gegen seinen ausdrücklichen Wunsch abgehoben hatte, empfand Tanakagara als Affront gegen seine Person. Dies war immer noch in erster Linie Hoheitsgebiet der Kolonie – und in der Vergangenheit hatte es auch nie Probleme gegeben, diesen Status gegen Terras Flottenkommando zu behaupten.

Seit gestern war das anders.

Seit gestern war vieles anders.

Die VIGO hüllte sich – im Gegensatz zur Erde – nicht nur in Schweigen, sondern verbarg sich auch hinter ihren Schilden. Und das ließ Narrodjos abwiegelnde Hinweise auf eine harmlose Übung mit zunehmender Dauer immer zweifelhafter erscheinen.

Tanakagara hatte die Beschäftigten in der Hyperfunk- und Ortungsanlage von Cattan um erhöhte Aufmerksamkeit gebeten. Außerdem sollten sie nach dem Verbleib der VESTA forschen. Aber die zweite Sternschnuppe der TF blieb unauffindbar. Das Col-System war gewaltig in seiner Ausdehnung, und ohne einen wenigstens vagen Anhaltspunkt, *wo* man nach dem Schwesterschiff der VIGO zu suchen hatte, bestand wenig Aussicht auf Erfolg. Zumal die in Cattan und Umgebung installierten Geräte noch lange nicht auf dem Stand der Giant-Technik waren.

Hätte Tanakagara wenigstens nachträglich Meldung erhalten, daß sich ein Bürger der Stadt mehrfach darum bemüht hatte, ihn in einer dringlichen Angelegenheit zu sprechen, vielleicht wäre alles anders gekommen.

Vielleicht.

So aber nahmen die Dinge ihren Lauf.

Hier ebenso wie auf Kontinent 4, auf Deluge und auf der fernen Erde...

... wo Ren Dhark gerade die gewiß nicht hitzigste, bestimmt aber frustrierendste Debatte seines Lebens führte.

Terra, Cent Field

Alles an dieser Zusammenkunft mit hochrangigen Militärs erinnerte Ren Dhark frappierend an das allgemeine Tohuwabohu vor zwei Jahren, als sein Vater noch gelebt und gegen Windmühlenflügel angekämpft hatte.

Windmühlen...

Es war so unglaublich, daß es beinahe schon wieder komisch war.

Dann aber *tragikomisch!*

Auch Sam Dhark hatte damals seine liebe Not mit den Hardlinern aus Kreisen der Erdregierung und Raumflotte gehabt. Es hatte ihn die letzten Energien gekostet, den Start der GALAXIS mit 50 000 Siedlern an Bord durchzusetzen – am Vorabend der Giant-Invasion.

Ohne Dads Standhaftigkeit wäre die Erde heute immer noch in der Hand der Giants, dachte Dhark. *Es hätte nie eine Strandung auf Hope gegeben, nie eine Entdeckung des Ringraumers... und damit niemanden, der dem CAL je hätte die Stirn bieten können...*

Er atmete tief ein und aus.

Und vielleicht zog er aus genau dieser Erinnerung die Kraft, die er brauchte, um sich erfolgreich gegen den Stab von Uniformträgern zu behaupten, der sich um ihn geschart hatte.

Betonschädel!

Militaristen!

Die Dinosaurier einer Zivilisation – aber einfach nicht totzukriegen.

In freien Stunden, wenn er seinen Gedanken und Zukunftsideen ungestörten Lauf lassen konnte, hatte Ren Dhark ganz andere Vorstellungen von Mechanismen, die nicht nur das künftige friedvolle Leben der Menschen untereinander, sondern auch ihre Koexistenz mit den anderen Völkern der Galaxis regelten.

Aber bis zu deren Verwirklichung lag noch ein steiniger Weg vor ihnen.

Vor jedem einzelnen Terraner.

Und ganz unschuldig daran, daß die Unverbesserlichen wieder das Sagen haben, bin ich auch nicht, dachte er selbstkritisch. *Ein klein wenig habe ich mich auch aus der Verantwortung gestohlen – es den Altvorderen überlassen, sich wieder in Amt und Würden zu lavieren...*

»Ich bin enttäuscht darüber, was Sie offenbar unter ›Zusammenarbeit‹ verstehen«, machte Dhark seinen Standpunkt nicht nur dem Oberkommandeur der Flotte, sondern jedem einzelnen in diesem Raum deutlich. »Nachdem es uns an Bord der POINT OF gelungen war, die Phantomortung aus dem Giant-System zu entzerren und den Schleier zu enthüllen, der einen Blick auf das *Dahinter* versperrte, habe ich nicht eine Sekunde gezögert, der TF die gewonnenen Erkenntnisse zur Verfügung zu stellen! Immerhin geht es hier um die Sicherheit des Solaren Systems und aller Außenstationen! Die Spindelraumer sind uns keine Unbekannten. Ihr Erscheinen im Sol-System vor knapp zwei Jahren war, das haben spätestens die Ereignisse auf Robon bewiesen, kein Zufall – und es steht zu befürchten, daß die Fremden in den Spindeln uns auch während der Giant-Invasion nie wirklich aus den Augen verloren haben. Daß sie nach Olan keine weitere Attacke gegen Terra flogen, haben wir vermutlich – so zynisch das klingen mag – den Giants zu verdanken.«

Er machte eine kurze Pause und blickte von Gesicht zu Gesicht. Nirgends fand er Reue oder eine andere Emotion, die seinen Zorn über die Vorgehensweise der Flotte gemildert hätte. Trotzdem bezähmte er seine Gefühle. Er wußte, was vom Klang einer Stimme abhing. In hartem, aber stets kontrolliertem Tonfall fuhr er fort: »Daraus sollten wir aber nicht unbedingt den Parallelschluß ableiten, daß die Spindeln sich vor den Giants *fürchteten*. Nachdem sich herausgestellt hat, was seinerzeit auf Robon wirklich geschehen ist und *von wem* der CAL entführt wurde, müssen wir vielmehr in Betracht ziehen, daß die Spindeln lediglich einen *Umweg* gewählt haben, um – was Terra und seine Menschen angeht – ans Ziel ihrer Wünsche zu gelangen!«

»Wir kennen Ihre These«, warf einer der Anwesenden ungerührt ein. »Eine Spindel hat den CAL entführt. Danach sind alle Giants spurlos verschwunden. – Die Spindelbesatzung hat uns das Commutator-Enzephalo überlassen. Danach wurden alle geistig versklavten Menschen wieder frei... Und Ihrer Meinung nach geschah dies alles mit einem Hintergedanken, den wir zwar noch nicht zu durchschauen vermögen, der aber bei allem Guten, das er auf den ersten Blick brachte, nichts Gutes bedeuten *kann*. Weil die Spindeln unsere Feinde sind. Und weil...«

»... wir eines der Spindelschiffe, die vor zwei Jahren in unserem Sonnensystem gegen auch nie wieder aufgetauchte *Zylinder*schiffe kämpften, als Wrack im Kuiper-Gürtel aufgespürt haben! Ein Wrack, das voller... wie soll ich es nennen... menschlicher Sterbeemotionen war – uns allen, die wir damit konfrontiert wurden, kam es vor, als hätte das fremdartige Sternenschiff die Seelen der Menschen, die damals in Olan und Umgebung umkamen, in sich *gespeichert*. Es war einer der unwirklichsten Momente meines Lebens. Ich übertreibe nicht, wenn ich sage –«

»Wir kennen den Bericht, Commander Dhark. Man kann Ihnen wirklich nur Lob zollen, was Ihre Bereitschaft angeht, uns mit allen Indizien, die auf eine erneute extraterrestrische Bedrohung hinweisen, zu versorgen. Wir haben auch sofort die Checkmasterdaten zu dem Spindelphantom, die Sie uns zur Verfügung stellten, in Umlauf gebracht...«

»Genau darum geht es!« revanchierte sich Dhark für die Unterbrechung seiner Rede. »Mir ist zu Ohren gekommen, daß es, basierend auf diesen Frequenzen, zu einer Ortung gekommen ist...«

Er ließ seine Worte wirken, während er die götzenhaften Gesichter studierte, die ihn umgaben.

Er hätte das Mienenspiel nicht einmal zu sehen brauchen, um zu *spüren*, daß er einen Volltreffer gelandet hatte. Die Temperatur im Raum ging erdrutschartig in den Keller.

»*Wer* hat Ihnen das zu Ohren gebracht?« fragte Marshall Bulton, der einzige Mann mit Charisma unter all den Uniformträgern.

»Ist das wichtig? Für mich zählt, ob es wahr ist – und daran habe ich seit drei Sekunden keinen Zweifel mehr...« Dhark fuhr sich kopfschüttelnd über Stirn und Augen. »Warum, glauben Sie, stelle ich Ihnen all unser Wissen und unsere Erkenntnisse zur Verfügung? Sie brauchen nicht zu antworten, ich tue es für Sie, und zwar in aller Deutlichkeit: Weil ich gehofft hatte, mit Ihnen zusammenarbeiten zu können – Hand in Hand! Aber Ihr Verhalten ist ein Schlag ins Gesicht! Woher nehmen Sie die Unverfrorenheit, sich der POINT OF zu bedienen, ohne selbst die geringste Bereitschaft auf ein Entgegenkommen zu zeigen?«

»Ich verstehe Ihre Erregung«, sagte Bulton. »Aber haben Sie sich einmal gefragt, ob Sie nicht selbst daran schuld sind, wenn gewisse Entscheidungen gefällt werden, *ohne* daß man Sie konsultiert?«

Dhark holte tief Luft. »Worauf wollen Sie hinaus?«

»Darauf, daß Sie seit Dewitts unrühmlichem Abgang von der politischen Bühne nie wieder klar Position bezogen haben! Sie bekleiden kein offizielles Amt und pochen unentwegt auf einen Sonderstatus für die POINT OF, die Sie nicht in die Flotte eingebunden und schon gar nicht dem Flottenkommando unterstellt sehen wollen!«

Dhark schürzte die Lippen und nickte. In gewisser Weise fühlte er sich ertappt. Bultons Worte trafen den Nagel ziemlich genau auf den Kopf – und sie unterstrichen, daß er in nächster Zukunft eine Entscheidung treffen *mußte*, was die Zukunft der POINT OF und ihrer Crew aus aufeinander eingespielten Individualisten anging.

Noch war er dazu aber nicht bereit – und es war ein cleverer Schachzug Bultons, ihm einreden zu wollen, daß dies unabdingbar für eine gedeihliche Zusammenarbeit sei.

»Es gibt also tatsächlich eine Spindel-Sichtung im Col-System?«

»Wir haben ein paar Probleme im Col-System«, räumte er ein.

»Welcher Natur?«

»Eine der Sternschnuppen wurde auf einem Patrouillenflug vernichtet.«

»Vernichtet?« Dhark ballte die Fäuste unter dem Tisch. »Ein paar Probleme... Heilige Galaxis, gibt es Hinweise darauf, daß die Sternschnuppe von einem Spindelraumer zerstört wurde?«

»Ja. Die VESTA scannte das System auf den von *Ihnen* zur Verfügung gestellten, zuvor ungebräuchlichen Frequenzen, und sie wurde fündig.«

»Hatten Sie Kontakt mit dem Schiff, bevor es...?«

Auch das bestätigte Bulton im Einvernehmen mit den anderen hohen Offizieren. »Die VESTA handelte gegen strikte Weisungen. Sie sollte sich sofort nach dem Positiv-Scann nach Hope zurückziehen – statt dessen operierte sie weiter in dem betreffenden Sektor und provozierte auf diese Weise offenbar einen Schlag des Feindes.«

»Wie haben Sie reagiert? Wurde die Kolonie gewarnt? Was ist mit der zweiten Sternschnuppe? Wann treffen die ersten Verbände im Col-System ein?«

»Die ersten Verbände?«

»Wollen Sie dort weitermachen, wo Sie gerade aufgehört haben?« fragte Dhark kalt. »Ich weiß von Flottenbewegungen extremen Ausmaßes. Nicht nur aus meiner Quelle, auch die POINT OF hat...«

»Wir haben die Hälfte der Flotte mobilisiert«, sagte einer der Generäle aus dem Hintergrund. »Die andere Hälfte verbleibt hier im Sol-System. Damit vermeiden wir jedes Risiko.«

»Wir vermeiden jedes Risiko?« Dhark sah den Sprecher an wie ein Wesen von einem völlig anderen Planeten. »Sie haben meine Berichte offenbar doch nicht sonderlich genau gelesen – und auch nicht ausreichend in Ihrer Erinnerung gekramt, sonst käme Ihnen ein solcher Satz nicht über die Lippen! Haben Sie schon vergessen, mit welcher Unüberwindlichkeit die Spindel Terra heimsuchte. Unsere komplette Streitmacht konnte sie weder aufhalten, geschweige denn *stoppen.* Wäre damals nicht die andere Fraktion in den Zylinderschiffen aufgetaucht...«

»Und Sie?« konterte der verbal Angegriffene. »Ignorieren Sie nicht vielleicht die Tatsache, daß wir damals eine unvergleichbar schwächere Streitmacht zur Verfügung hatten? Unsere Sol-Kreuzer waren unser Nonplusultra, aber das Blatt hat sich gewendet. Heute stehen uns Kriegsschiffe zur Verfügung, die über Pressor, Raptor und Drehstrahl verfügen... Muß ich weiterreden?«

»Wenn Sie sich im ›Ruhm‹ der Giants sonnen wollen, sind Sie größere Narren als ich je angenommen habe«, erwiderte Dhark. »Sie haben immer noch nicht begriffen: Die Fremden haben uns das C-E geschenkt und den CAL mit seinen Giants beseitigt. Die Fremden *wußten*, daß wir uns danach in den Besitz der Kugelraumer bringen würden – niemand hätte sich einen solchen Schatz entgehen lassen. Aber daß sie es nicht *verhindert* haben, während Terra und seine Zivilisation noch am Boden lagen, beweist in meinen Augen nur eins: Sie haben keine Angst davor! Sie befürchten nicht, davon ernsthaft in die Ecke gedrängt werden zu können...! Verflucht, Sie alle, wie Sie hier versammelt sind, *Sie machen sich etwas vor, wenn Sie das glauben!«*

»Gehen Sie jetzt!« forderte Bulton ihn auf. »Wir erwarten in Kürze die Nachricht, daß die Transitionsschiffe im Col-System angekommen sind, und wir haben keine Zeit übrig, um sie auf Grundsatzerörterungen dieser Art zu verschwenden. Es ist spät geworden...«

»Spät...« Ren Dhark nickte.

Er hatte das Empfinden, als wäre der Schlag seines Herzens vom mechanischen Ticken eines Uhrwerks abgelöst worden. Nach einem kurzen Aufkochen der Gefühle, wurde er plötzlich wieder sehr ruhig – aus der Erkenntnis heraus, daß er Männer wie Bulton mit reinen Argumenten nie würde bekehren können.

»Vielleicht«, sagte er, »ahnen Sie gar nicht, wie spät es wirklich schon ist. Wenn im Doppelsonnensystem von Col erst einmal ein Krieg entflammt, dann ist es nur noch eine Frage der Zeit, bis die Brände auch auf Terra überschlagen. Und gerade Sie sollten wissen, daß es Kriege gibt, die man nicht gewinnen *kann*. Dies wird ein solcher werden. Ich wünschte, jeder der hier Anwesenden wäre mit mir auf Robon gewesen und hätte die Fremden hinter ihren Körperschilden so wahrgenommen, wie ich es tat. Aber das läßt sich nicht nachholen, und wenn sie erst einmal im Himmel über unseren Welten auftauchen, wird keine Zeit mehr bleiben, aus dieser Erfahrung wertvolles Kapital zu schlagen. – Ich verurteile nicht, daß Sie Schritte zur Sicherung der Kolonie unternommen haben, ich zweifele nur stark, daß es die *angemessenen* Schritte sind.«

»Schade, wir hätten uns gerne noch länger mit Ihnen unterhalten. Im allgemeinen sind wir für strategische Glanzleistungen immer ansprechbar. Zur Zeit aber...«

Ren Dhark hatte längst verstanden. Er ließ sich nicht noch ein weiteres Mal zum Gehen auffordern.

World City, zwischen Ruinen

»Epsilon Eridiani«, sagte Valerie. Ihr Kopf lag auf Fidos Schoß. Beide starrten vom übriggebliebenen dritten Stockwerk eines früher einmal zwölfstöckigen Hochhauses hinauf zu den Sternen.

Es war empfindlich kalt, aber sie waren warm genug angezogen, und wenn sie doch ein Frösteln überkam, nahmen sie schnell einen Schluck aus der Trinkflasche, die neben ihnen auf einem der Trümmerblöcke stand. Der Alkohol vertrieb selbst eisigste Gespenster.

»Andromeda.« Fido lachte.

Valerie stimmte ein und schmiegte sich enger an ihn. »Tau Ceti!«

Sie wußten nicht mehr genau, wie sie darauf gekommen waren, sich die Objekte des Himmels aufzuzählen, deren Namen die größte Faszination auf sie ausübten. Manchmal benahmen sie sich wie ausgelassene Kinder, und das war, nach allem, was hinter ihnen lag, mehr als ein kleines Wunder.

Valerie verdrängte die schattenhaften Erinnerungen, die ihrem Gedächtnis zu entsteigen versuchten. Erinnerungen an eine unwirkliche Zeit und einen noch unwirklicheren Krieg, der Milliarden Menschen einfach überrollt hatte und sie monatelang wie stumpfsinnige Tiere durch die zerstörten Lebensräume hatte streichen lassen. Inzwischen schrieb man den 6. Januar des Jahres 2053 – für viele das Jahr 1 ihrer Wiedergeburt. Der strenge Winter lähmte selbst zaghafteste Bemühungen des Neuaufbaus, zumindest in dieser Stadt, die von der Kriegsmaschinerie der Giants am härtesten getroffen worden war, und die ihren Status als Sitz der Weltregierung an Alamo Gordo verloren hatte. Viele der noch in World City ausharrenden, notleidenden Bürger fühlten sich von den verantwortlichen Stellen betrogen und im Stich gelassen.

Auch Valerie und Fido, der eigentlich Serge Fidorius hieß. Ohne den Zwanzigjährigen, an den kein Käfer ging, wäre Valerie wahrscheinlich schon längst entsorgt worden.

Entsorgt...

Ein häßliches Wort für einen absolut notwendigen Akt, der in den Nachkriegswirren Normalität gewesen war, als es niemanden gegeben hatte, der all die vielen Toten ordnungsgemäß hätte bestatten können. Kurz nach der Rückschaltung der versklavten Menschen hatten Mannschaften mit mobilen Krematorien die Trümmerwüsten durchforstet. Später hatten sich die Menschen in den Ruinen dann selbst auf ähnliche Weise geholfen. In der harten Wintererde wären Begräbnisse unzumutbar gewesen. Feuerbestattungen waren die Regel, und es verging kaum eine Nacht, in der nicht irgendwo ein primitiver Scheiterhaufen die Dunkelheit aufhellte. Daran, daß es illegal war, störte sich kaum jemand.

Valerie fröstelte, wenn sie an den Gestank brennenden Fleisches dachte. Manchmal erinnerte dieses Szenario sie an das finsterste Mittelalter, an Inquisition und Hexenverfolgung.

Auch die Gegenwart hatte Heimsuchungen ähnlicher Art, und schlimmer als die Ratten, die einst den Schwarzen Tod verbreitet hatten, waren hier und jetzt die *Käfer...*

Ein paar Tage lang war dieses Stadtviertel regelrecht von Ungeziefer verseucht gewesen. Besonders in der Dunkelheit hatte es wehrlose Opfer gefunden. Und eines Nachts waren die Käfer auch in das Haus gekrochen, in dem sich die sechzehnjährige Vollwaise Valerie und andere Jugendliche, die keine Angehörigen mehr besaßen, Räume hergerichtet hatten. Das Mädchen war durch ein Kitzeln im Gesicht aufgewacht. Die Decke, die sie normalerweise zum Schlafen über sich zog, wobei sie mit den von einem Handschuh geschützten Fingern nur einen kleinen Luftschlitz offenhielt, war im Schlaf verrutscht und hatte viel mehr Haut preisgegeben, als ihr lieb sein konnte. Zu Tode erschrocken hatte sie sich kaum zu rühren gewagt, denn es hatte sich herumgesprochen, was dieses Kitzeln bedeuten konnte – und welche unheimliche Krankheit die Käfer mit ihrem Biß verbreiteten.

Sie wußte heute noch nicht, wie Fido ihr leises Wimmern hatte hören können. Aber plötzlich hatte er in ihrem Zimmer gestanden und eine Lampe auf sie gerichtet, die das wahre Ausmaß der Gefahr sichtbar gemacht hatte.

Heerscharen von scharlachroten Käfern hatten den Raum durchwandert. Aber keiner – auch der auf ihrem Gesicht nicht! – hatte Valerie ein Leid zugefügt. Zuerst hatte sie geglaubt, daß das Licht sie in die Starre versetzt hatte. Aber inzwischen wußte sie von anderen Berichten, daß Helligkeit allein nichts bewirkte. Es war Fidos Ausstrahlung, seine *Aura*, wie Valerie es seit dieser Nacht nannte, der sie ihre Rettung verdankte. Fido war einfach hingegangen, hatte beruhigend auf sie eingeredet (auch auf die Käfer?) und das kleine, sechsbeinige Untierchen von ihrer Haut geklaubt.

So hatten sie einander kennengelernt. Und dabei war es nicht geblieben...

Fido tastete nach der Flasche, nahm einen Schluck und bot auch Valerie daraus an.

»Danke, mir ist warm genug.«

Neben dir, dachte sie.

Im nächsten Moment wurde die Magie gemeinsamer Nähe brutal zerstört. Irgendwo unter ihnen erklang ein haarsträubendes, zutiefst schockierendes Geräusch, und im nächsten Augenblick begann ein Mann seine Qual so laut und verzweifelt hinauszubrüllen, als hätte jemand begonnen, ihn bei lebendigem Leib zu enthäuten.

»Surfer!« keuchte Valerie. »Das ist Surfer...!«

Sie sprangen auf. So schnell sie konnten, rannten sie Hand in Hand zur Treppe und weiter nach unten, wo der Rest jugendlicher Überlebenskünstler Quartier bezogen hatte.

»Wie ist es gelaufen?« Dan Riker fing Ren Dhark ab, kaum daß dieser das Flash-Depot an Bord der POINT OF verlassen hatte. »Was hast du herausgefunden?«

Dhark blickte seinen Freund düster an. »Das, was ich eigentlich längst hätte wissen müssen: Daß die Raumflotte immer ein Haufen militanter Exzentriker bleiben wird! Du hast gut daran getan, dich nicht vor ihren Karren spannen zu lassen... Andererseits, *wenn* du es etwas länger in deinem Amt ausgehalten hättest, wäre es wahrscheinlich nie *so* weit gekommen...«

Dan Riker, der ihm Schulter an Schulter gefolgt war, blieb stehen. In ungläubigem Staunen fragte er: »Sie haben dir also bestätigt, daß sie eine bis dato geheime Operation im Col-System ins Rollen gebracht haben?«

Weniger die Tatsache der Operation selbst als vielmehr das offene Eingeständnis einer solchen schien ihn zu überraschen.

Auch Dhark war stehengeblieben. Mit steinerner Miene nickte er. »Hast du dich um das gekümmert, worum ich dich von unterwegs gebeten habe?«

»Natürlich.«

»Und?«

»Hope schweigt. Glenn Morris und Elis Yogan versuchen alles Erdenkliche, aber sie scheitern an extremen Interferenzen, die sich einfach nicht ausfiltern lassen. Wahrscheinlich durchtoben wieder einmal Orkane den Hyperraum, obwohl...«

»Obwohl?«

»Morris bestreitet, die dafür typischen Störsignale aufzufangen.«

Dhark nickte, als hätte er das oder ähnliches schon erwartet.

Die Funk-Z lag direkt neben der Zentrale des Ringraumers. Glenn Morris hatte die Leitung. Daneben versahen noch Elis Yogan und Walt Brugg in wechselnden Schichten ihren Dienst. Yogan und Morris saßen vor ihren Bedienungskonsolen, als Dhark und Riker durch das fauchend aufspringende Schott eintraten.

»Verflucht«, begrüßte Morris seinen Commander. »Da stimmt etwas nicht! Ich verspeise mein Patent, wenn das mit rechten Dingen zugeht...!«

»Dechiffrieren Sie diese Aussage bitte«, forderte Dhark ihn mit einem Augenzwinkern auf. Es war für ihn selbst ein Phänomen, wie leicht es ihm fiel, den Frust des Disputs im Flottenhauptquartier abzuschütteln, kaum daß er sich wieder in die vertraute Umgebung der POINT OF versetzt sah.

»Dechiffrieren?« Glenn Morris grinste zurück. »Gern.« Dann erlosch das Lächeln, weil es keine Bindung zu dem fand, was Morris zu sagen hatte. »Elis und ich haben den Checkmaster hinzugezogen, um hinter die Ursache der Störungen zu kommen, die eine Verbindung nach Hope verhindert. Das Resultat liegt seit fünf Minuten vor, und eigentlich wollten wir noch einen zweiten Rechnerdurchlauf starten, um ganz sicher zu gehen, aber ...«

»Aber eigentlich ist das nicht nötig«, vollendete Dhark den Satz.

Morris und Yogan nickten einmütig.

»Der Checkmaster irrt sich höchst selten«, sagte Glenn Morris.

»Nie!« behauptete Elis Yogan, ohne wirkliche Erheiterung in sein Feixen hineinzupacken.

»Zu welchem Schluß ist der Checkmaster also gelangt?«

»Daß die Störquelle künstlich ist«, sagte Morris. »Irgend jemand will offenbar nicht, daß Hope und Terra miteinander sprechen. Das Verrückte ist nur, daß offenbar nicht alle das Problem haben, keine Verbindung auf dieser Strecke zustande zu bringen.«

Dharks Blick forderte ihn auf weiterzusprechen.

»Wir haben vorhin eher zufällig einen zerhackten und komprimierten, aber einwandfreien Spruch aus dem Col-System aufgefangen«, wurde Morris konkret.

»Auf welcher Frequenz?« fragte Riker.

Ehe einer der Funker antworten konnte, sagte Ren Dhark: »Lassen Sie mich raten: Auf Flottenfrequenz?«

Morris und Yogan bestätigten es verblüfft.

Fido riß Valerie gerade noch zurück, bevor sie das Ende der Treppe und den ehemaligen Eingangsbereich erreicht hatten.

»Still!« zischte er. »Kein Laut!«

Valerie gehorchte, denn auch sie hatte noch vor der letzten Stufe genug gesehen, um sich bereitwillig von Fido lenken zu lassen. Hysterisch steckte sie sich eine Faust in den Mund, als könnte sie auf diese Weise den Schrei zurückhalten, der sich in ihren Lungen zu entfesseln drohte.

Nur wenige Meter von ihnen entfernt taumelte Surfer wie eine lebende Fackel – als würde er von elmsfeuerartigen Entladungen umflossen, die ihn ganz langsam... verzehrten

Bei ihm standen andere Mitglieder der Clique – standen und starrten, ohne daß es einem von ihnen in den Sinn zu kommen schien, zu helfen oder wegzulaufen.

Valerie zitterte wie Espenlaub. Fido hatte sie hart gegen die Wand des Treppenaufgangs geschleudert. Sie blutete aus Nase und Lippen, aber das war ohne Bedeutung.

Etwas Unheimlicheres als das, was Surfer in den Klauen hielt, hatte sie noch nie gesehen.

Er brannte nicht wirklich, vielmehr schüttelte und bäumte er sich auf wie jemand, der versehentlich an die blanken Drähte einer Starkstromleitung gegriffen hatte und nun von Abertausenden Volt durchflutet wurde – nur daß es in diesem Gebäude und im ganzen Viertel, von ein paar Notaggregaten abgesehen, keinen Strom mehr *gab.*

Die Szene am Ende der Treppe hatte sich tief in Valeries Hirnrinde geschliffen, aber niemand – auch nicht Fido – hätte ihr eine Antwort darauf geben können, was dort unten bei den anderen eigentlich *wirk-*

lich geschah.

Wo war Surfer hineingeraten? Woher kamen die Blitze, die das Erdgeschoß wie in einer Gewitternacht aufhellten...?

Übergangslos brach das Geschrei des Sterbenden ab. Valerie klammerte sich an Fidos Arm, aber er befreite sich und flüsterte tonlos: »Bleib hier. Ich sehe nach, was da los ist...«

Valerie versuchte, erneut nach ihm zu greifen und ihn aufzuhalten. »Nein, du darfst nicht...«

Aber er war schon auf dem Weg.

Er war schon fast unten.

Hilflos schlug Valerie mit den Fäusten gegen die Wand. Die Angst erstickte jedes Bedürfnis, ihm zu folgen. Neue entsetzliche Laute klangen auf. Aus den Kehlen derer, die hier vorübergehend Unterschlupf gefunden hatten. Valerie lauschte angestrengt, um die Schreie Personen zuordnen zu können: Fayence, Philip, Tory...

Dann legte sich ein Ring aus Eisen um ihre Brust, denn sie hatte *Fidos* Stimme erkannt – Fido, der in den Chor der Sterbenden einstimmte!

Nein, dachte Valerie. *Oh, ihr Sterne, nein...!*

Sie löste sich von der Wand und taumelte nach unten. Ihr Verstand schloß kurz. Die Gedanken hinter ihrer Stirn stoben wie schwarze Funken. Sie sah sich selbst dabei zu, wie sie dorthin hastete, wo die Schreie, die von allen Wänden widerhallten, ihren Ursprung hatten. Wo Menschen unter endlosen Blitzschlägen zuckten...

... und wo ES sich in dem Moment enttarnte, als Valerie in den Vorraum stürzte.

Sie prallte zurück, als wäre sie gegen ein unsichtbares Hindernis gelaufen.

Sie war die einzige von ihren Freunden, die noch stand. Alle anderen krümmten und wanden sich am Boden. Ihre Kleidung hatte sich bereits vollständig aufgelöst, weil das unheilvolle Feuer, in das sie getaucht waren, davor nicht halt machte. Es machte vor gar nichts halt!

Drei Schritte von Valerie entfernt kniete Fido.

Und dazwischen...

... schälte sich etwas aus den Schatten!

Seltsamerweise galten Valeries letzte flackernde Blicke zunächst dem Spirallauf der monströsen Waffe, die das filigrane Geschöpf in seinen Gliedmaßen hielt.

Die wabernde Energie dort wirkte ähnlich boshaft wie das Leuchten in dem sonderbaren Band, das den Schädel des Wesens umgab.

Die Kiefer des Monstrums öffneten sich, und verzerrte Laute rannen heraus – leiser als Fidos Schreie, aber sie dennoch übertönend...

Es spricht zu mir, dachte Valerie abstrakt. Sie kam sich vor wie in Bernstein eingeschlossen, zu keiner Bewegung mehr fähig, und vage verstand sie, daß es ihr damit so erging wie den anderen schon *vor* ihr. Jedem, der nicht geflüchtet war, und der dies aus dem einzigen nachvollziehbaren Grund versäumt hatte – nämlich, *weil dieses Geschöpf es nicht zugelassen hatte!*

Vielleicht genügte der bloße ›Blick‹ des Fremden, sie zu bannen – vielleicht schafften es nicht erkennbare technische Hilfen...

Aber wie auch immer, es lief auf dasselbe hinaus.

Valerie verabschiedete sich mit einem letzten Blick von Fido, der schon nichts mehr von dem wahrnahm, was um ihn herum vorging.

Dann züngelte auch ihr der Tod aus der Waffe des Sternengötzen entgegen...

»Was hat das zu bedeuten?« Dan Rikers Empörung machte sich an dem fest, was Ren Dhark gerade ausgesprochen hatte. »Die Flotte unterhält ungestört Verbindungen zum Col-System, aber uns gelingt es nicht, Hope zu erreichen...? Das ist doch...«

»Absurd?« fragte Dhark. »So absurd wie die Politik, für die sich das Flottenkommando offenbar entschieden hat...«

»Du meinst...?«

»Ich meine, daß die Störungen, die unsere Kommunikation unterdrücken, *gewollt* sind – und gezielt gesteuert werden, ja! Es wird immer offenkundiger, daß die TF sich zuallerletzt von uns ins Handwerk pfuschen lassen will. Man hat mir deutlich genug zu verstehen gegeben, daß für eine unabhängige POINT OF kein Platz im Denken der Herren Offiziere ist...«

»Aber wenn die Verbindung nach Cattan und Deluge der militärischen Zensur unterliegt, was geht dann dort vor? Was ist mit den Menschen dort? Tanakagara würde nie –«

»Tanakagara wird genauso fluchen wie wir. Es würde mich nicht wundern, wenn er mit Informationen über den Krisenherd Col noch kürzer gehalten wird als wir...«

»Das wäre unverantwortlich!«

»Aber es würde ins Bild passen!«

Ren Dhark wandte sich übergangslos dem Türschott zu, das sich bei seiner Annäherung öffnete.

»Wo willst du hin?«

»Zur Zentrale.«

»Was hast du vor? Starten wir nach Hope? Zeigen wir es diesen Verrückten und durchbrechen die Funkblockade?«

»Tino, wurde in den letzten Stunden eine ungewöhnliche Häufung von Strukturerschütterungen registriert?«

Tino Grappa verneinte.

»Dann brauche ich umgehend einen genauen Überblick über den aktuellen Status aller Flottenbewegungen im System!« wandte sich Dhark von seinem Kommandositz aus erneut an den Mailänder, der sofort virtuos auf seinen Ortungsinstrumenten zu spielen begann. »Sind schon TF-Einheiten ins Col-System gestartet?«

Tino Grappa brauchte nicht lange, um eine aussagekräftige 3-D-Grafik in das kugelförmige Hologramm zu überspielen, das seit dem Jungfernflug der POINT OF im ständigen Modus lief. Außerhalb des Gewimmels aus farbig markierten Planeten, Monden und Asteroiden des Sonnensystems erschienen Symbole, die für TF-Raumer standen, geordnet nach Größenklassen.

Auch die Ortungsinstrumente des Ringraumers hätten nicht über einen Abgrund von 30 000 Lichtjahren hinweg gereicht. Aber das war auch nicht nötig, denn wie die Checkmaster-Analyse ergab, hielt sich das Gros der Flotte nach wie vor im Sol-Quadranten auf.

»Sie sammeln sich noch«, kommentierte Riker. »Aber wenn man genau hinsieht, erkennt man, daß bereits vereinzelt schlagkräftige Verbände zusammengezogen wurden...«

Wie um seine Worte zu bestätigen, änderte sich die Grafik an einigen Stellen.

Symbole verschwanden, und Grappa rief: »Schwere Erschütterungen des Raum-Zeit-Gefüges! Mehrfachtransitionen!«

»Es beginnt«, nickte Dhark.

»Was, Commander?« fragte Anja Field, die mit Ralf Larsen neben dem Hauptterminal des Checkmasters stand.

»Ich wünschte, ich wüßte es...«

»Selbst wenn wir sofort starten, werden wir nicht vor ihnen im Col-System ankommen«, sagte Riker. »Ihre Transitionstriebwerke schaffen die Strecke in drei, höchstens vier Sprüngen. Damit können wir mit unserem Schleichantrieb nicht mithalten!«

Er war nicht der erste, der es bemängelte, daß die Mysterious es versäumt hatten, die POINT OF bei aller sonstigen Supertechnik neben Sternensog noch mit einem Sprungtriebwerk auszustatten. Unter Grenzbedingungen wie hier, war der Ringraumer Transitionsschiffen in puncto Geschwindigkeit spürbar unterlegen...

Ren Dhark starrte weiter schweigend und unverwandt in die Bildkugel, aus deren Grafik sich erneut ein Verband verabschiedete – begleitet von Tino Grappas obligatorischer Transitionsmeldung.

»Was ist?« drängte Riker. »Worauf warten wir noch?«

»Wir sollten uns dranhängen – sofort, Commander«, erhielt Riker Schützenhilfe vom Zweiten Offizier, Janos Szardak.

Auch der Erste, Ralf Larsen, äußerte Zustimmung.

In diesem Augenblick meldete Glenn Morris aus der Funk-Z: »Anruf von Manu Tschobe! Er läßt sich nicht abwimmeln! Soll ich...?«

»Legen Sie ihn auf meinen Anschluß!« Ren Dhark erwachte wie aus einem Traum und ahnte noch nicht, daß dies der Auftakt zu sich überschlagenden Ereignisse war. Auf Bildkontakt verzichtete er.

»Manu?«

»Endlich! Kommen Sie – kommen Sie schnell! Ich habe etwas völlig Unglaubliches entdeckt...«

»Robonen oder Käfer?« fragte Dhark knapp.

»Wenn Sie so wollen, Käfer... oder vielmehr ihre Opfer! Kommen Sie, dann zeige ich es Ihnen! Es wirft ein ganz neues Licht auf die Sache, und ich bezweifele mehr und mehr, daß die *Giants* ihre Hände dabei im Spiel gehabt haben können. Nirgends gibt es Hinweise, daß sie mit so etwas umzugehen wußten...«

»Ich komme!« entschied Dhark.

»Das kann nicht dein Ernst sein!« rief Riker und zeigte mit ausgestrecktem Arm auf die Holografik, in der ein eingeblendetes Zählwerk gerade die vierundvierzigste Transition meldete.

Dhark erhob sich aus seinem Sitz, als Rani Atawas Stimme aus der Bordsprechanlage erklang und sich ebenfalls unmißverständlich an ihn wandte: »Commander, ich halte mich gerade in Tylers Quartier auf. Dem Jungen geht es nicht gut, und er verlangt nach Ihnen! Ich glaube, es ist wirklich wichtig...«

Dhark stockte in seiner Bewegung.

Dann hatte er sich auch schon entschieden. »Dan?« wandte er sich an seinen immer noch kopfschüttelnd und zerknirscht im Co-Sitz verweilenden Freund. »Kannst du mir einen Weg abnehmen?«

»Wahrscheinlich auch noch den längeren?«

Dhark nickte. »Ungern, aber du weißt, wie sensibel der Junge reagieren kann. Mich mag er, bei dir...«

Auf Dan Rikers Kinn erschien ein kleiner roter Fleck. »Laßt euch nicht einfallen, ohne mich zu starten!«

Mit diesen Worten folgte er Ren Dhark.

Schulter an Schulter eilten sie aus der Zentrale, wo das Zählwerk im Hologramm völlig ungerührt weitertickte, die Männer und Frauen der Besatzung aber betroffen und ratlos zurückblieben...

2.

Noreen Welean berührte die blauviolett schimmernde Barriere aus Metall, bis zu der die unbekannten Tiere ihren Blindstollen vorgetrieben hatten. *Unitall*, dachte die Hochkommissarin beklommen. *Es sieht aus wie das Material, aus dem die Mammutaggregate des Industriedoms und die Transmitterringe erschaffen wurden.*

Offenbar waren Simon und sie auf eine bislang unentdeckt gebliebene Hinterlassenschaft der Mysterious gestoßen.

»Ich fürchte«, dämpfte Noreen jeden übertriebenen Enthusiasmus, »daran werden wir uns ebenso die Zähne ausbeißen wie die auf Gemüse trainierten Tierchen, in deren unterirdisches Wegesystem wir eingebrochen sind. Wenn es sich hier – und danach sieht es aus – tatsächlich um lupenreines Unitall handeln sollte, werden wir mit unseren bescheidenen Mitteln niemals einen Zugang zu dem erhalten, was sich möglicherweise dahinter befindet!«

Sie lagen eng nebeneinander im Schacht. Nur eine dünne Schicht Kleidung trennte sie voneinander, und wenn Noreen ehrlich war, wußte sie mit dieser ungewohnten Nähe nicht umzugehen.

Ihr Diener schien damit keine Probleme zu haben. »Unitall«, wiederholte er und verblüffte sie, indem er hinzufügte: »Ich glaube auch, daß es sich um Unitall handelt – und gerade deshalb habe ich Hoffnung, daß wir nicht hier draußen vor der Tür bleiben werden.«

Schon allein die Bezeichnung ›Tür‹ klang hemmungslos überzogen. Vor ihnen erhob sich das Unitall im Licht der Lampe fugenlos glatt und bar jeder Markierung. Der Stollen endete unmittelbar davor. Seine unbekannten Erbauer hatten gar nicht erst versucht, ihn seitwärts daran vorbei zu treiben. Es sah aus, als wären sie auf das Hindernis gestoßen und hätten sofort den Rückzug in die Richtung angetreten, aus der sie gekommen waren.

»Gerade deshalb? Worauf willst du hinaus?« Noreen wurde eiskalt bewußt, in welch verfahrener Lage sie sich, objektiv gesehen, befanden. Dies hier war eine Sackgasse, und ob sie in entgegengesetzter Richtung einen für sie gangbaren Weg zurück ans Tageslicht finden würden, war mehr als fraglich. Irgendwann würde ihr Stillschweigen Farmer auffallen. Aber bis der Brigadeführer einen Suchtrupp entsendete, waren sie vermutlich längst erstickt oder Hungers gestorben. Ganz davon abgesehen, daß eine Suchmannschaft sie erst einmal hätte *finden* müssen...

»Ich habe mir«, gestand Simon ein, und spätestens in diesem Moment zerbrach die Fassade des Dieners, um den *Menschen* darunter zum Vorschein zu bringen, »als wir im Industriedom weilten, alle Einzelheiten über seine Entdeckung berichten lassen. Es gibt ein paar Schwärmer unter den dort tätigen Wissenschaftlern, die zusammen mit Ren Dhark von Rocco nach Deluge deportiert wurden und alles aus erster Hand miterlebt haben.«

»Schwärmer?« warf Noreen ein.

Simon nickte. »Damals ging es um ihr Leben. Nachdem Rocco Wind von der Existenz der Mysterious-High-Tech bekommen hatte, schickte er seine Schergen hinter den Deportierten her, um sich das Erbe der Geheimnisvollen vor seinen Gegnern zu sichern und nutzbar zu machen. Wie wir wissen, hat Dhark diesen Wettlauf gewonnen. Rocco ist nur noch ein Stück Geschichte dieser Welt.«

Noreen legte die Stirn in immer tiefere Falten.

Simon lächelte. »Worauf ich hinaus will, ist die Art und Weise, wie Dhark und seine Leute damals von der Mysterious-Anlage *akzeptiert* wurden – als hätte ihr Erbe nur auf die Ankunft der Menschen *gewartet*, um aus seinem Dornröschenschlaf zu erwachen.«

Noreen machte kein Hehl aus ihrer Enttäuschung. »Wenn das der Strohhalm ist, an den wir uns klammern sollen – danke!«

»Ich weiß, wie es klingt, wenn man es ausspricht – aber ich habe es im Gefühl, daß es hier ähnlich sein könnte. Daß uns die Mysterious nicht hier verrotten lassen!«

»Die Mysterious sind selbst längst verrottet!« erwiderte Noreen harsch, obwohl sie im Innersten anderer Meinung war.

»Aber ihre Maschinen nicht!«

»Das mag stimmen, aber nur mit Worten kommen wir hier nicht weiter!«

»Mit Worten wollte ich es auch nicht versuchen – das wäre im Angesicht dieser Technik fast schon wieder *zu* primitiv...«

»Wie meinst du das?«

Simon schwieg. Nicht nur das, er schloß auch noch die Augen, als wollte er die Gelegenheit zu einem erholsamen Schlummer nutzen!

Noreen begann zunächst an seinem, dann an *ihrem* Verstand zu zweifeln. Denn vor ihnen in der Wand aus Unitall... entstand, wie hingezaubert, eine Öffnung!

»Wie – hast du das gemacht?«

Simon öffnete wieder die Augen. »Ich habe es mir *gewünscht*«, sagte er in einem Ton, frei von jeglichem Triumph. Dann kroch er, noch vor Noreen, auf allen vieren durch den breiten Spalt, hinter dem die Dunkelheit wie in einer gespenstischen, zeitlupenhaften Implosion vor den Besuchern floh.

Captain Omar Narrodjo fühlte sich wie ein ehrloser Verräter – obwohl er nichts anderes tat, als seine Pflicht erfüllen und sich seiner vorgesetzten Stelle gegenüber loyal verhalten!

Der Verrat, den er beging, war ein Verrat an vierzigtausend Menschen, die gar nicht ahnten, was sich über ihnen zusammenbraute – ein Mann vielleicht ausgenommen!

Tanakagara hatte ihm nicht abgekauft, daß die VIGO ihre Schilde ausschließlich aus harmlosen Manövergründen errichtet hatte.

Tanakagara war klug und weitsichtig... aber das würde ihm auch nichts nützen.

»Wie lange noch?« fragte Narrodjo unruhig. *Sie müssen die Sensibilität eines tollwütigen Wropprwrceks besitzen!* Tanakagaras Anklage ging ihm nicht mehr aus dem Kopf.

»Laut neuestem Hyperfunk-Manifest dürfen wir die Ankunft der Flotte in ziemlich genau drei Stunden erwarten«, erhielt er zur Antwort.

»Drei Stunden...« Er blickte zum Hauptmonitor der Sternschnuppe. Draußen begann der Morgen zu dämmern. Aber Narrodjo hatte keinen Moment das Gefühl, daß mit der Nacht auch die *Gefahr*, in der sie sich befanden, wich.

Bei Transitionen wurden kosmische Entfernungen in nicht meßbarer Zeit überwunden – aber sinnvollerweise, insbesondere um die Aggregate nicht zu überlasten, legte man Distanzen, wie sie zwischen Terra und Hope lagen, nicht in einem Sprung, sondern in mehreren Etappen zurück. Das wiederum erzwang Neuorientierungs-, Erholungs- und Berechnungspausen.

Der Erholung bedurften die Schiffsbesatzungen allein schon deshalb, weil giant'sche Transitionstechnik dafür bekannt war, daß sie Geist und Körper eines Menschen an die Grenzen seiner Belastbarkeit heranführte. *Entzerrungsschmerz* nannten die Fachleute dieses noch längst nicht ausreichend erforschte Phänomen. Selbst Medikamente halfen nur bedingt gegen die unangenehmen Ent- und Rematerialisierungserscheinungen.

»Drei Stunden...«

Würden die Fremden – wer immer sie waren – noch drei weitere Stunden Ruhe bewahren? Oder hatten sie das System eventuell sogar gleich nach ihrer ruchlosen Tat verlassen, und es bestand überhaupt kein Anlaß mehr zu unmittelbarer Sorge?

Narrodjo hatte blaue Augen, aber er war nicht blauäugig. *Sie sind noch da,* dachte er, wobei er nicht ausschloß, daß sie alles, was auf Hope geschah, mit Argusaugen beobachteten, auch wenn umgekehrt nichts von ihnen auszumachen war. Die VIGO scannte den Raum um den Planeten mit seinen drei unwirtlichen Monden permanent. Daß es weder im herkömmlichen Frequenzbereich noch in dem besonderen, den die Flotte ihnen unter X-Order-Verschwiegenheit genannt hatte, zu Ortungen kam, konnte viele Gründe haben. Es mußte nicht bedeuten, daß der Feind sich abgesetzt hatte.

Der Feind...

In diesem Augenblick rief einer seiner Offiziere: »Gefügeerschütterungen!«

Narrodjo wischte sich irritiert über die Augen und schwenkte in seinem Sitz in eine Position, aus der er freie Sicht zum Tasterschirm hatte.

»So früh...?«

»Es sind nicht *unsere* Schiffe. Es – scheint auch nur ein einzelnes zu sein, das sich unserem Standort mit unglaublicher Geschwindigkeit nähert!«

»Sie sprachen von Strukturerschütterung*en*...«

»Das ist auch korrekt, denn es *transitiert* – und zwar ständig! Offenbar bewegt es sich durch intervallartig ablaufende Hyperraumsprünge und ist dadurch schneller als das Licht! Meinen Instrumenten zufolge erreicht es Hope in... weniger als dreißig Sekunden!«

»In weniger als...?« Narrodjo erbleichte. Die Hoffnung einer Drei-Stunden-Frist zerplatzte wie eine Seifenblase. »Volle Gefechtsbereitschaft!« schrie er. »Sämtliche Waffensysteme auf Angreifer ausrichten!« Er zögerte nur einen Moment, dann fügte er heiser hinzu: »Offene Phase zu Tanakagara – jede Sekunde zählt!«

Als der Stadtpräsident ihm von der Monitorscheibe entgegenblinzelte, wäre Omar Narrodjo vor Scham am liebsten im Boden versunken.

Aber sehr weit gekommen wäre er in den mittlerweile noch verbleibenden *zwanzig* Sekunden nicht...

»Offenbar hattest du recht«, sagte Goofy, während er das Plasmatriebwerk der CC 4 startete. »Wahrscheinlich bin ich nur einer Finte aufgesessen... Fliegen wir zurück.«

Die Kanzelluke war bereits geschlossen. Fauchend traten sonnenheiße Strahlenbündel aus den Antriebsdüsen. Das Scoutboot vibrierte und ächzte in seinen Schweißnähten. Wenig später hob es vom Gebirgsplateau ab und nahm dröhnend Kurs auf Cattan.

Die Sicht war gut. Vom Horizont her schob sich grauweiße Helligkeit über das Land.

»Vielleicht hätten wir noch etwas warten sollen«, sagte Nelson Doty, dem nicht anzusehen war, ob er froh über Goofys Einsicht war. »Unser Getöse wird die ganze Stadt aufwecken! Man wird uns die Krätze an den Hals wünschen.«

Goofy lächelte karg unter seinen Hängebacken. »Sie werden es überleben...«

Die Häuser rückten rasch näher, ebenso wie die Kuppel aus geformter Energie, unter der sich die VIGO verbarg.

Das Scoutboot war noch knapp drei Kilometer von Cattan entfernt, als Nelson Doty leise aufschrie.

Goofy riß das Steuer der CC 4 herum. Die Triebwerke heulten protestierend auf.

»Sind die jetzt völlig – ?« Goofy verstummte, als wüßte er plötzlich nicht mehr, was er hatte sagen wollen.

Von einer Sekunde zur anderen spannte sich das vertraute glockenförmige Energiefeld über der Siedlerstadt. Aber nicht der Anblick dieses immer wieder faszinierenden Schirms reduzierte Goofys Wortschatz, sondern das, was schon drei Sekunden, nachdem sich die Glocke stabilisiert hatte, *in sie einschlug!*

Eine Lohe wie ein Sonnenhammer!

Als ob eine Protuberanz aus Col-1 oder -2 hervorgeschossen wäre, um den fünften von ihren achtzehn Umläufern in Brand zu setzen!

Das Verderben fauchte hinter dem abdrehenden Scoutboot aus dem Morgenhimmel herab und zerstob an der Energiekuppel wie die sich teilenden Blütenblätter einer Blume von tödlicher Pracht!

Goofy hörte nicht, wie er stöhnte – und er achtete auch nicht darauf, wie sich Nelson aus seinen Gurten quälte, halb im Sitz umdrehte und zurückschaute.

Die nächste Lohe stach vom Himmel.

Diesmal sah es aus, als würde sie die Stadtglocke knapp verfehlen, doch in Wahrheit schien sie nie danach gezielt zu haben, sondern...

»Die VIGO...«, rann es über Nelsons Lippen.

Sekundenlang verschwand der auf dem Landefeld ruhende Kugelraumer wie unter einem Schwall ausgeschütteter Lava – einem Inferno, das seine Schilde buchstäblich *zerdrückte*.

Und dann... gab es den energetischen Schutz des Giant-Schirmes nicht mehr, aber die Lohe hörte immer noch nicht auf! Nicht nur die Stadt, das Landefeld und der 50-Meter-Raumer, auch der Himmel darüber stand in Flammen!

»Goofy!«

Nelson Doty legte alles, was er in diesen Momenten empfand, alles, woran er dachte, in den Ruf.

Goofy zog den Beschleunigungshebel bis zum Anschlag durch.

Nelson versank wimmernd im Sitz und war nicht mehr in der Lage, den Kopf zu heben, bis der Andruck wieder nachließ, weil das Scoutboot den Scheitel des Gebirges überwunden hatte und von Goofy sofort nach unten gedrückt wurde.

Dicht über dem Boden ging der Flug weiter.

Aber die Stadt und die VIGO waren aus dem Blickfeld verschwunden.

Nelson überwand seine Starre und machte sich am Funk zu schaffen. Goofy hatte ihm gezeigt, wie die Geräte zu bedienen waren. Ohne daß sein Freund einschritt, aber auch ohne daß er ihm half, versuchte Nelson verzweifelt eine Verbindung nach Cattan herzustellen.

Es gelang ihm nicht...

Überall waren Rauch, Tod und Vernichtung... Der Captain der VIGO hob mühsam den Kopf. Blut lief ihm in den Mund. Selbst seine Augen schienen in Blut zu schwimmen. Eine unmenschliche, unbarmherzige Kraft hatte ihn aus seinem Sitz geschleudert, und als er sich jetzt aufzurichten versuchte, blickte er in die toten Augen seines Zweiten Offiziers, den ein Metallstück, das von irgendeiner Geräteverkleidung abgesprengt worden war, förmlich enthauptet hatte. Der Kopf des Mannes war in einem unmöglichen Winkel verdreht und hing nur noch an den Nackenwirbeln.

Geschockt wandte Narrodjo sich ab.

Von überall her waren Schreie zu hören.

Totale Konfusion...

»Sir...?« Der Erste Offizier bahnte sich den Weg durch die ätzenden Schwaden. »Sir, wir haben schwere Verluste! Hüllenbruch... Die Schildgeneratoren...«

Narrodjo schaltete einfach ab.

Innerlich.

Er hätte nie geglaubt, diesen Moment, der irgendwann einmal hatte kommen *müssen*, so gelassen akzeptieren zu können. Den Moment seines Todes...

Ein kurzer Rundblick genügte, um ihn das ganze Ausmaß der Katastrophe begreifen zu lassen. Der Hauptmonitor war ein Trümmerhaufen. Auch alle anderen Instrumente schienen nur noch zum Hohn erleuchtet zu sein oder warnend aufzublinken.

Blind und taub.

Die Schiffszentrale war von der Außenwelt abgeschnitten – vermutlich auch von den meisten Decks!

Narrodjo versuchte, sich an den knappen Wortwechsel mit Tanakagara zu erinnern. Es fiel ihm schwer. Zu unwirklich *schnell* war alles gegangen, und noch immer fühlte er sich wie in einem Gefängnis aus Treibsand. Er war nicht mehr Herr seiner selbst, sondern eine Marionette seines vorbestimmten Schicksals. Die Bewegung, das Chaos um ihn herum...

... es konnte jeden Moment *enden.*

Narrodjo wartete auf dieses Ende, aber die Sekunden zogen sich endlos in die Länge. Plötzlich tauchte vor ihm aus den Schwaden Tanakagaras Gesicht auf, und der Mund des schmächtigen Stadtpräsidenten formulierte noch einmal die Worte, mit denen er auf Narrodjos Warnung reagiert hatte – ehe die Verbindung grußlos von ihm unterbrochen worden war.

Nein, Tanakagara würde ihm nicht verzeihen. Niemals.

So wenig wie die Bewohner Cattans, die diese bittere Stunde vielleicht überleben würden...

Was haben wir getan? dachte Narrodjo. *Was haben wir nur getan?*

Es erstaunte ihn selbst, wie wenig ihn bisher die unbekannten Angreifer beschäftigt hatten.

Angreifer, die alles in den Schatten stellten, was Menschen bislang zum Feind gehabt hatten: Die Amphis, die Narrodjo nur vom Hörensagen kannte, die Giants...

Sie zerbrechen unsere Schilde, als bestünden sie aus Papier, durchzuckte es ihn noch. *Dabei sind sie alles, was wir an Defensivkraft besitzen!*

Und dann, als wäre dies für ihn selbst noch von Belang, wanderten seine Gedanken weiter, fort aus dem System der zwei Sonnen, hin zur wahren Heimat aller Menschen, und er fragte sich, was geschehen würde, wenn dieser Feind nicht Hope, sondern *Terra* heimsuchte – und nicht mit *einem* Schiff dieser Art, sondern...

Unvermittelt sank Narrodjo wieder zu Boden.

Der Erste Offizier verfolgte mit Grauen, wie sein Captain förmlich in sich zusammenfiel, den Kopf unter den Armen begrub und hemmungslos zu schluchzen begann!

Den Ausbruch der Tränen empfand Narrodjo selbst ein paar gnädige Momente lang wie eine Erlösung von all dem Druck und Schmutz, der sich in ihm angestaut hatte.

Dann aber...

Tanakagara hielt immer noch den Impulsgeber in der Hand, über den er in seiner Funktion als Stadtpräsident verfügen durfte. Früher hatten die Präsidenten der Atommächte auf Terra das aktenkoffergroße Äquivalent dazu besessen.

Tanakagara schüttelte sich, als könnte er sich dadurch freimachen von dem Entsetzen, das ihn lähmte. Ein frommer Wunsch...

Er betätigte den Öffnungskontakt seines Privatquartiers, als einer seiner Adjutanten mit den Fäusten draußen gegen die Tür hämmerte.

Tanakagara trug seinen Pyjama, und irgendwie paßte dieses Erscheinungsbild zu den Fehlern, die er gemacht hatte.

Richtig, er machte sich für das verantwortlich, was in diesem Augenblick gegen die Energieglocke brandete und die Stadt darunter – jedes Haus, jedes Ding, jeden Menschen – zu hilflosen Spielbällen unbekannter Mächte degradierte!

Ich habe die Gelegenheiten, die uns vielleicht geblieben wären, verschlafen, dachte Tanakagara. Und der eigene Fatalismus erschreckte ihn.

Etwas war anders als während der Auseinandersetzungen und Kämpfe gegen die Amphis oder andere Aggressoren, die in der Vergangenheit den Weg nach Hope gefunden hatten – völlig anders.

Tanakagara erfaßte die Unterschiede intuitiv, und wie ihm erging es vielen Menschen, die in diesen Minuten aus ihren Häusern auf die Straße stürzten, die Augen mit den Händen beschatteten und hinaufstarrten zu der flackernden Haut aus Energie, von der sie sich Schutz erhofft hatten – Schutz vor kosmischer Strahlung, und Schutz vor jeder Art von Feind...

Die Glocke stand – aber sie wankte.

»Sie müssen zu den Leuten sprechen!« rief Han Plevo, mit dem sich Tanakagara meist blind verstand.

Gegenwärtig hakte das Verständnis.

»Wo ist Shanton?« fragte Tanakagara. »Ich brauche eine verläßliche Schätzung, wie lange der Schutzschild noch hält!«

»Shanton ist nicht verfügbar. Er wollte nach Deluge, um...«

Tanakagara erzitterte innerlich, schob seinen Adjutanten beiseite und stürmte aus dem Raum.

Sekunden später erreichte er sein Arbeitszimmer, in dem sich das nötige Instrumentarium befand, um sich selbst Antwort auf die drängendsten Fragen zu geben.

Auf einem Fließschema an der Wand war jede Straße und jedes Gebäude wiedergegeben – und der geschulte Blick entnahm daraus auch, wie es mit der Stromversorgung der privaten und öffentlichen Abnehmer bestellt war.

Sie existierte praktisch schon nicht mehr!

Lediglich Tanakagaras Amtsbungalow besaß eine Autarkversorgung, so daß die Defizite noch nicht spürbar geworden waren – der Rest der Stadt jedoch...

»Die Glocke wird bereits mit sämtlichen Reserven gespeist, und ihre prozentuale Belastung steigt trotzdem ungebremst...?«

Han Plevo war mit einem Satz beim Vipho und versuchte, die Laserstellungen in den Bergen zu erreichen. Auch sie hatte Tanakagara mit seinem Impulsgeber in Gefechtsbereitschaft versetzt, und nun fluchte sein Adjutant: »Verdammt, warum greift die Abwehr nicht? Warum erfolgt keine Entlastung aus den Stellungen?« Blaß wandte er sich wieder Tanakagara zu. »Ich bekomme keine Verbindung! Es ist, als würden...«

»... sie schon nicht mehr existieren?« fragte der Stadtpräsident und sank in einen der Sessel.

Han Plevo biß sich in die Unterlippe. Dunkles Blut tropfte auf das helle Hemd.

Dabei blieb es nicht.

Mike Bow trieb in einem Menschenstrom durch Cattans Hauptstraße. Er hatte versucht, zur großen Sende- und Empfangsstation zu gelangen, nun aber wurde er von der Masse, die sich zum Präsidentenbungalow wälzte, einfach mitgerissen.

Es gab kein Halten, jeder Versuch, gegen den Strom zu schwimmen, war zum Scheitern verurteilt!

Mike Bows Job war es, für Sicherheit und Ordnung unter den Bürgern zu sorgen – er war Bernd Eylers' Mann auf Hope. Er hatte schon mit Synties, Nogk und anderen Fremdintelligenzen zu tun gehabt. Und er hatte, wie alle hier, die Amphikriege überstanden.

Deshalb war er bei dem ersten Hammerschlag, der die Glocke getroffen hatte, auch nicht in Panik oder Hysterie verfallen. Zu diesem Zeitpunkt hatte er noch auf ihre Wehrhaftigkeit vertraut. Immerhin hatten sie Cattans Offensiv- und Defensivverteidigung gezielt ausgebaut...

Doch in den Minuten, in denen er sich, wie von einer Naturgewalt bewegt, zum Sitz der Verwaltung treiben ließ, verabschiedete sich die Hoffnung klammheimlich aus ihm.

Und als der Bungalow des Stadtpräsidenten vor ihm auftauchte, hatte er keinen Blick mehr dafür, sondern starrte, den Kopf in den Nacken gelegt, den Mund halb offen wie ein staunend-entsetztes Kind, hinauf zum Himmel, an dem ein Feuerwerk von grausiger Schönheit ablief.

Er fühlte, nein, er *wußte* plötzlich, daß sie am Ende ihrer Strähne angelangt waren und das Glück überstrapaziert hatten.

Dies war kein Angriff wie viele davor.

Es war *der* Angriff.

Und der Anfang vom Ende...

»Lassen Sie alles stehen und liegen – verdammt! Liegenlassen, habe ich gesagt! Kommen Sie, wir müssen 'raus hier, weg! Wir nehmen den Schweber...«

Wren Craig hatte Claus Bentheim angeschrien. Bentheim, der den Ernst der Lage entweder verkannte oder ihn nicht sehen *wollte*.

»Was fällt Ihnen ein...?«

»Seien Sie kein Idiot, und kommen Sie!« blaffte Craig seinen Kollegen an. »Hier ist alles ersetzbar. Keine Maschine ist es wert, dafür zu sterben! Ossorn wartet draußen. Jede Sekunde kann uns...«

Als Bentheim ihm benommen folgte, stellte Craig sein Reden sofort ein. Er packte ihn am Arm und zog ihn hinter sich her. Auf diese Weise bewegte sich Bentheim deutlich schneller, als er es ohne Nachdruck getan hätte.

Draußen kochte die Luft. Die Hitze legte sich wie ein heißer Schwamm auf ihre Lungen. Yve Ossorn gestikulierte hektisch, als sie aus dem Schott der außerhalb Cattans errichteten Astrophysikalischen Station traten. Er saß verkrampft hinter dem Steuer des Schwebers. Während die beiden Astrophysiker auf ihn zu rannten, schweifte sein Blick immer wieder hinüber zur Stadt, die verzerrt unter der flimmernden Schutzglocke erkennbar war, und hinauf zum Morgenhimmel, der sich bleiern von Horizont zu Horizont spannte.

Craig und Bentheim kletterten in den Schweber, der sofort durchstartete und von der Glocke weg raste.

»Wohin wollen Sie denn?« keuchte Bentheim. »Müßten wir nicht...?«

»Zur Stadt?« Ossorn schüttelte sich in wildem, humorlosem Gelächter. »Sie begreifen es wohl immer noch nicht...«

»Was? Was begreife ich nicht?« Bentheims hagere Züge wirkten wie mit einem Lineal gezogen.

Ossorn schwieg mit verkniffenem Mund, und Craig zeigte hinauf zu den grauen Wolken, hinter denen sich in diesem Moment ein bizarres, spindelförmiges Gebilde hervorschob, aus dem die nächste feurige Lohe auf Cattan herabbrach.

»Der Schirm!« Craigs Stimme überschlug sich. »Er... Allmächtiger, er...«

Für Sekunden sah es aus, als würde sich die Glocke aus Energie nur trüben. Sie nahm den Ton kalter Asche an und schien dabei mehr denn je *greifbar* zu werden. Übergangslos bildeten sich jedoch Risse darin, Sprünge... Ein nervzermürbendes Geräusch erklang. Es holte die mit dem Schweber entfliehenden Wissenschaftler mühelos ein, und ihnen sträubten sich nicht nur die Nackenhaare, auch das Blut in ihren Adern drohte zu gerinnen!

Dann zerbarst der auf amphischer Technologie beruhende Schild über der Stadt, als würde eine feste, rauchfarbene Schale in tausend Scherben gesprengt werden!

Weder Ossorn noch Craig oder Bentheim waren fähig, auch nur ein einziges Wort zu sagen. *Es ist nicht wirklich*, trösteten sie sich, solange das Geschehen tatsächlich noch irreal *wirkte*.

Aber solche Gedanken waren Selbstschutz und Selbstbetrug.

Bereits die nächste Lohe, die aus dem Spindelraumer schoß, traf Cattans Menschen und Häuser ungehemmt. Sie entfesselte am Ufer des beschaulichen Blue River die sprichwörtliche Hölle auf Erden.

Deluge

Der Industriedom erstrahlte in dem für die Mysterious typischen bläulich-schattenlosen Licht.

Der Kontinuumexperte H.C. Vandekamp, die Professoren Gerd Dongen und Tim Acker sowie Chris Shanton und dessen Robot-Scotchterrier Jimmy hatten sich in der kürzlich entdeckten zweiten Transmitterhalle versammelt. Die hier befindliche Anlage war um ein Vielfaches imposanter als der Ring, der die ständige Verbindung zwischen Deluge und Kontinent 4 aufrechterhielt.

Aufgrund der Größe gingen sämtliche Experten davon aus, daß dieser Großtransmitter auch eine höhere Reichweite als sein verkleinertes Pendant hatte. Beweise dafür gab es jedoch noch nicht, denn die Anlage war im Gegensatz zu der anderen Station inaktiv – und bislang hatte noch niemand einen Weg gefunden, ihn zum Leben zu erwecken. Die Skeptiker waren darüber keineswegs unglücklich, fürchteten sie doch, daß durch dieses Tor in unbekannte Weiten nicht nur von dieser Seite etwas hineingehen, sondern von der anderen auch etwas *herüberkommen* könnte...

Von solchen pessimistischen Prognosen ließen sich jedoch Leute wie Vandekamp, Dongen oder Acker nicht anstecken.

Und Shanton schon gar nicht.

»Jimmy!« pfiff er seine eigenwillige Robotschöpfung zurück, als diese gerade ein Beinchen hob, um eine der Unitallverkleidungen mit einer von Shanton kreierten Duftmarke zu präparieren.

Der schwergewichtige Ingenieur mit dem dichten Backenbart liebte solche kleinen Einlagen, und das Zurückpfeifen war letztlich auch nur Mittel zum Zweck. Auf diese Weise versuchte er, Jimmy ›Charakter‹ zu verleihen.

Nicht ohne Erfolg.

»Können Sie sich Ihre Mätzchen nicht einmal während einer ernsthaften Diskussion verkneifen?« schnarrte Dongen, der Shantons Absichten durchschaut zu haben meinte.

Der Leiter der Cattaner Kraftwerke grinste entwaffnend. »Ich wollte nur ein bißchen die Verkrampfung lockern. Man kann die Knoten in Ihrem Denkstübchen ja förmlich sehen... Entspannen Sie sich, meine Herren, und überdenken Sie meinen Vorschlag, bevor Sie ihn als das Hirngespinst eines blutigen Laien abqualifizieren!«

»Vorschlag«, seufzte H. C. Vandekamp theatralisch. »Wenn Sie das als Vorschlag bezeichnen...« Wer den Kontinuumexperten etwas näher kannte, entnahm seinem Gesichtsausdruck und seiner Haltung das genaue Gegenteil dessen, was seine ablehnenden Worte suggerieren wollten. Er *war* interessiert, durchaus. Denn gar so abwegig war Shantons Tip keineswegs.

Tim Acker verhinderte ein Ausufern des Geplänkels, indem er feststellte: »Okay, informieren wir also die Techniker und bitten sie, uns eine Datenbrücke zwischen dem schaltbaren Transmitter-David und diesem toten Goliath einzurichten! – Ein improvisiertes Transmitter-*Netzwerk*... Himmel, darauf kann wirklich nur ein in seinem eigentlichen Job unausgelasteter Chris Shanton kommen...!«

»Stimmt. Aber wenn es gelingt, den Großen über den Kleinen in Gang zu setzen, werden Sie mir die Füße küssen!«

»Dann schon lieber Jimmys Pfoten...«

Das allgemeine Gelächter wurde jäh unterbrochen, als Norman Fargo, einer der Techniker, von denen Tim Acker gerade gesprochen hatte, in die Halle des Großtransmitters gerannt kam – in einer Verfassung, wie den sonst fröhlichen Mann noch niemand gesehen hatte.

Als er bei der Gruppe ankam, rang er um Atem und war zunächst außerstande, überhaupt einen Ton zu sagen.

»Ganz ruhig«, zeigte sich Chris Shanton von seiner fürsorglichen Seite. Er trat neben den schlanken Fargo und klopfte ihm kameradschaftlich auf den Rücken. »Welcher Mysterious-Geist ist dir denn erschienen, mein Junge? Erzähl' mal...«

»Cattan!« keuchte Fargo gestikulierend. Sein Blick irrte von einem zum anderen. »Cattan wurde angegriffen...«

»Wurde?« H. C. Vandekamp fing sich als erster wieder. »Von wem, und gab es Verluste?«

Fargo schüttelte den Kopf, und in seine Augen trat ein erschreckend irres Leuchten. »Sie verstehen mich nicht... Cattan existiert nicht mehr! Die Menschen dort sind alle tot...!«

Terra, Cent Field

Einen Moment lang fühlte sich Ren Dhark beim Blick in Tylers Augen an die krebsartigen Myzelverbindungen erinnert, die ihm Manu Tschobe im Körper des Toten gezeigt hatte.

Auch in Tylers gelber Iris schien etwas zu wuchern, aber bei näherem Hinsehen unterschied es sich doch beträchtlich von dem, was jenen Doc Schweitzer umgebracht hatte.

»Du wolltest mit mir sprechen«, sagte Dhark und tauschte einen kurzen Blick mit Rani Atawa, der zierlichen Inderin, die es sich zur Aufgabe gemacht hatte, den sonderbaren Jungen zu betreuen.

Tyler war monatelang völlig auf sich allein gestellt gewesen – für einen Zwölfjährigen war dies eine geradezu unmenschliche Belastungsprobe gewesen, aber nach der Flucht vor den CAL-Entführern hatte er sich durch Robons Unterwelt geschlagen und ›irgendwie‹ überlebt. Bei Dharks erster Begegnung mit ihm war Tyler noch von fast athletischer Gestalt gewesen. Aber die einsame und entbehrungsreiche Zeit in den unterirdischen Gefilden hatte ihn gezeichnet. Heute war er äußerlich ein blasser, abgemagerter Junge – und innerlich eine stete Gefahr für seine Umwelt.

Tyler bemühte sich, die monströsen Kräfte, die der CAL in ihm und zwei anderen Kindern geweckt und gefördert hatte, im Zaum zu halten. Aber manchmal – besonders in Streßsituationen – konnte es immer noch passieren, daß die Pferde mit ihm durchgingen...

»Ja«, sagte er. Seine Stimme klang ungewöhnlich dunkel, aber auch damit war Dhark inzwischen vertraut.

»Soll ich gehen?« fragte Rani Atawa einfühlsam. Ihre Frage galt nicht Dhark, sondern dem Jungen.

Tyler schüttelte den Kopf. Er saß ungeheuer zerbrechlich und schon durch Worte verletzbar in einem der Sessel. Rani Atawa stand neben ihm und hielt seine Hand – wie eine Mutter, die ihr Kind vor allem Bösen in der Welt beschützen wollte.

Auch vor mir? fragte sich Ren Dhark unwillkürlich, ohne sich selbst mit diesem Negativattribut belegen zu wollen. Er hoffte auch nicht, daß Tyler ihn plötzlich ablehnte, denn im Gegensatz zu vielen an Bord hatte er ihn von Anfang an nicht als Gefahr betrachtet, sondern als einen Menschen, der fast noch ein Kind war, und der ihre Hilfe brauchte.

Aber geholfen, so gestand er sich ebenso freimütig ein, *hat bisher nur er uns – auch mir ganz persönlich.*

Erst seit Tyler den hypnotischen Block um Dharks Gedächtnis mit Hilfe seiner E.S.P.-Kräfte beseitigt hatte, wußten sie, was sich *wirklich* auf Robon abgespielt hatte, und unter welchen Begleitumständen der CAL und die Giants verschwunden waren.

»Worum geht es?« fragte Dhark. Er nahm schräg gegenüber dem Jungen Platz und faltete die Hände im Schoß.

Die Schweißperlen, die auf Tylers Stirn und Oberlippe standen, hatte er vorher nicht bemerkt.

Der Robonenjunge setzte zum Reden an. Doch etwas ließ ihn zögern. Den Kopf schief gelegt, schaute er hilfesuchend zu Rani Atawa empor.

Die Inderin nickte beruhigend und verwandelte sich in sein Sprachrohr. »Es wird immer heftiger«, sagte sie. »Die Schübe kommen in immer kürzeren Abständen.«

Ren Dhark schürzte die Lippen. Die Hitze, die unvermittelt in seiner Brust einsetzte, erinnerte an Sodbrennen.

»Hast du wieder Kontakt?« wandte er sich an Tyler. »Leidest du wieder an visionärer Zwiesprache mit Edgar und Pia, oder...?«

Edgar und Pia waren die beiden jugendlichen Mitqualifikanten, die der CAL seinerzeit in intimer Nähe um sich geschart hatte, um die Psi-Kräfte, die auch Tyler auszeichneten, zu fördern.

»Nein«, sagte Rani Atawa. »Diese ›Besuche‹ erhält er nur im Schlaf.

Etwas Neues ist dazugekommen – etwas, was ihn auch im Wachen nicht mehr zur Ruhe kommen läßt! Er sagt, er bietet alle Kräfte auf, um sich vor ihm zu verstecken! Er leidet furchtbar – und wenn ich ihn richtig verstanden habe, hat er mit Ihnen schon einmal über die Gründe gesprochen, Commander...?«

Die Exo-Biologin hatte recht, und es lag auch erst drei oder vier Tage zurück, daß Tyler ihm seine geheimsten Ängste anvertraut hatte.

Kurz zuvor hatten Flashbesatzungen im Kuiper-Gürtel, am Rand des Sonnensystems, das Wrack eines Spindelraumers geortet, das seinerzeit bei der Schlacht zwischen Spindel- und Zylinderraumern zusammengeschossen worden sein mußte. Man hatte dieses Wrack nur kurz in Augenschein nehmen können, weil es sich genaueren Untersuchungen durch Selbstzerstörung entzogen hatte.

Unmittelbar nach seiner Rückkehr aus dem Gürtel kosmischer Urmaterie hatte Dhark mit dem damals völlig aufgelösten Tyler gesprochen. Der robonische Junge hatte phantasiert, ›ES‹ habe ihn gefunden – ES sei irgendwo in der Nähe *erwacht*, hatte er gestammelt, ohne dieses ES näher beschreiben zu können – oder zu wollen.

»Kannst du mittlerweile feststellen, *wo* sich das, was du fürchtest, aufhält? Sind wir ihm seit der Rückkehr zur Erde nähergekommen?«

Tyler weitete die Augen. Dann, abrupt, zog er seine Hand von Rani Atawa zurück, krümmte sich in seinem Sitz und... erbrach eine schwarze, nebelartige Substanz, die sich schon unmittelbar nach dem Austritt aus dem Mund rasch ins Unsichtbare zu verflüchtigen begann. Aber war sie deshalb auch wirklich nicht mehr *da?* Ren Dhark fröstelte.

Rani Atawa machte eine beruhigende Geste. »Ich habe das schon häufiger bei ihm beobachtet. Für seine Umwelt bedeutet die Absonderung offenbar keine Gefahr. Nur er selbst leidet wahnsinnig unter dem, was in ihm anschwillt und nach einem Ventil sucht...« Sie lächelte fast entschuldigend. »So sehe ich es jedenfalls.«

Sie hatte kaum ausgesprochen, als Tyler sich wieder in seinem Sitz aufrichtete und – Dhark fand keine andere Bezeichnung dafür – den Anschein eines lange kranken, nun aber schlagartig *genesenen* Patienten erweckte. Wieder war es Rani, die es kommentierte und zugleich vor ungerechtfertigtem Optimismus warnte: »Unmittelbar danach wirkt er immer sehr erleichtert. Aber dieser Zustand kann genauso schnell wieder ins Gegenteil umschlagen...«

Der Junge saß still, wenn auch immer noch voller Spannung, da. Es schien ihn nicht zu stören, daß über ihn gesprochen wurde, als befände er sich gar nicht im selben Raum.

Und dann elektrisierte Tyler Dhark mit einer kristallklar geschliffenen Stimme, die – wenn auch verspätet – konkret auf die ihm vorhin gestellte Frage antwortete: »Ja, wir *sind* ihm näher gekommen! Und ich frage mich, was tragischer wäre: Daß ich begreife, wo ES sich gerade aufhält – oder ES herausfindet, wo... *ich* bin...«

›Kommen Sie – kommen Sie schnell! Ich habe etwas völlig Unglaubliches entdeckt...!‹

An diesen Ausruf Manu Tschobes wurde Dan Riker unweigerlich erinnert, als ihn der gebürtige Afrikaner am Eingang der Paracelsus Klinik abholte und ohne Umschweife dorthin lotste, wo das wartete, was der Arzt mit dem Attribut *Unglaublich* belegt hatte.

Tschobe war schon vorab darüber informiert worden, daß Dhark seinen engsten Freund gebeten hatte, für ihn zur Klinik zu kommen. Es gab wenige, die Tschobe eher akzeptiert hätte...

»Hat der Commander Zeit gefunden, mit Ihnen über die Toten aus World City zu sprechen?«

Dan Riker nickte. Gleichzeitig wünschte er sich, Manu Tschobe wäre wieder zur Stammbesatzung der POINT OF gestoßen, anstatt sich hier lebendig und freiwillig zwischen unheilbar Sterbenden zu begraben.

Rikers Wunsch entsprang keinesfalls einer Unzufriedenheit mit den Leistungen von Tschobes Stellvertreter Anonga, und schon gar nicht einer Verachtung der Patienten gegenüber, für die Tschobe klaglos seine gesamte Freizeit opferte – nein, er resultierte aus purer Sentimentalität, denn Manu Tschobe war einfach *von Anfang an* dabei gewesen, seit der Ringraumer zu den Sternen aufgebrochen war, um die verlorene Erde wiederzufinden...

Wieviel seither geschehen war!

In so wenigen Monaten!

Das Weltbild eines jeden Terraners war zuerst eingestürzt und dann völlig verwandelt wiederaufgebaut worden!

»Hier herein...«

Manu Tschobe winkte Riker in einen Raum, der auf jeden Fall nicht identisch mit dem Obduktionstrakt war, in den er Ren Dhark geführt hatte.

Trotzdem wartete auch hier, eingerahmt von mindestens einem Dutzend unterschiedlichster Diagnosegeräte, eine Leiche.

Eine ungefähr vierzigjährige Frau, deren Todesursache sofort beim näheren Hintreten offenbar wurde, zumal niemand es für nötig befunden hatte, den Leichnam wenigstens vorübergehend zuzudecken.

»So schrecklich habe ich es mir nicht vorgestellt«, sagte Dan Riker tonlos. Seltsamerweise hielt er es für geboten, dem Grauen standzuhalten und den Kopf *nicht* wegzudrehen – als könnte er der Toten damit die letzte Ehre erweisen.

»Man kann es sich erst vorstellen, wenn man es *gesehen* hat«, nickte Tschobe. Er berührte Rikers Arm und führte ihn bis unmittelbar neben den Untersuchungstisch.

Die Leiche war nicht einmal einer Autopsie unterzogen worden, aber auch so konnte ihr Aussehen kaum mehr mitnehmen, denn etliche der darüber verteilten Geschwüre waren aufgebrochen und hatten die Myzelverbindungen wie feine Luftwurzelknäuel nach außen getrieben.

Die Fäden waren nicht weiß, sondern eitrig gelb.

Tschobe beeilte sich zu versichern, daß keine Infektionsgefahr bestand.

Das obligate Sterilisationsfeld war auch hier geschaltet.

Endlich löste Riker seinen Blick von der Toten. »Verlieren wir keine kostbare Zeit«, wandte er sich an Tschobe. »Es kann sein, daß die POINT OF in Kürze ins Col-System startet, und dann möchte ich unter allen Umständen mit an Bord sein. – Was haben Sie entdeckt, Tschobe? Und mit welcher Methode? Die Leiche ist ungeöffnet, wie ich sehe...«

»Von einer weiteren Obduktion habe ich mir auch keine neuen Erkenntnisse versprochen. Das Prinzip der Erkrankung ist inzwischen sonnenklar, auch ihr typischer Verlauf, nachdem die Sporen in den menschlichen Blutkreislauf gelangt sind... Deshalb habe ich bei dieser Sterbenden den biochemischen Haushalt unter die Lupe genommen.«

»Sterbenden?« echote Riker. »Heißt das, sie lebte noch, als Sie...?«

Um Tschobes Mund bildete sich ein nachsichtiger Zug. »Sie hätten niemals Arzt werden können – nicht mit dieser übertrieben hohen Zurückhaltung.« Er schwieg kurz, dann fuhr er fort: »Ich bin selbst ein Gegner von Methoden, die Menschen zu Versuchsobjekten ohne Mitbestimmung degradieren. Aber dieser Frau und jedem, der sich zu Lebzeiten in meine Obhut begibt, steht es frei, mir Maßnahmen zu untersagen, die sich nicht mit den eigenen Vorstellungen vereinbaren lassen! Glauben Sie mir das?«

»Natürlich«, sagte Riker, der den Afrikaner lange genug kannte, um keine Zweifel an dessen Integrität zu hegen.

»Gut. Lassen wir das also einmal beiseite und kommen wir zu dem, was ich fast zufällig bei meinen Untersuchungen entdeckte.«

»Gibt es denn überhaupt Zufälle?«

»In diesem Fall schon, denn hätte ich innerhalb meiner Versuchsanordnung keine Instrumente gehabt, die hyperenergetische Prozesse nachweisen können, wäre mir das Unglaubliche vermutlich verborgen geblieben!«

Das Unglaubliche... Dan Riker wußte selbst nicht, warum er beim abermaligen Hören dieses Wortes aus Tschobes Mund plötzlich Gefühle wie auf einem Zahnarztstuhl bekam.

»Hyperenergetische Prozesse?« fragte er. »Ich habe noch nie gehört, daß menschliche Physis...«

»Es war auch nicht der *Mensch*, der im Moment des Todes urplötzlich ein Hypersignal aussandte, sondern...«

»Sondern?«

»... die ebenfalls absterbenden, von außen in ihn eingebrachten Hyphen«, erläuterte Manu Tschobe. Er zuckte die Achseln. »Leider bin ich mit meinen hiesigen Mitteln nicht in der Lage, den Weg der Sendung zu verfolgen. Aber ich hätte eine Idee, wo wir bessere Aussichten haben, den Adressaten ausfindig zu machen...«

Am frühen Abend desselben Tages kam es an Bord der POINT OF zu einem denkwürdigen Experiment. Der Versuch handelte dem Pietätsempfinden der Mehrheit der Besatzung extrem zuwider.

Trotzdem hatte Ren Dhark nach genauem Abwägen seine Einwilligung dazu gegeben.

Dan Riker hatte ihn bei seiner Rückkehr in den Ringraumer unverzüglich über Tschobes phantastische Entdeckung in Kenntnis gesetzt – und auch darüber, wie sich der Arzt eine *Verfolgung* des seltsamen ›Hyperimpulses‹ vorstellte, der den Körper eines von Sporen verseuchten Menschen offenbar im Moment des Todes verließ.

Arc Doorn, das technische Universalgenie, und Glenn Morris unterstützten Tschobe, indem sie eine leerstehende Kabine des Ringraumers mit allen gewünschten Geräten ausstatteten und überdies mit der in der Unitallzelle verborgenen Hyperfunkantenne verbanden sowie mit dem Checkmaster vernetzten. In diesen speziellen Raum wurde eine junge Frau zum Sterben gebracht, die das Pech gehabt hatte, in World City zu leben und in einem unachtsamen Moment Bekanntschaft mit den Beißwerkzeugen eines Scharlachkäfers zu machen.

Cynthia Cole hatte Tschobe noch in Alamo Gordo ihr Einverständnis zu dem Experiment gegeben. Sie hatte nichts mehr zu verlieren gehabt, und die Schmerzen in ihrem Körper waren selbst mit Morphinen kaum noch zu unterdrücken gewesen. Die POINT OF erreichte sie schon nicht mehr bei Bewußtsein. Bereits während des Schweber-Transportes verfiel sie in ein Koma, aus dem sie nach medizinischem Ermessen auch nicht mehr erwachen würde. Der Übergang von der Bewußtlosigkeit zum Tod würde schleichend vonstatten gehen...

Nachdem Manu Tschobe die noch selbständig atmende Frau übernommen hatte, schickte er seine Helfer aus der Kabine.

Niemand widersetzte sich seiner Forderung, mit der Totkranken alleingelassen zu werden.

Und dann wartete er darauf, daß das Wirken der außerirdischen Sporen im Körper der bedauernswerten Probandin seinen Höhepunkt erreichte...

Eine Stunde und zehn Minuten später war es soweit.

Und noch einmal fünf Minuten später verließen drei Flash das Depot des Ringraumers und nahmen im Schutz ihrer Intervalle Fahrt auf. Kein Luftwiderstand bremste ihre vielfache Überschallgeschwindigkeit. World City, das Ziel ihres Einsatzes, sprang ihnen regelrecht entgegen...

Duststrahl hatte eine Kaverne geschaffen, gerade groß genug, um es einem von drei Flash zu gestatten, sein Intervallum abzuschalten.

Ren Dhark landete die 001 auf ihren spinnenbeinartigen Auslegern und öffnete die Luke, in die sofort eine eigenartig süß und abgestanden riechende Luft einströmte.

Mit dem Einsatz des Desintegrators hatte dies nichts zu tun. Schon mehr mit dem, was hier *wartete*...

Die Proteste seines Freundes Dan Riker im zweiten und Pjetr Wonzeffs im dritten Flash klangen ihm noch im Ohr. *Sie* hatten das Wagnis einer Landung eingehen wollen, jeder von ihnen.

Dhark lächelte grimmig.

Hätte er sich in seinem Leben immer von reiner Vernunft leiten lassen, wäre das bislang Erreichte wesentlich bescheidener ausgefallen – davon war er überzeugt, und *kontrolliertes* Risiko wollte er sich auch in Zukunft nicht ausreden lassen!

Im Moment von Cynthia Coles Tod hatte der Checkmaster die exakte Richtung des von Tschobe vorhergesagten Hyperimpulses ermittelt und in die Datenspeicher der Flash übertragen. Der Rest war Sache der Gedankensteuerung gewesen, die die ›Blitze‹ vollautomatisch ans Ziel befördert hatte!

Nach World City!

Und dort schnurgerade unter die Erde...!

Die Scheinwerfer des Flash leuchteten den Weg zu dem Ort, den der olivgrüne, alles Anorganische zersetzende Dust unbehelligt gelassen hatte.

Ein paar Schritte watete Ren Dhark durch die knöcheltiefe, amorphe Masse, in die sich umgebender Beton, Kunststoff und Stahl verwandelt hatten.

Dann mußte er sich auf alle viere niederlassen und weiter*kriechen*.

Hinein in die Enge einer Röhre, die ihn geradewegs...

... zum Nest des Aliens führte.

3.

Hope

Scoutboot CC 4 jagte mit dröhnendem Triebwerk dicht über der Oberfläche des Ozeans gen Westen.

Zwischen den Küsten von Main Island und Deluge lag eine 700 Kilometer breite Wasserwüste. Knapp die Hälfte dieser Strecke hatten Goofy und sein junger Freund zurückgelegt, als ihr Fahrzeug ohne jede Vorwarnung ins Schlingern kam und um ein Haar ungewollten Kontakt mit dem Meer bekommen hätte, was bei dieser Geschwindigkeit unweigerlich zur Katastrophe geführt hätte.

Goofy konnte gerade noch den stumpfen Bug des Bootes hochreißen, und es erforderte sein ganzes Können, den Flug wieder zu stabilisieren.

»Was war das?« rief Nelson Doty angsterfüllt. »Eine Sturmbö?« Seine Hände krallten sich in den Sitz, während Goofy sich mit aller Macht den Gewalten entgegenstemmte, die neuerlich am Scoutboot zu rütteln begannen.

Im nächsten Augenblick sah es aus, als verfinsterte sich der gerade noch wolkenarme Morgenhimmel.

In der Kanzel wurde es dunkel.

Nelson und Goofy bogen ihre Köpfe in den Nacken und entdeckten jenseits der Sicherheitsverglasung die Ursache des jähen Helligkeitsverlustes. Fast gleichzeitig begann die akustische Radarwarnung einzusetzen...

»Es flieht!« Nelson schrie, um die Geräuschkulisse zu übertönen. »Die Laserstellungen haben es von Cattan weg getrieben, und jetzt...« Seine Stimme erstarb.

Goofy verkniff sich jeden Widerspruch, aber ein Blick in sein Gesicht hätte Nelson verraten, was sein Freund von *dieser* Interpretation der Lage hielt.

»Verdammt!« fluchte er. »Wenn wir dem Brocken über uns einen Schuß wert sind, ist es um uns geschehen! Verdammt, verdammt...«

Nelson Doty starrte immer noch nach oben.

Die Schatten wichen.

Das fremde Raumschiff, das die ungefähre Form einer Spindel besaß, zog über ihnen vorbei. Die Luftmassen, die es bewegte, schaukelten die CC 4 wie eine Nußschale hin und her.

Vom Bordradar kamen ungefähre Angaben über die Größe des fremden Raumschiffs herein. Demnach war es rund zweihundert Meter lang, an der dicksten Stelle siebzig Meter und an den schlankeren Enden etwa zwanzig Meter im Durchmesser!

Einen offensichtlichen Antrieb gab es nicht, und dennoch schob es sich mit der Kraft eines Giganten durch die aufgewühlte Atmosphäre.

Zwei Minuten später hörten die Böen auf, die das Scoutboot drangsaliert hatten.

In diesen zwei Minuten war das Spindelschiff zu einem winzigen Punkt am fernen Himmel geworden.

Goofy sank tief durchatmend zurück und wischte sich kalten Schweiß von der Stirn. Sein Blick suchte Nelson, der mit geschlossenen Augen und verzerrtem Gesicht im Sitz daneben kauerte. Seine Lippen zuckten, und die ineinander verkrampften Hände sahen aus wie im Gebet erstarrt.

Goofy legte eine seiner großen Hände auf Nelsons Knie, drückte es und sagte: »Schon gut. Ich glaube nicht, daß es noch einmal zurückkommt!«

Als Nelson die Lider hob, quollen Tränen aus seinen Augen, und sein Körper wurde ebenso heftig durchgeschüttelt wie während der vorherigen Böen.

»Beruhige dich«, sagte Goofy, obwohl er sich selbst leer und ausgehöhlt fühlte, weil er unablässig an Cattan denken mußte. An Zehntausende Menschen...

Er räusperte sich. Wie gern hätte er Nelsons Worten geglaubt, daß die Laserstellungen den Fremden rechtzeitig und erfolgreich Widerstand geleistet hatten, aber...

Nelsons hohe Stimme riß ihn aus den Gedanken.

»Beruhigen? Es hat Kurs auf Deluge genommen! *Auf Deluge!* Meine Eltern...«

Er preßte die Faust gegen den Mund, als fürchtete er, den Teufel an die Wand zu malen.

Aber der Teufel mußte nicht erst herbei geredet werden, er war längst *da!*

Und dann gleißte es vor ihnen auch schon in Flugrichtung der CC 4 auf, als würde der gesamte Inselkontinent Deluge in einer einzigen, feurigen Kaskade aus entfesselter, diabolischer Energie verglühen...!

›Cattan existiert nicht mehr!‹ Noch hatte niemand in der Transmitterhalle die Hiobsbotschaft auch nur annähernd verdaut, als es nebenan, im Industriedom, zu einem weiteren Ereignis kam, das zudem – wie sich herausstellen sollte – eng mit dem Untergang der Siedlerstadt verknüpft war.

Professor Gerd Dongen erfaßte als erster, worum es sich handelte, denn er hatte denselben Vorgang schon einmal unmittelbar miterlebt.

»Die Maschinen sind verstummt!« brach er die Stille.

Die *absolute* Stille, die plötzlich nicht mehr nur mit ihrem entsetzten Schweigen zu tun hatte.

»Die Maschinen«, sagte Dongen dumpf. »Sie haben aufgehört zu arbeiten! Das kann nur bedeuten...«

»... daß sich das Intervallfeld um Deluge aufgebaut hat?« H. C. Vandekamp schüttelte kategorisch den Kopf. »Weshalb sollte es? Die Prognosen der Astrophysiker für heute –«

»Und was will uns das Wort *Prognose* sagen?« giftete Chris Shanton.

Jimmy bellte.

Er bellte immer, sobald die Stimme seines Herrn eine bestimmte Dezibelmarke überschritt, und H. C. Vandekamp wußte binnen Sekunden nicht mehr, auf wen sich sein Ärger eher richten sollte: auf Shanton oder sein Robotfaktotum.

»Viel wichtiger als die Frage nach dem Intervallum ist doch die Frage nach dem Schicksal der Siedler«, meldete sich Tim Acker zu Wort.

»Ich würde sagen, beides ist wichtig – und auf beides erhalten wir nur dann verläßliche Antworten, wenn wir uns darum kümmern«, erklärte Chris Shanton kategorisch. »Worauf warten wir überhaupt noch?«

Mit dem höhleninternen Fortbewegungsmittel der Mysterious, dem nach wie vor tadellos arbeitenden Pullman, erreichten sie die Antigravröhre, die sie durch das Gebirgsgestein ins Freie hinaus führte. Direkt zu der angelegten Piste, auf der die Scoutboote und Schweber parkten, die seit längerem einen regelmäßigen Pendelverkehr mit Cattan unterhielten.

Aber Cattan gab es, wenn man Fargos Worten Glauben schenken durfte, nicht mehr, und hoch über ihnen am düsteren Himmel zeichneten sich nie gesehene bizarre, geradezu surreale Muster auf dem Gewölbe des kontinentalen Intervallfelds ab!

»Was geht da vor?« drangen Rufe aus einem der Scoutboote. »Wieso gab es keine Warnung vor diesem Sturm...?«

Shanton blickte grimmig über die Schulter, dorthin wo Dongen, Vandekamp und Acker am Ausgang der A-Grav-Röhre standen. Auch sie spähten hinauf zum Himmel, der in immer häßlicheren Farben leuchtete.

»Wäre es uns, seit wir von der Existenz des kontinentüberspannenden Intervallums wissen, wenigstens gelungen, einen *Reizstrahl* wie in der POINT OF zu aktivieren, dann könnten wir jetzt vielleicht *sehen*, was sich jenseits der Kontinuumgrenze abspielt – aber davon kann ja keine Rede sein...« Er ließ offen, ob seine Bemerkung als Vorwurf an die Adresse der Wissenschaftler zu verstehen war.

Angegriffen fühlte das Trio sich trotzdem.

Professor Dongen wandte sich brüsk ab und schritt in den höhleneinwärts gepolten Schacht der Doppelröhre.

»Wo wollen Sie hin?« rief Acker ihm nach.

»Zurück in den Industriedom«, antwortete Dongen. »*Eine* Verbindung nach draußen existiert glücklicherweise immer noch – zumindest sollte es so sein: Ich meine den Transmitterweg nach Kontinent vier...«

Chris Shanton pfiff Jimmy zu sich. Dann heftete er sich, noch vor Acker und Vandekamp, an Dongens Fersen.

Zur gleichen Zeit türmten sich auch anderswo ungeklärte Fragen wie ein Gebirge auf. Dort, wohin es Noreen Welean und Simon, den Diener, verschlagen hatte: Im Innern eines Mysterious-Artefakts, über dessen Sinn und Zweck sie auch nach Stunden des Verweilens nicht das mindeste herausgefunden hatten.

Der Glaube jedenfalls, diesen Ort in unbekannter Tiefe doch noch einmal lebend zu verlassen und ans Tageslicht zurückzukehren, war nachhaltig erschüttert.

Vermutlich würden sie hier sterben – unmittelbar vor den Augen eines stummen Zeugen, dessen Gegenwart zumindest der Bio-Prospektorin zusetzte, seit sie ihn hier, im Zentrum des sinnlos anmutenden Raumes, entdeckt hatten: Ein totes Stück Metall, das vielleicht nur zufällig beinahe humanoide Gestalt besaß...

»Ein Robot«, hatte Simon beim Anblick der kalten Ikone gesagt. »Er ähnelt der Beschreibung, die es von einem Maschinenwesen gibt, auf das man in einem Nebenstollen des hiesigen Tofirit-Vorkommens gestoßen ist... Allerdings war jener andere Robot erkennbar beschädigt, während dieser hier aussieht, als könnte er sich jeden Moment erheben...«

»Sei bloß still!« hatte Noreen ihren Diener angefaucht. »Laß diesen Blödsinn...!«

Seither herrschte Schweigen zwischen ihnen.

Eiszeit.

Ein kindischer Stolz verhinderte, daß Noreen sich bei Simon für ihre Überreaktion entschuldigte – jedenfalls war sie *noch* nicht dazu bereit.

Während sie selbst zwischen undurchschaubaren M-Gerätschaften am Boden hockte, durchstreifte der Mann, den sie zur Unterstützung von Terra nach Hope mitgebracht hatte, unablässig den Raum.

Raum... Noreens Magennerven zogen sich nicht nur vor Hunger zusammen. Sie fühlte sich wie in einem Mausoleum, und für eine Weile hatte sie wirklich in Betracht gezogen, daß das Ding in der Mitte *kein* Roboter war, sondern vergleichbar mit den Sarkophagen, die man auf Terra in den Pharaonengräbern gefunden hatte. Eine Schale also, in der der Körper eines Toten zur letzten Ruhe gebettet worden war – eines toten Mysterious...

Sie sah auf, weil Simon näher an den Robot herantrat, als er es die ganze Zeit über gewagt hatte. Das schattenlose Licht entlarvte seine Absicht bereits im Ansatz, und so wußte Noreen sofort, daß ihr Diener es sich in den Kopf gesetzt hatte, nun jeden Quadratzentimeter des tofiritfarbenen Robots zu erforschen, als läge in ihm ihre einzige überhaupt noch verbliebene Überlebenschance... Verrückt.

Eine Weile sah sie Simon zu, wie seine Hände über den respekteinflößenden Körper strichen. Irgendwann verlor sie jedoch das Interesse und starrte lieber auf ihre eigenen Hände, als lägen dort die Antworten auf alle wirklich wichtigen Fragen.

Bitterkeit stieg in ihr auf. Gestern hatte sie noch geglaubt, ein langes Leben vor sich zu haben... nein, falsch, sie hatte nicht einmal an den Tod gedacht! Zumindest nicht an den eigenen, aber nun...

Simons Röcheln ließ sie zusammenzucken.

Aber obwohl sie sofort reagierte und aufsprang, konnte sie nicht mehr verhindern, daß er schwer wie ein Bleiklotz zu Boden ging und sich nicht mehr rührte!

Noreens Herz übersprang einen Takt, dann kniete sie neben Simon und legte Zeige- und Mittelfinger auf seine taudick hervorgetretene Halsschlagader.

Nichts. Kein Puls!

Sie legte ihr Ohr auf seine Brust und hielt den Atem an, fand aber nur die Bestätigung ihres schrecklichen Verdachts: Simon lebte nicht mehr!

Wie es zugehen konnte, daß er sich schon Sekunden nach Eintritt des Todes eiskalt anfühlte, verstand Noreen nicht.

Sie verstand gar nichts mehr!

Wände und Decke des drei Meter hohen und zehn Meter durchmessen Raumes schienen ihr entgegenzukommen!

Und dann... erhielt das Grauen eine bisher unbekannte Dimension, als das Ding, das Simon umgebracht hatte, das Ding, das wie ein – wenn auch nur grob stilisierter – metallischer *Mensch* aussah, sich von seinem tausendjährigen Ruhelager erhob und ihr entgegenwankte.

Seine Absicht schien eindeutig: Er wollte auch sie beseitigen!

Die Erkenntnis, daß sich das kontinentale Intervallum über Deluge aufgebaut hatte und der fürchterliche Feind nun mit seinen Waffen dagegen anrannte, beinhaltete beides: Erleichterung *und* Mißtrauen!

Was würde geschehen, wenn die ›Membran‹ des künstlichen Universums dem Ansturm artfremder Energien *nicht* standhielt?

Nur kurz hielt sich Goofy bei dem Gedanken auf, daß er bisher immer davon ausgegangen war, der Aufbau des Deluge-Intervallfelds hinge unmittelbar mit dem Überschreiten eines bestimmten Limits kosmischer Strahlung zusammen – davon, daß es sich auch zur Abwehr von Feinden errichtete, hatte nie ein Wissenschaftler gesprochen!

Weil sie es nicht gewußt haben! dachte Goofy.

Kopfschüttelnd nahm er eine erneute Kursänderung vor. »Das Intervallum ist auch für uns undurchdringlich«, wandte er sich an Nelson Doty. »Und so lange es hält, sind deine Leute sicher wie in Abrahams Schoß!«

So lange es hält...

»Wohin können wir jetzt noch?« fragte der Junge. »Auf irgendeine Insel?«

»Nicht irgendeine«, erwiderte Goofy und bemühte sich, einen zuversichtlichen Eindruck zu vermitteln.

»Sondern?«

»Wir fliegen mit Höchstgeschwindigkeit zum vierten Kontinent!« erklärte er. »Vielleicht gelangen wir über den Transmitter nach Deluge, wenn...«

»Wenn?«

Goofy machte eine wegwerfende Geste und preßte die Lippen wie zwei dünne Striche aufeinander.

... er noch funktioniert, vollendete er in Gedanken. Wenn nicht, war er auch mit seinem Latein am Ende.

Aus Nelsons Mund löste sich ein undefinierbarer Laut. Seit sie Deluge in weitem Bogen auswichen, um Kontinent 4 zu erreichen, hatte er den Ortungsschirm nicht mehr aus den Augen gelassen.

Mit ausgestrecktem Finger wies er jetzt so aufgeregt darauf, daß Goofy nicht umhin kam, sich damit zu befassen. Zuerst glaubte er noch an einen Irrtum. Doch der feindliche Spindelraumer entfernte sich tatsächlich von Deluge weg ins All hinaus!

»Er flieht!« jubelte Nelson. »Vielleicht kommen wir doch noch ohne den Umweg über den Transmitter ins Höhlensystem...«

Darauf wollte sich Goofy lieber nicht verlassen. Unbeirrt hielt er den Kurs auf den vierten Kontinent bei.

Er traute dem Frieden nicht. Die Spindel war bestimmt nicht grundlos in den freien Raum verschwunden – wenn die Umstände es erlaubten, würde sie zurückkehren.

Todsicher.

Das fragil ausbalancierte Bahngleichgewicht sämtlicher Planeten und Monde des Col-Systems, ja selbst das der beiden Sonnen umeinander, geriet durch die fast zeitgleiche Rematerialisierung von einem halben Hundert Raumschiffen in ernsthafte Gefahr!

Terras Flotte kam wie aus dem Nichts – aber sie kam gewaltig!

Die Erschütterungen des Raum-Zeit-Gefüges verwandelten das Doppelsternsystem in ein kurzzeitiges, aber weithin wahrnehmbares hyperenergetisches Leuchtfeuer!

»Umgebung scannen! Auf spezielle Signaturmuster achten...!«

Eythan Farr, ein schmalgesichtiger, lederhäutiger Fünfzigjähriger im Rang eines Majors führte von der KARTHAGO aus den Oberbefehl über das hierher entsandte Flottenkontingent. Niemand auf Terra zweifelte an seinen Fähigkeiten oder seiner Loyalität.

Am wenigsten zweifelte er selbst daran – bis zu dem Moment, da die Tasterstrahlen meldeten, daß die charakteristische Signatur, nach der alle Einheiten suchten, auf das Flaggschiff *zukam*... vom fünften Planeten Hope her... und daß von verschiedenen Koordinaten des Col-Systems *weitere* Objekte dieses Typs angemessen wurden!

Insgesamt fünf Spindelraumer enttarnten sich vor den Instrumenten von 53 Terra-Raumern, als hätten sie auf deren Eintreffen nur gewartet. Und von der ersten Sichtung bis zur ersten Explosion eines Flottenschiffes vergingen nicht einmal dreißig Sekunden...!

Fassungslos nahm Major Eythan Farr die Verlustmeldung eines Schiffs der Wolf-Klasse entgegen.

Fassungslos und wutentbrannt!

»An alle Einheiten!« verbreitete er über Rundspruch. »Alle verfügbaren Energien auf die Schilde und Geschützantennen! Lebenserhaltungssysteme vorübergehend auf ein Minimum reduzieren...!«

Er hatte noch nicht ganz ausgesprochen, als ein Raumer der Planeten-Klasse an der Peripherie des Verbandes detonierte.

»Die SYRAKUS, Sir!« rief jemand. »Das war die SYRAKUS, auf der der neuentwickelte Tremble-Schock installiert war...«

Selbst in der Zentrale des Flaggschiffs breitete sich daraufhin Unruhe aus. Und noch größere Nervosität herrschte an Bord der anderen Einheiten.

Farr ließ die Zerstörung der SYRAKUS unkommentiert, obwohl er wußte, wieviel das Flottenkommando sich gerade von diesem Schiff erhofft hatte. Der Tremble-Schock war noch nicht ausgetestet, aber man war der Meinung gewesen, daß es keine bessere Bewährungsprobe dafür geben könnte als eine reale Gefechtssituation. Wieder einmal jedoch hatte hier die Praxis pure Theorie überholt...

»Ist es bei den fünf Feindraumern geblieben?« fragte Farr rauh.

Die Zahl wurde bestätigt.

»Gut. Wir teilen uns auf! Ein Zehnerpulk zu jeder Spindel – und dann Feuer aus allen Antennen! Kein Schild hält das aus! Wir werden sie zur Kapitulation zwingen, und dann... gnade ihnen der Gott, an den sie glauben...!«

Farr ahnte noch nicht, daß er sich gleich in zweierlei Hinsicht irrte. Zum einen besaßen die Wesen an Bord der Spindelschiffe keinen Glauben an einen Gott – und zum anderen widerstanden ihre Schutzschirme auch der zehnfachen zahlenmäßigen Übermacht!

Die kleinen Sonnen, die im Laufe der nächsten Stunden kurzzeitig das Col-System erhellten, hatten ihren Ursprung ausnahmslos in Schiffen der Terra-Flotte!

Und die Spindeln machten dort weiter, wo eine von ihnen auf Hope begonnen hatte. Sie töteten nicht nur – sie *stahlen* auch.

Die Seelen ihrer Opfer!

Und nichts und niemand schien imstande zu sein, sie noch aufzuhalten...

Zur gleichen Zeit, Terra

Das ›Nest‹ des Aliens war verwaist. Aber die *Maschine*, die darin stand, wies solch frappierende Übereinstimmungen mit der Technik auf, die Ren Dhark an Bord des Spindelwracks im Kuiper-Gürtel vorgefunden hatte, daß er einen Moment lang meinte, den Boden unter seinen Füßen zu verlieren. Zumal er in dieser Sekunde die Ursache des süßlich-abseitigen Geruchs entdeckte, den er seit dem Verlassen der 001 wahrnahm: In der Nähe der sonderbaren Maschine lag die mumifizierte Leiche eines Mannes!

Mumifiziert... diese Beschreibung hatte auch auf die beiden Toten im Spindelwrack zugetroffen, deren Identität bis heute ungeklärt war!

»Was ist? Warum sagst du nichts mehr?« drängte Dan Rikers Stimme in Dharks Funkempfang. Rikers 002 schwebte ebenso wie Wonzeffs Flash weiterhin im Intervallschutz in unmittelbarer Nähe. Aber beide Männer konnten nicht sehen, was Ren Dhark sah – und als er es ihnen schilderte, tat er es in schwankendem Tonfall.

So hartgesotten, daß ihn dieses Alptraum-Szenario unbeeindruckt gelassen hätte, war er nicht!

Dem Toten, der vor ihm im Schacht lag, war übel mitgespielt worden. Er sah aus, als wäre er in die Fänge eines wilden Tieres geraten. Überall an dem ausgetrockneten Leichnam waren Spuren extremer Gewalt zu finden – als hätten mörderische Klauen oder Zähne versucht, ihm das Fleisch herauszureißen!

Der Schacht war hier geräumig genug, um Dhark geduckt stehen zu lassen. Er ging zu der Mumie und untersuchte die Kleidungsreste, die ebenfalls ungewöhnliche Zersetzungsspuren aufwiesen. Als Dhark sie beschrieb, meinte Wonzeff aus der 003: »Vielleicht eine uns unbekannte Waffe! Nehmen Sie eine Probe mit, schaden kann es nicht!«

Ren Dhark setzte den Vorschlag in die Tat um. Dabei fand er im Nacken der Mumie ein kleines ID-Implantat, wie es vor der Giant-Invasion hie und da auf Terra in Mode gewesen war: Das winzige Iridiumplättchen war von der allgemeinen Zersetzung und Dehydrierung ausgespart geblieben, und neben einer Zahlenfolge fand sich sogar der winzig klein eingestanzte, vollständige Name des Toten: *Benjamin Darga.*

»Sei vorsichtig«, mahnte Riker. »Wir wissen nicht, ob dieser Unterschlupf wirklich so verlassen ist, wie es den Anschein hat...!«

»Danke, ich passe schon auf.« Als nächstes nahm Dhark die unbekannte Maschine unter die Lupe. Sie schien aus demselben Material zu bestehen wie die Schiffszelle des Spindelwracks, und ihr Deckel ließ sich leicht öffnen. Das zum Vorschein kommende technische Innenleben war zu fremd und zu kompliziert, um seinen Sinn und Zweck zu durchschauen. *Arc Doorn müßte es sich ansehen,* dachte Dhark. Dann fiel sein Blick auf eine durchsichtige, etwa einen halben Meter durchmessende Kugel, in der sich etwas befand, was er kannte: Larven. Hunderte, vielleicht Tausende kleine Larven...

»Käferlarven«, murmelte er, als er neben der Maschine tote Scharlachkäfer entdeckte, die dalagen, als seien sie einer Öffnung entschlüpft und dann aus unbekannten Gründen verendet.

Auch die Larven waren nicht mehr am Leben.

Dhark nahm seinen Blaster und schlug mit dem Kolben gegen die transparente Kugel. Zuerst nur schwach, dann fester, worauf sie wie ein Ei in zwei gezackte Hälften zerfiel. Sowohl ein paar Larven als auch einige Exemplare der voll ausgebildeten Käfern stellte er sicher.

Zuletzt fand er zwischen der Maschine und Dargas mumifizierter Leiche noch etwas, wovon er eine Probe nahm: Es erinnerte an eine alte, abgelegte Schlangenhaut, auch wenn es keine Schuppen besaß. Es war hauchdünn, grauschwarz und fühlte sich so spröde zwischen den Fingern an, daß es Dhark nicht verwundert hätte, wenn es einfach zu Staub zerfallen wäre. Aber es erwies sich als außerordentlich robust.

»Ich steige jetzt wieder in die 001«, sagte er. »Dan, du und ich kehren zur POINT OF zurück. – Pjetr, Ihnen kann ich leider nicht ersparen, noch solange hier auszuharren, bis Ihre Ablösung kommt!«

»Ablösung?« fragte Wonzeff, in keiner Weise opponierend.

»Ich möchte dieses Versteck nicht mehr ohne Beobachtung lassen – zumindest solange nicht, bis wir *denjenigen* gefunden haben, der sich hier eingerichtet hat.«

»Oder *hatte*«, warf Dan Riker ein. »Du denkst an einen Überlebenden des Spindelwracks, der irgendwie zur Erde gelangt ist?«

»Fällt dir eine andere Erklärung ein? Die Maschine hier ist zu groß und zu schwer, um sie in den Flash zu bekommen. Aber wenn alles vorüber ist, werde ich sie bergen lassen. Dann wird sich bestätigen, daß sie mehr als nur Zufallsähnlichkeit mit der Spindeltechnologie aufweist!«

»Du stehst davor, du mußt es wissen...«

Bei seiner Rückkehr in den Ringraumer erhielt Ren Dhark die Nachricht von einem unerwarteten Besuch, der zwischenzeitlich an Bord eingetroffen war. Unerwartet, aber keinesfalls unwillkommen!

»John Martell!« Dhark traf den Ex-General, der während der Giant-Invasion die letzten freien Menschen im Geheimstützpunkt T-XXX in Alaska befehligt hatte, in der Bordmesse. »Ich wünschte, der Zeitpunkt Ihres Besuchs wäre etwas glücklicher gewählt, aber im Moment...«

Der schlanke, feinnervige Mann, mit dem Dhark trotz seiner eher noch gestiegenen sonstigen Aversion gegen Militärs keine Berührungsprobleme hatte, winkte lässig ab. »Ich halte Sie bestimmt nicht lange auf«, sagte er.

»Was kann ich für Sie tun? Was machen Sie eigentlich? Ich hörte flüchtig, daß Sie sich ins Privatleben zurückgezogen hätten...«

John Martell lächelte dünn. »Das ist *sehr* vereinfacht ausgedrückt. Und selbst wenn Sie keine Zeit haben –«, sein Lächeln vertiefte sich, »– ist mir das *zu* simpel umschrieben.«

»Und wie ist es wirklich?«

Martell rieb seine Handflächen gegeneinander. »Es gelang mir nicht mehr, mich an Idealen zu begeistern, von denen der Lack abgeplatzt ist.«

»Sie waren immer mit Leib und Seele Soldat!«

»Das bin ich auch heute noch – nur meine Vorstellungen über soldatische Aufgaben und Pflichten decken sich offenbar nicht mehr unbedingt mit dem heutigen Anforderungsprofil, obwohl sich das – wie ich zugeben muß – gegenüber früher kaum verändert hat. Verändert habe aber *ich* mich. Und nicht nur ich allein...«

»Was heißt das?«

»Daß ich in engem Kontakt mit einer Handvoll ehemaliger Untergebener stehe – Soldaten, denen es ganz ähnlich wie mir ergeht. Bei denen es auch an der Motivation krankt, und die nach einem neuen Lebenssinn suchen!«

»Sie sind kritischer geworden – das gefällt mir«, sagte Dhark. »Wie ich schon andeutete, *im Moment* habe ich wenig Zeit. Aber einer Fortsetzung unseres Gesprächs steht nichts im Weg. Ich würde auch gerne die anderen, von denen Sie sprachen, kennenlernen. Für gute Leute, und dazu zähle ich *Sie* in jedem Fall, haben wir an Bord immer eine Verwendung. Ich wünsche mir schon lange einen etwas professionelleren Sicherheitsdienst... Aber darüber unterhalten wir uns ein anderes Mal! John...«

Dhark reichte ihm die Hand, und sie spürten beide, daß dies kein Abschiednehmen auf lange Zeit war.

Als Ren Dhark wenig später die Zentrale der POINT OF betrat, wußte er bereits, daß im Col-System eine Schlacht zwischen TF und Spindelraumern entbrannt war. Über die Einzelheiten ließ er sich von Pokerface Janos Szardak Bericht erstatten. Der Zweite Offizier skizzierte die aktuelle Situation im System der zwei Sonnen kurz und prägnant.

»Zehn Schiffe in einer knappen Stunde?« Dhark hatte eine Katastrophe erwartet, aber daß die TF-Raumer den Spindeln *dermaßen* ausgeliefert sein würden, übertraf selbst seine Befürchtungen.

»Der Flottenstab um Bulton verweigert nach wie vor jede Kooperation«, sagte Szardak. »Unsere Kenntnisse über den Hergang der Schlacht stammen ausschließlich aus codierten Hyperfunksprüchen, die unsere Funk-Z seit Ausbruch der Kämpfe auffängt, und die der Checkmaster entschlüsselt! Daraus geht hervor, daß der Knackpunkt die Schilde der Spindelraumer sind: Der TF gelingt es einfach nicht, Raptor, Pressor oder Drehstrahl in effektiver Weise einzusetzen und die Schutzsphären der Fremden zu überwinden...«

Der hinzugetretene Ralf Larsen nickte. »Ich bin überzeugt«, sagte der nicht mit einem Pokerface gesegnete Erste Offizier, auf dessen hoher Stirn der Schweiß perlte, »daß die POINT OF dem Massaker im Col-System ein Ende bereiten könnte! Wir müßten nur endlich starten...«

»Was macht Sie da so sicher, Ralf? Kann es nicht ebensogut sein, daß wir auch dieses Schiff sinnlos in einer ohnehin sinnlosen Schlacht opfern?«

Ren Dhark konnte es sich leisten, eine solch provokante Frage zu stellen, ohne daß ihn deshalb jemand auch nur leise der Feigheit oder ähnlicher Motive bezichtigt hätte.

Larsen sah ihn aus anderen Gründen fast perplex an. »Die POINT OF?« fragte er ungläubig. »Sie glauben doch selbst nicht, daß wir leicht verdauliches Kanonenfutter für die Spindeln wären...?«

»Ich weiß es nicht«, antwortete Dhark kopfschüttelnd. »Ich weiß es wirklich nicht. Aber seit ich mich an Robon und die dortigen Geschehnisse erinnere, bekomme ich manchmal Angst vor mir selbst! Die Unbekannten in den Spindeln haben dort mein Gedächtnis manipuliert – und wer kann ausschließen, daß sie nicht auch Dinge in mir verankert haben, die mich bei Bedarf in einen *Verräter wider Willen* verwandeln?«

»Sie meinen posthypnotische Befehle, um sich mit Ihrer Hilfe in den Besitz der POINT OF zu bringen?«

Dhark zuckte die Achseln. »Wenn sie die Mysterious-Technik wirklich zu fürchten hätten, wäre das doch logisch, oder?«

»Wer kennt schon deren Logik?« gab Larsen etwas hilflos zurück. »Ich verstehe auch nicht, warum sie sich das Col-System vorknöpfen und nicht gleich die Erde...«

»Das wiederum liegt meines Erachtens auf der Hand«, sagte Janos Szardak. Als Dhark verhalten nickte, fuhr er fort: »Sie könnten bei der Manipulation Ihres Gedächtnisses, Commander, auf das Mysterious-Erbe auf Hope aufmerksam geworden sein. Und nun versuchen Sie es unter ihre Kontrolle zu bringen – oder unschädlich zu machen.«

»Erstens gibt es dafür keine Beweise«, widersprach Larsen, »und zweitens frage ich mich, warum sie, wenn ihnen wirklich etwas daran läge, so lange gewartet haben, bis sie sich dem Col-System zuwandten!«

»Niemand weiß, wie lange sie dort tatsächlich getarnt und unerkannt kreuzten, ehe sie von der VESTA aufgeschreckt wurden«, sagte Dhark. »Alles Bisherige weist darauf hin, daß sie in großem Maßstab denken und planen. Ein paar Wochen oder Monate, die vergehen, bis es zu einer Tat kommt, scheinen nicht von sonderlicher Bedeutung zu sein. Erstaunlich ist, daß sie – obwohl sie sich uns haushoch überlegen fühlen müssen – trotzdem soviel Vorsicht walten lassen, ehe sie ihre Beobachterposition verlassen...«

Glenn Morris meldete über die Bordkommunikation: »Gerade ist aus dem Col-System eine Nachricht für die POINT OF eingegangen – sie stammt nicht von der Terra-Flotte, sondern ist mit Chris Shanton signiert! Shanton berichtet vom Angriff einer Spindel auf Deluge...«

Dhark und die anderen Mithörenden hielten den Atem an.

»... aber offenbar baute sich rechtzeitig das kontinentale Intervallum auf, so daß die Spindel unverrichteter Dinge wieder abzog!«

Die Führungscrew des Ringraumers tauschte erleichterte Blicke.

»Das Intervallum ist weiter existent«, sagte Morris und schloß seine Information mit einem Satz, der schlagartig alles Leben in der Zentrale lähmte: »Cattan jedoch, so heißt es in der Meldung, sei der Spindel mit Mann und Maus zum Opfer gefallen...!«

Hope

Die CC 4 hatte Kontinent 4 erreicht und überflog bereits landeinwärts den Dschungel. Die exakte Position des Transmitters war im Navigationsspeicher des Bordsuprasensors vermerkt, aber auch ohne diese Hilfe hätte Goofy keine Probleme gehabt, dorthin zu gelangen. Er hatte häufig genug Lasten und Personen von Main Island hierher und wieder zurück befördert.

»Wir sind gleich da«, sagte er, an Nelson gewandt. Die Wildnis unter ihnen wirkte friedlich. Dennoch schwebte auch darüber der Hauch eines schlimmen Geheimnisses. Seit Minuten versuchte Goofy vergeblich, in Funkkontakt mit der T-Station zu gelangen. Niemand antwortete auf seine Rufe!

Erwartete sie auch hier nur noch Tod und Vernichtung? Waren die Fremden in ihrem Spindelraumer *vor* ihnen hier gewesen?

Plötzlich stieß Nelson ihn an. Er hatte unter ihnen auf einer gerodeten Fläche eine Bewegung ausgemacht und wies Goofy darauf hin, der das Tempo des Scoutboots unverzüglich drosselte und tiefer ging.

Sekunden später holte das Teleobjektiv der Außenkamera das ungleiche Paar dort unten in allen Einzelheiten zu ihnen auf den Beobachtungsmonitor. Nelson schluckte hart, und auch der erfahrenere Goofy hatte Derartiges noch nie zuvor gesehen: Schnurgerade in die Richtung, in der bald die Transmitterstation der Mysterious auftauchen mußte, bewegte sich dem Scoutboot immer noch ein wenig voraus eine konventionelle Schwebeplatte, auf der eine Frau neben dem Steuerruder kauerte. Etwas seitlich versetzt unter dem Antigravfahrzeug aber bewegte sich etwas ganz und gar Unkonventionelles...

»Ein Roboter?« Goofy umklammerte das Steuer der CC 4 so fest, daß seine Knöchel weiß hervortraten. »Ist das ein... Roboter?«

Nelson gab keine Antwort. Stumm starrte er weiter auf das Bild, das ihn völlig bannte.

Fast zeitgleich mit den beiden Freunden im Scoutboot erreichte das ungleiche Paar dort unten die von den Menschen verlassene und aufgegebene Lichtung mit dem Transmitterring.

Einem Ring, der abgeschaltet war und keine Passage nach Deluge mehr erlaubte!

Offenbar hatten die Menschen dort alle Vorkehrungen getroffen, daß nichts *Fremdes* zu ihnen gelangen konnte...

Terra

Tyler stemmte sich mit seinen Schuhen gegen den Boden des Flash und preßte seinen Rücken gegen die Sitzverschalung. Er wußte nicht nur, daß der Mann, der ihn zu diesem Irrsinnsunternehmen überredet hatte, bei ihm war – er konnte ihn untrüglich *spüren.* Aber noch dominierender in seinem Gefühl war das ANDERE, das SCHRECKLICHE, das zu finden sie sich aufgemacht hatten!

»Alles in Ordnung?« fragte Ren Dhark, mit dem er, Rücken an Rücken, die Enge der Flash-Kabine ausfüllte.

War es wirklich erst eine halbe Stunde her, daß der Kommandant des Ringraumers ihn um seine Hilfe gebeten und ihm eindringlich geschildert hatte, was davon abhing?

Ich wünschte, ich wäre tot, dachte der nicht ›zurückgeschaltete‹ Junge von Robon. Der Junge ohne Erinnerung an sein Vorleben unter den Menschen...

»Alles in Ordnung«, sagte er.

Lügner!

Der Flash startete durch die Unitallwand der POINT OF hindurch. Im Intervallfeld brauchte er nur Sekunden, um die Ruinen von World City zu erreichen. Die Ruinen, die das BÖSE, das Tyler erfühlte, zu *atmen* schienen...

Ren Dhark stand unter dem Eindruck des Massenmords von Hope. Aber richtig begriffen hatte er immer noch nicht, daß es Cattan, daß es die Menschen dort, von denen er viele persönlich gekannt hatte, nicht mehr geben sollte! Tanakagara, Bow... Chris Shanton hatte überlebt, weil er sich zum Zeitpunkt des Angriffs auf Deluge aufgehalten hatte. Und wer noch...?

Die Zeit hatte nicht ausgereicht, es zu klären!

In der Sekunde, als ihn die schreckliche Nachricht erreichte, hatte Dhark einen Entschluß gefaßt. Aber ohne Tyler hätte er ihn nicht in die Tat umsetzen können. Alles hing von der Bereitschaft dieses Jungen ab, sich als eine Art ›psionische Wünschelrute‹ zu verdingen...

Bis zum Erreichen World Citys kontrollierte Dhark die Gedankensteuerung des Flash. Aber kaum hatten sie die ehemalige Hauptstadt der Erde erreicht, übergab er sie an Tyler.

Was Dhark vorhatte, war Neuland auch für ihn – und kein geringes Risiko.

Wie würde die Gedankensteuerung der Mysterious auf einen *Esper* reagieren? Und welche bislang verborgen gebliebenen Möglichkeiten würde Tyler eventuell darin ergründen und ausschöpfen?

Ohnmächtig wie selten verfolgte Dhark über das Holofeld unter der Kabinendecke, wohin der auch ihm noch mitunter unheimliche Robonenjunge den Flash mit der Kennung 001 lenkte.

Und traumhaft sicher flog Tyler sie zur Quelle seiner am tiefsten verwurzelten Ängste. Aber den *Feind*, den *schrecklichen Götzen von den Sternen*, sah Ren Dhark erst, als Tyler warnungslos das Feuer auf ihn eröffnete!

Das Wesen war fast drei Meter groß – und wirkte dabei trotzdem so filigran und graziös, daß man ihm zutraute, mit seiner trügerischen Schönheit und insektenhaften Anmut so sehr einschläfern zu können, daß ein potentielles Opfer erst aufwachte, wenn die wahre Absicht dieses Geschöpfs durch seine *Taten* nicht mehr verborgen blieb!

Aber dann war es zu spät!

Wer bist du? dachte Ren Dhark, während das Hologramm wiedergab, wie der Körperschirm des Fremden unter dem Dauerbeschuß des Nadelstrahls zu entflammen schien und dabei die Konturen des darunter befindlichen Geschöpfs nachzeichnete. *Warum habt ihr Olan vernichtet, und warum Cattan? Was für ein unseliger Trieb zwingt euch, auf bewohnten Planeten wie eine Pest zu wüten?*

Hinter ihm schrie Tyler gellend auf. »Ich... kann nicht mehr! Ich versinke in seinen... schwarzen Gedanken! Sie lesen auch – in mir! So wie ich – in ihnen! Es ist nicht mehr zu ertragen...!«

Fast zeitgleich mit dem Verklingen seiner Worte erlosch der Nadelstrahl.

Das Wesen vor ihnen hob eine unbekannte Waffe...

... und schlug zurück!

Gedankenschnell holte sich Ren Dhark das Kommando über die 001 zurück. Die von Tyler freigegebene Steuerung sprach auch ohne Zögern auf die gewohnte Mentalfrequenz an – und sofort stand der Nadelstrahl zwischen dem Flash und dem Alien wieder!

Der Robonenjunge schien bewußtlos zu sein. Er reagierte auf keinen von Dharks Zurufen.

In waghalsigen Manövern steuerte der Commander der POINT OF aus dem Gegenfeuer des Fremden – und schaffte es gleichzeitig mit Hilfe der fast intuitiv korrigierenden Gedankensteuerung, den Gegner unter konzentriertem Punktbeschuß zu halten.

Er darf nicht sterben! dachte Dhark und wies die Automatik an, das Killergeschöpf im Moment des Zusammenbruchs seines Energieschildes nicht mehr mit Nadel-, sondern mit paralysierendem Strichpunktstrahl zu beschießen. Nur lebendig konnte der Fremde ihnen Antworten auf ihre dringenden Fragen geben!

Doch entweder schaffte es die Gedankensteuerung nicht, den Balanceakt zwischen Leben und Tod zu bewerkstelligen – oder sie *wollte* es nicht...

Ren Dhark hatte keine Chance, noch einzugreifen.

Der Mörder von den Sternen verwandelte sich in einen blendenden, für Sekunden alles in der Umgebung überstrahlenden Lichtblitz.

Dann gab es ihn nicht mehr...

Enttäuscht ballte Ren Dhark die Fäuste.

In diesem Augenblick erklang von hinten Tylers schwache Stimme: »Wenn das deine einzige Sorge ist«, sagte er und verriet damit, daß er in Dharks Gedanken weidete, »kann ich dich beruhigen: Ich weiß alles über ihn... Naja, *einiges* zumindest. Es reicht jedenfalls, um dir sagen zu können, daß er und seinesgleichen aus dem Zentrum unserer Galaxis kommen, daß sie sich von den Emotionen und der Mentalenergie ihrer Opfer ernähren und sich selbst *G'Loorn* nennen...«

Ren Dhark war sofort wieder hellwach.

Aber er hörte Tyler schon nicht mehr genau zu – das würde er später nachholen. Ihm war bewußt geworden, daß im Col-System der Kampf nicht so glücklich und so vorteilhaft ablief...

Er stellte eine Verbindung zur POINT OF her und überspielte ihr sämtliche gespeicherten Erkenntnisse, die die Gedankensteuerung während des Beschusses des G'Loorn über dessen Energieschild gewonnen hatte.

»Gebt diese Daten zeitgleich an das Kommando der TF hier auf Terra und an die Einheiten im Col-System weiter!« unterwies er Dan Riker. »Sag ihnen, wenn Sie sich weigern, dieses Wissen zu verwerten, nur weil es von *uns* kommt, kann ihnen niemand mehr helfen... Sag ihnen das – *wörtlich!«*

Dan Riker handelte genau nach Geheiß.

Und nur den Männern und Frauen an Bord der TF-Schiffe im Col-System erschien es wie ein Wunder, daß die Rechner ihrer Waffenleitsysteme es unter Verwendung der neuen Daten plötzlich schafften, die zuvor unüberwindbaren gegnerischen Schilde mit einer Kombination aus Raptor und Pressor zu gefährden.

Als die erste Spindel zwischen den Bahnen des zwölften und dreizehnten Planeten in höherdimensionaler Glut verging, reagierten die anderen Schiffe der G'Loorn unverzüglich. So spukhaft wie sie gekommen waren, verschwanden sie auch wieder!

Für wie lange, wußte niemand. Jedoch konnte man dank eines Jungen namens Tyler auf der fernen Erde plötzlich ahnen – *wohin* sie flohen... um irgendwann, vielleicht morgen, vielleicht in einem Jahr wiederzukehren...

Im Industriedom von Deluge gingen einem Mann namens Douglas Farmer ungefähr zu dieser Zeit fast die Augen über, als er Hochkommissarin Noreen Welean durch den Transmitter kommen sah, obwohl sämtliche Experten ihm versichert hatten, die Linie zum vierten Kontinent sei *dicht gemacht* worden!

Und unmittelbar hinter der Bio-Prospektorin folgten noch andere Gestalten: ein Junge, ein gedrungener, grobschlächtiger Scoutboot-Pilot, den Farmer vom Sehen kannte und...

»Allmächtiger, was ist denn das?« entfuhr es nicht nur Farmer beim Anblick des Kolosses, der wie selbstverständlich die Nachhut der kleinen Gruppe bildete.

Auf den Wink der Hochkommissarin hin senkten sich die erhobenen Waffenläufe.

»Daß Sie noch leben...«, seufzte Farmer und eilte ihr händeringend entgegen. »Ich habe x-mal versucht, Sie über Funk zu erreichen. Vergeblich. Und dann ließ man uns keine Zeit mehr! Wir erfuhren, daß der Transmitter abgeschaltet werden sollte – wegen der Fremden... Offenbar ist das schiefgegangen, sonst wären Sie nicht gerade hier angekommen... Wie sieht es 'drüben' aus? Und was ist aus Ihrem Freund geworden? Ist er...«

Noreen Welean rang sich ein undurchschaubares Lächeln ab. »Das sind viele Fragen auf einmal. Ich beantworte sie Ihnen gern alle, aber es wird Zeit beanspruchen. Und Simon...« Sie warf dem Robot, der am Ende der Rampe stehengeblieben war und eine unglaubliche Ruhe um sich verbreitete, einen Blick von unendlicher Dankbarkeit zu, dessen Gründe in diesem Moment nur sie und er kannten. »Nein, er ist nicht tot... Jedenfalls nicht das, was *ich* unter tot verstehen würde...«

Er war ein Diener – mehr denn je. Und er begeisterte sich an den ungeahnten Möglichkeiten, die ihm dieser künstliche Körper erschloß...

Der Moment, als er den Mechanismus gefunden hatte, um den Mysterious-Robot aus seinem Jahrtausendschlaf zu erwecken, war Simon immer noch so gegenwärtig, als hätte er gerade stattgefunden. Und der Preis, den er hatte zahlen müssen, um diese Erfahrung machen zu dürfen, erschien ihm lächerlich gering. Ein geniales, vor langer Zeit geschriebenes Programm hatte Simon der Hülle beraubt, in der er einst geboren worden war, und seinen Geist in das kühl abwägende Hirn dieses zuvor seelenlosen Robots transferiert. Gleich nach dem Erwachen darin hatte Simon sich instinktiv zurechtgefunden. Als erstes hatte er seine Pflicht erfüllt: Er hatte Noreen Welean, die noch immer seine Herrin war, aus dem unterirdischen Gefängnis befreit. In seinem neuen Körper war es ihm nicht schwergefallen, sich mit ihr durch einen der halbstabilen Erdschächte zurück an die Oberfläche zu graben. Und erst dort oben, im Tageslicht, hatte er sich ihr offenbart, indem er mit einem Stück Holz, das, was ihm widerfahren war, auf den Boden geschrieben hatte. Er konnte hören und verstehen, aber eine Möglichkeit, selbst verständliche Laute zu bilden, hatte er noch nicht gefunden, und vielleicht würde er immer stumm bleiben.

Es wäre nicht schlimm gewesen.

Noreen Welean hatte das, was er ihr mitgeteilt hatte, mit erstaunlicher Fassung getragen. Sie waren überein gekommen, sich zur Transmitterlichtung durchzuschlagen. Simon hatte nicht mit auf der Schwebeplatte fliegen können – er wog so schwer, daß sie sich mit ihm nicht vom Boden erhoben hatte. Daraufhin hatte er kurzerhand den Schockzaun durchbrochen und war Noreen Welean zu Fuß gefolgt. Und auf der Lichtung mit dem verlassenen Transmitter hatte er eine weitere seiner Fähigkeiten erkannt: Er hatte den erloschenen Ring mit einem Impuls aus seinem superschweren Körper reaktivieren können!

Es war erst der Anfang, er wußte es. So vieles steckte noch in diesem phantastischen Artefakt, und wenn er tief in sich lauschte, glaubte er den schemenhaften Abdruck eines Bewußtseins zu fühlen, das vor unglaublich langer Zeit in diesem Roboter ein und aus gegangen war – nach Belieben. Er würde sich darum kümmern, sobald die Zeit reif war. Er würde dem Abdruck jenes anderen Geistes nachspüren, und vielleicht würde er dabei mehr über die Mysterious herausfinden als jeder Mensch vor ihm. Simon war zuversichtlich...

4.

Tage später

Der Sternensog erlosch mit der Präzision, die man von einem Erzeugnis der Mysterious erwarten durfte. Der Ringraumer drosselte seine Geschwindigkeit, und der Brennkreis im Zentrum des Hohlringes trieb das große Schiff mit 0,92 Unterlicht dem Ziel entgegen.

Im Backbordsektor lag das Col-System mit dem Zielplaneten Hope. Diesmal war Hope nur eine kurze Zwischenstation für die Besatzung. Ihr eigentliches Ziel war das Zentrum der Galaxis...

So wurden sie auch diesmal wieder überrascht, als der Ringraumer sich übergangslos in ein waffenstarrendes Ungeheuer verwandelte.

Der Checkmaster, dessen Kapazität noch immer unbekannt war und der vermutlich auch die geheimnisumwitterte Gedankensteuerung in sich barg, sprach augenblicklich an.

In der Bildkugel zeichnete sich ein irisierender Punkt ab, ein Objekt, das so schnell wieder verschwand, wie es erschienen war.

Leises fernes Grollen erklang für Augenblicke, als die WS-West hochgefahren wurde und Feuerbereitschaft verkündete. Der überlichtschnelle Nadelstrahl war aktiviert, ebenso Dust. Nur auf Strichpunkt, der auf Organismen lähmend wirkte, wurde verzichtet!

Der ganze Spuk lief mit unbegreiflicher Geschwindigkeit ab und wurde von einem kurzzeitigen leisen Grollen begleitet. Dann änderte sich dies abrupt. Das Grollen verklang wie mit einem letzten Seufzer. Einen Lidschlag später waren die Geschütze wieder deaktiviert.

Ren Dhark und Dan Riker wechselten einen schnellen Blick.

»Was hat das zu bedeuten?« fragte Riker kopfschüttelnd. »Das Ding wirkte wie eine kleine Sonne, die vorübergehend erschien und spurlos wieder verschwand. Oder hat sich der Checkmaster geirrt? Kann ich mir beim besten Willen nicht vorstellen.«

»Das wäre das erste Mal, daß er sich geirrt hat«, meinte Ren Dhark mit einem Lächeln. »Wir haben das dem Checkmaster anfangs oft unterstellt, weil wir mit seiner Technik nichts anfangen konnten. Letztlich aber waren wir es, die sich irrten.«

Er warf einen Blick zur Bildkugel, doch nichts wies mehr auf den Zwischenfall hin.

Frage an Checkmaster, formulierte er in Gedanken. *Aus welchem Grund hat die Waffensteuerung angesprochen?*

Umgehend kam die telepathische Antwort. *Strukturerschütterung fünfdimensionaler Art. Abstand 19,4 Lichtminuten in Sektor Blau-Beta-9-3.*

Klassifizierung?

Keine Klassifizierung möglich. Angemessenes Objekt verließ das Normalgefüge nach wenigen Sekunden wieder. Waffensteuerung wurde nur sicherheitshalber aktiviert.

Fast allen anderen, die nicht unmittelbar mit der Führung des Schiffes zu tun hatten, war das Manöver entgangen.

Daher überraschte es Ren Dhark auch nicht, als aus der Waffensteuerung-West prompt eine Anfrage über die Bordkommunikationsanlage kam. Auf dem Monitor erschienen das besorgt blickende Gesicht Jean Rochards und, in einem eingeblendeten Segment, das von Bud Clifton. Beide waren leitende Offiziere der WS-Ost und -West.

»WS-Automatik hat angesprochen, Commander. Da es sich kaum um einen Fehler handeln dürfte, nehme ich an, daß der Impuls aus der Zentrale befohlen wurde.«

Ren Dhark nickte dem Feuerleitoffizier beruhigend zu.

»Kein Grund zur Besorgnis, Rochard. Der Checkmaster hat eine leichte Strukturerschütterung angemessen und die WS vorsorglich aktiviert. Mit höchster Wahrscheinlichkeit handelte es sich um einen Fremdraumer, der sich in einer Sprungphase befand. Eine rein prophylaktische Maßnahme der Automatik.«

Dhark beendete die Verbindung, aber die Ursachenforschung beschäftigte ihn weiter.

»Ob es sich um einen Spindelraumer gehandelt hat?« fragte Dan Riker den Freund. »Nicht auszuschließen, daß sich immer noch Schiffe der G'Loorn in der Nähe des Col-Systems herumtreiben...«

»Nein, auszuschließen ist es nicht, obwohl der Vorgang für die Spindeln eher atypisch ist. Sie hätten ihre Transitionen nicht so schnell unterbrochen und –«

»Vielleicht haben sie uns geortet«, unterbrach Riker den Freund.

»Ich bezweifle, daß sie Angst vor uns haben. Nein, es muß andere Gründe geben. Ich glaube vielmehr, daß es sich um einen der Doppelwulstraumer handelte. Daher auch diese enorme Schnelligkeit. Sie sind kaum zu orten, wenn sie eine Sprungphase unterbrechen und sofort eine neue einleiten. Deshalb hat wohl auch der Checkmaster so blitzartig reagiert, als die Erschütterung angemessen wurde.«

Sie ließen das Thema vorerst fallen. Ren Dhark hatte im Augenblick ganz andere Sorgen, als sich um die Doppelwulstraumer zu kümmern, die wie viele raumfahrende Völker vielleicht schon auf der *Fluchtroute* vor der entsetzlichen Eskalation der Strahlenstürme flohen.

Die Spindelraumer bereiteten ihm das meiste Kopfzerbrechen, und auch die immer noch kritische Situation auf der Erde.

Die POINT OF würde im Col-System nur einen kurzen Zwischenstopp einlegen, ehe sie in Richtung galaktisches Zentrum weiterflog, wo sie die G'Loorn zu einem wie auch immer gearteten Waffenstillstand zu bewegen hoffte.

Ren Dhark hatte vor, den Kontinuum-Experten H. C. Vandekamp und Professor Gerd Dongen mit an Bord zu nehmen.

Der fünfte Planet kam rasch näher.

Das kontinentüberspannende Intervallfeld schützte Deluge und die Hinterlassenschaften der Mysterious unverändert und war selbst über eine Entfernung von siebenhundert Kilometer über die Bordinstrumente zu orten.

Langsam sank die POINT OF der Oberfläche des Planeten entgegen. Aus dem Ringraumer schoben sich neunzig Ausleger, die das riesige Raumschiff so sanft wie eine Feder aufsetzten.

Ren Dhark blieb noch ein paar Minuten nachdenklich mit Dan Riker vor der Bildkugel sitzen. Das Hologramm war durch Gedankenbefehl auf Naherfassung geschaltet worden.

»Cattan gibt es nicht mehr«, sagte Riker tonlos. »So schlimm hatte ich mir das nicht vorgestellt...«

Ren Dharks Blick wanderte langsam über die ehemalige Siedlerstadt. Hier hatte es zwar auch eine energetische Schutzglocke gegeben, doch war sie gleich im ersten Angriff der G'Loorn zusammengebrochen.

Sämtliche im Spitzgußverfahren hergestellte Bauten waren jetzt nur noch unförmige Klumpen. Sie ähnelten einer wahllos hingestreuten Plastikmasse, die zu abstrakten Mustern verformt war.

Ren Dharks Gesicht wurde hart und kantig. Seine Lippen waren nur noch zwei schmale Striche, als er die Schäden betrachtete.

Immer mehr dieser glashart geschmolzenen Klumpen waren zu sehen. Teile davon waren regelrecht verdampft worden und hingen wie bizarre Riesentropfen an den Klumpen herunter.

Aber nicht der materielle Schaden erschütterte die beiden Betrachter, die vielen tausend Tote taten es.

Cattans Bürger waren einem Massaker zum Opfer gefallen!

In besseren Zeiten war dem Schiff und seiner Mannschaft alles, was Beine hatte, zur Begrüßung entgegengelaufen.

Diesmal war es anders.

Einige Menschen hatten Zuflucht in den nahen Bergen gefunden. Andere hatten sich zum Zeitpunkt des Überfalls auf Deluge oder Kontinent 4 aufgehalten. Das waren die glücklicheren Fälle. Aber die wenigen, die jetzt am Ufer des Flusses ausharrten, erinnerten an die schlimmsten Momente auf Terra, damals als die Menschen noch Marionetten der Giants gewesen waren – unterernährt, apathisch.

Ein unbeschreibliches Grauen stand in ihren Gesichtern geschrieben. Einige hatten den Blick zum fast wolkenlosen Himmel gerichtet, als erwarteten sie jeden Augenblick wieder einen sie endgültig besiegenden Angriff.

Ren Dhark gab es einen Stich durchs Herz, als er das Leid sah, das über die Siedlerstadt hereingebrochen war.

»Unvorstellbar«, murmelte er. »Wir werden die G'Loorn für das, was sie hier taten, zur Rechenschaft ziehen! Deshalb werden wir uns auf Hope auch nicht lange aufhalten, sondern umgehend wieder aufbrechen, sobald die beiden Wissenschaftler an Bord sind. Trotzdem möchte ich mir ein paar Berichte von denen anhören, die alles unmittelbar miterlebt haben.«

»Wenn du dir die Gesichter ansiehst«, sagte Riker leise, »dann wirst du bemerken, daß sie alle Hoffnungen aufgegeben haben. Sie werden nicht mehr länger auf Hope bleiben wollen. Ihr Lebenswerk ist vernichtet – für immer. Unter diesen Umständen würde ich es auch vorziehen, Hope zu verlassen. Die Menschen haben einfach keine Zukunftsperspektive mehr.«

»Ich stimme dir zu. Der Angriff hat auch mehr als vier Fünftel der Siedler umgebracht. Der Rest ist ausgebrannt, auf lange Sicht erschöpft... Ich denke, wir werden alle, die es wollen, nach Terra zurückbringen. Trauma und Schock sitzen so tief, daß sie einer dringenden und sorgfältigen Psychotherapie bedürfen.«

»Vermutlich die beste Lösung, Ren. Raumschiffe stehen ausreichend zur Verfügung. Ich habe aber immer noch nicht kapiert, was die G'Loorn veranlaßt, mit derartiger Brutalität vorzugehen.«

Darüber hatte Ren Dhark lange und intensiv nachgedacht. Nicht zuletzt Tylers Verhör des Außerirdischen auf Terra hatte einiges an Aufschluß gebracht.

»Hier auf Hope ging es ihnen sicher weniger um die Mentalenergie der Menschen, als vielmehr um das Vermächtnis der Mysterious. Deren Technologie wollten sie in ihren Besitz bringen! Aber wie wir gesehen haben, ist das Intervallum für sie eine unüberwindliche Barriere – ich hoffe nur, das bleibt so. Und über die Bedeutung des Höhlensystems, so fürchte ich, wissen sie Bescheid von *mir* – sie haben mir seinerzeit auf Robon die Erinnerung angezapft. Wir sprachen darüber...«

»Hoffentlich fällt ihnen diese Technik nie in die Hände«, meinte Riker besorgt.

»Wir werden es nicht dazu kommen lassen«, versprach Ren Dhark. »Entsprechende Vorkehrungen hier auf Hope sind bereits ergriffen worden. Für den Rest werden wir sorgen.«

Dhark erhob sich und stand auf. Etliche Männer der Besatzung hatten bereits das Schiff verlassen und standen zwischen den Trümmern von Cattan.

Auch Ren Dhark und Dan Riker wollten sich einen persönlichen Eindruck verschaffen und mit den Betroffenen reden. Außerdem wurden die beiden Wissenschaftler dringend erwartet. Sie waren über ihre Ankunft informiert. Inzwischen hatten sich doch etliche Siedler eingefunden. Sie redeten mit Leuten von der Besatzung oder standen einfach nur apathisch herum. Viele Gesichter wirkten leer und so gleichgültig, als hätten sie gar nicht richtig bemerkt, was geschehen war. Die Menschen standen immer noch unter Schock.

Um John Martell, der kurz vor Verlassen der Erde mit einigen ehemaligen Elitesoldaten zur Crew der POINT OF gestoßen war, hatte sich eine kleine Gruppe geschart, die eifrig auf ihn einsprach. Auch Rani Atawa, die zierliche Inderin mit dem roten Punkt über der Nasenwurzel, wurde immer wieder befragt. Ein paar der Siedler tauten langsam auf und verloren ihre ausdruckslose Starre.

Als Ren Dhark und Dan Riker zu ihnen traten, wandten sich etliche sofort den beiden Männern zu.

»Ren Dhark«, brachte ihn ein Mann mit grauen Haaren in Verlegenheit. »Wenn Sie hier sind, wird alles wieder gut. Sie haben immer einen Ausweg gewußt...«

Ren Dhark kannte den Mann persönlich. Er hieß Aage Norström. Seine Haare waren weißgrau geworden. Aus dem Gesicht stachen die Wangenknochen scharf hervor, während die hellblauen Augen sich in tiefe Höhlen zurückgezogen hatten. Er machte einen ausgemergelten und erschöpften Eindruck. Tiefe Bitternis lag auf seinen Zügen, als er Ren Dhark zögernd die Hand gab.

»Wir haben die Hölle erlebt, Dhark«, sagte er mit brüchiger Stimme. »Helfen Sie uns, ich möchte mit meinen beiden überlebenden Söhnen wieder zur Erde zurück.«

Ren Dhark entsann sich, daß der vormals so kernige Schwede vier Söhne hatte. Ein Jahr später war noch eine Tochter geboren worden.

»Natürlich helfe ich Ihnen«, versprach Ren Dhark. »Wir werden alles tun, um Sie so schnell wie möglich nach Terra zu bringen. Jeder, der Hope verlassen möchte, wird zur Erde gebracht, wo man sich um jeden einzelnen kümmern wird.«

In Norströms blauen Augen schimmerten Tränen. Hart schluckend wandte der Schwede sich um und ging mit hängenden Schultern zurück, noch ehe Dhark mehr sagen konnte.

Bis ins Innerste erschüttert blickte er ihm nach. Und dabei war Aage Norström nur ein ›Fall‹ unter vielen.

»Chaos, nichts als Chaos«, seufzte Riker.

»Ich werde Anweisung geben, Main Island vollständig zu evakuieren. Martell kann helfen, das Vorhaben in die Tat umzusetzen. Sprich mit ihm.« Ren Dhark bevorzugte immer den geraden Weg.

Schon kurze Zeit, nachdem Riker gegangen war, lief ohne langes Zögern eine genau durchdachte Maschinerie an, um den wenigen Siedlern, die das Grauen überlebt hatten, jeden erdenklichen Beistand zu leisten.

In ein paar Tagen schon würden sie wieder auf Terra sein.

Man konnte nicht gerade behaupten, daß Professor Tim Acker gute Laune hatte, auch wenn sein fleischiges Gesicht dem eines fröhlichen Posaunenengels glich.

Der massige Mann mit dem gewaltigen Zentnerbauch befand sich seit ein paar Tagen in Cattan. Zwar hatte er erheblichen Anteil an der Entdeckung der *VirTec*-Anlage in einer unterirdischen Kaverne der alten Ruinenstadt, doch an seiner eigentlichen Aufgabe war er schlicht und einfach gescheitert, wie er sich selbst eingestand.

Er hatte die Schalteinheit für das Intervallfeld trotz aller Bemühungen nicht gefunden. Dieser Fehlschlag hatte ihn zwar nicht restlos entmutigt, auch nicht die bissigen oder hämischen Kommentare seiner Kollegen, aber trotzdem hatte sich der Mißerfolg auf seine Stimmung geschlagen.

Acker hatte vor, Ren Dhark einen Lagebericht zu geben und ihn gleichzeitig um Geduld zu bitten, denn das Problem war selbst für einen Experten auf dem Gebiet der Hyperraumphysik nicht so einfach zu lösen. Er beherrschte wie Anja Field das Grundsatzwissen über die Supermathematik der Mysterious, und manchmal verblüffte er selbst Vandekamp, der mit diesen Dingen meisterhaft vertraut war.

Dennoch waren die sonst so absolut logisch denkenden Mysterious bei dem Intervallfeld andere Wege gegangen und hatten ihn damit vor ein vorerst unlösbares Problem gestellt.

Acker sah diesen Fehlschlag als weitere Herausforderung an, der er sich sofort wieder stellen wollte.

Vor ihm ragte der Ringraumer wie ein Monument aus Unitall auf.

Tim Acker hatte nur noch Augen für die offene Schleuse. Erst stieß er mit einem Mann zusammen, dann stolperte über einen Hund, der ihn mit gefletschten Zähnen anknurrte und nach seinem Hosenbein schnappte.

»Können Sie Ihre Beutelratte nicht anleinen?« fauchte Acker, der weder nach links noch nach rechts sah.

»Nicht so stürmisch, Professor«, sagte der Mann, den er angerempelt hatte.

»Ach, Sie«, murrte Acker. »Wollen Sie auch zum Commander?«

»Ja. Er ist aber im Augenblick nicht an Bord. Ich habe die Absicht, mich dem Unternehmen anzuschließen, wenn der Commander keine Einwände erhebt. Und Sie haben vermutlich die Absicht, sich in liebenswerter Bescheidenheit über die imaginären Vorräte des Schiffes herzumachen. Vielleicht könnten Sie meinem Hundchen Jimmy einen saftigen Knochen mitbestellen?«

»Ihrem Hundchen«, sagte Acker erbost. »Ich dachte, das Hundchen muß nur von Zeit zu Zeit geölt werden, damit es nicht rostet.«

Der andere Mann, ein gutes Zweizentnergewicht, lachte dröhnend.

Es war Chris Shanton.

Tim Acker fühlte sich an seinen mitunter grenzenlosen Appetit erinnert. So nickte er Shanton nur kurz zu und betrat die offene Schleuse. Daß das Hundchen hämischerweise ›Fettsack‹ hinter ihm herknurrte, überhörte er geflissentlich. Auch ›alter Vielfraß‹ konnte ihn nicht aus der Ruhe bringen. Schließlich gehorchte der Köter nur einem eingebauten Chip, und darüber konnte Acker nur verächtlich lachen.

Schnaufend durcheilte er die Gänge. Die POINT OF wirkte fast verlassen, nur ganz selten begegnete Acker einem Besatzungsmitglied.

Nach einem flüchtigen Gruß, den mit einem entschuldigenden Grinsen verband, hastete er weiter, bis er ächzend die ›Kantine‹ erreichte.

Andächtig blieb er in dem Raum stehen und sah sich um. Inzwischen hatte man den vormals kahlen Raum etwas gemütlicher gestaltet. Ein paar Tische und Stühle waren aufgestellt worden, und auch ein paar exotische Pflanzen schmückten ihn.

Tim Acker wandte sich nach kurzem Innehalten zu dem Wandfach und dachte: *Ich wünsche mir Shillog. Aber bitte schnell!*

Intensiv dachte er dabei an die Eigenheiten seiner Bestellung.

Shillog war ein ungemein zartes Fischfleisch von Dorado und so gut wie unbezahlbar. Es wurde grammweise wie eine erlesene Kostbarkeit gehandelt, ähnlich dem irdischen Kaviar.

Als das Gewünschte kurz darauf auf einer Platte erschien, mußte Acker an sich halten, um nicht wie ein hungriger Wolf darüber herzufallen. Er suchte damit einen Tisch auf, setzte sich, riß das bereitliegende Besteck an sich, stöhnte vor Wonne und begann hingebungsvoll zu essen.

Vor einer halben Stunde waren Professor Gerd Dongen und H. C. Vandekamp an Bord der POINT OF erschienen.

Dem Chef der Cattaner Kraftwerke, Chris Shanton, war eine Kabine zugewiesen worden, die er mit seinem Robothund Jimmy teilte. Dhark hatte seine Zustimmung gegeben, daß Shanton an dem Flug teilnehmen konnte.

John Martell, der bereits alles zur Evakuierung in die Wege geleitet hatte, war anwesend. Der Astrophysiker Wren Craig, Anja Field und Rani Atawa, Janos Szardak, Wonzeff und Arc Doorn, der Sibirier mit dem ewig mürrischen Gesicht. Ren Dhark hatte sich angehört, was die einzelnen Wissenschaftler mitzuteilen hatten. Es waren Hiobsbotschaften, gute Nachrichten schienen ausgestorben zu sein.

»Wir müssen das Höhlensystem auf Deluge unter allen Umständen erhalten«, sagte er. »Diese Institution ist für die Menschheit unersetzlich und darf um keinen Preis in die Hände der G'Loorn oder anderer Intelligenzen fallen. Es ist voraussehbar, daß sie ihre skrupellosen Attacken wiederholen werden, um das Vermächtnis der Mysterious in ihre Hände zu bekommen.«

»Sie haben es zwar nicht geschafft, das Intervallum über Deluge zu durchbrechen«, sagte Gerd Dongen, »doch das besagt nicht, daß es auch so bleiben wird. Deshalb wird ganz besonders der vierte Kontinent von einer schwerbewaffneten Truppe überwacht. Es werden noch mehr Truppen hinübergeschickt.«

Dhark nickte dem Wissenschaftler zu. »Bliebe noch die Transmitteranlage, der mir Sorgen macht«, führte er an. »Die Verbindung zum Industriedom muß mit Priorität vor Mißbrauch geschützt werden!«

»Was ordnen Sie an?« fragte einer der ebenfalls anwesenden Sicherheitsoffiziere.

Ren Dhark mußte nicht lange darüber nachdenken. Es gab nur eine einzige Möglichkeit und keine Alternativen.

»Der Transmitter muß notfalls – ich betone *notfalls* – geopfert werden, Bligh. Lassen Sie Nuklearsprengsätze an den kritischen Stellen anbringen! Hat jemand Einwände oder einen besseren Vorschlag?«

Professor Dongen schüttelte bedächtig den Kopf. Er und seine Mitarbeiter hatten lange gebraucht, um das Geheimnis des senkrecht stehenden Metallringes zu enträtseln.

Der Transmitter konnte bisher nur zwischen Industriedom und Kontinent 4, aber nicht zu wahrscheinlichen anderen Stationen hin geschaltet werden.

»Nein, es ist die einzige Möglichkeit, wenn ich es auch zutiefst bedauern würde, die Station zu verlieren.«

Niemand hatte einen alternativen Vorschlag. Jeder malte sich nur mit Entsetzen aus, was passieren würde, falls der Transmitter in feindliche Hände fiele.

»Dann veranlassen Sie alles Nötige, Bligh«, sagte Ren Dhark.

Bligh nickte und verlor tatsächlich keine Zeit. Sie alle hatten inzwischen gelernt, daß schnell gehandelt werden mußte. Jede Verzögerung konnte unermeßlichen Schaden nach sich ziehen.

Die Konferenz wurde für einen kurzen Augenblick unterbrochen, als Tim Acker erschien. In der Hand trug er mehrere Tüten, die er zu einem großen Bündel zusammengedreht hatte.

Er wirkte so beschwingt und heiter, wie man ihn nur nach einem ausgiebigen Mahl sah.

»Entschuldigen Sie meine Verspätung«, sagte er. »Ich wurde leider aufgehalten.« Was ihn aufgehalten hatte, behielt er allerdings bescheiden für sich. »Ich wollte mich nur verabschieden, da Sie ja bald starten. Ich versichere Ihnen jedoch, Dhark, alles zu tun, um bis zu Ihrer Rückkehr das Rätsel um das Steuerungselement des Intervallums gelöst zu haben.«

»Dann wären Sie ein Genie«, sagte Ren Dhark.

»Das bin ich jetzt schon«, meinte Acker trocken. »Ich darf mich dann verabschieden«, sagte er. »Übrigens war ich so frei, in der Kantine einen kleinen Imbiß zu mir zu nehmen...«

Als Acker verschwunden war, gingen die anderen wieder zur Tagesordnung über. Alle noch offenen Fragen waren durchgesprochen worden. Ren Dhark war bis ins Detail über alles informiert.

Das Evakuierungsprogramm lief bereits und wurde zügig fortgesetzt. Schon bald würden die ersten Raumer Hope verlassen und nach Terra aufbrechen.

»Wir starten in einer Stunde«, sagte Ren Dhark. »Bitte, bereiten Sie sich alle darauf vor.«

Um elf Uhr Standardzeit löste sich die POINT OF dann vom Boden des Planeten und trat ihre Reise ins Ungewisse an...

5.

Beim Start von Hope überkamen Dan Riker meist nostalgische Anwandlungen, wenn er daran dachte, wie die POINT OF die Ringraumer-Höhle zum ersten Mal verlassen hatte. Niemand hatte damals geglaubt, daß sich das Raumschiff durch *festes Gestein* bewegen würde, bis das Wunder tatsächlich geschehen war. War es damals noch ein Nervenkitzel ohnegleichen gewesen, so hatte sich heute längst die Routine eingeschlichen. Faszinierend war es dennoch immer aufs Neue.

Es gab kein Brüllen und Toben wie bei herkömmlichen Raumern, die donnernd in das All jagten. Es wurde kein Arbeitsmedium in Brennkammern gespritzt, die es vergasten und als lohenden Plasmastrahl wieder ausspien. Hier arbeitete im offenen Zentrum der Ringzelle ein Brennkreis, in dem gewaltige Kräfte wirkten. Dieser Brennkreis veränderte seinen Durchmesser von minimal drei bis maximal acht Metern. Ausschlaggebend für die Beschleunigung des Ringraumers war aber nicht der sich verändernde Durchmesser, sondern lediglich der Wert emittierter Energien.

Als die POINT OF zu schweben begann, lösten sich ihre neunzig Ausleger gleichmäßig vom Boden, wurden eingefahren und verschmolzen mit der Oberfläche der Unitallhülle zu einer fugenlosen Einheit. Die POINT OF stieg jetzt schneller. Von Sekunde zu Sekunde wurde dem Sle mehr Energie zugeführt. In der Bildkugel sank Hope rasch nach unten weg – wie ein ins Bodenlose fallender runder, buntschimmernder Riesenball.

Früher hatte Dhark das Schiff noch manuell gesteuert und dabei ein unbändiges Herzklopfen verspürt.

Jetzt arbeitete die Gedankensteuerung des Checkmasters und nahm die gedachten Befehle lautlos entgegen.

Im Innern des Ringraumers wurden Aggregate hochgefahren, Umformerbänke aktiviert und unsichtbare Schaltungen vorgenommen. Als Arbeitsgeräusch war lediglich ein fernes Flüstern und Raunen zu hören.

Vollautomatisch arbeiteten auch die acht Aggregate auf Deck vier. Ihr leises Summen zeigte an, daß sie die jetzt herrschenden dreißig Gravos absorbierten und auf ein Gravo zurückfuhren.

Einer der drei Monde Hopes geriet noch einmal kurz in den Wiedergabebereich der Bildkugel. Dann raste er wie ein Geschoß davon und verschwand in der Schwärze des Alls.

Die üblichen Klarmeldungen liefen ein.

Routine, dachte Dhark, *alles Routine*. Wann hatte es schon jemals eine Panne gegeben! Das künstliche Mysterious-Bewußtsein arbeitete perfekt mit den biochemischen Funktionen des Menschen zusammen. Beide ergänzten sich - und waren untereinander doch völlig fremd. Die rätselhafte Automatik paßte sich an, als wüßte sie genau, was vom perfekten Zusammenspiel zweier artenverschiedener Intelligenzen abhing.

»Wir wechseln auf Sternensog«, sagte Ren Dhark zur Information.

Da er es auch gleichzeitig dachte, nahm der Checkmaster den stummen Befehl entgegen. Von einem Augenblick zum anderen schaltete er von Sle auf Sternensog. Das Überschreiten der Lichtgrenze ging unmerklich vonstatten. Immer noch schien alles so wie vorher zu sein, und doch war es ganz anders.

Ein gleißendes Meer von Tausenden Sonnen tauchte fast übergangslos auf. In der Bildkugel in der Kommandozentrale schien der Sternendschungel Einzug gehalten zu haben. Zum Greifen nah bewegten sich etliche Sonnen deutlich sichtbar auf die POINT OF zu.

Niemand konnte sich diesem Eindruck entziehen. Sternensog wirkte immer wieder faszinierend.

Eine halbe Stunde später brachte jemand ein Tablett mit duftendem Centauri-Tee in die Zentrale. Es war Anja Fields Lieblingsgetränk mit dem unvergleichlichen Aroma irdischer Veilchen.

Viele mochten das synthetische Gebräu nicht. Andere schlürften es mit Begeisterung.

Die Chef-Mathematikerin nippte daran, sehr vorsichtig, weil der

Tee kochend heiß war. Zu ihrer Verwunderung kühlte er allerdings sehr schnell ab.

Sie registrierte verblüfft die Blicke der anderen, die in ihre Tassen starrten und ebenfalls getrunken hatten.

»Der kühlt ja erstaunlich schnell ab«, wunderte sich Rani Atawa, die der Zentrale einen Besuch abstattete.

Tino Grappa blickte zu ihr hinüber, wollte erst grinsen und unterließ es dann, als auch er dieses Gefühl verspürte. Er mußte tief durchatmen, als würde die Kapazität seiner Lungen schlagartig abnehmen.

Inzwischen kühlte der Tee weiterhin so schnell ab, als würden Eiswürfel in der Flüssigkeit schwimmen. Innerhalb einer einzigen Minute war der Tee zur Verblüffung aller eiskalt. Gleich darauf begann er unmerklich seine Konsistenz zu verändern.

Ralf Larsen steckte ungeniert den Zeigefinger in die Tasse. Grappa tat es ihm nach. Schnell zog er den Finger wieder zurück.

»Verdammte Technik«, schimpfte er, der oft nicht gut auf die geheimnisvollen Erbauer des Ringraumers zu sprechen war. »Die Technologie ist so kompliziert, daß wir sie nicht begreifen. Aber ein anständiges Getränk bringen diese Burschen nicht zustande. Was soll man davon halten?«

Niemand wußte, was er davon zu halten hatte, denn jetzt begann sich der Tee zu einer festen Masse zu formen. Er veränderte seine Konsistenz weiter und schien in den Eis-Aggregatzustand überzugehen.

Gleichzeitig wurde auch die Luft dicker und dichter. Jeder hatte das Gefühl, als würde er Nebelsuppe einatmen.

Ren Dhark hatte dem seltsamen Phänomen bisher keine Beachtung geschenkt. Er erteilte dem Checkmaster ein paar Befehle und blickte erst jetzt auf.

Tatsächlich hatte sich einiges verändert, für das er keine Erklärung fand. Er blickte in ratlose und verdutzte Gesichter, spürte jetzt aber ebenfalls, daß sich die Luft in der Zentrale zu komprimieren begann.

Ungläubig betrachtete er eine der Teetassen, deren Inhalt jetzt spiegelblank war. Wie eine polierte Eisfläche sah es aus, und es fühlte sich auch genauso an.

Dharks Lächeln gefror auf den Lippen, als die Masse jetzt steinhart und glasig war. Tief holte er Luft. Zweimal, dreimal hintereinander.

Das Zeug aus der Teetasse fiel zu Boden. Ein Teil davon zersplitterte wie ein kleiner Eisbrocken.

Welchem unheimlichen Phänomen waren sie ausgesetzt?

»Frage an Checkmaster«, formulierte er mühsam. »Was geht hier vor? Liegt ein Defekt in der Luftumwälzung vor?«

Inzwischen litten die meisten anderen unter Atemnot und begannen, immer unruhiger zu werden. Jeder stand dem Phänomen rat- und hilflos gegenüber. Das hatte es auf der POINT OF noch nie gegeben.

Bevor der Checkmaster antworten konnte, liefen aus etlichen Sektionen des Raumers besorgte Anfragen ein, die sich nach den eigenartigen Vorfällen erkundigten. In allen Decks begann sich die Luft zu verdichten. Ernsthafte Störungen waren zu befürchten.

Ren Dhark beruhigte die Leute. An Bord befanden sich gegenwärtig 204 Männer und Frauen, deren Besorgnis mehr und mehr zunahm.

»Anfrage Checkmaster, dringend«, wiederholte Ren Dhark.

Professor Gerd Dongen bückte sich nach den Splittern, hob eines der eigentümlichen Bruchstücke auf und schnitt sich in den Finger. Fassungslos öffnete er den Mund.

»Glas«, sagte er. »Einwandfrei Glas. Ich habe mich geschnitten.« Wie ein heißes Eisen ließ er das Stück fallen.

»Glas?« wiederholte Tino Grappa, als sei das Wort ein völlig fremder Begriff. »Wie kann Tee zu Glas werden?«

Das Sprechen fiel ihm schwer. Er rang nach Luft wie die anderen.

»Weiß ich nicht«, keuchte Dongen. »Ich sehe nur das Ergebnis. Jedenfalls ist es kein Eis.«

An Bord des Ringraumers herrschte übergangslos Entsetzen. Und die Anfrage an den Checkmaster war immer noch nicht beantwortet.

Jetzt begannen einige, an der grandiosen Mysterious-Technik zu zweifeln. H. C. Vandekamp, der seinen ersten Fernflug mit dem Ringraumer unternahm, war dieser Mysterious-Technik gegenüber skeptisch gewesen, seit er sich mit der Errungenschaft der fremden Rasse herumplagte. Sie war in der Lage, die kompliziertesten Fälle zu lösen – nur bei einfachen Problemen oder läppischen Kleinigkeiten schien sie manchmal zu versagen. Wie jetzt!

»Energetischer Impuls aus Deck zwei«, meldete der Checkmaster nach einer Weile. »Bordinterne Störung. Fehler kann zur Zeit nicht behoben werden.«

Anja Fields Körper krampfte sich zusammen. Sie rang immer heftiger nach Luft. Dan Riker japste ebenfalls.

Ren Dhark fuhr wie unter einem Stromstoß zusammen.

»Deck zwei«, rief er. »Das geht von Tyler aus. Schnell, kommen Sie mit, Szardak. Keine Zeit für irgendwelche Fragen, wenn wir hier nicht langsam ersticken wollen.«

»Dieser Robonen-Lümmel bringt uns noch alle um«, keuchte der Zweite Offizier erbittert. »Jetzt sehe ich es auch auf dem Handscanner. Da braut sich etwas Unbekanntes zusammen.«

Auch Rani Atawa wollte sich erheben, sank aber wieder in ihren Sessel zurück, als ihr der Atem immer knapper zu werden drohte.

Inzwischen hatte sich die atmosphärische Zusammensetzung weiter verdichtet. Es kam Ren Dhark vor, als würde er gegen eine nur zögernd nachgebende Mauer laufen. Wie eine Wand aus Gummi, die immer kompakter wurde.

Nur noch unter Aufbietung aller Kräfte kamen sie voran. Ihre Gesichter waren schweißüberströmt, als sie Deck zwei erreichten und die Luft so komprimiert wurde, daß sie meinten, darin steckenzubleiben.

Vor Tylers Kabine knisterte die Luft. Sie war so dicht, daß Ren Dhark glaubte, sie mit den Händen zur Seite schieben zu können.

»Aufmachen, Tyler!« forderte er mühsam und nach Luft ringend.

Aus Tylers Kabine kam keine Antwort. Es blieb unheimlich still. Eine gespenstische Stille, die bösartig und dämonisch war, als befände sich der Robonenjunge wieder im Griff des CAL, der seine Handlungen manipulierte.

Szardak hatte ihn vor einiger Zeit mit dem Paraschocker lähmen müssen, als das unheimliche schwarze Ektoplasma aus dem Jungen hervorgebrochen war.

Es tat ihm leid, so handeln zu müssen, aber gegen den »Level-zehn-Qualifikanten« hatte er kein anderes Mittel. Der Junge verfügte über unheimliche E.S.P.-Kräfte, die so mächtig waren, daß sie den Ringraumer in höchste Gefahr brachten.

Tyler hatte sie alle in der Gewalt, wenn er wollte. Jeden, ohne Ausnahme.

Unter Aufbietung aller Kräfte trat Dhark gegen das Schott. Es geschah wie in Zeitlupe in einer wellenförmigen Bewegung, die seinen Körper verdrehte, als er alle Kraft in sie hineinlegte.

Hoffentlich, dachte Dhark mühsam, hatte der Junge nicht wieder eine energetische Barriere um sich aufgebaut.

Erschöpft und ausgepumpt trat er ein zweites Mal zu. Die Atemnot ließ sein Gesicht bläulich anlaufen. Seine Gedanken begannen sich bereits zu verwirren.

Zu keiner weiteren Bewegung mehr fähig, blieben Dhark, Szardak und Anonga, der zu ihnen gestoßen war, stehen, als das Schott sich öffnete. Szardak hielt den Paraschocker in der Faust. Sein Mund war weit geöffnet. Verzweifelt sog er das ein, was er zum Atmen brauchte, und das jetzt wie eine zähe Suppe wirkte, deren Konsistenz die Lungen malträtierte.

Tyler saß bewegungslos auf der Koje seiner zweigeteilten Kabine.

Unnatürlich groß und weit waren seine Augen. Er wirkte, als sei alles Leben aus ihm gewichen. Wie ein erstarrter Leichnam hockte er da, blicklos an den Männern vorbeistarrend.

Das Grauen lastete spürbar über dem Raum, ein Grauen, das nicht mehr zu überbieten war und alles mit dämonischer Macht erfüllte.

»Hör damit auf, Tyler. Höre sofort damit auf!«

Dhark formte die Worte mühsam und wußte selbst nicht, ob er gesprochen oder nur gedacht hatte.

Dann, als keinerlei Reaktion des abgemagerten Jungen erfolgte, hob Szardak den Schocker, als würde er sich in Zeitlupe bewegen.

Sein Finger krümmte sich extrem langsam um den Abzug. Es schien Ewigkeiten zu dauern.

Noch bevor der Lähmstrahl das flirrende Abstrahlfeld verließ, begann sich alles schlagartig zu verändern.

Die drei Männer wurden nach vorn gerissen wie von einem Sog. Gleichzeitig fuhr ein kühler Luftzug durch die Kabine. Von einer Sekunde zur anderen war alles wieder normal.

Ren Dhark sog hörbar und erleichtert die wieder atembare Luft ein.

»Junge«, sagte er noch etwas benommen. »Du darfst nicht...«

Vor ihren Augen vollzog sich ein anderes Phänomen, das gleichsam erschreckend und unbegreiflich war.

Tylers Mund verzerrte sich zu einem Lächeln voller Bosheit und Tücke. Sein Gesicht wurde milchig-blaß und in den Konturen unscharf, bis es zögernd auseinanderzufließen begann. Ein eigenartiger Dunst umwaberte den schmächtigen Körper und hüllte ihn von oben bis unten ein. Einem Schemen gleich löste die Gestalt sich auf, bis die Konturen endgültig verwischten und nebulöse Formen annahmen.

Unbegreiflich war das, was sich hier an Tyler vollzog. Aber was war an dem Robonenjungen nicht unbegreiflich!

Wie aus weiter Ferne hörte Dhark seinen Zweiten Offizier unterdrückt stöhnen. Szardaks Arm mit dem Schocker hatte sich gesenkt, und in seinem Blick lag namenloses Entsetzen, als Tylers Körper stofflich instabil wurde und mehr und mehr einem Geisteswesen glich, das aus einer anderen Dimension zu kommen schien.

Das nackte Grauen ging in der Kabine um.

Selbst Anonga, den so schnell nichts erschüttern konnte, hielt sich an der Einfassung fest, stand total verkrampft da und starrte auf das, was sich immer schneller zu verflüchtigen begann.

»Was geht hier vor?« fragte er mit zuckenden Lippen. »Ich kann mir nicht helfen, aber wir kriegen diesen Jungen einfach nicht in den Griff. Er wird mir immer unheimlicher.«

Ren Dhark trat einen weiteren Schritt nach vorn auf die Koje zu, wo sich jetzt etwas zu drehen begann, das verblüffend einer rotierenden Energiespirale glich. Als er zögernd die Hand ausstreckte, verspürte er ein kaum merkbares Kribbeln, bis sein Arm taub und gefühllos zu werden begann. Langsam zog er ihn zurück. Damit verschwand auch wieder das Gefühl der Lähmung.

Tyler war weg, verschwunden, als hätte er nie existiert.

Dhark starrte immer noch auf die Stelle, als er hinter sich im Gang Schritte hörte.

Rani Atawa, die zierliche Inderin, die Tyler seit einiger Zeit betreut und sich intensiv um ihn gekümmert hatte, trat ein.

»Wo ist Tyler?« fragte sie erstaunt.

Ren Dhark wischte sich mit der Hand über die Stirn. Tief sog er die wieder ganz normal wirkende Luft ein.

»Es sah aus wie eine, ja, wie eine Teleportation. Er verschwand vor unseren Augen und löste sich in Nichts auf.«

Rani Atawa unterdrückte nur mühsam einen Schrei. Ihr Blick irrte suchend in der Kabine umher, doch da gab es außer ein paar ratlosen und total erschütterten Gesichtern nichts mehr zu sehen.

Szardak hatte sich wieder gefaßt. Sein Blick war eisig, und seine Stimme klang kalt und unpersönlich.

»Ich möchte nicht unbedingt das Wort Monster in den Mund nehmen, obschon mir im Moment kein passender Ausdruck einfällt. Tyler hätte uns um ein Haar alle vernichtet. Fast wären wir eben allesamt elend erstickt, als die Luft so plötzlich komprimiert wurde. Und sage mir bitte keiner, daß es eine Panne der Mysterious war - das glaube ich nicht. Hinter dieser Teufelei steckt der Junge, niemand sonst. Seit er an Bord ist, passieren Dinge, die sich keiner mit dem gesunden Menschenverstand erklären kann. Sie müssen etwas unternehmen, Commander, sonst sterben hier mehr als zweihundert Mitglieder der Besatzung! Dieses kleine Ungeheuer hat uns schon ein paarmal übel mitgespielt. Wenn er jetzt auch noch ganz überraschend die Gabe der Teleportation beherrscht, ist nicht auszudenken, was noch alles geschehen wird.«

Ren Dhark hob beschwichtigend die Hand.

»Ich weiß das ja alles, Janos. Tyler ist kein schlechter Mensch. Er hat nur keine Gewalt über sich. Ich glaube auch nicht, daß er die Gabe der Teleportation hat. Hier hat etwas anderes stattgefunden, für das ich noch keine Erklärung habe.«

»Erst wird ganz normales Wasser zu Glas, dann dreht dieses kleine Ungeheuer uns auch noch die Luft ab. Er muß, solange er sich hier an Bord befindet, unbedingt wieder hinter einer energetischen Barriere verschwinden, wenn wir den Weiterflug überleben wollen.«

»Die Barriere wäre kein Hindernis für sein plötzliches Verschwinden gewesen«, meinte Anonga bedächtig. »Ich frage mich allerdings, wo das Tyler jetzt stecken mag. Hoffentlich sorgt er nicht für noch mehr Aufregung.«

Szardak war immer noch nicht beruhigt. In seinen Augen funkelte es unheilvoll weiter.

»Wo er jetzt steckt?« wiederholte er. »Möglicherweise im Innern des

Checkmasters, wo er beliebig alles manipulieren kann, das unseren Untergang beschleunigt. Und das ist nicht nur so dahingesprochen. Ich meine es absolut ernst.«

Ren Dhark verschloß vor dieser Möglichkeit nicht die Augen. Seit Tyler sich an Bord befand, war das Unmögliche möglich geworden. Auch in Zukunft konnten sich völlig unberechenbare Dinge abspielen, die das gesamte Unternehmen in Frage stellten.

Aber wie sollten sie den Jungen bändigen, wenn ihn vielleicht nicht einmal eine Energiebarriere von seinem unheilvollen Tun abhalten konnte?

Janos Szardak hätte darauf eine Antwort gehabt. Und die hatte er auch vor ein paar Tagen recht drastisch gegeben, indem er vorschlug, Tyler dem Weltraum zu übergeben.

»Wir müssen ihn suchen - jetzt gleich«, sagte Ren Dhark. »Im ganzen Schiff sollen Impuls...«

Mitten im Satz unterbrach er sich und sprang zurück.

Es knisterte in der Kabine für winzige Augenblicke, als würden kleine elektrische Entladungen toben.

Tyler erschien wieder!

Das Unbegreifliche geschah fast übergangslos, ebenso wie es vorhin begonnen hatte.

Aus dem Nichts heraus manifestierte sich ein anfangs nebelhaftes Gebilde, dessen Konturen langsam zusammenrückten, dichter und komprimierter wurden, bis das Etwas Gestalt annahm.

Schon Sekunden später saß Tyler wieder an derselben Stelle, als sei nichts geschehen.

Alle vier benötigten eine Weile, um den Schock der spontan auftretenden Erscheinung zu überwinden.

Tyler starrte teilnahmslos ins Leere. Nur in seinen Augen lag etwas, das Angst einflößte. Es waren Augen, die etwas Furchtbares gesehen haben mußten, etwas so Schreckliches, daß es nicht in Worte zu kleiden war. Nur ganz langsam erlosch dieser unheimliche Blick. Hektische Röte erschien in dem hageren Gesicht. Durch die ausgemergelte Gestalt lief ein schnelles Zittern.

Anonga legte ihm die Hand auf den Arm. Rani Atawa ergriff seine Hand in einer schützenden Bewegung und sah ihn eindringlich an.

Dhark und Szardak standen stumm daneben, immer noch von leichtem Schauder über die Geschehnisse erfüllt.

Rani Atawa sprach so beruhigend, als sei nichts gewesen, um den Robonenjungen nicht aufzuregen. Ihre Stimme klang einschmeichelnd, besonnen und sehr freundlich. Stumm standen die anderen daneben, als der seltsame Dialog begann.

»Da bist du ja wieder. Tyler. Wo warst du denn?«

Tylers Stimme klang seltsam hölzern. Er rührte sich nicht, als er Antwort gab.

»Ich war weg. Sie haben mich geholt.«

»Wer denn - Pia und Edgar?«

»Sie oder ES. Weiß nicht.«

»Und wo warst du?«

»Zwischen den Dimensionen, glaube ich. Sie schrien um Hilfe. Rufen mich noch immer.«

Die einfühlsame Inderin nickte zustimmend. Sie warf den ratlos in der Kabine stehenden Männern einen schnellen Blick zu.

»Du warst ja nur ein paar Sekunden weg. Nicht mal eine Minute lang.«

»Zwei Tage«, behauptete Tyler mit abwesendem Blick, der jetzt immer leerer und in sich gekehrter wurde.

»Zwei Tage?« staunte Rani. »Was hast du denn erlebt?«

»Weiß nicht«, lautete Tylers Antwort. Dann: »Ich bin müde. Laßt mich endlich schlafen.«

»Natürlich, Tyler. Du kannst dich jetzt ausruhen. Vielleicht möchtest du mir noch erzählen, wo...«

»Nein«, unterbrach der Robonenjunge schroff. »Ich will nur schlafen, weiter nichts.«

»Gut, dann leg dich hin. Hast du Hunger oder Durst?«

»Nein, ich will schlafen«, beharrte die Stimme, die diesmal etwas schärfer klang.

Vorerst waren das Tylers letzte Worte. Sein hageres Gesicht entspannte sich. Der Atem wurde ruhig, und die Augen schlossen sich. Tyler war eingeschlafen.

Ren Dhark hatte sekundenlang das Gefühl, aus einem schweren und bedrückenden Alptraum zu erwachen. Schlagartig kam es wie eine Ernüchterung über ihn.

Er sah sich um. Neben ihm standen immer noch Janos Szardak, der Bordarzt Anonga und die Inderin Rani Atawa. Er stellte fest, daß es ihnen nicht viel anders erging als ihm selbst. Auch sie schienen nur schwer in die Wirklichkeit zu finden.

Sein Blick wanderte zu dem Level-zehn-Qualifikanten, der ruhig auf der Koje lag und schlief.

»Bin ich verrückt geworden?« fragte Dhark leise. Er räusperte sich die Kehle frei, um besser sprechen zu können. »Was war das - eine Vision, oder fürchterliche Realität?«

Er sah, daß die anderen ebenso unsicher waren. In ihren Gesichtern lag wieder ungläubiges Staunen.

»Wir haben etwas gesehen«, überlegte Anonga laut. »Ob es der Realität entsprach, vermag ich nicht zu entscheiden. Ich selbst sah, daß Tyler sich auflöste, entmaterialisierte und für etliche Augenblicke aus der Kabine verschwand. Daß er teleportierte, traue ich ihm nicht zu. Soweit sind seine Kräfte noch nicht ausgereift. Für mich verblaßte er ganz einfach, ein Vorgang, den Sie ja selbst schon bei Pia, Edgar und dem CAL erlebt haben, Commander. Zu dem Zeitpunkt wußten Sie auch nicht zwischen Realität und Halluzination zu unterscheiden. Es kann sich also durchaus um eine Vision gehandelt haben, die uns alle gleichzeitig befiel.«

Ren Dhark entsann sich nur allzu deutlich und mit Unbehagen daran, wie die fünf fremdartigen Gehirne, die den CAL bildeten, vor seinen Augen verschwunden waren. Vermutlich war alles, was mit dem CAL und seinen Söldnern zu tun hatte, nichts als Gaukelei dieser unbegreiflichen Parawesen. Die Wahrheit sah ganz anders aus. Die Gehirne schwammen in einer Art gläserner Behälter, die aufrecht stehenden Zylindern ähnelten. Gefüllt waren sie mit einer schleimigen, grünstichigen Masse voller Luftbläschen, die nach oben wanderten und an der Oberfläche zerplatzten. In der Mitte des Zylinders trieb ein Organ von beängstigender Fremdheit wie in einem Gefängnis.

Das war der ungeschminkte Anblick des CAL, von dem immer noch nicht feststand, ob er als Kollektiv oder als einzelne Individuen zu betrachten war.

»Ich glaube eher, daß es eine Vision war«, bemerkte Dhark. »Nur Sinn und Zweck dieser Demonstration bleiben mir unbegreiflich. Ich denke, wir besprechen das in der Zentrale.«

»Jedenfalls fand ich die Demonstration erschreckend echt. Fast wäre ich an dieser sogenannten Gaukelei erstickt«, meinte Szardak, der immer noch eine Abneigung gegen den Robonenjungen hatte.

Er steckte den Paraschocker ein und zeigte auf Tyler.

»Wir können ihn nicht allein zurücklassen, Commander. Wer weiß, was dieses Früchtchen nach seinem Erwachen wieder anstellt. Rani allein kann mit ihm nicht fertig werden. Wir sollten ihn wieder isolieren, damit er nicht ihre Gedanken oder die eines anderen erspüren kann.«

Ren Dhark nickte, auch wenn er seine eigene Meinung zu Tyler hatte. Aber er wußte, was er der Besatzung schuldig war. »Vorerst ja. Außerdem werde ich ein paar Männer zur externen Bewachung vor die Kabine stellen lassen. Alle werden mit Paraschockern ausgerüstet.«

Noch immer war man sich nicht einig, ob es nur eine Vision oder Wirklichkeit war, was sich eben abgespielt hatte. Wenn es sich um eine Vision gehandelt hat, war sie jedenfalls verdammt echt.

»Rani und ich werden vorerst bei ihm bleiben«, schlug Anonga vor. »Tyler scheint übrigens sehr intensiv zu träumen. Sehen Sie sich nur seine Mimik an.«

Tylers Gesicht wirkte immer noch entspannt, obwohl sein Mienenspiel in lebhafter Bewegung war. Er machte Faxen wie ein Pantomime, grinste, wurde schlagartig ernst, oder stülpte die Lippen vor, bis sie sich weinerlich oder abfällig verzogen. Danach entspannten sich die Züge wieder, wurden glatt und ausdruckslos.

»Der Junge gibt uns ein Rätsel nach dem anderen auf«, seufzte Dhark. »Vermutlich unterhält er sich in seinem visionären Traum mit seinen beiden anderen Qualifikanten aus Stardust, Pia und Edgar.«

»Es gibt noch eine andere Möglichkeit, ihn zu isolieren«, schlug Szardak vor, der ständig darüber nachsann, wie man sich die Gefahr vom Hals halten konnte.

»Und die wäre?«

»Er könnte beispielsweise in einen Flash verfrachtet werden, der unmittelbar unserem Kurs folgt. Der Flash wird von uns so manipuliert, daß er ihn nicht bedienen oder die Gedankensteuerung beeinflussen kann.«

»Die Macht, die in Tyler immer noch sporadisch zu erwachen scheint, dürfte erfreut sein, ihn in einem Flash vorzufinden, Janos. Ich halte die Lösung für unpraktikabel. Lieber soll er in dem energetischen Gefängnis bleiben. Dort dürfte er sich auch wohler fühlen.«

»War nur ein Vorschlag«, murmelte der Zweite Offizier. »Ich denke nur an die Gefahr und daran, daß unsere Mission scheitern könnte.«

»Daran denke ich auch die ganze Zeit.«

Dhark beorderte drei Männer des Sicherheitsdienstes vor die Kabine und postierte sie dort.

Während Rani Atawa und Anonga bei dem Jungen blieben, kehrten er und Szardak zur Zentrale zurück.

Gespannte Gesichter sahen ihnen entgegen. Alles war normal, wie es den Anschein hatte. An der Luftmischung hatte sich jedenfalls nichts verändert.

»Tyler, nicht wahr?« fragte Dan Riker ohne Einleitung. »Oder das, was den Jungen in der Gewalt hatte.«

»Ja, es ging von Tyler aus«, gab Ren Dhark zu. »Offenbar hat sich der Vorgang nur fiktiv abgespielt. Wir wissen es nicht. Es ist eine reine Vermutung. Hat der Checkmaster etwas feststellen können?«

»Kein Ergebnis«, teilte Anja Field mit. »Was hier geschah, ließ sich nicht analysieren. Wenn wir uns aber nur eingebildet haben, daß aus dem Tee steinhartes Glas wurde und die Luft sich komprimierte, dann war das ein verblüffend echt wirkender Vorgang, für den sich mir leider keine vernünftige Erklärung anbietet.«

»Vorerst dürfte von Tyler keine Gefahr mehr ausgehen, das hoffe ich jedenfalls. Er ist isoliert und wird scharf bewacht.«

»Als ob ein paar Wachen gegen diesen Jungen etwas ausrichten können«, meinte Riker mit bitterer Stimme. »Wir haben einen Fehler begangen, als wir Tyler an Bord nahmen. Ich bezweifle, daß wir irgend etwas mit ihm anfangen, oder er uns als Informationsquelle dienen könnte. Er scheint in uns nur Feinde zu sehen.«

»Das wird sich noch herausstellen. Was ist übrigens aus dem Tee geworden, der seinen Aggregatzustand veränderte?«

Riker zeigte auf einen winzigen, noch etwas feuchten Fleck auf dem Boden, der kaum noch zu sehen war.

»Das Phänomen hat sich einfach aufgelöst. Es wurde wieder zu Wasser und hinterließ nur eine feuchte Spur.«

»Und Sie, Professor Dongen?« Erkundigte sich Dhark bei Gerd Dongen, zu dem eine Kommunikationsverbindung stand. »Sie haben sich doch an dem vermeintlichen Glas geschnitten. Darf ich mir mal die kleine Wunde ansehen?«

»Ja, natürlich. Hier, am Mittelfinger.«

Professor Dongen hob demonstrativ die Hand in die Aufnahmeoptik, blickte dann selbst auf die vermeintliche Wunde und schüttelte den Kopf.

»Nichts zu sehen«, murmelte er verblüfft. »Und doch war da vorhin eine deutliche Blutspur.«

»Nicht das geringste zu sehen«, stellte auch Dhark fest. »Aber keine Schnittwunde heilt innerhalb weniger Minuten so zusammen, daß sie unsichtbar wird. Oder haben Sie sie behandelt?«

»Nein, ich habe gar nichts unternommen. Es waren ja auch nur ein paar Blutstropfen, ein kleiner Schnitt.«

Auf Dharks Gesicht spiegelte sich Erleichterung, als er dem Ersten Offizier, Ralf Larsen, einen Blick zuwarf. Der Mann mit dem unübersehbaren Bauch gestattete sich ein knappes Lächeln.

»Ein Spuk, zum Glück nicht mehr. Trotzdem hat er uns ganz schön zugesetzt, und ich kann nur hoffen, daß er sich nicht wiederholt. Es könnte wesentlich unangenehmer werden.«

Dhark lehnte sich entspannt in seinem Sessel zurück. Er versuchte, die Erinnerung an den CAL zu verdrängen, obwohl der Gedanke daran mitunter zwingend wurde und er ihn nicht beiseite schieben konnte. Seit er auf Robon mit dem fremdartigen Etwas konfrontiert worden war, hämmerte es immer wieder in seinem Bewußtsein, so sehr er sich auch dagegen zur Wehr setzte. Diesmal gelang es ihm jedoch, geistig abzuschalten, was den CAL und die Giants betraf.

»Alle Systeme arbeiten wieder normal«, meldete Anja Field nach einem Blick auf das Terminal des Checkmasters. »Keine besonderen Vorkommnisse.«

Die POINT OF bewegte sich mit zig-tausendfacher Lichtgeschwindigkeit auf das Zentrum der Milchstraße zu.

Sonnensysteme tauchten auf, wurden zu feurigen Bällen und versanken als langgezogene Striche hinter dem Ringraumer in der ewigen Schwärze des Universums.

Eine knappe Stunde später änderte sich das schlagartig.

Anja Field hatte noch zwei Stunden bis zur Ablösung ihrer Wache. Dann würde Tino Grappa ihren Platz übernehmen und ihn mit dem Ersten Offizier Ralf Larsen teilen. Jetzt saß H. C. Vandekamp neben ihr, der sorgfältig die Anzeigen des Checkmasters studierte.

Alle Werte zeigten Grün, ein Zeichen, daß nicht die geringste Störung vorlag und sämtliche Aggregate einwandfrei arbeiteten.

In der Kommandozentrale wurde noch vereinzelt über das Phänomen diskutiert, das die POINT OF heimgesucht hatte. Weitere Anfragen an den Checkmaster waren ergebnislos gewesen. Ein Grund mehr zu der Annahme, daß es sich um eine Art Massensuggestion gehandelt haben mußte.

Auf dem Monitor des Checkmasters erschien eine Veränderung. Die Automatik verkündete, daß der Sternensog zurückgefahren wurde.

Anja Field bestätigte, daß die radikale Drosselung der Geschwindigkeit keine Probleme aufwarf. »Alles im grünen Bereich...«

»Danke«, sagte Dhark nickend. Er lauschte dem leisen Rumoren der dreiundzwanzig Mysterious-Konverter, das nun abschwoll und zu einem feinen Singen wurde.

Daß die Automatik die Geschwindigkeit zurücknahm, konnte verschiedene Gründe haben. Jedenfalls war es nicht ungewöhnlich. Möglicherweise hatte die hochsensible Anlage etwas geortet, das nicht unbedingt Gefahr signalisieren mußte.

Eine reine Vorsichtsmaßnahme also, an die sich jeder längst gewöhnt hatte. Nach einer Weile würde der Checkmaster wieder neue Beschleunigungswerte durchgeben.

Ren Dhark überzeugte sich durch einen Blick auf die Bildkugel, daß sich nichts verändert hatte. Nach wie vor bewegte sich der Ringraumer trotz mehrfach Überlicht durch das normale Raum-Zeit-Gefüge. Das Abbremsen war nicht zu spüren und hatte auch keinerlei Einfluß auf die bordübliche Gravitation. Auch der Reizstrahl, der über die Bildkugel den Durchblick durch das Intervallum in den Normalraum ermöglichte, blieb konstant.

»Checkmaster meldet geringfügige Kursänderung«, teilte Anja Field mit. Ihre Stimme blieb kühl und sachlich. Es gab immer noch keinen Grund zur Aufregung, wenn der Checkmaster wie ein Autopilot in einem ganz normalen Luftfahrzeug reagierte, obwohl der Vergleich hinkte.

Ren Dhark erhob sich nun doch und kam herüber.

»Er zeigt immer noch Grünwerte an«, sagte er. »Hat er irgendeine Begründung gegeben?«

»Keine, Commander. Nur die übliche Mitteilung.«

Ren Dharks Sinne waren plötzlich gespannt. Das unbegreifliche Innere des Checkmasters handelte niemals spontan, sondern wog immer sorgfältig ab. Demnach befand sich auf ihrer Route etwas, dem die Automatik vorsorglich auswich.

»Wollen Sie Alarmbereitschaft geben?« fragte Vandekamp. »Etwas scheint unseren Kurs zu kreuzen, aber dieses Etwas bleibt unsichtbar und ist auch nicht zu orten. Es könnte eine mehrdimensionale Struktur sein, die der Checkmaster ortet, aber nicht unbedingt als Gefahr einstuft und deshalb nicht anzeigt.«

»Keinen Alarm«, entschied Dhark. »Nur eine Information an die Herren Clifton und Rochard, damit sie bei ihrer Routine nicht einschlafen.«

Über die Bordkommunikationsanlage meldete sich Dhark bei den beiden Feuerleitoffizieren. Dort gab es ebenfalls eine Bildkugel wie in der Zentrale, die alles zum Greifen nah erscheinen ließ.

Die beiden Männer drehten keinesfalls Däumchen. Sie waren hellwach und hatten über ihre Terminals längst alles registriert, was der Checkmaster veranlaßt hatte.

»Es kann sein, daß die Waffensteuerung wieder vollautomatisch aktiviert wird«, gab Dhark durch. »Das nur zu Ihrer Information. Halten Sie sich bereit, falls der Checkmaster entsprechend reagiert, und übernehmen Sie dann persönlich.«

»Verstanden, Commander. Noch zeigen unsere Terminals keine Werte an. Wir haben aber vorhin erlebt, wie schnell das geschehen kann.«

»Aus genau diesem Grund informiere ich Sie. Es besteht die Wahrscheinlichkeit erneuter Strukturerschütterungen.«

Weitere Worte waren überflüssig. Clifton und Rochard warteten mit angespannten Sinnen auf die kleinste Veränderung.

Eine weitere halbe Stunde lang zeigte das Terminal Grünwerte an. Die Geschwindigkeit blieb bei siebzehnhundert Überlicht. Inzwischen war auch die Kursänderung wieder ausgeglichen worden.

Alles schien normal, bis im Grünbereich des Monitors wieder das irisierende Funkeln erschien. Diesmal war es Dan Riker, der einen leisen Fluch ausstieß, als Anja Field die Veränderung meldete.

»Da ist es wieder«, knirschte Dan erbittert. »Dasselbe Funkeln wie vorhin, einer winzigen Sonne ähnlich. Das Ganze geht wie ein unheimlicher Spuk über die Bühne. Transitionspunkte, kleine Strukturerschütterungen, und schon ist alles wieder vorbei. Diesmal scheint es sich allerdings um wesentlich mehr Punkte zu handeln.«

»Das hat der Checkmaster schon lange vorher erkannt«, meinte Dhark nach einem Blick auf den Monitor. »Deshalb hat er auch die Geschwindigkeit herabgesetzt und den Kurs geändert. Ich bin sicher, daß er sich gleich melden wird.«

»Glaubst du immer noch an die Doppelwulstraumer, Ren?«

»Ja. Die Sprungphasen sind typisch. Durch ihre Kurz-Transitionen sind sie schneller als wir. Aber wem sage ich das. Wir sind ihnen ja schon in unangenehmer Weise begegnet.«

Dan Riker nickte, wenig begeistert von der Aussicht, wieder auf die Doppelwulste zu treffen.

»Ja, bei der Time-Sonne. Da haben sie uns wie die Hasen gejagt, indem sie uns durch ihre schnellen Sprünge immer wieder den Weg verlegten. Noch ist aber nicht gesagt, daß sie es unbedingt auf uns abgesehen haben.«

»Stimmt. Sie könnten sich auf der Fluchtroute befinden. Leider ist das durch ihr merkwürdiges Hakenschlagen nicht zu erkennen.«

Noch regte sich niemand über die leichten Erschütterungen auf, die der Checkmaster in unregelmäßigen Abständen meldete. Sie waren noch zu unbedeutend und so gering, daß die Automatik es nicht für erforderlich hielt, besondere Maßnahmen zu ergreifen.

Auch aus den Waffensteuerungen -Ost und -West liefen keine Meldungen ein. Die Geschütze blieben inaktiv.

Auf dem Monitor tanzten weiterhin Funken, die an hin- und herhuschende winzige Elmsfeuer erinnerten. Sie sprühten durcheinander wie ein kleines Feuerwerk, zogen einen dünnen grünlichen Faden hinter sich her und verglühten unmittelbar darauf in der Schwärze.

»Sieht lustig aus«, meinte Riker mit einem gequälten Lächeln. »Leider ist es nicht sehr spaßig. Wir sollten jetzt doch Bereitschaftsalarm durchgeben, denn die höllische Überraschung kann uns ganz schnell bevorstehen.«

»Ja, dann trifft es die anderen wenigstens nicht so unvorbereitet.« Im Schiff heulten keine Sirenen los, die meist nur Panik hervorriefen. Es flackerten lediglich überall ein paar Lämpchen auf, die signalisierten, daß mit einer Störung zu rechnen war.

Dementsprechend ruhig verhielten sich auch die Betroffenen. Niemand regte sich sonderlich auf, und keiner richtete nervöse Anfragen an die Zentrale.

Äußerlich hatte sich nichts geändert, doch jeder bereitete sich darauf vor, daß etwas Unvorhersehbares geschehen könnte.

So war es auch. Plötzlich gab der Checkmaster Alarm.

»Anzeige rot«, teilte Anja Field mit. Keinerlei Aufregung klang in ihrer Stimme mit, als sie auf den Terminalschirm blickte. Dort hatte sich einiges verändert. Die Symbolzeichen der Mysterious blinkten in einem grellen Rot. Ein Uneingeweihter hätte mit den Werten nichts anfangen können. Sie wirkten rätselhaft. Vandekamp blickte ebenfalls auf die Symbole. Sein Gesicht wirkte angespannt, keinesfalls aber besorgt.

»Sprungphasen häufen sich. Strukturerschütterungen nehmen zu. Es scheint sich um einen ganzen Pulk fremder Raumschiffe zu handeln.«

»Dann haben sie uns angemessen«, stellte Ren Dhark fest. »Klarmeldung Waffensteuerung.«

Umgehend lief die Bestätigung ein.

»WS-Ost und -West aktiviert.«

In das Flüstern und Raunen mischte sich jetzt das Geräusch der hochfahrenden Konverter, die einen beträchtlichen Teil Energie an die Feuerleitzentrale lieferten. Das Singen wurde zu einem Rumoren, das die Zellwände des Unitallriesen schwingen ließ. Ungeheure Kapazitäten wurden hochgefahren und aktiviert.

Im Schutz ihres höherdimensionierten Doppel-Intervallums bewegte sich die POINT OF mit Überlicht durch den Raum.

Die zweite Strukturerschütterung war wesentlich stärker und ließ auf eine große Distanz schließen. Sofort erfolgte die nächste.

Alle Blicke waren auf die große Bildkugel gerichtet.

Unterdessen gab der Checkmaster pausenlos Werte durch und maß die Sprungphasen an.

»Noch liegen sie weit vor uns.« Anja Field zeigte auf die irrlichternden Symbole der Masse-Auswertung, die sich sprunghaft veränderten und greller wurden. »Fremdraumer bewegen sich in Richtung des galaktischen Zentrums auf unserer Ebene. Entfernung variabel.«

Urplötzlich erschien ein monströs wirkendes Gebilde in der Bildkugel. Die hochwertige Optik holte es sprunghaft näher heran. Deutlich war der Fremdraumer zu erkennen.

Es war ein Kugelkörper, der von zwei senkrecht zueinander verlaufenden Ringwülsten umgeben war. Ein Wulst umlief die Kugel auf der Äquatorebene, der andere verband die beiden Pole miteinander.

»Ein alter Bekannter«, meinte Dan Riker etwas spöttisch, »obwohl wir kaum etwas über ihn wissen. Was wollen diese Doppelwulste nur von uns?«

Professor Dongen, der die Zentrale aufgesucht hatte, blickte sinnend auf die unheimlich wirkende Kugel.

»Darüber habe ich mir schon oft Gedanken gemacht. Zu einem Ergebnis bin ich noch nicht gekommen. Ich habe das Gefühl, als würde die POINT OF auf irgendeine Weise provokant auf die Doppelwulste wirken. Vermutlich provoziert sie das rein Äußere oder ganz einfach die Tatsache, daß wir uns quasi linear durch das All bewegen, während sie nur springen können, wobei ich das Wörtchen ›nur‹ keinesfalls als abwertend bezeichnen möchte. Diese Technik erweckt offenbar ihre Neugier.«

»Ja, das ist eine Möglichkeit«, gab Dhark zu. »Obwohl ihre Technik überragend ist und nichts zu wünschen übrig läßt. Immerhin sind sie schneller als wir, selbst wenn wir uns mit Maximum bewegen.«

Eine hyperenergetische Stoßwellenfront hatte auf dem Terminal vor Anja Field ein grellrotes Licht zur Folge.

Der letzte Reflex eines entfernten Sterns ließ den Doppelwulstraumer noch einmal schwach aufleuchten.

Und dann, ohne ein Flimmern oder ein schemenhaftes Vergehen, verschwand er plötzlich aus dem Sichtbereich der Bildkugel. Er war einfach weg, als hätte es ihn nie gegeben.

»Doppelwulst hat unser energetisches Potential angemessen.«

Anja Fields Stimme klang immer noch so ruhig wie vorhin.

»Das sieht nach Ärger aus, Ren«, murmelte Riker. »Nicht mehr lange, dann wird der ganze Pulk vor uns auftauchen und uns den Weg verlegen.«

Dhark und auch die anderen spürten deutlich, wie sich das Unheil über ihnen zusammenbraute.

Dhark gab dem Checkmaster Order, die Geschwindigkeit zu drosseln, um im Notfall besser manövrieren zu können.

Im Brennkreis der Ringröhre begann es zu arbeiten. Von der augenblicklich einsetzenden Verzögerung war so wenig zu spüren wie bei einer spontanen Beschleunigung.

Alarmstufe Rot war ausgelöst worden. Jeder Mann war auf seinem Posten und konzentrierte sich mit einer gewissen Gelassenheit auf seine bevorstehende Aufgabe.

Jeden Augenblick konnten weitere Doppelwulste auftauchen und die Lage dramatisch verschärfen.

Unterdessen fuhr die komplizierte Mysterious-Automatik weitere Konverter hoch. Die unter Vollast laufenden Aggregate lieferten fast unbegrenzte Mengen Arbeitsenergie, die in die verschiedenen Abteilungen und Sektoren eingespeist wurde. Mehr als neunzig Prozent wurde den Feuerleitständen zugeteilt. Eine Notreserve konnte jederzeit zugeschaltet werden.

»Ich übergebe an Checkmaster-Automatik«, sagte Ren Dhark leise. »Unter dem Vorbehalt manuellen Eingreifens, falls es erforderlich werden sollte.«

Die Automatik der mysteriösen Erbauer war zwar mehr als tausend Jahre alt, aber so wie sie konnte kein Mensch reagieren. Der Vorbehalt des manuellen Eingreifens war für ihn nur eine Beruhigung. Niemand war in der Lage, so gezielte und blitzschnelle Entscheidungen zu treffen wie der Checkmaster, der Tausende von Möglichkeiten im Bruchteil einer Sekunde abwog und entsprechend handelte. Das war es, was ihn dem Menschen so überlegen machte.

Urplötzlich sprach der Raumcontroller an. In einem Abstand von vier Milliarden Kilometern erfolgten Transitionen.

Neun der Doppelwulste erschienen aus dem Nichts. Von einem Lidschlag zum anderen fielen sie wie dicke schimmernde Tropfen in ein unendlich scheinendes schwarzes Meer.

Ganz automatisch wollte Ren Dhark handeln, doch er mußte die Feststellung machen, daß im Augenblick alle Steuerschalter blockiert waren. Ein pyramidenähnliches Symbol zeigte es an. Ein Zeichen, daß im Innern der Anlage ein komplizierter Prozeß ablief, der nur Werte anzeigte, das Handeln aber selbst übernahm.

Das war immer einer der Momente, in denen allen klar wurde, wie wenig sie im Grunde genommen diese grandiose Technik beherrschten. Nach wie vor informierte der Checkmaster aber über jede Maßnahme der Gedankensteuerung. Auf dem Terminal wechselten Symbole und Begriffe jetzt so schnell, daß Anja Field und Vandekamp Mühe hatten, sie abzulesen.

Der Sternensog erlosch abrupt. Sle kam und bremste die Ringröhre mit unglaublichen Werten ab.

»Schiff liegt im starken Ortungsstrahl der Fremden«, meldete die Chef-Mathematikerin.

Normalerweise war das bei dem doppelten Intervallum, das den Ringraumer umgab, nicht möglich, denn das Schiff bewegte sich in einem künstlichen Miniweltraum. Sie hatten aber die Erfahrung gemacht, daß es den Doppelwulstraumern doch gelang, sie selbst bei höchster Geschwindigkeit punktgenau zu orten. Das hieß, daß sie auch gleichzeitig ihre Geschütze genau ausgerichtet hatten.

Die Bildkugel war auf maximale Erfassung geschaltet. Dort stob der Pulk aus neun Doppelwulsten jetzt auseinander. Deltaförmig, wie bei einem umgekehrten Zangenangriff.

»Sie werden vermutlich....«

Vandekamp sprach den Satz nicht mehr zu Ende.

Weit voraus blitzte es grünlich auf. Ein Lichtfinger zeigte wie mahnend durch die Schwärze. Es sah aus wie der kurze Gruß aus einem monströsen Scheinwerfer, war aber alles andere als das.

»Treffer«, meldete eine der WS.

Das Wummern der Konverter steigerte sich, als der Energiestrahl am doppelten Intervallum des Ringraumers wie in einer Kaskade zersprühte.

Noch hatte die Automatik den Treffer hingenommen, da die maximale Belastung unter 20 Prozent lag. Mühelos war der erste Treffer absorbiert worden.

»Ost und West«, sagte Ren Dhark. »Klar bei Nadelstrahl.« Die Worte hingen noch im Raum, da hatte das Bewußtsein der M-Intelligenz längst gehandelt.

Zwei rosafarbene, überlichtschnelle Energiestrahlen, die bei Dauerpunktbeschuß die meisten der bekannten Feldschirme zum Zusammenbruch zwangen, rasten durch den Raum. Infolge ihrer hohen Geschwindigkeit waren sie nur an den Abstrahlantennen für einen Sekundenbruchteil sichtbar.

Sie verschwanden im Nichts, denn wo sich eben noch der Pulk der Doppelwulste zusammengedrängt hatte - war nichts mehr. Nur noch die gähnende Schwärze der Ewigkeit.

Ralf Larsen stieß einen leisen Fluch aus.

»Das macht sie so unberechenbar. Sie hüpfen wie Heuschrecken durcheinander und verschwinden schlagartig.«

»Ja, man weiß nie, wohin sie springen«, gab Riker ihm recht. »Jedenfalls haben sie uns beim nächsten Angriff genau im Visier. Der eine Wulstraumer hat sich sozusagen probeweise auf uns eingeschossen und den anderen den Weg gewiesen. Sie werden beim nächsten Sprung im Salventakt feuern. Dann kommt der Hieb mit zermürbender Urgewalt.«

»Sle wechselt auf Sternensog«, kam die Meldung.

Unvermittelt jagte die POINT OF mit wahnwitziger Beschleunigung davon. Gleichzeitig begann der Automat einen irrsinnigen Zickzackkurs zu steuern, der bei dem Tempo allen physikalischen Gesetzen

Hohn sprach.

»Checkmaster hat Überlegenheit erkannt und vermeidet weitere Konfrontation«, kam die zweite Meldung.

»Das heißt, er handelt absolut logisch und setzt sich ab«, murmelte Dan Riker. »Möchte wissen, was in dem Gehirn, oder wie man das Ding nennen will, jetzt wohl abläuft.«

Ren Dhark behielt die Bildkugel fest im Blickfeld. Vor ihm leuchtete immer noch das M-Symbol und zeigte an, daß der Automat allein agierte und handelte, ohne auf Befehle zu warten, die sowieso viel zu spät kommen würden.

»Ein Prozeß, der unser Überleben garantieren soll«, erwiderte Ren Dhark. »Aber begriffen habe ich ihn trotzdem nicht. Ich weiß nur, daß er den Ortungsstrahlen und damit unserer Vernichtung ausweicht.«

»Taktischer Rückzug nennt man das. Er hat vermutlich alles über die Doppelwulste nach dem ersten Angriff gespeichert und kann ihre Feuerkraft genau einordnen.«

»Genauso sehe ich das auch.«

Sie warteten. Es gab keinen Zweifel, daß die Fremdraumer wieder auftauchen würden. Der Automat hatte ihnen nur vorübergehend ein »Schnippchen« geschlagen.

Welche Intelligenzen mochten in diesen Raumern agieren? überlegte Ren Dhark. Und weshalb stürzten sie sich mit einer derartigen Verbissenheit auf den Ringraumer und wollten ihn unter allen Umständen vernichten? Ob das noch mit den Mysterious zusammenhing? Möglicherweise war da noch so etwas wie eine alte Rechnung zu begleichen. Vielleicht hatten sie gegen die Fremdrasse einmal Krieg geführt.

Wie konnte man diesen Intelligenzen eine Art Goodwill beweisen? Er sah nicht ein, daß sie sich jedesmal bis aufs Blut bekämpften. Doch offenbar dachten die Fremden überhaupt nicht daran, auch nur die Andeutung einer Verständigung herbeizuführen.

»Bei dir scheint auch ein komplizierter Prozeß abzulaufen«, unterbrach Riker die Gedanken seines Freundes.

»Ja, denn ich frage mich immer wieder, weshalb sie keinen Versuch unternehmen, mit uns in Kontakt zu treten. Sobald sie uns orten, sind wir für sie ein Feind, der mit aller Gewalt bekämpft werden muß.

Dabei scheuen sie auch keine eigenen Verluste. Für logisch denkende Wesen ist das doch nicht normal. Deshalb kam ich zu der Überlegung, daß sie früher vermutlich mit den Mysterious zusammengestoßen sind oder sogar Krieg gegen diese geführt haben.«

»Eine Möglichkeit, die nicht von der Hand zu weisen ist«, meinte Riker bedächtig. »Nur ist die Zeitspanne etwas lang. Immerhin ist unser gutes Stück rund tausend Jahre alt. In deiner Überlegung scheint offenbar ein Fehler zu stecken. Oder diese Unbekannten sind sehr nachtragend, wenn sie ihre Rachegedanken tausend Jahre aufrecht erhalten. Wir haben übrigens auch nichts unternommen, um die anderen zu kontakten.«

»Wie denn? Sobald sie uns orten, greift der Checkmaster ein, unterbricht die manuelle Steuerung und verdammt uns zum hilflosen Zuschauen. Wir haben bei der letzten Begegnung zwar den ersten Schuß abgegeben, aber erst, nachdem der Checkmaster feststellte, daß wir bereits so gut wie unter Beschuß der Fremden lagen.«

Während ihres kurzen Gespräches ließ niemand die Bildkugel aus den Augen. Das Hologramm zeigte nichts als Schwärze und das entfernte Flimmern winziger Sonnen.

Es sah so aus, als hätten die Doppelwulste die Verfolgung vorerst eingestellt. Doch darauf wollte Ren Dhark sich nicht verlassen. Sie waren zu unberechenbar. Es konnte aber auch sein, daß ihre Ortungsstrahlen nach der wilden Zickzackfahrt ins Leere griffen.

»Ich werde mal das Sub-Terminal des Checkmaster nach den Doppelwulsten abfragen«, sagte Dan Riker.

Er ging zu dem kleinen Eingabeterminal.

Als er nach ein paar Minuten wieder zurückkehrte, zuckte er mit den Schultern und sah enttäuscht aus.

»Wie ich befürchtet habe – so gut wie nichts. Der Checkmaster hat offenbar weder Zeit noch Lust, um derart banale Fragen zu beantworten. Er hat das Terminal gesperrt und gab lediglich eine bescheidene Auskunft über das Verhalten der Fremden.«

»Was teilte er mit?«

»Bei einer Kampfunfähigkeit von neunzig Prozent setzt ein Selbstvernichtungsprozeß ein, der die Doppelwulste auflöst und in amorphen Staub verwandelt. Überreste gibt es nicht.«

»Das sind ja ganz umwerfende Neuigkeiten«, meinte Dhark ironisch. »Als ob wir das nicht längst wüßten. Wir haben ja ein Flash-Kommando an Bord geschickt und alles hautnah erlebt, als sie uns das letzte Mal angriffen. Also nichts Neues.«

»Nein. Nur, daß der Checkmaster den größten Teil seiner Kapazität auf unseren augenblicklichen Kurs verwendet, um einer weiteren Konfrontation zu entgehen.«

Welche Berechnungen dazu erforderlich waren, konnte Dhark sich nur annähernd vorstellen. An ein völliges Begreifen war nicht zu denken. »Es scheint, als hätten wir sie abgehängt«, meinte er nach einer Weile, als nichts geschah.

Aber das schien nur so. Die fremde Spezies hatte noch längst nicht aufgegeben.

Obwohl jeder darauf gefaßt war, kam der Alarm urplötzlich. Sämtliche Warnkontrollen des Checkmasters leuchteten grell auf.

Die flüsternde Geräuschkulisse wurde durch ein brüllendes Ungeheuer überlagert, das spontan seine Kräfte entfesselte und alles aktivierte, was die Mysterious-Technik in sich barg.

Konverter, Speicherbänke und Aggregate wurden urplötzlich auf Maximum hochgefahren, noch bevor sich in der Bildkugel etwas zeigte.

Neun Doppelwulste kamen nach einer gewaltigen Strukturerschütterung aus dem Hyperraum und nahmen die POINT OF auf drei verschiedenen Kursen in die Zange.

In den WS-Ost und -West waren die beiden Feuerleitoffiziere Jean Rochard und Bud Clifton wieder einmal zum hilflosen Nichtstun verdammt und erwarteten das Eröffnungsfeuer der Doppelwulste.

Meist griff die Automatik nicht ein, doch diesmal lag etwas vor, das kompliziertes Handeln erforderte, und das erledigte der Checkmaster im Alleingang, wie die beiden Offiziere zähneknirschend feststellten.

Einerseits konnte kein menschliches Individuum mit der Schnelligkeit der Mysterious-Technik handeln oder denken. Zum anderen hatten die beiden Männer bewiesen, daß sie hervorragend mit den Geschützen umgehen und sich auf extreme Situationen einstellen konnten. So mischte sich eine gewisse Dankbarkeit mit leicht unterdrücktem Ärger, als sie in die Marionettenrolle gedrängt wurden.

Als Trost blieb ihnen nur, daß es den anderen ebenso erging.

Weitere Überlegungen konnten sie nicht anstellen, denn jetzt brach schlagartig die Hölle los.

Die ersten Strahlbahnen rasten heran und zersprühten wiederum am Intervallfeld, dessen Energiekapazität laufend verstärkt wurde.

Gleichzeitig mit dem Einsetzen des Beschusses wehrte sich die POINT OF mit Dust- und Nadelstrahl.

Gleißende Lichtbahnen schossen durch die Schwärze. Kaskadenartig blitzte es bei zwei Doppelwulstraumern auf, die sekundenlang in undefinierbare Helligkeit getaucht wurden.

Ren Dharks Blick wechselte zwischen der Bildkugel und seinem Instrumentenpult.

Immer wieder war er versucht einzugreifen, mußte sich aber eingestehen, daß der Checkmaster schon handelte, noch bevor er einen Gedanken fassen konnte.

Kaum hatte die POINT OF mehrfache Lichtgeschwindigkeit erreicht, wurde der Vorgang umgekehrt. Mit materialerschütternden Werten bremste der Ringraumer ab und beschrieb eine Millionen Kilometer umfassende, riesige Halbkreisbahn.

In der halbmeterdicken Unitallzelle begann es zu wummern, als die Geschütze wieder feuerten.

»Vier Treffer« stellte Ralf Larsen in unerschütterlicher Ruhe fest.

Noch hielt der künstliche Miniweltraum den Strahlenbahnen stand. »Belastung bei vierzig Prozent.«

Drei der Doppelwulste verschwanden aus dem Blickfeld, wanderten nach Backbord aus und transistierten, um sich Lichtminuten weiter dem Ringraumer erneut in den Weg zu legen.

Im Grünsektor begann es laut zu rumoren. Drei Nadelstrahler feuerten im Salventakt und mit fast voller Kapazität auf einen der Doppelwulste. Und als ob diese ungeheure Energiemenge nicht ausreichen würde, schickte der Duststrahler vier lange, intensiv olivgrün leuchtende Bahnen hinüber.

Weiter drüben glühte der Schutzschirm blaßrosa auf, wurde größer und größer und erlosch übergangslos.

Ein häßliches schwarzgraues Gebilde kam zum Vorschein. In der Schiffszelle entstand ein hundert Meter langer Riß, als sich der Doppelwulst wie eine Konservendose öffnete. Einer der Wulste neigte sich vom Äquator ins Bodenlose.

Mit dem verheerenden Treffer verschwanden wie ein Spuk die anderen Raumer, als seien sie im Glutorkan der Strahler pulverisiert worden.

»Feuer einstellen«, brüllte Ren Dhark durch das nervtötende Toben der Konverter. »Nicht mehr schießen. Jetzt haben wir erneut die Gelegenheit, einen...«

»Er reagiert nicht, verdammt«, rief Larsen, womit er den Checkmaster meinte. »Dieses Ding macht, was es will.«

Aus der Antenne zuckte ein einzelner, lang anhaltender Duststrahl.

Dort, wo eben noch das Gebilde einer artenfremden Technik hilflos im Raum hing, begann es aufglutend zu wabern, als der atomare Zerstörungsprozeß einsetzte.

Eine zartgrüne Wolke, von rosa Strahlenkoronen begleitet, begann sich auszubreiten. Lautlos verging der Doppelwulstraumer im atomaren Orkan, ohne sein Geheimnis preiszugeben.

Der Rest war eine auseinandertreibende Lichtwolke, die mehr und mehr verblaßte, bis sie achteraus in der Schwärze verschwand.

»War das unbedingt erforderlich?« fragte Dhark in scharfem Ton. »Der Raumer war mittlerweile kampfunfähig. Weshalb wurde er vernichtet?«

»Auf die Antwort bin ich auch gespannt«, meldete sich Vandekamp. »Die Handlung erschien mir absolut unlogisch. Aber wir dürfen wohl nicht erwarten, daß die Mysterious unsere Logik nachvollziehen.«

»In vielen Punkten jedenfalls nicht«, gab Dhark zu. »Es hat den Anschein, als würde der Checkmaster etwas vor uns verbergen, das für immer sein Geheimnis bleiben soll.«

Auf eine Antwort warteten sie vergebens. Eine logische Handlung, in diesem Fall die Vernichtung eines Gegners, mußte nach Ansicht des Checkmasters nicht erst umständlich begründet werden.

»Wiederhole Anfrage an Checkmaster«, sagte Dhark.

Die Antwort kam in einem neuerlichen Rumoren der Zellwand, als der Brennkreis umgepolt wurde.

Sternensog.

Mit atemberaubenden Werten jagte der Raumer davon. Diesmal beschrieb er keinen Bogen.

»Wir fliegen linear auf das Zentrum der Galaxis zu«, stellte Field fest. »Keine Transitionsanmessungen...«

Immer noch hielt der Checkmaster das Schiff in Atem. Weitere Energien wurden bereitgestellt. Alles war in höchster Alarmbereitschaft.

Dhark schloß daraus, daß die Raumer wieder auftauchen würden.

Sie handelten selbstmörderisch. Es schien ihnen auch nicht darauf anzukommen, daß sie Verluste einstecken mußten. Insgeheim verglich er die fremden Intelligenzen mit den früheren Kamikaze, die genauso selbstzerstörerisch gehandelt hatten.

Er beugte sich vor und betrachtete das Symbol, das immer noch die manuelle Steuerung blockierte.

Die POINT OF wurde noch weiter beschleunigt.

Dann waren sie wieder da! Acht Punkte erschienen so schnell, daß das Auge kaum folgen konnte.

Der Pulk hatte sich diesmal formiert und stand scheinbar bewegungslos weit voraus.

Der Ringraumer raste auf ein Strahlengewitter zu. Es war so hell, daß die hochwertige Holo-Optik zurückblendete und das wilde Gleißen mäßigte.

Am doppelten Intervallum tobten energetische Entladungen von einer Stärke, die das Schlimmste befürchten ließen.

»Intervallbelastung knapp sechzig Prozent.«

Diesmal meldete es Tino Grappa, in dessen Stimme ein besorgter Unterton mitschwang. »Steigt langsam konstant an«, fügte er nach ein paar Sekunden hinzu.

Die M-Technik wehrte sich diesmal nur kurz, aber sehr konzentriert. Augenblicklich wurden Werte hochgefahren, die bis an die absolute Belastbarkeit reichten.

Mehrmals, regelrecht Haken schlagend, verschwand der Raumer aus der extremen Zone und ließ den Pulk auf Backbord zurück. Gigantische Lichtfinger tasteten nach ihm, und das Intervallum leuchtete noch ein paarmal grell auf.

Tino Grappa fuhr sich mit der Hand über die Stirn.

»Das war höllisch knapp«, murmelte er. »Fast hätten wir das Maximum an Belastbarkeit erreicht. Wann geben diese Burschen endlich auf?«

»Die ›Burschen‹ haben gute Aussicht auf Erfolg«, meinte Larsen. »Ihre Überlegenheit ist zu groß, als daß sie einfach aufgeben werden. Es müßte schon ein Wunder geschehen, wenn sie uns nicht gleich wieder den Weg verlegen.«

Als die Raumer wieder ihr übliches Spiel trieben und erneut in die Transition gingen, begann in der Zentrale das große Rätselraten.

Wie erwartet tauchten sie wieder auf. Aber jetzt waren es nur noch drei, während die restlichen fünf verschwunden blieben.

»Was mag das zu bedeuten haben?« fragte Professor Dongen wie im Selbstgespräch. »Die haben doch nicht einfach aufgegeben. Das sähe ihnen gar nicht ähnlich.«

Tatsächlich tauchten auch die anderen fünf Doppelwulste wieder auf.

Diesmal lagen sie aber so weit zurück, daß der Eindruck entstand, sie hätten das höllische Spiel aufgegeben oder die Lust daran verloren. Zwei Leuchtfinger zuckten noch einmal durch die Schwärze, ehe das Feuer auf den Doppelwulsten eingestellt wurde.

Inzwischen beschleunigte die POINT OF weiter und raste auf das Zentrum der Milchstraße zu.

»Wirklich sehr seltsam«, meinte Larsen nach einem intensiven Blick auf die Bildkugel. »Sie geben tatsächlich auf, obwohl sie immer noch gute Aussichten haben, uns zu erledigen. Was mag sie dazu bewogen haben?«

Niemand kannte eine vernünftige Erklärung für das Verhalten der Fremd-Intelligenzen.

Ren Dhark zoomte die weit achteraus stehenden Objekte auf die Bildkugel, wo sie klar und plastisch zu erkennen waren, obwohl sich die Distanz mit jeder Sekunde gewaltig vergrößerte.

Vandekamp hatte seinen Platz neben Anja Field verlassen und blickte auf die Doppelwulste.

Gerade als er etwas sagen wollte, erlosch auf dem Terminal das

Symbol mit der Ähnlichkeit einer kopfstehenden Pyramide.

Automatik aufgehoben, drang es in Ren Dharks Gedanken. *Zur Zeit besteht kein Grund für erhöhte Alarmbereitschaft.*

»Der Checkmaster hat die Blockierung freigegeben«, teilte er den anderen mit.

Das Rumoren wurde leiser, als die Höchstwerte heruntergefahren wurden. Nur das bekannte Flüstern und Raunen war nach ein paar Sekunden noch zu hören.

Fast jeder blickte jetzt auf die Doppelwulste, die keinerlei feindliche Handlungen mehr unternahmen und auch keine neuen Transitionen einleiteten.

»Man kann nur Vermutungen anstellen oder spekulieren«, sagte Vandekamp nachdenklich. »Wir bewegen uns mit Extremwerten auf das galaktische Zentrum zu. Je weiter wir uns nähern, desto zögerlicher verhalten sich die Raumer. Jetzt geben sie die Verfolgung endgültig auf. Das erweckt in mir den Eindruck, als fürchteten sie etwas, das noch weit vor uns liegt.«

»So scheint es«, gab Dongen zu. »Ich vermute, daß es mit den verheerenden Strahlenstürmen zusammenhängt.«

»Oder mit der Fluchtroute«, warf Tino Grappa lässig ein. »Sie haben ganz einfach Angst vor dem, was dort lauert.«

In dem Augenblick maß der Checkmaster eine leichte Strukturerschütterung an. Sie war so unbedeutend, daß sie kaum registriert wurde.

Von der Bildkugel verschwanden die Raumer wie weggewischt. Nur totale Finsternis gähnte dort noch. Alle acht Raumer hatten sich auf den Rückzug begeben, wie die Stoßwellenwerte bewiesen.

»Damit kann es natürlich auch zusammenhängen«, griff Vandekamp den Faden wieder auf. »Diese imaginäre Linie scheint sie abzuschrekken. Sie haben sich selbst eine Grenze gesetzt, die sie, aus welchen Gründen auch immer, nicht überschreiten, denn von dort scheint ihnen eine Gefahr zu drohen, die uns noch unbekannt ist.«

»Sie meinen damit sicher die Strahlenstürme«, sagte Grappa.

»Nicht unbedingt, obwohl es damit zusammenhängen kann. Es können auch Feinde sein, die sich auf der Fluchtroute befinden und denen die Doppelwulste nicht begegnen möchten. Ich spreche von weit überlegenen Feinden. Beide Möglichkeiten könnten zutreffen.«

Seit den beiden letzten Jahren drehte sich alles um diese gedachte Linie, der zahlreiche große Raumflotten gefolgt waren und immer noch folgten.

Es war wie eine galaktische Völkerwanderung von nie gekannten Ausmaßen. Ganze Rassen waren unterwegs, um der Strahlenhölle zu entgehen.

»Übernehmen Sie für eine halbe Stunde, Larsen«, sagte Ren Dhark. »Wir behalten die Geschwindigkeit bei. Ich werde einmal nach Tyler sehen. Bin bald wieder zurück.«

»In Ordnung, Commander.«

Tyler saß auf seiner Liege und starrte Dhark mit großen Augen an. Er machte einen verstörten Eindruck und neigte immer wieder den Kopf zur Seite, als würde er lauschen. Aber Dhark hatte das Gefühl, als würde der Junge ihn trotz seiner aufgerissenen Augen gar nicht wahrnehmen.

»Wie ist sein Zustand?« fragte er.

Anonga zuckte ratlos mit den Schultern. Rani Atawas Geste war ebenfalls Ausdruck der Hilflosigkeit.

»Er hat Visionen«, sagte Anonga seufzend. »Er kann sie nur nicht definieren. Aber es hängt wieder mit Pia und Edgar zusammen. Vorhin hat er behauptet, er würde Botschaften empfangen.«

»Bei seinen mentalen Kräften ist das durchaus möglich. Und seine Visionen sind fast wie ein Blick in die Zukunft.«

Er unterbrach sich, als Tyler sich vorbeugte. Seine Augen wurden noch größer, der Blick starr und ausdruckslos.

»Oh ja, ich höre euch«, murmelte er leise. »Aber ich kann euch nicht verstehen.«

»Wen hörst du denn?« fragte Dhark leise, obwohl er die Antwort längst zu kennen glaubte.

Der Robonenjunge kehrte übergangslos aus einer Welt zurück, die nur er begriff und die für die anderen abstrakt blieb.

»Ich weiß nicht, was mit mir los ist«, sagte er erstaunt, wobei er Dhark ruhig in die Augen sah. »Eben riefen sie noch, aber als du kamst, verstummten sie plötzlich.«

Er stützte den Kopf in die Hände und blickte zu Boden.

Dhark sah, daß die energetische Barriere verschwunden war. Aber er sagte nichts. Anonga und Rani Atawa würden schon ihre Gründe haben, wenn sie Tyler aus seinem Gefängnis befreiten.

Die anderen Crewmitglieder würden davon nicht begeistert sein, denn nur auf ihren Druck hin hatte Dhark nachgegeben und den Jungen in Sicherheitsverwahrung genommen, damit er keinen Schaden anrichtete.

»Ich muß immer daran denken, ob ich will oder nicht«, fuhr Tyler mit nervöser Stimme fort. »Es ist eine Angst, die in meinem Gehirn bohrt und Schmerzen verursacht. Dann rufen sie wieder, manchmal ganz intensiv, manchmal drängend, aber kaum hörbar. Was soll ich nur tun?«

Die Hilflosigkeit des Jungen rührte Dhark. Er wußte, daß Ängste in ihm hochkrochen. Er fürchtete die Stimmen, die er zu hören glaubte. Er versuchte ihnen zu entkommen. Gleichzeitig sehnte er sie aber auch herbei. Er befand sich in einem Zwiespalt, dem er nicht entrinnen konnte.

»Weißt du, wo wir uns befinden?« fragte Dhark, um von dem Thema abzulenken. Er konnte Tyler einfach keinen Rat geben.

Das Wechselspiel in Tylers Mimik erschreckte ihn mitunter. Es kam oft ganz überraschend. Dann sah der Junge zum Fürchten aus. Jetzt war sein Gesicht wieder ausdruckslos, nur in seinen Augen lag Unruhe.

»Wir befinden uns vor dem Zentrum. Vor der Schale, wo die Schwarzen Löcher sind. Von dort, oder vielmehr, dahinter höre ich auch die Schreie. Sie kommen aus der Unendlichkeit. Ich kann nichts erkennen. Alles ist dort ganz anders. Ich weiß nur, daß dort etwas Fürchterliches lauert, das niemand beschreiben kann.«

»Das hat er schon ein paarmal behauptet«, versicherte Anonga. »Er kann es nur nicht definieren. Er ist inzwischen aber sehr ruhig geworden. Aus diesem Grund haben wir auch das Feld vorübergehend abgeschaltet.«

»Wenn Sie es verantworten können, ist es mir recht. Unterrichten Sie mich aber bitte laufend über seinen Zustand.«

»Selbstverständlich. Ich werde mich...«

Die Bordsprechanlage unterbrach Anonga.

»Commander, bitte zur Zentrale. Dringend.«

Es war Ralf Larsens Stimme, aus der Ren Dhark echte Besorgnis herauszuhören glaubte.

Er nickte Tyler noch einmal aufmunternd zu und begab sich in die Zentrale. Auf dem Weg dorthin beschlich ihn ein ungutes Gefühl.

Zwei Dinge fielen Dhark auf, als das Schott hinter ihm zuglitt, noch bevor jemand etwas sagte.

Das erste war die Bildkugel, die ein entferntes Szenario Schwarzer Löcher zeigte, die sich in der Form einer riesigen Schale um das Zentrum der Galaxis ballten. Der Anblick war atemberaubend schön und doch grausig zugleich.

Das zweite waren die ratlosen Gesichter von Vandekamp, Dongen und einigen anderen. Auch Hertog schien überrascht zu sein.

Gleichzeitig registrierte Dhark die erstaunliche Tatsache, daß die vielhundertfache Lichtgeschwindigkeit rapide abnahm.

Noch bevor er eine Frage stellen konnte, sah er auf dem Checkmaster-Monitor, daß die Überlichtfahrt unterbrochen wurde.

Der Sternensog schaltete ab. Gleichzeitig erlosch das doppelte Intervallum, das die POINT OF in ihre übergeordnete Dimension hüllte.

»Wer hat das befohlen?« fragte Dhark.

»Niemand«, sagte Larsen. Seine Stimme klang krächzend. »Es geschah von einem Augenblick zum anderen.«

»Wir sind doch auf Manuellsteuerung«, wunderte sich Dhark. »Die Automatik hat nicht übernommen.«

»Nein, hat sie nicht. Dennoch wurde der Sternensog abgeschaltet.«

Ohne das schützende Intervallum flog die POINT OF mit Sle weiter auf die schalenförmige Anordnung Schwarzer Löcher zu.

Dhark blickte zu den Experten hinüber, als erwarte er von ihnen eine spontane Erklärung.

Vandekamp blickte hilflos auf den Monitor. »Ich habe im Augenblick keine Erklärung«, sagte er. »Die Automatik scheint vorübergehend eingegriffen zu haben.«

»Es gibt keinerlei Symbole, die das anzeigen.«

Bevor noch weiter diskutiert wurde, gab Dhark dem Checkmaster den Befehl, wieder auf Sternensog zu gehen, wobei das Doppel-Intervallum automatisch aktiviert wurde.

Der Befehl wurde nicht ausgeführt. Irgend etwas weigerte sich, den mentalen Impuls zu befolgen.

Er versuchte es noch einmal – mit dem gleichen negativen Ergebnis.

»Die erste wahrhaftige Panne«, meinte Larsen, der auf das Terminal blickte. »Aber die Bestätigung leuchtet doch auf. Ein Zeichen, daß der Befehl ausgeführt wurde.«

Dhark wollte das gerade bestätigen, als das Warnsymbol nach dem zweiten Versuch aufleuchtete.

Sternensog kann nicht geschaltet werden, empfing er gleichzeitig von dem Checkmaster.

»Liegt ein Defekt vor?« fragte Ren Dhark laut.

Sehr lange dauerte es, bis die Antwort erfolgte. Mindestens zwei Minuten vergingen, bis Dhark den Impuls vernahm.

Kein Defekt. Sternensog kann nicht aktiviert werden.

Das war alles. Mehr wurde nicht mitgeteilt. Auch bei weiteren Anfragen wiederholte sich die stereotype Meldung immer wieder.

Pal Hertog räusperte sich dezent hinter vorgehaltener Hand. Man sah dem Physiker seine Ratlosigkeit an.

»Ich schlage vor, daß wir Miß Field zu Rate ziehen. Sie ist neben dem Kollegen Vandekamp wohl die einzige an Bord, die sich auf Intervallfelder und die daraus resultierenden Formeln spezialisiert hat. Ich gebe zu, daß ich im Augenblick überfragt bin. Dieses Problem ist nicht so aus dem Handgelenk zu lösen. Dazu bedarf es sehr komplizierter Berechnungen.«

»Ein guter Gedanke«, lobte Dhark. »Ich lasse sie holen.«

Zwei Minuten später erschien Anja Field von der Freiwache. Sie hatte mittlerweile gemerkt, daß von Sternensog auf Sle geschaltet worden war. Nur der Grund war ihr noch unbekannt.

Sie gab sich so unbekümmert, daß fast jeder unbewußt und erleichtert aufatmete. Die eben noch bedrückende Atmosphäre lockerte sich und wurde entspannter.

Dhark erklärte ihr kurz die Lage und bat sie, vor dem Terminal Platz zu nehmen. Hertog, Vandekamp und Dongen unterstützten sie nach besten Kräften am Terminal. Minutenlang fiel kein Wort. Berechnungen wurden angestellt, der Checkmaster immer wieder gefordert, bis die Köpfe rauchten.

Anja Field blickte hoch, schüttelte einmal unmerklich den Kopf und sah dann auf die Bildkugel.

Das Bild war so phantastisch, daß sie kaum den Blick davon lösen konnte.

In respektvoller Entfernung funkelte etwas in gleißender Pracht, das bedrückend und geheimnisvoll wirkte. Dort befand sich das Zentrum der Galaxis. Absolut fremd und unwirklich aussehend, rief es unmerkliches Entsetzen hervor, wobei jedem Betrachter unwillkürlich ein Schauer über den Rücken rann.

Schalenförmig ballten sich die unerforschten und geheimnisvollen Schwarzen Löcher darum. Was dahinter lag, entzog sich jeder Vorstellungskraft. Es ließ sich nicht einmal erahnen.

Jeder spürte nur, daß dort alles anders war, daß irdische Gesetze ihre Gültigkeit verloren und das normale Raum-Zeit-Gefüge seine Existenz einzubüßen schien.

Anjas Blick verlor sich in dem grauenhaft und schaurig-schönen Szenario, als sei sie in Trance verfallen.

Dieses unbegreifliche Etwas, eine Zone, die noch von keinem Terraner durchquert worden war, ließ sie erschauern.

Ren Dhark ließ sie gewähren, denn auch die Blicke der anderen kehrten immer wieder zu dieser gigantischen Schale der Schwerkraft-Moloche zurück. Hier überlagerten sich Gravitationszonen, die unvorstellbare Raum-Veränderungen hervorrufen mußten.

Einige der Black Holes lagen nicht genau in der titanenhaften Schale und waren mehr nach außen versetzt. An Backbord weit voraus hing ein Moloch im Nichts, der stumm herüberdrohte und ein schreckliches Gravitationszentrum aufwies, ein Gebilde, das alles gierig fraß und verschlang, was in seine Anziehung geriet.

Das ganze Raum-Zeit-Gefüge ist anders, dachte Anja, den Blick von den Black Holes lösend.

»Bedrückend, nicht wahr?« fragte Dongen. »Es sprengt jede Vorstellungskraft, auch wenn man noch soviel Phantasie aufbietet.«

»Ja, es ist atemberaubend,« gab die Chef-Mathematikerin beeindruckt zu. »Der bloße Anblick läßt einen ehrfürchtig erschauern. Wir haben noch eine Menge zu lernen, um das hier annähernd zu begreifen.«

»Sie sprechen mir aus der Seele. Aber, was unser Problem angeht, sind wir der Lösung leider nicht nähergekommen. Wir wissen nur, daß hier etwas mit dem Raum-Zeit-Gefüge passiert, das sich vermutlich in einer höher geordneten Dimension abspielt. Nur kennen wir die Gesetzmäßigkeit leider nicht. Wir haben schon genug Mühe, um die Funktionsweise eines Intervallfeldes zu begreifen. Das ist etwa so«, versuchte Dongen zu scherzen, »als sollte ein Schüler der ersten Klasse ein Problem der Differentialgeometrie lösen, obwohl er gerade bis zehn zählen kann.«

Anja Field gab über das Terminal Daten an das Bordgehirn ein. Das Rätselraten ging weiter, denn der Checkmaster stand selbst vor einer Aufgabe, an der er schlicht versagte. Immer wieder forderte er neue Daten, weil die Eingabe unvollständig blieb.

Inzwischen startete Ren Dhark seinen dritten Versuch. Als der ebenfalls ergebnislos blieb, übergab er probeweise an die Automatik.

Dabei stellte sich heraus, daß es keinen Unterschied gab. Mit Sle flog die POINT OF weiter, ohne Doppel-Intervallum und damit durch unvorhergesehene Zwischenfälle leicht verletzlich.

Anja Field las inzwischen ein paar Eingaben ab und überprüfte sie. »Bis zu dieser Koordinate funktionierten Sternensog und Intervallum«, erläuterte sie. »Und zwar ohne irgendwelche Störungen. Ab dieser Koordinate trat dann eine Veränderung ein, die wir nicht kennen. Offenbar haben wir hier eine unsichtbare Grenze überschritten, wo gewisse Funktionen außer Kraft gesetzt werden.«

»Dem schließe ich mich an«, sagte Vandekamp nickend. »Ein äußerer Faktor kann für das Versagen des Sternensogs verantwortlich sein. Das ließe sich mit einigem Zeitverlust herausfinden. Wir könnten dann feststellen, ob die Annahme stimmt, was uns dem eigentlichen Problem jedoch nicht näher bringt.«

Ren Dhark sah aufmerksam zu den Wissenschaftlern hinüber.

»Sie wollen damit sagen, daß wir einen Hundertachtzig-Grad-Schwenk vollziehen und wieder die Koordinate anfliegen sollen, wo der Sternensog plötzlich erlosch?«

»Genau das meine ich. Miß Field hat den Punkt genau festgelegt. Es wäre also nur eine Zeitfrage, um das festzustellen.«

»Demnach hat sich im Raumgefüge etwas einschneidend verändert«, meinte Dongen. »Wenn wir es nicht versuchen, werden wir aus eigener Kraft nicht in der Lage sein, den Flug ins Zentrum fortzusetzen. Es sei denn, wir hätten ein paar Jahrzehnte Zeit.«

Ren Dhark hatte sich schnell entschlossen, auf den Vorschlag einzugehen.

Es war in jedem Fall ein Versuch, der einiges versprach.

Mit Unterlichtfahrt beschrieb der Ringraumer einen Bogen, bis in der Bildkugel die Sternenleichen auswanderten und die gleißende Helligkeit des Zentrums abnahm.

Alle warteten gespannt auf das Ergebnis, das sich in ein bis zwei Stunden abzeichnen würde.

»Wenn es sich herausstellt, daß Sternensog wieder funktioniert«, sagte Vandekamp, »sind wir immer noch mit dem Problem konfrontiert. Uns bleibt keine andere Wahl, als wieder auf den alten Kurs zu gehen, wo sich das Debakel wiederholen kann.«

Anja Field nickte bestätigend.

»Wir haben dann aber die Gewißheit, daß ab der Koordinate eine Veränderung eintritt. Das Problem müssen wir später lösen, wobei die Lösung sehr aufwendig sein dürfte.«

Ren Dhark blickte auf den Koordinationspunkt auf dem Terminal, den Anja Field fixiert hatte. Dort leuchtete jetzt ein kleiner grüner Strich, der sich über den ganzen Monitor zog.

Rasch näherte sich die POINT OF dieser unsichtbaren Zone, die sie gleich überschreiten würde.

»Koordinate erreicht«, meldete Anja Field.

»Von Sle auf Sternensog schalten«, teilte Ren Dhark dem Checkmaster mit.

Zu Dharks Verblüffung reagierte das Bordgehirn mit der zu erwartenden Präzision, als sei nichts geschehen.

Sternensog setzte augenblicklich ein und zog den Raumer mit mehrfach Überlicht vom Zentrum der Milchstraße weg. Gleichzeitig umhüllte auch wieder das Doppelintervallum den Ringraumer.

Auf fast allen Gesichtern lag Erleichterung – aber bei manchen war auch eine gewisse Skepsis herauszulesen.

Mit Überlichtgeschwindigkeit reiste der Raumer eine halbe Stunde lang auf seinem Kurs durch das All. Immer kleiner wurde hinter ihnen das Glosen des Zentrums, bis es wie ein fernes Leuchtfeuer wirkte.

»Einwandfreie Funktionen«, sagte Larsen. »Jetzt bin ich gespannt, ob unser Rückflug wieder an der unsichtbaren Barriere endet.«

Ren Dhark war ebenfalls gespannt, ganz zu schweigen von den anderen. Im Maschinenraum schlossen Arc Doorn und Congollon bereits eine Wette darüber ab, ob der Sternensog auch weiterhin so reibungslos funktionieren würde.

Nach dem Wendemanöver erhöhte Dhark die Sternensog-Geschwindigkeit, um die halbe Stunde zu reduzieren. Bei dieser Geschwindigkeit würde der Raumer die grüne Koordinate in einer Viertelstunde erreichen.

Sie näherten sich wieder dem Zentrum und sahen in der Bildkugel, wie das Giga-Licht des Zentrums explosionsartig heller wurde. Der rotierende Wirbel kam wie ein Sog näher. Deutlich war die Kreisbewegung der umliegenden Sonnen um die Black-Hole-Schale zu erkennen. Leuchtende Gasmassen aus Sternenstaub schienen sich zusammenzuballen.

»Noch eine Minute bis zur Koordinate.«

Anjas Stimme klang sachlich und nüchtern, obwohl sie ebenfalls von einer inneren Anspannung erfaßt wurde. Wie gebannt starrte sie auf den Grünstrich am Terminal.

»Kritische Zone erreicht, Commander!«

Gleichzeitig mit ihrer Stimme erstarb auch das Arbeitsgeräusch der Konverter und wurde zu einem Flüstern.

Der Sternensog erlosch abrupt, ebenso wie das Intervallfeld.

Ren Dhark stieß enttäuscht die Luft aus. Von den anderen fiel die Anspannung ab. Enttäuschung machte sich auch bei den Wissenschaftlern breit.

Der kritische Punkt war überschritten. Irgend etwas verhinderte die weitere Überlichtfahrt und legte das Intervallum lahm.

»Wie gehabt«, sagte Dhark in die lastende Stille hinein. »Von diesem Punkt an befinden wir uns in einer Art *Quiet Zone*, in der völlig andere Gesetze gelten.«

»Es fragt sich nur«, meinte Vandekamp sinnend, »ob sie physikalischer Natur sind, oder ob...«

»Reden Sie ruhig weiter«, forderte Dhark den Wissenschaftler auf. »Nichts ist hier phantastisch genug, als daß es nicht doch irgendwie glaubhaft klingen würde. Mit der uns bekannten Astrophysik läßt sich hier wohl nicht mehr viel anfangen.«

Vandekamp lächelte gequält. »Wahrscheinlich nicht. Klingt es phantastisch, wenn ich sage, daß ›jemand‹ uns eine Schranke gesetzt hat, die wir nur unter gewissen Voraussetzungen überqueren dürfen oder können?«

»Jedenfalls klingt es nicht unwahrscheinlich«, gab Dhark zu. »Es ist zwar schwer vorstellbar, aber für uns war es damals ebenso unvorstellbar, die POINT OF jemals zu fliegen.«

»Natürlich nur eine Hypothese«, schränkte Vandekamp ein. »Wir werden ausführliche Berechnungen anstellen müssen. Augenblicklich sammeln wir nur Fakten. Wir wissen jetzt, daß es ab der von Ihnen als QUIET ZONE bezeichneten Raumkoordinate etwas gibt, das Sternensog und Doppel-Intervallum eliminiert. Wir haben weiterhin festgestellt, daß wir uns mit Sternensog jederzeit vom Zentrum fortbewegen können, aber nicht darauf zu. An diesem kritischen Punkt müssen wir mit den Untersuchungen beginnen.«

»Oder aufgeben, falls wir keine Lösung finden, denn mit Sle werden uns bis zum Erreichen des Zentrums graue Bärte wachsen, wie Doorn ganz treffend bemerkte. Uns bleibt dann keine andere Möglichkeit, als das Unternehmen abzubrechen. Das mag sich pessimistisch anhören und entspricht auch nicht meiner Art. Aber die Zeit ist in dem Fall ganz einfach unser Feind, dem wir nichts entgegenzusetzen haben. Wir können den Zeitfaktor nicht überwinden, nicht auf diese gewaltige Distanz und mit dem Sle. Weiß jemand einen anderen Rat?«

Es gab niemand an Bord, der dem Phänomen der QUIET ZONE nicht ratlos gegenüberstand.

Hier war ein Rätsel zu lösen, das vorerst jedem logisch denkenden Verstand verschlossen blieb.

»Vielleicht kann uns Tyler weiterhelfen«, bot Dhark als Lösung an. »Der Robonenjunge hat ein Gespür für extreme Situationen.«

Über die Bordkommunikation sprach er gleich darauf mit der Medostation. Auf dem kleinen Monitor sah Dhark, daß der Junge wieder völlig normal zu sein schien und sich gerade mit Rani Atawa unterhielt.

»Hallo, Tyler. Dir scheint es wieder besser zu gehen, wie ich sehe. Wir haben hier ein kleines Problem.«

Er schilderte kurz die Lage, doch Tyler schüttelte langsam den Kopf, als Dhark geendet hatte.

»Ich kann dir leider auch nicht helfen«, sagte er in ganz normalem Tonfall. »Ich spüre, daß da etwas ist. Aber ich weiß nicht, was da vorgeht. Es ist alles so... so anders. Auch die Rufe sind im Augenblick verstummt. Es ist... als würde irgendwie die Zeit stehenbleiben.«

»Schade«, meinte Dhark abschließend. »Wenn du etwas Besonderes spürst, melde dich in der Zentrale, Tyler.«

»Ja, das tue ich«, versprach der Junge.

»Wir fliegen trotzdem weiter«, entschied Dhark, »und halten Kurs auf das Zentrum. Es besteht immerhin die Möglichkeit, daß der Sternensog sich ab einer anderen Koordinate wieder einschaltet. Inzwischen können unsere Experten mit ihren Berechnungen beginnen. Führt das zu keinem Ergebnis, brechen wir das Unternehmen ab.«

»Die Berechnungen können Tage dauern«, warf Dongen ein. »Wir müssen erst Erfahrungswerte zusammenstellen.«

»Natürlich. Wir müssen ja nichts überstürzen.«

Auf der großen Bildkugel blieb das glosende Zentrum stabil. Die POINT OF schien sich nicht weiter zu nähern, obwohl sie mit annähernder LG flog. Und so würde es noch eine Ewigkeit dauern, falls keine einschneidende Veränderung eintrat.

Dan Riker deutete auf das grandiose Bild, das sich ihren Blicken unverändert bot.

»Wir sind wie ein Transatlantik-Liner, der seine Schraube verloren hat und sich seinem Hafen nicht weiter nähern kann, obwohl er in greifbarer Ferne liegt. Genaugenommen dümpeln wir vor der Hafeneinfahrt herum.«

»Und warten auf den Schlepper oder Lotsen«, vollendete Dhark mit einem gequälten Lächeln. »Der Vergleich ist gar nicht einmal so übel.«

»Dann müssen wir nach der Schraube suchen«, meinte Tino Grappa. Aber sein Grinsen gefror schlagartig. »Eine Gefügeerschütterung, leicht«, teilte er mit und wirkte dabei so fassungslos, als hätte seine Handbewegung diese Strukturerschütterung ausgelöst.

Dharks Körper spannte sich. Sehr aufmerksam blickte er auf die Daten, die Grappa auf seine Konsole schickte und die die Erschütterung anzeigten.

Ein Raumer war in relativ geringer Entfernung rematerialisiert.

Anja Field gab die Werte sofort weiter.

»Raumcontroller spricht auf Masse an. Keine Ortungsstrahlen des fremden Schiffes. Es scheint uns nicht bemerkt zu haben.«

»Etwa wieder ein Doppelwulstraumer?«

»Nein. Vorerst unbekannt. Das Objekt läßt sich nicht genau klassifizieren. Entfernung etwa achtzehn Lichtminuten, außerhalb der stillen Zone... Kurs ist auf das Zentrum ausgerichtet.«

Dhark versuchte, das fremde Schiff auf den Holoschirm zu kriegen. Im Backbord-Rotsektor hing etwas fast bewegungslos in der unendlichen Schwärze, das nicht zu erkennen war. Der Raumcontroller tastete das Etwas ab, konnte aber keine exakten Werte angeben.

In der Zentrale wuchs die Spannung. Spekulationen wurden laut, die Dhark mit einer Handbewegung unterbrach.

»Wer immer das auch sein mag, er hat uns nicht bemerkt. Feindliche Absichten sind ebenfalls nicht zu erkennen. Wir werden uns das Gebilde einmal aus der Nähe ansehen und einen Flash hinüberschikken. Aber diskret und unauffällig, wenn ich bitten darf.«

»Von hier wirkt es wie ein Toten- oder Geisterschiff«, stellte Dan Riker fest. »Bist du einverstanden, wenn das Flash-Kommando aus mir und Pjetr Wonzeff besteht? Wir nehmen die 002.«

»Einverstanden. Geht aber so vor, daß man euch nach Möglichkeit nicht bemerkt. Und bleibt vor allem in ständiger Verbindung mit uns, damit wir alles verfolgen können.«

Riker empfahl sich und ging zum Flash-Depot, wo Pjetr Wonzeff ihn bereits erwartete.

In der Zentrale hatten sich inzwischen alle vor der Bildkugel versammelt. Der Raumcontroller konnte immer noch keine genauen Daten über das fremde Objekt mitteilen. Es gab sein Geheimnis vorerst noch nicht preis. Bewegungslos hing es in der Schwärze.

Die 002, die Riker mit der Gedankensteuerung durch die Schwärze des Alls und aus der QUIET ZONE heraus trieb, erreichte das fremde Raumschiff.

Die Flash-Instrumente scannten es.

Riker und Wonzeff befanden sich am ›Heck‹ des Raumers, obwohl die Bezeichnung unzutreffend war. Ein kalt wirkender Rumpf zeichnete sich nach und nach ab. Winzige Unebenheiten waren zu erkennen. Das Ding sah aus, als sei es nur grob zusammengebaut worden. Weder ein Antrieb, noch eine Schleuse waren zu erkennen.

Beide Flash-Insassen beobachteten das fremde Raumschiff über das Deckenhologramm. Und beide schwiegen eine volle Minute, bis sich Ren Dhark über Funk in Erinnerung brachte.

»Ist etwas passiert? Ihr laßt nichts mehr von euch hören.«

Riker und Wonzeff hatten sich wieder gefaßt.

»Wir haben eben festgestellt«, berichtete Riker, »daß wir einen alten Bekannten vor uns haben. Es ist ein Duck-Raumer. Jeder Zweifel ist ausgeschlossen.«

»Ein Duck-Raumer«, wiederholte Dhark. »Nicht zu fassen. Irgendwelche Anzeichen von Leben?«

Riker gestattete sich ein sarkastisches Lachen.

»Leben ist gut. Dieses fliegende Kühlhaus steckt ganz sicher voller Leben, allerdings konserviert oder tiefgefroren. Das nehme ich jedenfalls an. Sollen wir eindringen? Sie haben uns noch nicht geortet. Oder sie interessieren sich einfach nicht für uns.«

Ren Dhark überlegte nicht lange.

»Ja, seht euch in dem Schiff um. Es kann ja sein, daß der Duck diesmal etwas anderes befördert. Oder auch er ist nicht in der Lage, die QUIET ZONE zu durchqueren. Sein Hyperantrieb kann ebenso versagt haben wie unser Sternensog.«

Diese Duck-Raumer, überlegte Dhark, gaben ihnen immer noch ein Rätsel auf. Sie hatten bereits einmal Kontakt zu diesen merkwürdigen Wesen aufgenommen, und der Kontakt war recht seltsam verlaufen. Es waren kleine, knapp einen Meter große Geschöpfe mit pilzförmigen Köpfen und vier Augen, die in gleichmäßigem Abstand im Schädel saßen. Damit konnten sie rundum alles sehen. Unter den Augen saßen zwei Mundöffnungen, während eine Nase nicht zu erkennen war. Außerdem hingen an ihrem kugelförmigen Leib vier Armpaare mit starker Behaarung. Ihre graugrüne Hautfarbe ließ sie abstoßend erscheinen, wie die kurzen dünnen Beine, die in Entenfüßen endeten.

Janos Szardak hatte sie seinerzeit ›Ducks‹ getauft.

Diese Ducks beförderten menschliches oder tierisches Frachtgut quer durch die Galaxis. Die Spezies von verschiedenen Planeten, die sie eingefangen hatten, waren entweder durch Kälteschlaf oder einen anderen Trick konserviert worden. Vermutlich waren sie aber ganz einfach tiefgefroren worden, was bewies, daß die Ducks wahre Meister in der Kryobionik waren.

Irgendwo wurden die Geschöpfe wiedererweckt. Was dann mit ihnen geschah, wußte niemand. Unter den Geschöpfen waren auch Kreaturen, deren bloßer Anblick an Monster und Horror-Visionen erinnerte.

Dhark erinnerte sich deutlich an den ersten Zusammenstoß mit den Ducks, der noch einmal glimpflich verlaufen war. Kämpfer waren die ›Enten‹ jedenfalls nicht, und an den Terranern schienen sie außerdem kein sonderliches Interesse zu haben.

»Wir dringen jetzt ein«, kam Rikers Meldung durch.

»In Ordnung. Laßt euch auf kein Geplänkel ein. Nur feststellen, was sie hier beabsichtigen können.«

Achtzehn Lichtminuten weiter durchdrang der Flash, in sein Intervallfeld gehüllt, die Wandung des Duck-Raumers. Im künstlich erzeugten Zwischenkontinuum verschwand das normale Raumzeitgefüge. Metallische Hindernisse oder energetische Barrieren gab es damit für den Flash nicht mehr.

Fast im Schneckentempo bewegte sich der Flash durch das Innere des Duck-Raumers.

Im Deckenhologramm tauchte ein schon bekannter Ausblick auf, der die beiden Männer dennoch erschauern ließ. Sie wurden das unangenehme Gefühl nicht los, sich durch ein riesiges fliegendes Leichenhaus zu bewegen, vollgestopft mit fremden Kreaturen, die sich steif und kalt in den vielen Decks befanden.

Der erste saalähnliche Raum, den der Flash durchflog, beherbergte wiederum die Duckwesen, die ausnahmslos graue, schmucklose Uniformen trugen.

Auf flachen Pritschen lagen ein paar Dutzend von ihnen nebeneinander, als seien sie in einen todesähnlichen Schlaf gefallen.

»Die scheinen alle zu pennen«, sagte Wonzeff respektlos. »Sieht wie in einem großen Entenstall aus.«

Riker lachte unterdrückt. Wonzeff liebte es, wie auch Arc Doorn, mitunter recht sonderbare Vergleiche anzustellen. Aber irgendwie hatte er recht. Es schien ein Schlafsaal zu sein. Hin und wieder bewegte sich eins der Geschöpfe leicht.

Riker gab alles an die Zentrale durch, was in seinem Blickfeld auftauchte.

»Keine energetischen Sperren wie beim letzten Mal. Die dort ruhenden Ducks tragen ihre Waffen, scheinen aber alle zu schlafen.«

»Seht euch in der Zentrale um«, riet Dhark. »Ich möchte wissen, was sie vorhaben. Sie springen doch nicht bis an die Grenze der QUIET ZONE, nur um sich dann hinzulegen und zu schlafen. Da muß mehr dahinterstecken.«

»Vielleicht hat die Nähe der QUIET ZONE eine Art Schock bei ihnen ausgelöst«, vermutete Riker.

Ein Deck nach dem anderen wurde durchdrungen. Das Gefühl, sich in einer Leichenhalle zu befinden, wurde immer ausgeprägter. In einem anderen niedrigen Raum schliefen ebenfalls Ducks.

In den einzelnen Decks herrschten Weltraumtemperaturen. Überall hatte sich spiegelblankes Eis gebildet.

»Traut und anheimelnd«, kommentierte Wonzeff. »So richtig gemütlich... Oh, verdammt.«

Als der Flash die nächste Wand durchdrang, verstummte Wonzeff.

Hier befanden sich alptraumhafte Kreaturen, deren bloßer Anblick Furcht einflößte. Schaudernd blickten sie auf steife Körper mit aufgerissen Mündern oder Augen. Aliens – manche gefräßig erscheinend mit einem fürchterlichen Gebiß, andere so fremd anmutend, daß sie wie künstliche Wesen wirkten, die einem Horrorfilm entsprungen waren.

Wie Waren hatte man sie gestapelt oder in Gruppen zusammengefaßt, die eng beieinander lagen.

»So harmlos diese Entenwatschler auch aussehen, man kann sich wirklich vor ihnen fürchten«, murmelte Riker. »Wenn ich nur wüßte, was sie mit den vielen Körpern bezwecken, die sie quer durch den Raum befördern. Das sieht alles nach einem galaktischen Zoo aus.«

Sie durchdrangen jetzt den Raum, in den die Entenwesen sie damals auf dem anderen Schiff geführt hatten. Auch dieser Anblick weckte Furcht, denn die Halle glich einem riesigen Operationssaal, dessen Zweck noch unbekannt war. Typische OP-Tische und andere fremdartig anmutende Geräte wiesen jedoch darauf hin, daß hier mit lebenden oder toten Organismen experimentiert wurde. Die Funktion der einzelnen Apparaturen und Geräte blieb Wonzeff und Riker vorerst noch unbekannt.

Nach dem Durchqueren weiterer Decks kamen sie zu jenem Raum, den man wegen des Fehlens anderer Begriffe einfach Zentrale nannte.

Hier liefen jedenfalls alle Fäden zusammen. Und hier mußte auch das Gehirn des Raumers sein, von dem aus alle Abläufe gesteuert wurden.

Es gab pultähnliche Anordnungen, die so einfach und fast primitiv aussahen, daß sie keine Deutung zuließen.

»Da sind wieder Ducks«, hauchte Wonzeff. »Sie schlafen ebenfalls.«

Etwa ein Dutzend der Wesen ruhte auf flachen Metalliegen und bewegte sich nicht. Ein paar andere hockten in merkwürdiger Stellung auf weit ausladenden Sitzen. Alle trugen rote Uniformen, vermutlich ein Zeichen, daß es sich um höhere Chargen handelte als bei den grau gekleideten Ducks.

»Wie in einem Dornröschenschlaf«, bemerkte Wonzeff wieder einmal sehr treffend. »Sie warten darauf, geweckt zu werden. Tot sind sie jedenfalls nichts. Mitunter zucken ihre doppelten Münder, oder die

Augen bewegen sich.«

Eins der Wesen schien ihn direkt anzustarren, als der pilzförmige Schädel sich bewegte. Dabei wurden auch die anderen Augen sichtbar.

Wonzeff schluckte.

Alle Bewegungen hörten wieder auf. Auch dieser Duck fiel in seine totenähnliche Starre zurück.

Rikers Blick saugte sich von neuem an den unbegreiflichen Geräten oder Maschinen fest. Manche Aggregate erinnerten an stumpfe, graue Zylinder, andere besaßen halbkugelige Erhebungen, die direkt aus dem Boden zu wachsen schienen. Ein diffuses Licht erhellte alles nur sehr notdürftig und ließ die Szenerie noch gespenstischer erscheinen, als sie schon war.

»Keiner an Bord, der irgendeine Funktion ausübt?« drang Dharks Stimme in den Flash. »Keine Wachen?«

»Nein. Alles wie leblos und erstarrt. Ich habe immer noch den Eindruck, als würden sie auf einen Impuls warten, der sie schlagartig aktiviert.«

»Sehr seltsam. Gibt es noch freie Räume in dem Schiff, oder ist alles mit tiefgefrorenen Wesen angefüllt?«

»Zwei der kleinen Decks sind noch leer. Sehen wie riesige Eisfächer aus. Warum fragst du?«

»Nur so eine Idee von mir«, gab Dhark durch. »Es sieht aus, als könnten sie keine Transition durchführen, womit sie in ähnlicher Lage wären wie wir.«

»Möglich. Der Eindruck, daß sie schlafend oder in hypnoseähnlichem Zustand auf etwas warten, verstärkt sich immer mehr. Außerdem werde ich das Gefühl nicht los, daß sie jeden Moment erwachen. Sollen wir zurückkehren?«

»Ja, ist wohl besser. Wir sind jetzt informiert, was auf dem Raumer vorgeht.«

In dem Augenblick erscholl über Funk ein kurzer Pfeifton. Ein weiterer Impuls folgte. Danach herrschte Ruhe.

»Was war das?« forschte Dhark.

»Ein Funkimpuls, der bei uns durchschlug. Ich kann aber nicht feststellen, woher er kam.«

Einer der Ducks richtete sich in einer marionettenhaften Bewegung auf und drehte den Kopf mit den vier Augen. Er blickte zu einem Gebilde hinüber, das sich kugelförmig aus der Wand wölbte, und dessen oberer Teil schwach zu glimmen begann.

Riker und Wonzeff hielten unwillkürlich die Luft an. Es geschah jedoch nichts, was ihnen zu weiterer Erkenntnis verhalf. Auch die anderen Ducks schienen weiterhin wie erstarrt. Als das Glimmen erlosch, drehte sich der Duck wieder zur Seite. Sein Körper sank in sich zusammen, die vier Augen schlossen sich bis auf winzige Spalte.

Eine halbe Minute später war der Flash wieder ›draußen‹.

In der Zentrale fand eine Lagebesprechung statt. Dhark hatte sie kurzerhand anberaumt, in dem Gefühl, keine Zeit mehr zu haben. Er wußte selbst nicht, weshalb dieses Gefühl ihn so stark beherrschte.

»Diese QUIET ZONE«, sagte er, »ist, grob gesprochen, so etwas wie eine gigantische Reede, die in einen unbekannten Hafen führt. Mit dem Hafen meine ich das, was hinter der Schale der Black Holes steckt. Niemand kann diese Reede überqueren, ohne dazu aufgefordert zu werden. Das hört sich irrsinnig an, ich weiß. Daher ist es auch nur als Vergleich zu verstehen.«

»Ein guter Vergleich«, stimmte Vandekamp zu. »Jedenfalls sehr treffend, was unsere Lage angeht. Ich nehme an, Sie wollen das mit uns und dem Duck-Raumer auf einen Nenner bringen.«

»Ja, ich denke, er ist vielleicht in ähnlicher Lage wie wir und kann keinen Hypersprung ausführen, um in die QUIET ZONE einzudringen. Die Ducks sind bis hierher transitiert, aber sie dümpeln nicht zufällig herum, sondern warten darauf, daß etwas oder jemand die Initiative ergreift. Der Gedanke ging mir durch den Kopf, als das fremde Funksignal durchkam. Ich bin sicher, daß der Duck-Raumer innerhalb kurzer Zeit verschwinden wird, und zwar in die Richtung, in die wir vorerst nicht weiter vorankommen werden.«

»Damit ist uns immer noch nicht geholfen«, warf Janos Szardak ein. »Uns bleibt nur das hilflose Zuschauen, wenn er plötzlich aus dieser seltsamen Zone verschwindet. Uns wird ›man‹, wer immer das auch sein mag, sicher nicht auffordern zu folgen.«

»Wenn wir hier sitzenbleiben und Däumchen drehen oder auf ein Wunder warten, dann ganz sicher nicht. Deshalb ergreifen wir die Initiative und handeln sofort.«

In einigen Gesichtern las Dhark, daß die Idee bereits gezündet hatte. Ein paar andere überlegten noch angestrengt und verhielten sich abwartend. Alle blickten den Commander gespannt an.

»Wir stellen jetzt ein Flash-Kommando zusammen«, erklärte Dhark. »Ich glaube, wir haben nicht mehr viel Zeit zu verlieren. Das Kommando wird sich unbemerkt an Bord des Duck-Raumers schleusen und dort abwarten, was geschieht.«

»Nach der Methode Trojanisches Pferd, wie wir es auf der ASHGORT getan haben, als es galt, unerkannt ins Giant-System zu gelangen«, setzte Riker hinzu. »Noch scheinen auf dem Duck-Raumer alle zu schlafen. Jetzt verstehe ich auch deine Frage, Ren, als du dich nach freien Räumen erkundigt hast. Dort sollen wir uns mit den Flash verbergen. Richtig?«

»So stelle ich mir das Unternehmen vor. Wir verbergen uns in dem Raumer und warten ab«.

Der pedantische Janos Szardak, dem das alles zu schnell und überraschend ging, zündete sich erst einmal eine der synthetischen Zigaretten an.

»Das hört sich sehr gut an«, meinte er bedächtig nach einem langen Zug. »Das Risiko ist aber nicht abwägbar. Angenommen, dem Duck-Raumer gelingt das Unwahrscheinliche, nämlich die QUIET ZONE zu durchqueren, Commander. Dann ist das Flash-Kommando verschwunden und für uns unerreichbar. Wir hängen weiterhin im Nichts oder bleiben auf der Reede liegen bis in alle Ewigkeit.«

»Sind wir nicht schon immer Risiken eingegangen? Seit wir im Col-System gestrandet sind, bestand unser ganzes Leben aus manchmal unwägbaren Risiken. Wir müssen es einfach wagen. Wir werden die Gedankensteuerung der Flash anweisen, sofort nach Erreichen des normalen Gefüges ein Peilsignal sowie eine Nachricht an die POINT OF zu senden.«

»Ob es jemals soweit kommt«, zweifelte Szardak. »Und ob das Kommando überhaupt wieder in den Normalraum zurückkehrt? Wer weiß denn, wohin diese Tiefkühltruhe überhaupt fliegt...«

»Das wollen wir ja feststellen. Wenn wir hier untätig warten, finden wir es niemals heraus.«

Ein paar Skeptiker blieben noch übrig. Doch die wurden von den anderen schnell überstimmt.

»Wir nehmen sechs Flash«, entschied Dhark, bevor Szardak noch weitere Einwände vorbringen konnte. »Ich werde auch Tyler mitnehmen, für alle Fälle. Dann schlage ich John Martell vor, Dan Riker, Wonzeff, Doorn, zwei von Martells Elitesoldaten und unsere beiden Damen Anja Field und Rani Atawa. Zusätzlich noch Ian Kaplan und...«

Dharks Blick blieb auf Szardak hängen. »Wie wäre es mit Ihnen?« Szardaks Augen schimmerten in einem grünlichen Ton. Sein Gesicht blieb unbewegt.

»Natürlich bin ich dabei«, sagte er.

»Es kommt wieder ein undefinierbarer Funkimpuls herein«, meldete Tino Grappa. »Ein kurzes Signal, nicht zu deuten. Ist aber zweifelsfrei an den Duck-Raumer gerichtet.«

»Dann sollten wir jetzt keine Zeit mehr versäumen. Ich habe das untrügliche Gefühl, als würde dieser Kasten sich bald in Bewegung setzen. Die Mannschaften können sich inzwischen ins Flash-Depot begeben und auf die einzelnen Blitze verteilen. Ich komme sofort mit Tyler nach. Die Positionen sind ja allen bekannt. Dan und Wonzeff fliegen voraus und weisen die anderen in die nichtbelegten Räume ein, damit sie sich nicht lange aufhalten müssen.«

»Und wir warten hier«, meinte Ralf Larsen. »Etwas anderes bleibt uns ja wohl nicht übrig.«

»Richtig. Sie übernehmen das Kommando, Larsen. Wir werden versuchen, sobald wie möglich Verbindung aufzunehmen.«

»Wir kümmern uns inzwischen um die komplizierten Berechnungen«, versprach Vandekamp. »Sollten wir eine Möglichkeit finden, die QUIET ZONE zu überwinden, so folgen wir dem Duck-Raumer oder versuchen es wenigstens. Ist das in Ihrem Sinne, Commander, oder sollen wir abwarten?«

»Wenn es geht, soll die POINT OF uns folgen. Ich glaube aber nicht, daß sich vorerst etwas ändern wird.«

Dhark wandte sich noch einmal an Tino Grappa. »Sollten Sie weitere Impulse auffangen, sofort Meldung an meinen Flash. Es kann allerdings sein, daß wir sie im Innern des Duck-Raumers nicht wahrnehmen.«

»Verstehe, Commander.«

Ren Dhark verließ die Zentrale. Er nahm Tyler mit, der ganz begierig war, als er von dem Unternehmen erfuhr. Er brannte darauf mitzukommen. Dhark fragte sich nur, ob der Robonenjunge eine Hilfe war, oder ob durch ihn nicht das ganze Unternehmen in Frage gestellt werden konnte. Aber dieses Risiko wollte er eingehen.

Der riesige Kasten hing immer noch unbeweglich im Nichts der totalen Schwärze, an einem Abgrund, der unüberbrückbar schien. Alle sechs Blitze steuerten das schwarze Monstrum an, hinter dessen Wandungen sich Unheimliches verbarg. Dan Riker, der die 002 steuerte, flog an der Spitze, dicht gefolgt von der 027 mit Pjetr Wonzeff.

Ren Dhark achtete auf Signale von der POINT OF. Aber er hörte nur das ruhige Atmen von Tino Grappa.

»Wir dringen ein«, meldete Riker.

Flash 002 verschwand wie ein Geist, als das Intervallum die Wandung des Duck-Raumers durchdrang. Ebenso geheimnisvoll folgte die 027 mit Wonzeff. Dharks 001 blieb zurück. Er wartete ab, bis alle Blitze im Innern verschwunden waren und folgte dann.

Niemand schien etwas bemerkt zu haben. Jedenfalls geschah auf dem Duck-Raumer nichts, was auf eine Tätigkeit schließen ließ.

Von ihrem Intervallum umgeben, durchdrang nun auch die 001 die Wandung.

Der Spuk hatte nur ein paar Sekunden gedauert. Danach war das Unternehmen einwandfrei gelungen. Jetzt hatte der Duck-Raumer sechs Fremdkörper in seinem Innern.

Über Funk liefen die Klarmeldungen ein.

»Sle aus, damit keine Zerstörungen auftreten!« ordnete Dhark an. Schlagartig erloschen die Intervallfelder. Alle sechs Blitze befanden sich jetzt wieder im normalen Raum-Zeit-Gefüge.

Eine Weile herrschte Schweigen.

»Ich steige aus«, teilte Dhark mit. »Falls du deinen Raumanzug trägst, Dan, kannst du mir folgen.«

»Ich habe ihn vorsichtshalber angelegt«, versicherte Riker. »Sei auf der Hut, die Burschen reagieren nicht auf Paraschocker.«

Etwas später standen sich die beiden Männer gegenüber. Durch den Mysterious-Raumanzug hatten sie nach allen Seiten freie Sicht. Er war wie eine zweite Haut und vermittelte ein sensibles Fingerspitzengefühl.

Beide Männer ließen eine kleine Lampe aufleuchten, deren Strahl auf die schwarzen, eisüberzogenen Wände fiel. Alles glitzerte wie im Innern einer riesigen Gefriertruhe.

Die Flash standen wie große, mattschimmernde Torpedos in der Finsternis.

»Wir werden uns noch einmal umsehen«, sagte Dhark über den Helmfunk, über den sie auch mit den ›Blitzen‹ verbunden waren. »Ich will mich etwas orientieren, damit wir keine bösen Überraschungen erleben. Ich nehme aber an, daß dieser Raumer genauso gebaut ist wie der andere, in den wir uns schon einmal geschmuggelt haben.«

»Alles wie gehabt«, versicherte Dan. »Es gibt keine Abweichungen bis auf die seltsame Fracht. Ein Teil davon befindet sich dort auf der anderen Seite. Der Rest ist in den unteren Decks gestapelt.«

Vorsichtig bewegten sie sich auf einer leicht schräg geneigten Ebene weiter. Sie war mit einer dünnen Eisschicht überzogen. An den Wänden glitzerte Rauhreif in winzigen Kristallen.

Ein Schacht zweigte in die Tiefe ab. Die Konstruktion war so simpel, daß Dhark unwillkürlich grinsen mußte, als er die korbähnliche Plattform sah.

»So was hatten sie schon bei uns in der Steinzeit«, meinte Riker. »Total veraltet, aber wirkungsvoll.«

Dhark verzichtete auf eine Fahrt nach unten. Zusammen mit Dan betrat er eines der niedrigen Decks, die durch Schotte unterteilt waren.

Schweigend starrten sie auf das, was sich ihren Blicken bot.

Tiere, Intelligenzen oder Halbwesen? Die meisten waren nicht größer als ein Hund, aber von so monströser Abnormität, daß es ihnen kalt über den Rücken lief.

Dhark berührte einen der Körper. Er fühlte er sich hart und kalt wie

Glas an.

Ein Monstrum mit einem halboffenen Auge und einem kümmerlichen Körper starrte ihn an, die langen Reißzähne bösartig gefletscht wie zum Zuschnappen. Das Auge nahm fast den ganzen Schädel ein.

Es gab kleine affenähnliche Wesen mit zwei Köpfen oder Monstrositäten mit vielen Hakenarmen.

Ob sie tot waren, ließ sich nicht feststellen. Jedenfalls waren sie derart tiefgefroren, daß sie zerbrechen würden, falls man sie zu Boden warf.

»Möchte wissen, wie man sie jemals wieder zum Leben erwecken will«, sagte Dhark kopfschüttelnd. »Wenn die Ducks diese Technik beherrschen, sind sie uns trotz mancher Primitivität ein ganzes Stück voraus.«

Im Duck-Raumer klang ein feines Summen auf, als würden irgendwelche Antriebsaggregate zum Leben erwachen. Es konnten aber auch völlig unbekannte Maschinen sein.

Das Summen kam aus den Wänden und war nicht als Geräusch hörbar. Es war ein spürbares Vibrieren, das langsam weiter anschwoll.

Als Riker und Dhark auf den Gang zurücktraten, tauchten ganz überraschend zwei der Ducks auf. Über ihren roten Uniformen trugen sie transparente Druckanzüge, die kaum zu erkennen waren und die Körper wie ein feines Gespinst umgaben.

Die beiden kamen näher, direkt auf die Zelle zu, neben der die beiden Männer standen.

Riker hob seine Waffe abwartend. Jeden Augenblick konnten sie entdeckt werden. Was dann geschah, vermochten sie sich nicht einmal auszumalen.

Durch ein Kopfschütteln warnte Dhark den Freund davor, Gebrauch von der Waffe zu machen.

Sie duckten sich zwischen die steifgefrorenen Körper der fremden Spezies und warteten.

Drei Meter vor der Zelle blieben die Ducks stehen. Ihre beiden Münder bewegten sich, die vier Arme vollführten groteske Bewegungen.

Der eine berührte etwas an der flachen, eisbedeckten Wand. Dann drehten sie sich um und verschwanden wieder in dem Gang.

Dort, wo vormals Finsternis herrschte, war jetzt ein feines Glosen zu erkennen, ein sanfter Schimmer, der den rückwärtige Teil des Raumers hermetisch abschloß.

Eine Energiebarriere war aufgebaut worden.

»Jetzt scheint es loszugehen«, sagte Dhark. »Die Ducks sind erwacht und treffen gewisse Vorbereitungen. Ich nehme an, daß dort hinten eine Atmosphäre aufgebaut wird. Damit sind wir gleichzeitig isoliert. Kehren wir zum Flash zurück. Wir kennen die Felder nicht, die sie benutzen. Sah so aus, als hätten sie die manuell aktiviert.«

»Das traue ich ihnen durchaus zu, wenn ich nur an diesen komischen Lift denke.«

Auf dem Rückweg klang Tino Grappas Stimme auf: »Achtung. Soeben kam ein längerer Impuls durch. Er bleibt unverständlich, wird aber rhythmisch fortgesetzt. Hören Sie nichts?«

Ren Dhark und die anderen lauschten mit angespannten Sinnen.

»Ja, jetzt hören wir es, Tino. Zeichnet den Impuls auf. Das hört sich sehr merkwürdig an, ständig unterbrochene Töne. Wie...«

»Wie uralte Morsezeichen, Commander«, vollendete Grappa. »Natürlich verstehen wir sie nicht. Aufzeichnung läuft aber zur eventuellen späteren Decodierung.«

Dhark wollte noch etwas sagen, doch ein greller Ton unterbrach schlagartig jede Verbindung zum Ringraumer. Ein wildes Kreischen war zu hören, dann herrschte Grabesstille.

»Hörst du mich, Ren?« erklang Rikers zögernde Stimme. »Mir hat es fast die Trommelfelle zerrissen. Was war das?«

»Die Verbindung zum Raumer ist unterbrochen, seit das letzte Signal kam. Das heißt vermutlich, daß wir uns auf einer Reise befinden, die ganz plötzlich begonnen hat.«

Von irgendwoher glaubte Dhark einen leichten Sog zu spüren, ein unbestimmbares Prickeln. Aber es gab keinen Ruck, keine Veränderung der Gravitation und nichts, was darauf hinwies, daß sich der Duck-Raumer tatsächlich bewegte.

Anja Field meldete sich aus dem Flash, den sie mit Rani Atawa teilte.

»Ich habe ein Energiefeld von ungewöhnlicher Stärke angemessen, Commander. Der Raumer scheint die Dimensionen zu wechseln, doch die Struktur des Feldes läßt sich nicht analysieren. Ich bin jedoch sicher, daß wir uns in Richtung Galaktisches Zentrum bewegen.«

Dhark stieß erleichtert die Luft aus.

»Danke, Anja. Dann haben wir ja das erreicht, was wir wollten. Leider wird uns die POINT OF nicht folgen können.«

»Nein. Commander, das halte ich für ausgeschlossen.«

Dhark kehrte zum Flash zurück und nahm Platz.

»Wir sind von einer riesigen Energieblase umgeben, in der wir praktisch schwimmen, wenn mich die Anzeigen nicht täuschen«, meldete sich Szardak. »Sie ist aber nicht mit einem Intervallum zu vergleichen.«

Ren Dhark sah es auf den Kontrollen selbst. Nur ließ sich nicht definieren, was es war. Es gab keinerlei Anhaltspunkte über das merkwürdige Phänomen.

Sie schienen wirklich zu schwimmen, wie Szardak es ausgedrückt hatte. Es war ein Zustand, in dem keinerlei Zeit verstrich. Man wußte, daß man sich in ›etwas‹ bewegte, ähnlich dem Doppelintervallum des Ringraumers, obwohl der Vergleich hinkte. Es war ein Gefühl, wie wenn man zum ersten Mal durch einen Transmitter ging.

Dhark legte den Kopf weit in den Nacken, um auf die holografische Projektion zu blicken. Tyler saß mit ihm Rücken an Rücken.

Auf dem Holobild waren die anderen Flash zu sehen.

»Alles in Ordnung?« fragte Dhark. Er konnte auf die einzelnen Beiboote umschalten und jeden sehen.

»Alles klar«, meldete John Martell als erster. Auch die anderen bestätigten, daß alles in Ordnung sei. Es gab keinerlei Anzeichen von Angst oder Panik. Nur bange Erwartung lag in den Gesichtern, denn niemand wußte, was sie erwartete.

»Ich nehme an«, teilte er ruhig mit, »daß wir auf einem Planeten landen werden, dessen Atmosphäre atembar ist. Das beweisen die tiefgefrorenen Geschöpfe, die fast ausnahmslos Sauerstoffatmer zu sein scheinen. Wir können aber auch in eine extreme Situation geraten, die jenseits unser Vorstellungsgrenze liegt. Sobald wir merken, daß wir gelandet sind, verlassen wir den Raumer auf die übliche Weise. Mit Sle und Intervallum. Ich werde das Zeichen geben. Wie wir uns danach verhalten, hängt von den äußeren Umständen ab.

Mehr kann ich verständlicherweise dazu noch nicht sagen.«

Er blickte wieder in das Hologramm, das nichts als Schwärze und das kleine Deck wiedergab. Die Fernerfassung ließ sich merkwürdigerweise nicht schalten. Der Sektor blieb konstant und veränderte sich nicht. Wahrscheinlich verhinderte die unbekannte Energiefront weitere Einblicke.

Und noch etwas war sehr merkwürdig, was ihm erst jetzt auffiel und was die anderen offenbar noch nicht bemerkt hatten.

Die Chronometer waren ausgefallen.

»Besitzt jemand eine Uhr aus der guten alten Zeit?« fragte er. »So eine mit automatischem Aufzug oder einem Quarzwerk?«

Unwillkürlich warf jeder einen Blick auf die Bordanzeige, die man vor langem auf Hope-Zeit programmiert hatte.

Dhark sah, daß sich in den Gesichtern Verblüffung malte.

»Leider nicht«, klang Anja Fields Stimme durch. »Wir scheinen uns in einem Nullzeit-Kontinuum zu bewegen. Oder die energetische Barriere hat die Chronometer lahmgelegt.«

»Dann würden auch die holografischen Projektionen nicht funktionieren«, erwiderte Dhark. »Sie sind vom selben System abhängig.«

»Hoffentlich funktioniert dann wenigstens der Sle«, ließ sich Ian Kaplan vernehmen. Sein Drachen-Tattoo auf der Wange schimmerte im gedämpften Licht der Kabine bläulich-lila. »Sollen wir einen Versuch wagen, Commander?«

»Nein«, entschied Dhark nach kurzem Zögern. »Der Brennkreis könnte unsere Anwesenheit verraten. Verschieben wir es lieber auf später, wenn wir gelandet sind.«

»Und wenn er dann nicht funktioniert?«

»Unken Sie nicht, Ian. Wir haben auch so genug Probleme. Warten wir gelassen ab, was geschieht.«

Aber mit der Gelassenheit war das so eine Sache. Die absolute Hilflosigkeit war es, die an den Nerven zerrte, die Untätigkeit zu der sie verdammt waren, und die Ungewißheit, was sie hinter der Black-Hole-Schale erwartete, denn daß sie jenseits der QUIET ZONE irgendwo landen würden, war jedem klar.

Der Robonenjunge war in einer anderen Welt. Er sah teilnahmslos auf die Unitallwandung und schien sie mit den Blicken zu durchdringen. Er wirkte, als lausche er irgendwelchen Stimmen, die aus der Unendlichkeit flüsterten und nur für ihn vernehmbar waren.

»Hörst du etwas, Tyler?«

»Leises Flüstern«, hauchte der Junge. »Stimmen, sonst nichts.«

»Was sagen die Stimmen?«

»Ich weiß nicht«, brach es gequält aus Tyler. »Sie dringen nicht zu mir durch. Aber sie wispern leise.«

»Deine Freunde – Pia und Edgar?«

Tyler hob hilflos die Schultern. »Sie sind weg, haben sich entfernt.« Er holte tief Luft und sah erleichtert aus, obwohl sich auf seiner Stirn ein paar Falten bildeten. »Wir landen jetzt!« stieß er hervor.

Dhark hatte dafür gesorgt, daß alle mithören konnten. Tyler mit seinen PSI-Kräften hatte andere Empfindungen als jeder einzelne von ihnen. Er spürte Dinge, die anderen verborgen blieben, und jetzt fühlte er die eintretende Veränderung.

»Ihr habt es alle gehört«, sagte Dhark. »Ruhig bleiben und abwarten. Offenbar steht unsere Landung unmittelbar bevor.«

Irgend etwas schien sich zu verändern, wie jeder jetzt deutlich spürte. Zu sehen war nichts. Aber da war wieder dieser unmerkliche und nicht zu beschreibende Sog, der sie alle erfaßte. Es war einer sanften Woge vergleichbar, die sie aus dem offenen Meer sachte an einem unbekannten Strand absetzte. Ein unmerkliches Dahingleiten, bis der Sog kaum spürbar erlosch.

In leicht verkrampfter Haltung warteten sie ab. Die Außenmikros waren eingeschaltet. Jeder blickte wie gebannt auf Holoprojektionen.

Zum ersten Mal wurden Geräusche hörbar. Fauchend zischte etwas durch die einzelnen Sektoren des Duck-Raumers.

Ausnahmslos jeder zuckte zusammen, als dem Fauchen ein schriller Pfeifton folgte. Im Duck-Raumer entstand eine Geräuschkulisse, die nach der unheimlichen Totenstille zermürbend wirkte.

»Atmosphäre baut sich auf. Analyse läuft.«

Anja Field hatte sofort reagiert. Jetzt las sie die sich verändernden Werte von einem Gerät ab und gab sie an die Flash-Besatzungen durch.

»Gasgemisch atembar, entspricht etwa Mars-Atmosphäre. Sehr dünn und kalt. Stabilisiert sich langsam.«

»Das heißt«, sagte Dhark. »Wir sind tatsächlich gelandet. Daran dürfte wohl kein Zweifel bestehen.«

Er sah die Erleichterung in den Gesichtern und atmete ebenfalls auf. Sie hatten die QUIET ZONE durchdrungen und befanden sich jetzt jenseits der Black-Hole-Schale. Jeder Nerv seines Körpers vibrierte vor Anspannung.

Wie würde es von hier aus weitergehen? Unaufhörlich kreiste diese Frage durch sein Gehirn.

Anja Field gab weiterhin Werte durch. Das Gasgemisch im Duck-Raumer paßte sich langsam dem der Außenwelt an und wurde dichter.

Nach einer Weile war der Vorgang abgeschlossen. Die Luft war für alle atembar. Sie befanden sich, wie Dhark richtig vermutet hatte, auf einem Sauerstoff-Planeten.

Er blickte zum Chronometer und erlebte wieder eine Enttäuschung. Keine Werte, alles befand sich in Grundstellung.

Nullzeit, dachte er sarkastisch. Der Raum um sie herum existierte, aber die Zeit war gegenstandslos geworden.

Rumoren erklang, dann ein Poltern, das sich rasch näherte, als würden sich schwere Schritte einen Weg durch die Decks bahnen.

In der Holoprojektion tauchten vier monströse Gestalten auf. Sie bewegten sich auf federnden Rollen, die sich jeder Unebenheit der vereisten Decks anpaßten.

Die metallenen Gestalten waren klein, aber ungewöhnlich breit. Von der Größe her entsprachen sie den Ducks. Zwei ähnelten rollenden Gabelstaplern mit vorgereckten Armen, unter denen ein großer Spalt klaffte. Die beiden anderen besaßen unterschiedliche Greifwerkzeuge, die aus dem Metallkörper aus- oder eingefahren werden konnten. Das Oberteil bestand aus einem langsam rotierenden Drehkranz mit winzigen Schlitzen.

Alle vier rollten ziemlich schnell auf das Deck zu, in dem die sechs Flash versteckt waren.

Ren Dhark zögerte keine Sekunde, als die vier Gestalten sich unheilvoll näherten. Es gab keinen Zweifel, daß man sie entdeckt hatte.

»Alle Flash auf Sle schalten«, ordnete er an. »Sofortstart. Der 001 folgen!«

Normalerweise hätte sich jetzt das Intervallum eingeschaltet und die Flash durch die Wandung des Duck-Raumers katapultiert.

Hier war alles anders, hier galten andere Gesetze, die vorerst noch niemand begriff. Nichts rührte sich. Kein Intervallum baute sich auf. Die Flash reagierten nicht und blieben liegen.

Dhark stieß einen unterdrückten Fluch aus, als die vier Roboter nur noch ein paar Meter entfernt waren.

Der zweite Versuch, die Flash zu aktivieren, schlug ebenfalls fehl.

»Genau das war meine Befürchtung«, hörten sie Ian Kaplan sagen. »Rien ne va plus. Nichts geht mehr.«

Die Situation begann an den Nerven zu zerren, als die vier Roboter stehenblieben und sich umdrehten.

Dharks Hand ruhte am Schalter seines Blasters. Er fragte sich nur besorgt, ob dieser auch funktionieren würde.

Gerade, als er auslösen wollte, fiel die Spannung schlagartig von ihm ab. Er nahm die Hand langsam zurück.

Offenbar waren die vier Gestalten nicht darauf programmiert, sie zu vernichten. Sie kümmerten sich nicht um die Flash, obwohl diese zweifellos von ihnen registriert worden sein mußten.

Sie wandten sich der anderen Abteilung zu und interessierten sich nur für die steifgefrorenen Geschöpfe.

Die ›Ware‹ wurde ausgeladen und verschwand in der breiten Öffnung.

Der Roboter rollte davon.

Der zweite packte ebenfalls zu und trug Geschöpfe fort.

Dhark sah ihnen mit gemischten Gefühlen nach, als auch die beiden restlichen durch den Gang rollten.

»Wir müssen hier raus«, drängte Riker. »Noch hat sich kein Duck blicken lassen, das kann sich jedoch schnell ändern. Weiß der Teufel, was uns dann bevorsteht.«

»Ich weiß. Wir versuchen es noch einmal.«

Wieder rührte sich nichts. Die Gedankensteuerung der Flash sprach an, funktionierte aber nicht. Hier gab es irgend etwas, das alle bekannten physikalischen Gesetze auf den Kopf stellte.

Inzwischen tauchten weitere Roboter auf. Sie überfluteten den Duck-Raumer förmlich, schwärmten in die einzelnen Abteilungen und luden die scheintote Fracht aus.

Über die Bildübertragung verfolgte Dhark ein paar Augenblicke lang ihren Weg bis zu einer sanft abfallen Rampe. Weiter vermochte er nicht zu sehen.

Sie saßen in der Falle und konnten sich ausmalen, was die Ducks mit ihnen anstellen würden, sobald man sie entdeckte.

»Es gibt noch eine Möglichkeit«, sagte Dhark. »Wenn das Intervallfeld nicht funktioniert, schießen wir uns mit Dust ein Loch durch die Wandung. Der normale Antrieb dürfte funktionieren.«

»Damit machen wir nur die Ducks auf uns aufmerksam, Ren«, widersprach Riker. »Sie werden uns entdecken, denn das riesige Leck dürfte ihnen nicht entgehen.«

Dhark war ein Mann, der auch andere Argumente gelten ließ und nicht darauf beharrte, daß nur er recht hatte.

»Das ist richtig«, lenkte er ein. »Dann die zweite Möglichkeit: Wir lassen die Flash zurück und folgen zu Fuß dem Weg der Roboter über die Rampe.«

Riker hatte wieder durchaus logische Einwände.

»Und dann sitzen wir auf einem Planeten fest, von dem wir nicht die geringste Ahnung haben, was er für uns an Überraschungen bereit hält. Wir sind dann Gestrandete auf einer unbekannten Welt.«

»Ich habe natürlich auch etwas weiter gedacht, als blindlings ins Unbekannte zu stolpern. Wir lassen also die Flash zurück und geben der Gedankensteuerung einen unmißverständlichen Befehl.«

»Und der wäre?« forschte widerstrebend Riker, der von dem Plan nicht sehr begeistert war.

»Wir weisen sie an, sofort nach Erreichen des Normalraumes ein Peilsignal an die POINT OF zu senden, verbunden mit einer Nachricht. Darin fordern wir unsere Crew auf, den Duck-Raumer bei seiner Rückkehr zu entern und die vorerst verlorenen Flash wieder in unseren Besitz zu bringen.«

Rikers Gesicht drückte immer noch Skepsis aus.

»Du glaubst, der Duck-Raumer wird wieder an jener Stelle auftauchen, wo die QUIET ZONE beginnt?«

»Davon bin ich überzeugt. Oder kennst du eine andere Lösung?«

»Nein«, gab Riker kleinlaut zu. »Es widerstrebt mir zwar, aber eine bessere Lösung habe ich auch nicht. Es ist mit einem großen Risiko verbunden.«

»Dessen bin ich mir durchaus bewußt. Das erste Risiko haben wir bereits mit einer gewissen Bravour bestanden. Das zweite müssen wir abwarten.«

»Optimist«, sagte Riker. »Es hofft der Mensch, solange er lebt.«

»Richtig. Hat jemand einen besseren Vorschlag?«

Niemand hatte einen. Dharks Vorschlag wurde einstimmig akzeptiert, auch von Riker.

»Dann gebe ich jetzt die Befehle an die Gedankensteuerung«, sagte Dhark und tat, was er angekündigt hatte.

Sie verließen die Flash, warteten, bis die Roboter die nächste Ladung diverser Monstrositäten holten, und folgten ihnen langsam und vorsichtig.

Kein einziger Duck ließ sich blicken, als sie die breite Rampe erreichten. Auch die geschäftig hin- und hereilenden Roboter kümmerten sich nicht um sie.

Etwas später hatten sie den Duck-Raumer unbemerkt verlassen und befanden sich auf einem Planeten in einer unwirklich anmutenden und fremden Umgebung. Es war ein Raumhafen, zweifellos, aber es gab außer dem Duck-Raumer keine weiteren Schiffe.

Um sie herum herrschte eine ungewohnte Helligkeit, obwohl zunächst keine Sonne zu erkennen war.

Eine unheimliche Welt, gänzlich fremd, jenseits der unergründlichen Black-Hole-Schale gelegen.

Sie fragten sich, was sie hier wohl erwarten mochte.

6.

Unverändert trieb die POINT OF antriebslos im Raum. Dem phantastischen Bild der Black-Hole-Schale, von der Bildkugel in einer prachtvollen Projektion wiedergegeben, widmete kaum jemand noch besondere Aufmerksamkeit. Leon Bebir, seit vier Wochen zur Besatzung gehörend, langweilte sich im Pilotensitz und wartete darauf, daß seine Schicht endete und Ralf Larsen die Zentrale wieder übernahm.

Status unverändert!

Nach wie vor war der Ringraumer nicht in der Lage, sich der Black-Hole-Schale weiter als bis auf ein Lichtjahr zu nähern. Nach wie vor waren die Experten Vandekamp, Dongen und Hertog nicht fähig zu erklären, weshalb Intervallfelder und Sternensog ab einer bestimmten Distanz zur QUIET ZONE ihren Dienst versagten.

Das in seiner Struktur unbegreiflich veränderte Raum-Zeitgefüge wahrte seine Rätsel...

Pal Hertog beanspruchte eine Partition des Checkmasters. Über das Terminal der Astro-Abteilung griff er auf das Bordgehirn der POINT OF zu.

Tino Grappa hatte seine Schicht erst kürzlich angetreten und konnte sich im Gegensatz zu Bebir nicht über Arbeitsmangel beklagen, weil er den Experten im Astro-Lab ständig aktualisierte Daten der Ortungsysteme überspielen mußte. Die Bordsprechanlage hielt die Verbindung zwischen ihm, Hertog und Dongen permanent aufrecht. Wechselnde Störfilter wurden erprobt.

»Das bringt doch alles nichts«, murmelte Grappa verdrossen.

Bebir erwachte aus seinem Dösen. »Bitte, Grappa?«

»Jetzt konfiguriere ich die Filter der Energie- und Masse-Ortung zum siebten Mal innerhalb einer Stunde neu, und das nur, weil unsere Einsteins sich davon tiefere Erkenntnisse erhoffen...«

»Brauchen Sie schon eine Ablösung, Grappa?« Es klang nicht einmal vorwurfsvoll oder tadelnd, einfach nur mitfühlend.

»Unsinn!« protestierte Grappa. »Was ich brauche, ist ein Blitz, der den Herrschaften unter die Sessel fährt und ihnen die nötigen Erkenntnisse im Schnellverfahren eintrichtert! So, jetzt noch den Trill-A auf Drei-Leet-Priaton-drei-sieben... da haben wir auch das wieder! Bomben und Boliden, wer von den Mysterious ist bloß auf diese verdrehten Bezeichnungen gekommen? Der Teufel soll sie alle holen!«

»Die Mysterious oder die Bezeichnungen?«

»Alle zusammen!« knurrte Grappa.

Der junge Mailänder war nicht der einzige, der mitunter schlecht auf die Erbauer des Ringraumers zu sprechen war. Auf der einen Seite stand eine kaum vorstellbare Hochtechnologie, auf der anderen kapitulierte diese High-Tech zuweilen vor den einfachsten Problemen!

Auch H. C. Vandekamp, der seinen ersten Fernflug mit der POINT OF machte, ließ an den Erbauern des Ringraumers kein gutes Haar. Er und Dongen plagten sich mit der Supermathematik der Mysterious herum.

»Wenn wenigstens Field hier wäre!« knurrte Vandekamp. »Die ist wohl die einzige, die das ganze Formelchaos aus dem Effeff beherrscht...«

»Da!« unterbrach ihn Professor Gerd Dongen und deutete mit ausgestrecktem Arm auf das Checkmaster-Terminal, an dem Hertog saß.

Seit einer halben Minute gab das Rechengehirn Grünmeldung!

Langsam, ganz langsam, erhob sich Vandekamp von seinen Berechnungen, die er mit einem handlichen terranischen Suprasensor erstellte und immer wieder korrigierte oder löschte. Er starrte den Terminalschirm an, der immer noch grünes Licht signalisierte.

Das Volumen der Berechnung, die das Bordgehirn der POINT OF durchführte, mußte ungeheuerlich sein, wenn es jetzt schon über eine Minute dafür brauchte... dann sogar in die zweite und dritte Minute ging...

Vandekamp trat neben Hertog und betrachtete die Anzeigen. Tief atmete er durch. Der Checkmaster verwendete mehr als 50 Prozent seiner Rechnerkapazität auf die ihm gestellte Aufgabe!

Hertog ballte die Hände zu Fäusten. »Wir schaffen es«, stieß er hervor. »Diesmal sind wir auf dem richtigen Weg! Diesmal arbeiten wir mit den richtigen Formelsätzen und Informationen und...«

Da kam Rot.

Erneut kapitulierte der Checkmaster vor der ihm gestellten Aufgabe und brach den Rechenprozeß kurzerhand ab!

Höhnisch schienen die Symbolzeichen in Mysterious-Schrift vom Bildschirm zu blinken.

Benötigte Daten unvollständig. Weiterer Input erforderlich.

Hertogs noch geballte Fäuste krachten auf die Konsole. »Verdammt noch mal... und wir waren so nahe dran...«

»Wirklich?« fragte Dongen leise. »Oder haben wir uns das alle doch nur gewünscht?«

»Weitermachen, Herrschaften«, verlangte Vandekamp. »Wir müssen das Problem von einer anderen Seite anpacken. Wenn wir nicht herausfinden können, auf welche Weise die Black Holes das Gefüge der Raum-Zeit in ihrem Bereich verändern, müssen wir eben herausbekommen, wo die Kollisionspunkte mit Intervallum und Sternensog liegen.«

Die beiden anderen sahen ihn an.

Er war der Kontinuums-Experte, er war der Mann, der sich als erster mit dem Phänomen des *künstlich erzeugten Mini-Weltraums* befaßt hatte, schon damals vor dem ersten Start der POINT OF, und später war er auf Deluge am Ball geblieben, erst recht, als das kontinentale Intervallfeld über dem Inselkontinent entstand. Kaum ein Mensch wußte mehr über Intervallfelder als Vandekamp, aber auch er hatte noch nicht herausgefunden, in welcher Konstante sich das Intervallum vom normalen Weltraum unterschied!

Er schluckte. Plötzlich glaubte er zu begreifen, in welche Richtung er seine Überlegungen richten mußte.

»Kollegen, wir haben Zeit verschwendet!« behauptete er. »Wir haben herauszufinden versucht, was das Intervallum beeinflußt, statt die physikalischen Verhältnisse innerhalb der QUIET ZONE mit denen im normalen Raum zu vergleichen! Wenn wir herausfinden, in welcher Form sich die QUIET ZONE vom Normalraum unterscheidet, sind wir vielleicht einen Schritt weiter! Vergessen wir einmal das Intervallum. Wichtiger ist, weshalb der Sternensog versagt, sobald wir uns der Black-Hole-Schale nähern wollen.« Er wurde anschaulich: »Stellen Sie sich einen Vogel vor, der über einem See schnell durch die Luft fliegt. Nehmen Sie dann diesen Vogel und bringen Sie ihn unter die Wasseroberfläche. Der kann dann nicht mehr fliegen, sondern nur noch versuchen, mit den Flügeln und Beinen zu rudern, um auf diese Weise die Oberfläche wieder zu durchstoßen! Schafft er das, kann er wieder fliegen, nur an den Grund des Sees kommt er selbst mit den stärksten Schwingen nicht heran...!«

Hertog schürzte die Lippen. »Und Sie glauben, die Sphäre innerhalb der Black-Hole-Schale wäre so etwas wie dieser See, wie das Wasser, das den Vogel am Weiterfliegen hindert?«

Vandekamp nickte.

»Dann wollen wir mal wieder. Fangen wir also ganz von vorne an«, seufzte Hertog.

Und drei Männer versanken wieder in ihrer hoffnungslosen Sisyphus-Arbeit.

Zwei Stunden später wurde nach Kaffee verlangt. Lautlos glitt die Tür zum Astro-Lab auf, und dann gerieten drei Männer ins Schmunzeln, weil sie sahen, wie und von wem ihnen der Kaffee serviert wurde.

Jimmy, Chris Shantons Robot-Scotchterrier, hielt ein Tablett zwischen seinen Stahlplastikzähnen. Darauf standen Kanne, Tassen und alles andere. Jimmy hatte Kugeln aus den Fußballen gefahren und rollte auf ihnen erschütterungsfrei in den großen Raum. Das Tablett zitterte nur unmerklich, als das ›Brikett auf Beinen‹ vor den Wissenschaftlern zum Stehen kam.

Hinter Jimmy schob sich Chris Shanton herein. Von ihm war gerade die Rede gewesen, nachdem Pal Hertog bedauert hatte, daß Arc Doorn mit der Gruppe Dhark unterwegs war. »Dieses Genie hätte vielleicht herausfinden können, warum der Sternensog nicht arbeiten will.« Da hatte H. C. Vandekamp den ehemaligen Cheftechniker der Cattaner Kraftwerke erwähnt, der mit ihm und Dongen an Bord gekommen war: »Vielleicht kann uns Shanton weiterhelfen...«

Der ahnte noch nichts von seinem *Glück*. Er hatte einfach nur mal nachsehen wollen, wie weit die Koryphäen mit ihrer Weisheit gekommen waren, und als der Ruf nach Kaffee laut wurde, hatte er sich angesprochen gefühlt, diese Aufgabe an sein Spielzeug zu delegieren.

Einschenken konnte Jimmy allerdings nicht. Das übernahm Shanton selbst, und Dongen schwärmte bald von dem echten Bohnenkaffee, der wesentlich besser schmeckte als das Synthetikgebräu, das aus dem Tischlein-deck-dich der Bordkantine kam. Echter Kaffee war auf Hope immer noch eine Rarität, und selbst in der POINT OF gab es nur geringe Mengen, weil man beim letzten Terra-Aufenthalt Wichtigeres zu tun gehabt hatte, als neben der normalen Bevorratung auch Genußmittel an Bord zu nehmen.

»Wer gut arbeitet, soll auch genießen dürfen!« verkündete Shanton und verriet augenzwinkernd, daß er ein paar Gramm aus seinem privaten Vorrat zur Verfügung gestellt hatte.

»Sagen Sie bloß, Sie haben sich während des Angriffs der Spindelraumer auf Cattan noch die Zeit genommen, Ihre Kaffeevorräte zu bergen?« staunte Dongen.

Shanton schüttelte den Kopf. Ein Schatten flog über sein Gesicht. »Was ich in Cattan besaß, ist dem Inferno zum Opfer gefallen... Nein, ich hatte doch schon das Vergnügen, den Jungfernflug der POINT OF mitzumachen. Damals habe ich einen Geheimvorrat an Bord angelegt, weil ich mir Hoffnungen machte, noch häufiger mitfliegen zu dürfen. Daraus wurde zunächst nichts, aber jetzt habe ich dieses Versteck doch noch plündern können. – Wie weit sind Sie mit Ihrer Arbeit gekommen?«

Dongen lehnte es ab, darüber zu sprechen, während er den heißen Kaffee in winzigen Schlucken trank. Vandekamp und Hertog übernahmen es, Shanton einzuweihen.

Der Zweizentnermann fuhr sich mit dem Daumen durch den Backenbart. Ein schabendes Geräusch erklang. »Mutige Theorie«, murmelte er. »Aber sie hinkt trotzdem noch. Vor allem erklärt sie nicht, wieso das Intervallfeld sich in der Nähe dieser lähmenden Zone nicht aufbauen läßt – beziehungsweise zusammenbricht, sobald wir uns ihr nähern.«

»Dafür können wir keine Erklärung finden. Wir wissen nur, daß der Raum sich im Bereich dieser Schale in einem veränderten, uns unbekannten physikalischen Gewand zeigt.«

»Black Holes sind doch Schwerkraft-Giganten«, überlegte Shanton.

»Schwerkraft-Einflüsse von außen spielen im Inneren eines Intervallfeldes keine Rolle«, protestierte Vandekamp. »Die Massekontrolle...«

»Ach, bah! Die Massekontrolle!« Shanton winkte heftig ab. »Die hält doch nur im Schiff Leib und Seele zusammen und arbeitet auch ohne das Intervallum, und erst recht, wenn die POINT OF oder ihre Flash mit Sle im hochrelativistischen Geschwindigkeitsbereich fliegen. Beim Überlichtflug dagegen wird die auftretende Schwerkraft lediglich in Energie umgewandelt.«

Vandekamp sah nicht gerade intelligent aus, wie er mit offenem Mund da stand und Chris Shanton anstarrte wie ein Wesen von einem anderen Stern. »Schwerkraft in Energie?«

»Wußten Sie das nicht? Arc Doorn ist damals beim Jungfernflug der POINT OF drauf gekommen, als wir uns überlichtschnell einer Riesensonne mit Superschwerkraft näherten. Das ist bis zu einem gewissen, noch nicht exakt ermittelten Wert für die POINT OF harmlos... Wissen Sie wenigstens über den Reizstrahl Bescheid?«

»Sicher!« stieß Vandekamp hörbar eingeschnappt hervor. »Dieser Reizstrahl berührt die Randschale des Intervallums, um es mal so zu sagen, und stellt dadurch die Sichtverbindung zum Normalraum her. Ohne ihn könnten wir hier drinnen nicht aus dem künstlichen Mini-Weltraum nach draußen in den Rest des Universums blicken.«

»Dieser Reizstrahl ist recht variabel in seiner Anwendungsmöglichkeit«, erklärte Shanton gelassen. »Er saugt die Schwerkraftbelastung ab, die in einem Konverter umgewandelt und dem Antrieb der POINT OF als zusätzliche Energie zugeführt wird.«

»Warum, zum Teufel, weiß ich nichts davon?« erregte sich Vandekamp.

»Das wiederum weiß ich nicht. Vielleicht hat man einfach vergessen, es in einem Bericht festzuhalten. Seit wir mit den Technologien der Amphis, Giants und Mysterious umzugehen gelernt haben, ist doch so vieles alltäglich geworden, daß niemand mehr auch nur einen Gedanken daran verschwendet«, beschwichtigte Shanton.

»Aber Schwerkraft in Energie umwandeln?« stöhnte Vandekamp.

Shanton zuckte mit den breiten Schultern. »Gravitation ist eine Feldenergie, die sich zwar mit dem Quadrat der Entfernung abschwächt, aber trotzdem überall zugleich wirksam wird, nur eben nicht überall gleich stark. Diese Gleichzeitigkeit bedingt, daß Gravitation sich in Nullzeit ausbreitet. Sie ist ein Hyperraum-Phänomen. Warum soll man damit nicht arbeiten können? Die Mysterious konnten es.«

»Der Teufel soll sie holen«, stimmte Vandekamp einmal mehr in den Chor der Verdrossenen ein.

»Wenn es so ist, wie Shanton sagt, werden wir wohl unsere Berechnungen auf eine ganz neue Basis stellen müssen«, meinte Hertog.

Dongen genoß immer noch seinen Kaffee, fühlte sich wie im Himmel und hielt sich aus der Diskussion heraus.

»Shanton, Gravitation wirkt auf die Zeit ein und krümmt sie ebenso wie den Raum. Wir haben es seinerzeit erlebt, als wir die Time-Sonne umliefen. Wir stellten eine Verlangsamung des Zeitablaufs an Bord fest«, fuhr Hertog fort.

»Ich habe die Berichte darüber studiert«, erwiderte Shanton. »Die POINT OF umkreiste die Time-Sonne überlichtschnell in geringem Abstand. Die Überlichtgeschwindigkeit muß Ihre Messungen verfälscht haben. Schließlich gibt es ja auch Zeitverzerrungen im hochrelativistischen Bereich, je mehr man sich der Lichtgeschwindigkeit annähert.«

»Und dabei kommt es zu einer Ausdehnung der Masse Richtung unendlich – was schließlich von der Massekontrolle verhindert wird.«

»Ich fürchte, Sie verrennen sich da in etwas«, behauptete Shanton. »Sie gehen das alles viel zu theoretisch an. Stellen Sie sich vor, daß der Weltraum der Oberfläche eines Meeres gleicht.«

»Jetzt fangen Sie auch noch damit an?« stöhnte Hertog auf. »Erzählen Sie uns bitte nichts von einem Vogel, der unter Wasser nicht fliegen kann.«

Shanton hob die Brauen, zuckte wieder mit den Schultern und fuhr ungerührt fort: »Der Sle erzeugt Wellen. Der Sternensog erzeugt große Wellen. Wenn Sie jetzt die Oberfläche des Sees durcheinanderbringen, und zwar so, daß er unter jedem Wellenberg ein Wellental erzeugt, was passiert?«

»Die Oberfläche wird wieder glatt.«

»Und glatte Oberfläche gleich kein Antrieb.«

»Der Sle funktioniert aber.«

»Weil die Wellentäler große, tiefe Täler sind, die den Wellen des Sternensogs entsprechen. Der Sle erzeugt wesentlich kleinere Wellenberge. Die Oberfläche des Ozeans bleibt also uneben.«

»Beziehungsweise, anstelle der tiefen Wellentäler entstehen nur flache Wellentäler.«

»Dieses Bild von Wellenbergen und -tälern ist natürlich nur eine ganz vage Analogie, aber vielleicht sollten Sie einfach mal versuchen, in diese Richtung zu denken.«

»Was noch längst nicht den Zusammenbruch des Intervallums erklärt«, wandte Vandekamp ein. »Oder glauben Sie, daß es auch da eine Entsprechung gibt?«

»Was das angeht, sind Sie der Experte. Ich bin nur ein kleiner, laienhafter Bastler...«

»Könnten Sie«, überlegte Hertog, »nicht ein wenig am Antrieb der POINT OF herum*basteln*? Ich meine, den Sternensog vielleicht so manipulieren, daß seine Wellenberge den Wellentälern der QUIET ZONE nicht mehr entsprechen?«

»Ich hab's geahnt«, murmelte Shanton. »Das mußte ja kommen. Nein, Gentlemen, das traue ich mir nun doch nicht zu. Vielleicht wäre nicht einmal Doorn dazu in der Lage, und außerdem würde mir Congollon gewaltig auf die Finger klopfen, wenn ich plötzlich anfinge, an seinen Maschinen herumzubasteln.«

»Aber Sie könnten trotzdem an Ihrer Theorie weiterarbeiten und sie auch Larsen unterbreiten«, meinte Hertog.

Shanton seufzte. »Hätte ich armer Irrer bloß die Klappe gehalten, statt mir Arbeit aufzuhalsen... Komm, Jimmy, wir gehen. Sonst finden unsere drei Freunde noch mehr, was sie mir aufs Auge drücken können...«

In der Tür drehte er sich noch einmal um und grinste. »Natürlich arbeite ich dran«, versicherte er. »Schließlich ist mir ebenso daran gelegen wie allen anderen, daß wir Dhark und den anderen folgen und ihnen aus der Patsche helfen können.«

Damit verschwand er.

Sein Robothund folgte ihm. Er hatte die Stahlkugeln eingezogen und stolzierte auf gespreizten Pfoten wichtigtuerisch hinter seinem Herrn und Meister her.

Larsen betrat die Zentrale. Bebir räumte seinen Platz und wechselte in den Co-Sitz. »Nichts«, meldete er und glaubte damit alles gesagt zu haben.

Keine Veränderung der Situation, keine Nachricht der Gruppe Dhark!

Larsen nahm Platz.

Im gleichen Moment meldete sich Tino Grappa. »Da ist was...«

Larsen stand schon wieder und eilte zu dem Ortungsspezialisten hinüber. »Der Duck-Raumer? Die Flash?«

»Scheint etwas anderes zu sein. Ein fester Körper, der sich vor dem uns am nächsten gelegenen Black Hole abzeichnet.«

»Lassen Sie mal sehen...« Der Erste Offizier des Ringraumers beugte sich an Grappas Schulter vorbei über die Instrumentenanzeigen. »Und das haben Sie erst jetzt entdeckt?«

»Ja! Bis vor wenigen Minuten befand sich die POINT OF noch in einer Position, von der aus das Black Hole den Festkörper überstrahlte!« rechtfertigte sich Grappa, weil er aus Larsens Frage einen Vorwurf zu hören glaubte. »Jetzt sind wir aber ein paar Lichtminuten auf Koordinatenachse Rot abgedriftet und...«

»Schon gut«, winkte Larsen ab. »Können Sie herausfinden, worum es sich handelt, oder soll ich die POINT OF in eine geeignetere Position bringen?«

»Nicht nötig. Ich überspiele Ihnen die Daten. Hoffentlich will die Astro nicht ausgerechnet jetzt wieder dringend neue Ortungsdaten!«

Das war nicht der Fall. Grappa konnte sich intensiv um das Objekt kümmern, das er vor dem Black Hole ausgemacht hatte. Virtuos spielte er auf dem Instrumentarium seiner Ortungssysteme.

Die kombinierte Distanz-, Energie- und Masse-Ortung lieferte ihm erste Resultate. Er schaltete eine freie Partition des Checkmasters hinzu, um die Daten zueinander in Relation zu setzen. Das Bordgehirn des Ringraumers reagierte trotz seiner auch anderweitigen

Beanspruchung prompt.

»Larsen, der angemessene Fixkörper steht etwa eine Billion Kilometer vor dem Black Hole. Masse entspricht der von fünf oder sechs Kugelraumern der Sternen-Klasse. Der Körper verfügt über ein beträchtliches Energiereservoir.«

»Geht es etwas präziser?« Larsen hatte sich wieder im Pilotensitz niedergelassen und betrachtete die von Grappa zum Steuerpult überspielten Daten.

»Eine Billion Kilometer?« staunte Leon Bebir. »Das ist verdammt nah an dem Schwarzen Loch dran! Dann ist das Ding über kurz oder lang zum Untergang verurteilt...«

»Die Position ist *stabil*«, verblüffte Grappa ihn.

Der Checkmaster hatte die Eigenbewegung des Ringraumers mit der Position des Festkörpers vor dem Black Hole in Korrelation gebracht.

»Teufel auch!« entfuhr es Bebir.

Grappa hatte die Anfrage des Ersten Offiziers nicht vergessen. »Tut mir leid, Sir. Die Daten sind bei mir genauso widersprüchlich, wie Sie sie vor sich sehen. Die angemessenen Energiereserven deuten auf ein künstliches Objekt hin. Vielleicht ein Raumschiff.«

»In der QUIET ZONE?« entfuhr es Larsen.

Grappa nickte nur.

»Und es bewegt sich nicht?«

»Keine Bewegung anzumessen. Das Objekt verändert seine Position nicht. Nur die POINT OF bewegt sich, und jetzt bekomme ich es langsam besser herein.«

»Okay«, dehnte Larsen. »Dann melden Sie, wenn Sie verläßliche Fakten vorzuweisen haben.«

Eine Viertelstunde später wurde er ungeduldig. »Grappa, wollten Sie sich nicht...?«

»Da hat sich nichts verändert! Wir sind zu weit entfernt, als daß sich unser bisheriges Driften effektiv bemerkbar machen würde.«

»Wir können die POINT OF um ein oder zwei Lichtjahre verschieben, wenn Ihnen das weiterhilft.«

»Nicht für die Daten, die Sie haben wollen«, wehrte Grappa ab. »Ich kann das Objekt mit der Distanz-Ortung jetzt besser erfassen, aber die

Werte bleiben konstant, und alles andere hat sich nicht verbessert! Die Masse ist immer noch nicht exakt zu definieren.«

Larsen traf eine Entscheidung. Er beugte sich vor und aktivierte die Bordsprechanlage. Mit wenigen Worten informierte er die Crew über das wenige, was sie von dem Festkörper wußten. »Ich brauche zwei Freiwillige, die sich das Objekt mit einem Flash aus der Nähe ansehen – jedenfalls soweit eine Annäherung zu verantworten ist! Unnötige Risiken müssen nicht eingegangen werden!«

Mike Doraner war der schnellste. Nur einen Sekundenbruchteil später meldeten sich gleichzeitig Rul Warren und Hans Vultejus.

Blitzschnell blockte Larsen weitere Meldungen ab und bestimmte Doraner und Warren.

»Das Black Hole ist ein Ausreißer in der Schale und steht ungewöhnlich nahe am Rand der QUIET ZONE. Fliegen Sie so nahe wie möglich an das Objekt heran, aber gehen Sie kein Risiko ein! Vergessen Sie nicht, daß der Rand der QUIET ZONE weit über den Bereich hinausgeht, an dem die Schwerkrafteinflüsse dieser Black Holes gefährlich werden können. Und vergessen Sie auch nicht, daß dort weder Intervallum noch Sternensog funktionieren!«

»Hoffentlich fällt nicht auch der Nadelstrahl aus«, unkte Doraner.

»Benutzen Sie lieber Ihren Verstand und Ihre Ortungen als die Waffensysteme«, mahnte Larsen. »Versuchen Sie herauszufinden, worum es sich bei dem Objekt handelt. Sammeln Sie so viele Daten wie möglich, ohne sich in Gefahr zu bringen.«

»Ich werde ihn schon bremsen«, schmunzelte der bedächtige Rul Warren, den Larsen absichtlich anstelle des eher hitzköpfigen Vultejus an Doraners Seite stellte.

Larsen schaltete die Bordsprechverbindung manuell ab. Kurz dachte er daran, daß Ren Dhark für derlei Kleinigkeiten die Gedankensteuerung zu Hilfe nahm, aber dieser Automatik traute der Erste Offizier nicht über den Weg.

»Warum fliegen wir nicht mit der POINT OF hinüber?« wollte Bebir wissen. »Der Ringraumer ist doch weit weniger gefährdet als ein kleiner Flash, wenn es hart auf hart geht.«

»Glauben Sie, ich würde das Leben der beiden Piloten leichtfertig aufs Spiel setzen?« Larsen hob die Brauen. »Die POINT OF bleibt als

Eingreifreserve hier! Ich verschieße nur ungern mein Pulver beim ersten Versuch. Außerdem ist das Intervallfeld eines Flash ebenso verläßlich wie das der POINT OF.«

»Wenn es nicht erlischt, weil der Flash in die QUIET ZONE gerät...«

Flash 023 jagte dem Black Hole mit hohem Überlichtfaktor entgegen. Es war eines von denen, die nicht genau in der gigantischen Schalengeometrie lagen, sondern erheblich nach außen versetzt, wie es auch einige gab, die den Ortungsergebnissen zufolge weiter einwärts der QUIET ZONE lagen. Das kam den beiden Männern im Flash entgegen, konnten sie sich dadurch doch dem Black Hole und damit auch dem Festkörper überhaupt erst nähern.

Doraner spielte mit der Fernortung. Die Distanz zum Ziel-Black-Hole betrug noch knapp sieben Lichtjahre und verringerte sich zusehends.

Grappas erste Daten, die eine Distanz des Objektes zum Schwarzen Loch von einer Billion Kilometer ergeben hatten, konnten jetzt durch Feinmessungen aus der Nähe bestätigt werden.

»Na, dann muß es uns ja jeden Moment erwischen«, meinte Rul Warren. »Mich wundert schon, daß wir so nahe an das Black Hole herankommen, ohne lahmgelegt zu werden. Man sollte doch meinen, daß die Veränderung des Weltraums weiter herausragt.«

»Vergiß nicht, daß dieser Schwerkraftmoloch der Schale vorgelagert ist«, erinnerte Doraner. »Vielleicht ergibt erst die gegenseitige Überlagerung der vielen Super-Gravitationszonen die Raum-Veränderung. Wichtiger für uns ist, ob wir erst in den Anziehungsbereich des Black Holes oder in die QUIET ZONE geraten.«

»Wir sind doch längst drin im Schwerefeld«, warnte Warren. »Nur merken wir im Flash nichts davon, weil das Intervallfeld die Gravitationseinflüsse fernhält.«

»Das heißt, wenn es sich abschaltet, werden wir von dem Schwarzen Loch angezogen?«

»Bingo«, brummte Warren.

Da erloschen Intervallfeld und Sternensog.

Damit kamen die Schwerkraft-Einflüsse des Black Hole unmittelbar durch!

Mit Beinahe-Lichtgeschwindigkeit jagte Flash 023 weiter durch den Raum, jetzt *innerhalb* der QUIET ZONE.

Eine Übergangszone schien es nicht zu geben. Der Zusammenbruch von Antrieb und Schutzschild war ohne Vorwarnung erfolgt!

Hätten sie sich jetzt einfach treiben lassen, wäre der Flash bei einer Geschwindigkeit von annähernd 0,9 LG in einem Jahr in das Loch im Weltraum gestürzt – aber schon um einiges früher wäre das Leben an Bord erloschen.

»Abbremsen!« verlangte Rul Warren und hatte diesen Wunsch im gleichen Moment zum Befehl gemacht, der von der Gedankensteuerung der 023 aufgenommen und ausgeführt wurde.

»Verdammte Schleichfahrt«, knurrte Doraner mißmutig.

»Wir dürfen nicht im hochrelativistischen Bereich bleiben«, warnte Warren. »Je näher wir an der Lichtgeschwindigkeit fliegen, desto mehr dehnt sich die Zeit für uns, und in der POINT OF bleibt sie gleich. Wenn wir nach ein paar Stunden zurückkommen, treffen wir auf uralte Greise – falls nicht innerhalb der nächsten paar Sekunden unserer Relativzeit ohnehin irgend etwas passiert! Vermutlich sind wir seit dem Zusammenbruch des Intervallfelds ohnehin schon mehrere Normalstunden unterwegs, obgleich für uns erst Minuten vergangen sind. Wenn wir Pech haben, beträgt die Verzerrung bereits Tage oder Wochen!«

Doraner schlug sich gegen die Stirn. Der ständige Umgang mit einer Technik, die millionenfache Überlichtgeschwindigkeit zuließ und dabei innerhalb eines *künstlich erzeugten Mini-Weltraums* die im Normalraum geltenden Einstein'schen Gesetze außer Kraft setzte, hatte zur Folge, daß kaum noch jemand an eben diese Gesetze und an die Zeitdilatation dachte.

Auch die Distanzen, die sie mit der POINT OF und den Flash bisher zurückgelegt hatten, verschleierten den Blick auf die physikalischen Realitäten. Noch vor zwei Jahren wäre dieser Bereich nahe dem galaktischen Zentrum schier unerreichbar gewesen; der *Time*-Effekt hatte allenfalls *Verschiebungen* um jeweils 1,7 Lichtjahre zugelassen. Heute reisten sie mit Sternensog oder transitierten sogar in Nullzeit über ungeheure Distanzen.

Mit nur noch 0,2 LG jagte der Flash weiter auf das seltsame Objekt zu. Bei diesen rund 60 000 km/sec machte sich der Dilatationseffekt noch nicht störend bemerkbar; dies bedeutete aber auch, daß sie ihr Erkundungsziel in diesem Leben nicht mehr erreichen würden.

»Verrückt«, murmelte Doraner.

»Was?« wollte Warren wissen.

»Daß die Ortung normal funktioniert! Zum Teufel, wenn unser Überlichtantrieb zusammenbricht, wieso kann dann unsere Ortung weiterhin überlichtschnell funktionieren? Ob das den Experten in der POINT OF schon mal durch den Kopf gegangen ist?«

»Frag sie doch, wenn wir zurückkommen.«

»Ich habe gerade die Gedankensteuerung gefragt«, gestand Doraner. »Aber ich bekomme keine Antwort.«

Warren zuckte mit den Schultern, was Doraner nicht sehen konnte, weil die Sitze im Flash Rücken an Rücken angeordnet waren.

Die Ortungssysteme des Flash scannten den Fremdkörper. Nach wie vor blieb rätselhaft, weshalb er das Black Hole nicht in einem weiten Orbit umlief, sondern unverrückbar an ein und derselben Stelle im Weltraum verharrte. In Relation zu den entfernen Sternen fand keinerlei Bewegung statt.

Das war praktisch unmöglich! Lange genug tasteten sie nun von POINT OF und Flash aus nach dem Objekt. Zumindest eine Minimalbewegung hätte selbst über die Lichtjahrdistanz hin feststellbar sein müssen.

Die Masse-Werte blieben immer noch indifferent und machten das Objekt zu einem Rätsel, aber die Energie-Ortung zeigte an, daß das angemessene Energiepotential womöglich noch größer war als von der POINT OF aus angenommen.

Doraner gab der Gedankensteuerung den nächsten Befehl. *Meßwerte der Ortung laufend an Checkmaster der POINT OF überspielen*!

Die Bestätigung kam. Demnach funktionierte auch der Hyperfunk noch.

Plötzlich zeichnete die Bildprojektion über den Köpfen der beiden Menschen ein Abbild des Objektes.

»Was zum Teufel...«, entfuhr es Doraner.

Was war das für eine Konstruktion? Ein Diskus? Ein Ellipsoid?

Verwirrend ineinander verschachtelte Verstrebungen und Auswüchse ragten nach allen Seiten, und eine Art Plattform wurde von einem mehrfach unterbrochenen Ringwall gesäumt. Hier und da ragten Türme, Brücken und waghalsige Antennenkonstruktionen auf und überspannten tiefe Schächte.

»Wieso können wir das über diese immense Distanz so genau sehen?« stöhnte Doraner auf.

Das Abbild wurde immer detaillierter und perfekter. Mehr und mehr Einzelheiten schälten sich heraus. Doraner und Warren kamen aus dem Staunen nicht mehr heraus. Über eine Distanz von fast einem Lichtjahr zeigte sich ihnen die Form des Objekts in verblüffender Klarheit!

»Verdammt, das Ding muß doch riesengroß sein, daß wir es so deutlich sehen können!«

Aber die Masse-Ortung zeigte immer noch keine besseren Werte an als zuvor, krasser Widerspruch zur Genauigkeit der optisch erkennbaren Details. Auch die Distanz-Ortung erfaßte nur die Entfernung, nicht die Abmessungen.

»Zwei Kilometer Durchmesser?« schätzte Warren.

Der temperamentvollere Doraner tippte sich an die Stirn. »Mindestens zehn, sonst könnten wir es doch nicht so deutlich über diese Entfernung erkennen...«

»Unsere Ortung holt es doch durch den Hyperraum herein«, meinte Warren.

»Wenn ich nur herausfinden könnte, weshalb der Schwerkraft-Einfluß auf dieses Ding nicht wirkt«, murmelte Doraner. »Hier, Rul, auf uns wirkt das Black Hole doch auch, und das obwohl wir fast um das Zehnfache weiter entfernt sind! Die 023 bekommt einen zusätzlichen Bewegungsimpuls durch das Schwerefeld. Wieso kann dann diese verflixte Raumstation einfach so vor dem Black Hole hängen?«

Warren betrachtete andere Anzeigen auf seinem Instrumenten-Satz, der mit dem Doraners identisch war. »Energiewerte steigen an! Mike, in dem Ding laufen jede Menge zusätzlicher Konverter an! – Sagtest du Raumstation?«

»Oder was immer es auch sein mag! – Sagtest du zusätzliche Konverter?«

»Mann!« stöhnte Warren auf. »Und wieviele das sind! Mike, da aktiviert sich eine Festung, eine Kampfbastion! Wir...«

Sie wurden angegriffen!

Das Objekt, Raumstation oder nicht, schlug zu!

Turmdicke Strahlbahnen jagten durch den nachtschwarzen Raum. Hochenergetische Kampfstrahlen, die überlichtschnell waren und fast im gleichen Moment, in dem sie abgefeuert wurden, ihr Ziel bereits erreichten!

Die Ortungen des Flash erfaßten sie erst jetzt...

Knapp jagten die Strahlbahnen an der 023 vorbei. Grellste Lichtschauer kamen über die Bildübertragung herein, die nicht schnell genug abblenden konnte.

Doraner riß den Flash aus dem Kurs.

Von einem Moment zum anderen entfesselte der ›Blitz‹ seine volle Energieleistung. Maximum-Sle jagte die 023 über die Grün-Koordinate davon.

Für den Bruchteil einer Sekunde kam Andruck durch. Auch die Supertechnik der Mysterious konnte die Gesetze der Physik nicht außer Kraft setzen, sondern nur manipulieren.

Wieder wurde der Weltraum ringsum von blendend greller Helligkeit erfüllt.

Der Sternendschungel tanzte um den Flash, der von Doraner in einen rasend schnellen, aberwitzigen Zickzack-Kurs gezwungen wurde.

Mit seinem Ausweichmanöver kam der Pilot der Gedankensteuerung zuvor, die nicht einzugreifen brauchte.

Noch nicht!

»Hölle!« tobte Doraner. »Wie haben die uns erfaßt? Wir sind doch nicht gescannt worden...«

Im Flash brüllten Maschinensätze auf, die nie zuvor laut geworden waren.

Sekundenlang war die Kabine von sprühenden Elmsfeuern durchtanzt. Der zylindrische Druckkörper schüttelte sich und dröhnte wie eine gesprungene Glocke. Doraner fluchte wie ein Sternentramp, weil ihm die Gedankensteuerung jetzt doch das Heft aus der Hand nahm. Die geheimnisvolle Automatik, die es auch in der POINT OF gab, ließ ihn arbeitslos werden.

»Vielleicht haben die *unsere* Ortungsstrahlen als Träger für ihren eigenen Abtastversuch benutzt!« rief Warren ihm zu.

Flash 023 erwiderte jetzt das Strahlfeuer!

Kompromißlos setzte die Gedankensteuerung den überlichtschnellen Nadelstrahl ein, der jede Materie in Energie umwandelte. Deutlich war vor der Weltraumschwärze der blaßrote Energiefinger zu sehen, der die fremde Station über eine Distanz von nahezu 0,8 Lichtjahren angriff.

Wirkung wurde nicht erkennbar.

War die Station, die sich als waffenstarrendes Monstrum zeigte, durch Energieschirme geschützt?

Absetzen! forderte Warren konzentriert. *Absetzen! Rückzug zur POINT OF! Sofort!*

Warum reagierte die 023 nicht? Hatte die Automatik nicht erkannt, daß der Flash ohne Intervallfeld flog?

Immer noch tanzte der ›Blitz‹ in aberwitzigen Ausweichmanövern durch den Weltraum. Kein weiterer Treffer kam herein. Aber nach wie vor feuerte die rätselhafte Station auf das winzige Beiboot der POINT OF. Die 023 erwiderte den Beschuß.

Feuer einstellen! verlangte Warren. *Alle Energie auf den Sle! Rückzug! Rückzug*!

Warum reagierte die Automatik noch immer nicht auf seinen Gedankenbefehl? Gab Doraner etwa gegenteilige Anweisungen?

Da endlich ging der Flash auf Fluchtkurs und jagte im hochrelativistischen Geschwindigkeitsbereich davon.

»Energieausstoß der Station verzehnfacht!« schrie Doraner auf, der das bevorstehende Ende gerade der Ortung entnahm. Einem solchen Feuerstoß konnte der Flash nicht mehr standhalten.

Eine Hölle aus vernichtender Energie tobte in breiter Front heran, und dieser Hölle konnte auch das Unitall keinen Widerstand mehr entgegensetzen!

Fast gleichzeitig mit der Ortung war die Strahl-Energie der Stationsgeschütze bei ihnen... aber da existierte das Intervallfeld wieder!

Von einem Moment zum anderen war es entstanden und wurde gleich mit über 95 Prozent Fremdenergie belastet!

Aber auch der Sternensog kam wieder – und überlichtschnell jagte der Flash aus der Gefahrenzone...

Eine Stunde später erstatteten sie in der Zentrale des Ringraumers Ralf Larsen Bericht. Der bat sie, ihr Erlebnis auch Vandekamp, Dongen und Hertog zu schildern. »Immerhin ist es mehr als verblüffend, daß die überlichtschnellen Strahlwaffen funktionieren, der Sternensog und das Intervallum aber nicht. Vielleicht können unsere Experten damit etwas anfangen – ich muß passen. Schade, meine Herren, daß Sie nicht etwas mehr über diese Station herausfinden konnten.«

»Also, mir hat es gereicht, was die Station über *uns* herausfand«, erwiderte Doraner respektlos. »Ob sie installiert wurde, um Neugierige wie uns fernzuhalten? Man hat nicht einmal den Versuch gemacht, sich mit uns zu verständigen. Es wurde sofort geschossen.«

»Vielleicht hat die Besatzung der Station Ihre Ortungsstrahlen für einen Angriff mit unbekannten Waffen gehalten?« überlegte Larsen und strich sich nachdenklich über den kahlen Schädel.

»Warum hat sie dann nicht auch die POINT OF angegriffen?« entfuhr es Doraner. »Schließlich hat Grappa sie zuerst gescannt.«

»Zu weit entfernt«, meinte Rul Warren. »Mike, dreh' jetzt nicht nachträglich durch. Wir haben nicht mehr herausgefunden als das Aussehen der Station, und daß sie eine kampfstarke Festung ist.«

»Leider nicht mal, wer sie erbaut hat«, brummte Doraner.

»Vielleicht unsere Freunde aus den Spindelraumern? Denen traue ich mittlerweile jede Schurkerei zu«, sagte Warren.

»Aber warum installiert jemand eine solche Festung am Rand der QUIET ZONE?« rätselte Larsen. »Das ergibt für mich keinen Sinn. Unbefugte können nicht überlichtschnell in die Zone eindringen, und im Unterlichtflug brauchen sie Jahrhunderte und Jahrtausende, um jemandem gefährlich werden zu können, der sich innerhalb der Zone versteckt hält und dort manövrieren kann!«

»Warum haben die Giants die Erde überfallen? Warum ist Rom erbaut worden?« fragte Warren zurück. »Ich bin dabei, mir Fragen abzugewöhnen, die niemand beantworten kann.«

Larsen hob die Schultern. »Wir müssen uns eben etwas einfallen lassen, um Antworten zu erhalten. Wir wissen auch nicht, in welchen Schwierigkeiten Dhark und die anderen momentan stecken.«

Warren hieb seinem Kollegen Doraner die Hand auf die Schulter. »Na, dann wollen wir mal auch unseren Astro-Experten Bericht erstatten. Wenn ich nur glauben könnte, daß das einen Teil *unserer* Schwierigkeiten erledigt...«

Larsen sah ihnen nach und fühlte sich in der Zentrale der POINT OF ziemlich allein. Bebir hatte inzwischen Freiwache, und auf der Galerie am Checkmaster tat ein junger Mann namens Hen Falluta Dienst, der zusammen mit Bebir zur Crew gestoßen war. *Aus den beiden*, dachte Larsen und lenkte sich damit ein wenig von den Problemen ab, *werden garantiert mal erstklassige Führungsoffiziere.*

Es war der Moment, in dem Tino Grappa Alarm schlug.

»Strukturerschütterung auf Grün 14:03, Rot 223:23, Gelb 14:99«, stieß der Ortungsspezialist hervor. »Objekt hat den Hyperraum mit Restfahrt 0,8 LG verlassen. Kurs Rot 225.«

Larsen fuhr herum. »Typ?«

»Ein Raumer der Ducks... Feinortung läuft! Scanne Energiespektrum des Antriebs.«

Larsen verlor keine Zeit. Er benutzte die Bordverständigung. »Zentrale an Astro. Checkmaster-Kapazität freigeben.«

Vandekamp protestierte. »Larsen, wir sind mitten in einer...«

»Freigeben, sofort!« schnarrte der Erste Offizier. Sein Kopf ruckte herum und fand Blickkontakt mit dem Mann auf der Galerie, der am Checkmaster-Terminal saß. »Falluta, geben Sie der Astro 40 Sekunden zur Datensicherung und entziehen Sie ihr dann den Zugriff, falls sie sich nicht von selbst ausklinkt.«

»Abschalten in 35«, bestätigte Falluta, der die Sekunden mitzählte.

»Duck-Raumer laut Energiespektrum derselbe, der mit der Gruppe Dhark in der QUIET ZONE verschwunden ist. Raumer beschleunigt kontinuierlich, fliegt jetzt mit 0,85 LG weiter auf Rot 225.«

»Ziemlich nahe an uns vorbei«, murmelte Larsen.

»Checkmaster zeigt freie Kapazität«, rief Hen Falluta von der Galerie herunter.

Grappa wartete Larsens Anordnung nicht ab. »Daten werden überspielt. Hochrechnung der Austrittsgeschwindigkeit sowie Stärke der Strukturerschütterung, Hyperraum-Eintrittskoordinaten an Nummer Eins!«

Der als ›Nummer Eins‹ titulierte Erste Offizier nickte nur anerkennend und sah wenige Sekunden später auf einem kleinen Monitor die Werte aufblinken, die der Checkmaster innerhalb kürzester Frist berechnet hatte.

Es waren Annäherungswerte mit einem Wahrscheinlichkeitsfaktor von 37 Prozent. Der Ort, an dem der Duck-Raumer in den Hyperraum gegangen war, lag tief innerhalb der QUIET ZONE, war aber nicht exakt zu bestimmen.

»Raumer beschleunigt weiter mit 850 km/sec². Geschwindigkeit jetzt 0,92 LG. Wird vermutlich gleich in die nächste Transition gehen«, warnte Grappa.

Warum reizte der Kommandant des Duck-Raumers den Beschleunigungsflug im hochrelativistischen Bereich weiter aus? Konnte er nicht früher transitieren? Von der HOPE, dem Giant-Raumer, den Larsen zwischenzeitlich kommandiert hatte, wußte der Erste Offizier, daß ein Hyperraumsprung bereits ab 0,8 LG problemlos möglich war. Bei geringerer Geschwindigkeit wurde die Transition allerdings durchaus zur materialzermürbenden Tortur.

Je höher die Eintrittsgeschwindigkeit, desto leichter der Übergang in den Hyperraum. Legten die entenfüßigen Pilzköpfe Wert auf komfortable Transitionen? Hatten sie nicht in ihrer Nähe die POINT OF auf Warteposition geortet? Oder sahen sie in dem Ringraumer keine Gefahr?

Larsens Hände flogen über die Steuersensorik. Die POINT OF beschleunigte ebenfalls, aber mit weitaus höheren Werten. Andruck-Kräfte kamen nicht zum Tragen, weil das doppelte Intervallfeld den Raumer in ein eigenes Mini-Kontinuum hüllte. Die blauviolett schimmernde Ringröhre aus Unitall schwang herum und nahm die Verfolgung des Duck-Raumers auf. Die Bildkugel holte das andere Schiff in der Vergrößerung zum Greifen nahe heran.

»Larsen«, meldete Glenn Morris aus der Funk-Z. »Wir empfangen einen gerafften Hyperfunkspruch aus dem Duck-Raumer. Echo-Kontrolle weist aus, daß der Spruch von einem Flash-Sender kommt.«

»Wortlaut?« fragte der Erste Offizier knapp.

»Duck-Raumschiff entern und die sechs Flash bergen, ehe der Raumer die nächste Transition durchführt. Dhark.«

»Verdammt«, stieß Larsen hervor. »Was soll das schon wieder heißen?«

»Strukturerschütterung«, gab Grappa im gleichen Moment durch. »Duck-Raumer transitiert.«

»Wiedereintrittspunkt?«

»Ich arbeite dran!« Grappas Finger flogen über die Sensorfelder. Wieder wurden dem Checkmaster Unmengen von Daten eingespeist, die die Energieortung hereingeholt hatte.

Larsen zeigte Anspannung, während der Ringraumer unaufhörlich beschleunigte. Sternensog zündete. Bei einer Ausgangsgeschwindigkeit von 0,2 LG wechselte die POINT OF übergangslos auf Überlichtgeschwindigkeit. Weiter beschleunigend, jagte der Ringraumer über Rot davon.

Von Grappa kam die Meldung, daß er den Wiedereintrittspunkt des Duck-Raumers ins Normalkontinuum errechnet hatte. Das andere Schiff hatte mit seiner Transition in Nullzeit eine Distanz von siebzehn Lichtjahren zurückgelegt.

»Wenn die gleich wieder transitieren, verlieren wir sie womöglich«, murmelte Falluta am Checkmaster.

»Wir dürfen sie nicht verlieren«, sagte Larsen finster. »Wir müssen wissen, was los ist.«

Morris meldete sich wieder. »Der Funkspruch wurde von Dharks Flash 001 abgesetzt, aber offenbar zeitversetzt programmgesteuert. Sieht aus, als befände sich niemand an Bord. Darauf deutet auch der Text hin, daß wir die Flash bergen sollen. Wenn der Commander und die anderen sich an Bord befänden, könnten sie ja selbst ausfliegen und zu uns zurückkehren. Hier draußen müßten die Intervallfelder funktionieren...«

»Das würde bedeuten, daß unsere Leute sich immer noch irgendwo in der QUIET ZONE aufhalten«, überlegte Larsen. »Und zwar – ohne eine Möglichkeit, von dort wieder wegzukommen.«

»Oder sie sind tot«, malte Falluta schwarz.

Daran wollte Larsen erst gar nicht denken. Er klammerte sich an die Hoffnung, daß es dem Einsatzkommando dann sicher nicht mehr gelungen wäre, die Gedankensteuerung eines Flash anzuweisen, den Funkspruch abzusenden.

Immer schneller wurde die POINT OF. Larsen wollte den Duck-Raumer nicht entkommen lassen. Der hatte nach der Transition, die ihn von der QUIET ZONE weg gebracht hatte, nicht viel Zeit verstreichen lassen, bis er den nächsten Raumsprung durchführte. Über die Hälfte der Zeit war jetzt schon wieder verstrichen, und die POINT OF war immer noch viel zu weit entfernt.

»Verdammt, warum gibt's in diesem Kahn nicht die Möglichkeit zu transitieren?« knurrte Larsen. »In allen anderen Punkten haben die Mysterious eine so überperfekte Supertechnik entwickelt, und ausgerechnet die Transitionstechnik sollen sie verschlafen haben? Der Teufel soll sie holen, verdammt noch mal!«

Er belastete den Sternensog mit 200 Prozent Leistung über normal. Aus dem Maschinenraum schrie Miles Congollon warnend: »Larsen, uns fliegen hier gleich die Konverter um die Ohren! Hören Sie, wie die Dinger brüllen?«

Die Bordverständigung übertrug den Maschinenlärm ungedämpft. Auch Larsen mußte sich schreiend verständlich machen, als er fragte: »Und wieviel Reserve ist noch drin, Miles?«

»Keine mehr! Nehmen Sie Fahrt weg, Larsen, oder Sie verschaffen uns allen eine erstklassige Himmelfahrt!«

Er wurde beiseitegeschoben. Chris Shantons breites Gesicht mit dem verfilzten Backenbart schob sich vor die Aufnahmeoptik. »Larsen, wir legen noch mal ein Brikett nach! Sie können auf 250 Prozent über Maximum gehen. Die Maschinen halten das aus, auch wenn Congollon hier der alten Kassandra das Wasser reichen will...«

»Wem will er was reichen?« stöhnte Larsen auf, der in diesem Moment an alles andere dachte, nicht aber an die trojanische Unheilsprophetin aus Homers ›Ilias‹. Shanton fuhr mit orgelnder Baßstimme fort: »Wissen Sie noch, wie wir bei unserem Jungfernflug vor den uns permanent angreifenden Fremdraumern flüchten mußten, ehe wir uns auf *Hide out* vorübergehend versteckten und ich bei dem folgenden Kontakt mit dem selbstmörderischen Gallertwesen beinahe umgekommen wäre? Da haben wir den Antrieb mit mehr als 300 Prozent über Maximum belastet. Maschinenraum Ende!«

Dort raufte sich Congollon die Haare. »Chris, sind Sie von allen guten Geistern verlassen?« brüllte er über den Maschinenlärm hinweg. »Das kann kein Mensch verantworten! Die Belastung, die wir damals gefahren haben, halten die Konverter nicht mal eine Stunde aus...«

Shanton winkte ab. »Hören Sie auf, in Ihrer Frisur herumzurupfen, sonst haben Sie bald auch so eine prachtvolle Fliegenlandebahn auf dem Schädel wie ich. Wetten, daß Larsen keine halbe Stunde braucht, um die Pilzköpfe einzuholen?«

Er stapfte davon. Congollon folgte ihm und glaubte dann den Verstand zu verlieren, als er sah, wie Shanton am Hauptkontrollpult des Maschinenraums eine Notsicherung entfernen wollte. »Sie jagen uns mit Ihrem bodenlosen Leichtsinn in die Luft, Chris!« tobte er.

Da hatte Shanton die Sicherung bereits in der Hand. »Baue ich eigenhändig wieder ein. Den Trick hat mir Doorn damals gezeigt. Miles, Sie sind hier der Chief, aber Sie haben zu wenig Vertrauen in die M-Technik. Die ist pannensicher und verträgt auch diese Spitzenwerte! Wer sagt uns denn, daß das, was die Instrumente uns als 100 Prozent angeben, auch wirklich 100 Prozent sind? Vielleicht ist das für die Mysterious soviel wie für uns 50! Vielleicht waren für die Geheimnisvollen 400 Prozent der Normalwert!«

»Deshalb sind sie auch ausgestorben!« tobte Congollon und wollte Shanton die Sicherung aus der Hand reißen, um sie wieder einzusetzen.

»Wir wissen nur, daß sie vor rund tausend Jahren spurlos verschwunden sind. Für's Ausgestorbensein gibt es keinen Beweis. Miles, hören Sie? Der Geräuschpegel hat nachgelassen, dabei laufen die Maschinen jetzt mit fast 250 Prozent! Larsen könnte gut und gern noch etwas nachlegen.«

In der Tat hatte der Lärm nachgelassen. Aber im Normalflug herrschte hier für gewöhnlich völlige Stille! Und bei normaler Energieabgabe vibrierten die 23 kugelförmigen M-Konverter auch nicht so, daß sie für menschliche Augen unscharf wurden.

»Wenn Sie uns mit Ihrem unverantwortlichen Verhalten in die Luft jagen, bringe ich Sie um!« drohte Congollon.

Chris Shanton nickte nur dazu. Sein Robothund, der ihn ständig bei Fuß begleitete, nahm die Drohung ernster und klappte schon einmal vorsorglich das Maul auf, um den Abstrahlpol eines Paraschockers in der Spitze der künstlichen Zunge freizulegen...

Die POINT OF war noch fünf Lichtjahre von dem Duck-Raumer entfernt, als dieser erneut transitierte.

Larsen nahm die abnorme Beschleunigung zurück. Im Maschinenraum atmete Miles Congollon einmal tief auf und bellte dann Shanton an: »Wollen Sie jetzt endlich die Überlastungssicherung wieder einsetzen?«

»Grappa, warum dauert das bei Ihnen so lange?« fragte Larsen an, der seine Ruhe allmählich verlor.

»Wiedereintrittspunkt des Duck noch nicht eindeutig erfaßt«, gab Grappa einen Zwischenbericht. »Wunder dauern auch bei den Mysterious etwas länger...«

Auf jedem anderen Raumer der TF hätte diese Bemerkung einen Verweis zur Folge gehabt. Larsen ließ die Respektlosigkeit ungeahndet. Auf dem Flaggschiff herrschte eben ein etwas familiärerer Umgangston. Selbst auf Rangabzeichen hatte man verzichtet. Welche Funktion und welchen Dienstgrad die Männer und Frauen an Bord innehatten, wußte schließlich jeder Besatzungsangehörige. Die Zeit auf Hope und später beim Kampf gegen die Giants hatte sie alle stärker zusammengeschweißt, als es jemals unter Normalbedingungen hätte geschehen können.

Im nächsten Moment gab der Checkmaster die Resultate seiner jüngsten Berechnungen durch. Der Rematerialisierungsort des Duck-Raumers war lokalisiert!

»Diesmal sind's gleich 34 Lichtjahre... doppelte Sprungweite! Wenn er von da gleich wieder transitiert und abermals verdoppelt, verlieren wir ihn endgültig.«

Und damit nicht nur die sechs unersetzlichen Flash, sondern auch die Chance, zu erfahren, was sich in den letzten Stunden in der QUIET ZONE abgespielt hat! dachte Larsen.

Vandekamp meldete sich aus der Astro-Abteilung. »Larsen, wann können wir wieder über den Checkmaster verfügen? Wir stecken mitten in...«

»Jetzt nicht!« fauchte Larsen zurück. »Sie erhalten Nachricht! Ende!«

Grappa sah ihn nachdenklich an. Larsen zuckte zusammen. »Ja, Grappa, ich weiß, daß mein Nervenkostüm nicht gerade das beste ist.«

Aber er dachte nicht daran, sich bei Vandekamp für seinen Kasernenhofton zu entschuldigen.

Er stand vor einer schwierigen Entscheidung. Sollte er die Verfolgung fortsetzen, obgleich sie nahezu aussichtslos war, oder sollte er die POINT OF zu der mit Ren Dhark vereinbarten Warteposition zurückbringen?

Vielleicht brauchte der Commander Hilfe, die nur die POINT OF ihm gewähren konnte – auch wenn der Ringraumer momentan nicht in der Lage war, überlichtschnell und im Schutz seiner Intervallfelder in die QUIET ZONE einzufliegen.

Aber vielleicht gab es noch andere Möglichkeiten, etwas für die kleine Einsatzgruppe zu tun. Immerhin funktionierte ja wohl der Hyperfunk!

Außerdem war da noch die rätselhafte Station vor dem Black Hole, von der niemand wußte, wie sie einzuschätzen war und warum sie ohne Warnung auf den Flash gefeuert hatte. Wer saß in dieser Station am Drücker? Die gleichen Wesen, die auch die mörderischen Spindelraumer flogen? Oder die Ducks? Oder eine bisher noch unbekannte Entität?

Auf der anderen Seite war fast 40 Lichtjahre entfernt der Duck-Raumer drauf und dran, mit sechs Flash auf Nimmerwiedersehen zu verschwinden.

Sechs von insgesamt 28 dieser Raumboote, mehr als einem Fünftel des Gesamtbestands!

Warum waren Dhark und die anderen nicht mit den Flash zurückgekehrt? Warum hatten sie die Kleinstraumer aufgegeben? Was war ihnen zugestoßen?

Ohne die Flash besaß der Commander vermutlich nicht einmal die Möglichkeit, über Hyperfunk einen Bericht zu senden. War es da nicht besser, zur Warteposition zurückzukehren, statt sich immer weiter zu entfernen?

Im nächsten Moment erkannte Larsen seinen Denkfehler. Wenn Dhark sich per Normalfunk melden konnte, spielte es keine Rolle, ob die POINT OF 250 oder 300 Lichtjahre von ihm entfernt war. Die Funknachricht würde so oder so nicht mehr innerhalb der Lebensspanne aller Beteiligten eintreffen.

»Wir folgen dem Duck weiter«, beschloß Larsen.

Diesmal überlastete er den Antriebsbereich allerdings nicht mehr. Er ließ die POINT OF zwar unaufhörlich weiter beschleunigen, aber mit normalen Werten. Um ein Vielfaches schneller als das Licht jagte der Ringraumer dem anderen Raumschiff hinterher.

Tino Grappa konnte keine weiteren Gefüge-Erschütterungen im fraglichen Bereich mehr feststellen. Der Duck-Raumer hatte keine weitere Transition mehr vorgenommen. Sein letzter Eintauchpunkt schien auch sein Ziel zu sein.Ralf Larsen konnte aufatmen. Seine Entscheidung, dem Raumer zu folgen, schien richtig zu sein. Das Ziel der Ducks war eine rote Riesensonne, die eine starke Ähnlichkeit mit Beteigeuze im Sternbild Orion aufwies. Sechs Planeten umliefen in sehr großem Abstand diesen roten Riesen, der 15 000mal lichtstärker war als Sol.

»Nur sechs Planeten?« wunderte Larsen sich. »Und das bei einer Riesensonne dieses Typs? Da wären doch eher sech*zig* Planeten vorstellbar.«

»Sorry, Larsen – ich kann's nicht ändern«, erwiderte Grappa. »Aber wenn ich mir die Distanz der Umlaufbahnen zur Sonne anschaue, kommt mir fast der Verdacht, daß ein Teil des Systems regelrecht leergefegt worden ist.«

»Sie meinen, jemand habe einige Planeten entfernt?«

»Ich meine gar nichts«, sagte Grappa. »Der Gedanke kommt mir ja selbst zu phantastisch vor. Vielleicht hat der Stern die inneren Planeten auch nur im Laufe der Jahrmillionen geschluckt.«

Das konnte sich wiederum Larsen nicht vorstellen, aber langsam begann er sich daran zu gewöhnen, ein Rätsel nach dem anderen vorgesetzt zu bekommen, ohne es lösen zu können. Hatte dieses ständige Rätselraten nicht schon mit der Entdeckung des Industriedoms und der Ringraumerhöhle auf Deluge begonnen?

Von dem verfolgten Raumer war allerdings nichts festzustellen.

»Keine Energiefahnen anmeßbar«, bedauerte Grappa. »Der Bursche hat sich abgesetzt.«

»Vielleicht hat er doch eine weitere Transition durchgeführt und das System längst wieder verlassen?«

»Sir!« Das Wort war ein einziger empörter Vorwurf. Der junge Mailänder, dem man nachsagte, mit seinen Ortungen *verheiratet* zu sein, fühlte sich in seiner Berufsehre gekränkt. »Die Strukturerschütterung hätte ich registriert! Den Wiederaustrittspunkt vielleicht nicht mehr... aber hier hat keine weitere Transition stattgefunden!«

»Dann muß der Raumer zu finden sein. Vielleicht hält er sich im Ortungsschatten der Sonne auf, oder in der Korona, damit die Energie-Emission der Sonne seine eigenen überstrahlt und tarnt?«

»Wir müßten näher an die Sonne heran«, schlug Grappa vor.

»Und auf die andere Seite des Systems.« Larsen manipulierte wieder mit den Steuerschaltern. Der Ringraumer nahm erneut Fahrt auf. Larsen riskierte es, innerhalb des Systems auf Überlichtgeschwindigkeit zu gehen, um das Verfahren ein wenig abzukürzen.

Währenddessen spielte Grappa wieder mit seinen Ortungen.

Larsen rief die Astronomen an. Jens Lionel und Jerome Sheffield hatten bereits via Checkmaster die Meßergebnisse abgerufen und ausgewertet. »Die Biosphäre umfaßt die drei inneren Planeten. Der Mensel'schen Wahrscheinlichkeitsrechnung nach ist Planet 1 optimal und Planet 2 bedingt für Lebensformen nach menschlichen Maßstäben geeignet«, teilte Lionel mit.

Planet 1 stand hinter der Sonne und wurde damit zum erklärten Ziel der POINT OF.

Minuten später rieb sich Tino Grappa die Hände.

»Larsen, ich habe ihn! Rudimentäre Energiefahnen weisen darauf hin, daß der Raumer in einem vorsichtigen Bremsmanöver Planet 1 angeflogen hat. Vermutlich hat eine Landung stattgefunden!«

»Schauen wir es uns an!« entschied Larsen.

Die POINT OF steuerte dem namenlosen Planeten einer namenlosen Riesensonne entgegen!

7.

Hätte sie jemand nach ihrem Namen gefragt, sie hätten mit einer Lautfolge geantwortet, die wie Axakapa klang. Aber es fragte niemand. Die anderen Leeti wußten ja, wer sie waren und welche Funktion sie hatten. Wenn es ihnen entfiel, konnten sie diese Information leichter dem Khaalo entnehmen, als Axakapa zu fragen.

Axakapa schwammen zwischen den Wurzelstöcken des Khaalo und gingen ihrer vorgeschriebenen Tätigkeit nach. Es war wichtig, unerwünschten Wildwuchs zu beseitigen und auch die störenden Ablagerungen von Tree zu entfernen, die sich immer wieder bildeten. Axakapa gingen dieser Tätigkeit gern nach, denn Tree war außerordentlich schmackhaft und darüber hinaus anregend.

In den letzten Reen-Phasen hatten sie sehr viel Tree verzehrt. Es war eine Zeit, in der das Tree sich erstaunlich stark vermehrte. In anderen Phasen gab es kaum Ausbreitung, und die Leeti mußten auf andere, weniger schmackhafte Nahrung zurückgreifen.

Plötzlich begann der Khaalo an verschiedenen Stellen zu leuchten. Damit verbunden kam es zu starken Vibrationen.

Was geschieht? wollte Kapa vom Khaalo wissen, bekam aber keine Antwort.

Siehst du nicht, daß der Khaalo beschäftigt ist und keine Zeit hat, sich mit deiner Neugier zu befassen? signalisierte Axak mit mildem Spott. Kapa sandte einen verärgerten Stromstoß durch sein Nervensystem.

Das viele Tree hat dich übermütig gemacht, übermittelte Kapa zugleich. *Vielleicht sollten wir damit warten, den Wurzelstock zu säubern, oder uns einem anderen Bereich des Khaalo widmen.*

Warten wir lieber ab, schlug Axak vor. *Wir könnten die Zeit für uns nutzen. Ich habe Lust, uns zu vermehren.*

Ich nicht! beschied ihm Kapa. *Ich hege Sorge um den Khaalo. So lange wie jetzt hat er noch nie geleuchtet. Sieh nur, das Leuchten wird nicht schwächer, sondern breitet sich immer weiter aus. Vielleicht braucht der Khaalo Hilfe.*

Axak verzichtete auf eine Antwort. Er war enttäuscht, daß Kapa seinen Drang, sich zu vermehren, nicht teilte, dabei war es durchaus an der Zeit, wieder einmal Nachwuchs hervorzubringen, und den Spaß, den Axakapa dabei empfanden, ersehnte Axak sich bereits seit etlichen Reen- und Koon-Phasen wieder. Doch wenn Kapa nicht wollte, blieb Axak nichts übrig, als weiter zu warten und zu hoffen.

Aber dem Khaalo helfen?

Wie denn? Allein der Gedanke, dem Khaalo helfen zu wollen, war schon blasphemisch. Der Khaalo hatte noch nie Hilfe benötigt, und es war eher so, daß er den Leeti Hilfestellung gab und Nester schuf, in denen der Nachwuchs heranreifen konnte.

Doch je länger das Leuchten blieb und auch die immer stärker werdenden Vibrationen, die das Wasser allmählich zum Brodeln brachten, um so unruhiger wurde auch Axak.

Etwas stimmte nicht mehr.

Etwas geschah, vielleicht jenseits des Khaalo, wohin niemand schwamm, weil es dort kein Wasser mehr gab. Etwas, das Gefahr bedeutete.

Für die Leeti?

Oder sogar für den Khaalo?

Axak hätte es nur zu gern gewußt, aber er mußte seine Neugierde ebenso dämpfen wie Kapa, weil man dem Khaalo niemals eine Frage stellte, wenn er leuchtete. Denn dann befaßte der Khaalo sich mit wichtigen, mit lebenswichtigen Dingen. Wenn es an der Zeit war, würde er den Leeti und allem anderen Leben mitteilen, was das Ergebnis seiner umfangreichen Denktätigkeit war.

Axakapa mußten weiter abwarten, auch wenn es ihnen sehr schwerfiel.

Die POINT OF war in einen Orbit um den Planeten gegangen, der sich den Menschen als eine schmutziggraue Kugel zeigte. Aus einer Höhe von rund tausend Kilometern tastete der Raumer mit seinen Ortungsstrahlen die aschgraue Planetenperle ab.

Larsen war vorsichtig. Er rechnete mit einem Überfall vom Planeten her. Der Duck-Raumer hatte sich bestimmt nicht umsonst hier verkrochen. Vielleicht gab es einen verborgenen Stützpunkt, der aus allen Strahlwaffen das Feuer eröffnen würde, sobald der Ringraumer in seinen Erfassungsbereich kam.

Die beiden Waffensteuerungen gaben Klarmeldung. Bud Clifton und Jean Rochard hatten die Finger am Drücker und waren bereit, einen sofortigen Gegenschlag mit allen verfügbaren Waffen zu führen.

Grappa gab die erfaßten Daten durch.

»Planet ist etwa venusgroß. Abstand zur M-Sonne 30 Astronomische Einheiten, Umlaufzeit bei 66 Jahren.«

»Ziemlich schnell für diese Entfernung«, überlegte Larsen. »Unser Neptun ist ähnlich weit von Sol entfernt und braucht für eine Umkreisung etwa 165 Jahre.«

»Dafür hat diese Sonne aber auch die zweieinhalbfache Masse von Sol«, fuhr Grappa fort. »Umdrehungsgeschwindigkeit beträgt 57 Stunden. Mittlere Temperaturen an der Oberfläche bei 17° Celsius. Atmosphäre mit 18,3 % Sauerstoff, der Rest Stickstoff und ungiftige Edelgase. – Atembar, möchte ich sagen«, kommentierte er. »Der Sauerstoffanteil könnte ruhig etwas höher sein, aber man kann sich da unten sicher auch ohne Raumanzug oder Atemmaske bewegen. Schwerkraft 0,9 g. Polachse nur unwesentlich schwächer geneigt als bei der Erde, die Jahreszeiten dürften also etwa ebenso ausgeprägt sein wie auf Terra. Eigentlich fast schon ideal zum Leben. Trotzdem keinerlei Lebenszeichen an der Oberfläche.«

Und diese Oberfläche machte einen seltsamen Eindruck. Über die Gedankensteuerung brachte Larsen die Bildkugel dazu, eine Ausschnittvergrößerung der Oberfläche anzuzeigen. Die Männer in der Zentrale der POINT OF starrten auf eine bizarre, verflochtene Struktur ähnlich der eines Korallenriffs. Vorherrschende Farbe war Grau in allen nur möglichen Schattierungen.

»Kein Wasser...«

Wer hatte es gesagt? Aber es stimmte! Es gab keine Meere auf diesem Planeten, der uralt sein mußte. Keine Seen und Flüsse, aber auch Gebirge waren keine zu entdecken. Die graue Korallenstruktur zeigte zwar Höhenunterschiede, doch nichts davon deutete auf größere Verwerfungen hin, die ihre Erdschollen im Laufe der Jahrmillionen bis zur Gebirgshöhe gegeneinander schichteten.

Kein Wasser und keine Gebirge? Hatte der Planet im Laufe seiner langen Existenz alles Wasser verloren, und die Gebirge mit der Zeit durch Erosion rascher flachgeschliffen, als kontinentale Plattenbewegungen sie auftürmen konnten?

»Vor einer kleinen Ewigkeit muß dieser Planet vollständig von Wasser umgeben gewesen sein«, meinte Falluta. »Denn sonst hätte diese globale Korallenbank doch gar nicht entstehen können. Korallen brauchen Wasser und die darin befindlichen Nährstoffe.«

»Und ohne Wasser ist die Entstehung pflanzlichen und tierischen Lebens, aus dem die Korallen ja hervorgehen, generell unmöglich«, sann Larsen. »Andere Lebensformen, die nicht auf Wasser angewiesen sind, wären denkbar, aber diese Korallen... wenn es tatsächlich Korallen sind! Da müssen unsere Biologen 'ran!«

Nur zwanzig Minuten später stand fest, daß es sich um Korallen handelte! Das festzustellen, hatte keiner Probenanalyse bedurft; die Daten, die die Ortungssysteme des Ringraumers hereinholten, reichten aus.

»Aber wo ist dann das Wasser geblieben? Das kann doch nicht einfach in den Weltraum verdampft sein! Dafür ist der Planet viel zu weit von seiner Sonne entfernt. Oder?«

Larsen war mißtrauisch und fragte bei den Astronomen nach.

»Die Umlaufbahn des ersten Planeten ist stabil«, erklärte Jens Lionel. »Er dreht sich nicht in einer allmählichen Spiralbahn von seiner Sonne fort, falls Sie das angenommen haben! Wir haben zwar keine Erklärung dafür, weshalb es näher zur M-Sonne keine Planeten gibt, aber Coral hat nie näher an seiner Sonne gestanden als jetzt.«

Damit hatte Lionel dem Planeten seinen Namen gegeben.

»Und Coral's Stern ist eine stabile M-Sonne, keiner dieser heimtückischen veränderlichen Sterne. Das Fehlen von Wasser muß andere Ursachen haben.«

»Energieortung spricht an«, meldete Grappa plötzlich. »Auf der anderen Seite des Planeten werden Strahlwaffen eingesetzt.«

»Der Duck?«

»Der Intensität nach sind es schwerste Strahlgeschütze. Aber worauf der Raumer feuert...« Hilflos zuckte Grappa mit den Schultern.

Larsens Hände flogen zu den Steuerschaltern. Die POINT OF wurde abrupt gestoppt. Der Sle sorgte dafür, daß der Ringraumer seinen Orbitalkurs nicht weiter verfolgte, sondern stationär verharrte, ohne dabei seine Distanz zur Oberfläche der Korallenwelt zu verändern.

»Drei Flash zum Einsatz!« ordnete Larsen an und entschied spontan, diesen Einsatz selbst mitzumachen. »Falluta, übernehmen Sie!«

Der nahm seinen Platz im Pilotensitz ein, glaubte aber warnen zu müssen: »Der kommandierende Offizier sollte in einer solchen Situation nicht von Bord...«

»Der kommandierende Offizier sind bis zu meiner Rückkehr Sie, Hen«, stellte Larsen trocken fest. »Dem Nachwuchs eine Chance...«

Vorsichtshalber erteilte er noch einige Instruktionen.

Er wollte kein Risiko eingehen. Die drei ›Blitze‹ waren schwerer zu orten als der Ringraumer. Larsen wollte wissen, was sich auf der anderen Seite des Planeten abspielte.

Auf wen wurde geschossen, und warum?

Axakapa fühlten die Unruhe, die in anderen Leeti entstand, als der Khaalo nicht aufhörte, in einem bestimmten Bereich zu leuchten und zu vibrieren. Einige Leeti teilten mit, daß der Khaalo auch anderswo zu leuchten begann und sich die Vibrationszonen immer weiter ausdehnten.

Ein Leeti-Paar wußte sogar zu berichten, daß es zu Zerstörungen in der Struktur des Khaalo gekommen sein sollte, nur bestätigte der Khaalo das nicht. Er reagierte überhaupt nicht auf Anfragen.

Natürlich nicht, wußte Axakapa. *Warum sollte er einen Gedanken an unsere Neugier verschwenden, wenn er mit wichtigeren Dingen beschäftigt ist?*

Was kann wichtiger sein als die Zerstörung des Khaalo? fragten Lenoxat an. *Gefahr droht auch uns. Wenn der Khaalo nicht mehr fähig ist, sich selbst zu schützen, wie will er dann uns vor Schaden bewahren? Wir müssen etwas tun!*

Und was? fragten Axakapa und auch Kaloxon. *Wer würde uns überhaupt erlauben, etwas zu tun? Wir können ja nicht wissen, ob wir damit den Schaden nicht noch vergrößern!*

Aber wir können doch nicht einfach zusehen, wie Teile des Khaalo absterben! protestierten Lenoxat.

Andere Leeti schalten sie ein Narrenpaar. *Selbst wenn Teile des Khaalo absterben, stirbt doch der Khaalo nicht. Er ist zu groß, um sterben zu können. Nichts kann ihn töten. Er umschließt die ganze Welt.*

Dennoch waren selbst Axakapa immer noch besorgt. Nie zuvor hatte der Khaalo so lange geglüht.

Und dann, plötzlich, brach der Khaalo unmittelbar vor Axakapa auseinander!

Das Feuer der Tod-Götter fauchte durch das Wasser. Kaloxon schrien. Das Feuer trennte sie gewaltsam. Oxon wurde davongeschleudert und geriet mitten in die Glutzone, die dampfende Wasserwirbel erzeugte. Oxon wurde zerkocht, aber noch während sie in der Glut verzweifelt schrie und die Hilfe des Khaalo erflehte, zerfiel ihr Leib bereits zu Asche.

Die Flocken, in Wasser gelöst zu einem grauen Schlamm, wirbelten an Kalo vorbei, der nicht begreifen konnte, daß es Oxon nicht mehr gab. Seine Fassungslosigkeit strahlte auf die anderen Leeti über. Weitere Aschepartikel schlammten durch das tobende, kochende Wasser – Partikel, die von anderen verbrannten Leeti stammten, aber auch von Fragmenten des Khaalo!

Khaalo-Asche mischte sich mit Leeti-Asche; etwas Ungeheuerliches, für das es kein Beispiel gab, aber es waren auch noch nie Leeti im Wasser verbrannt worden.

Kalo wimmerte verzweifelt und klammerte sich verzweifelt an Kapa. Aber Axak stieß ihn zurück. Leeti konnten nur in Zweiheit existieren. Eine Dreier-Verbindung war weder von den Göttern noch vom Khaalo vorgesehen. Axakapa gehörten zusammen, und Axak war nicht gewillt, selbst seine Zukunft aufzugeben, um Kalo eine neue zu schenken. Nicht einmal ihre Namen paßten zusammen. Passen konnte nur Axakalo, aber diese Verbindung konnte niemals von den Göttern gesegnet werden, weil sowohl Kalo als auch Axak dem gleichen Geschlecht angehörten. Kapa dagegen hätte nur zu einem Mann passen können, dessen Name mit K endete oder mit A begann.

Das war Gesetz, und Leeti verstießen niemals gegen das Gesetz. Der Khaalo hatte es geschaffen, und der Khaalo war allweise.

Kalo, der Zurückgestoßene, kreischte in tiefster Verzweiflung, weil er nun allein war. Allein zu sein, war kein göttergesegnetes Leben für Leeti. Leeti mußten immer zu zweit sein.

Warum hatten die Tod-Götter mit ihrem Feuer nicht auch Kalo verbrannt? Warum waren sie so grausam, ihm Oxon allein zu nehmen, die gewiß auch nicht gern allein gestorben war, sondern lieber zusammen mit Kalo, wie es das Gesetz vorschlug?

Ich bedaure ihn, teilte Kapa mit. *Noch nie habe ich gesehen, daß Leeti allein starben. Kann das Gesetz wirklich so grausam sein?*

Nicht das Gesetz ist grausam, sondern die Tod-Götter, berichtigte Axak sie. *Denke nicht mehr an Kalo. Wenn er keine neue Partnerin findet, existiert er nicht mehr unter den Leeti.*

Aber wie soll er eine neue Partnerin finden? Leeti sterben doch nicht getrennt voneinander, oder würdest du weiterleben wollen, wenn mein Lebensende gekommen ist?

Ich würde dir sofort in den Tod folgen, versicherte Axak. *Jeder würde das tun. Niemand will allein sterben. Es ist nicht gut. Und deshalb wird Kalo auch keine neue Partnerin finden. Es sei denn...*

Was? wollte Kapa wissen.

Wenn gerade eine Vermehrte reif wird und einen Partner sucht...?

Kapa nannte ihn einen Träumer. Nachwuchs, der reif wurde, eine Partnerschaft einzugehen, war doch für Kalo viel zu jung! Nur gleichaltrige verbanden sich zu Leeti, damit nicht, wenn der ältere starb, der jüngere viel zu früh ebenfalls in den Tod zu gehen hatte. Kalo aber war schon alt. Eine junge, gerade gereifte Partnerin zu nehmen, war dieser gegenüber unverantwortlich, weil sie niemals ihre volle Lebensspanne würde auskosten dürfen, sondern, wenn Kalo in ein paar Dutzend Reen-Koon-Phasen starb, ihm in den Tod zu folgen hatte.

Wir müssen Kalo in die gnädigen Hände der Tod-Götter geben, verlangte Kapa. *Er darf doch nicht allein bleiben!*

Axak erschrak. Kapas Vorschlag hieß, Kalo zu töten!

Aber Axak konnte nicht töten. Leben war heilig. Nur wenn die Tod-Götter es forderten, durfte anderes Leben getötet werden, nur hatten Leeti sich noch nie seit Khaalos Gedenken gegenseitig getötet, sondern nur niedere Lebensformen wie das Tree, das parasitär Khaalo befiel.

Noch während Axak versuchte, das Entsetzen über Kapas Vorschlag zu verarbeiten, brodelte das Wasser wieder, weil erneut Feuer der Tod-Götter aus den höheren Sphären herunterfiel und abermals Teile des Khaalo zerstörten.

Die Welt war nicht mehr so wie früher. Alles geriet durcheinander.

Undenkbar war es immer gewesen, daß etwas den Khaalo auch nur bedrohen konnte; an eine Beschädigung oder gar Zerstörung war niemals zu denken. Doch jetzt fand diese Zerstörung statt!

Bedeutete das nicht auch, daß andere Gesetze ebenfalls ihre Gültigkeit verloren?

War es nicht schon entsetzlich, daß zum ersten Mal Axak und Kapa so extrem unterschiedlicher Ansicht waren, abgesehen von den üblichen kleinen Neckereien, die sonst an der Tagesordnung waren?

Wir müssen wieder Axakapa sein, drängte Axak, *und nicht mehr Axak und Kapa. Wir sind eins in der Zweiheit!*

Und nur Kalo war allein. Kalo, der sein Alleinsein nicht ertrug und darüber den Verstand verlor...

Drei Flash stürzten sich dem Planeten entgegen. Jeder ›Blitz‹ hatte zwei Insassen. Doraner flog wieder mit Rul Warren die 023, Hans Vultejus die 024 zusammen mit Larsen, und Amye Shivaa kam mit der 025 zum Einsatz und hatte Chris Shanton samt seinem Robothund Jimmy an Bord.

Shanton war eigentlich alles andere als ein Pilot, aber er hatte kein Interesse daran, in der POINT OF Däumchen zu drehen, und mit den technischen Raffinessen, die sein Jimmy in sich barg, konnte er sich bei einer Außenlandung vielleicht nützlich zeigen.

Nur kurz hatten die anderen Piloten sich gewundert, daß der Erste Offizier diesen Einsatz selbst mitflog. Aber Larsen wollte sich ein persönliches Bild von dem Geschehen machen und glaubte die POINT

OF dabei in guten Händen. Er wollte Falluta die Chance geben, sich im Leitstand des Ringraumers zu bewähren.

Und natürlich wollte er auch wieder einmal hinaus.

Er war nicht unbedingt ein Draufgängertyp wie Janos Szardak, der mit Dhark in die QUIET ZONE geflogen war. Larsen war eher ruhig und bedächtig, doch auch ihn drängte es hin und wieder danach, einmal etwas anderes zu sehen als nur einen Kommandantensessel. Außerdem glaubte er nicht daran, daß sie mit den kleinen, wendigen Flash in Gefahr gerieten.

Was auch immer die Ducks unter Beschuß nahmen – sie waren damit beschäftigt.

Kein Heulen verdrängter Luftmassen verriet die Flash, keine Druckwelle, Überschallschleppe oder Feuerspur reibungserhitzter Luft begleitete sie. Mittels ihrer Intervallfelder glitten sie durch die allmählich dichter werdende Atmosphäre, wie sie auch durch feste Materie fliegen konnten.

In kaum hundert Metern Höhe über der Korallenschicht gingen die Flash in Terrainfolgeflug über. Aus der Nähe wirkten die grauen, verästelten Stränge und Flächen noch faszinierender als in der Fernortungs-Vergrößerung der Bildkugel. Wieder stellten die Menschen sich die Frage, was aus den Wasservorräten geworden war, die Coral einst bedeckt haben mußten, um das Wachsen der planetenumspannenden Korallenbank erst zu ermöglichen.

»Orte seismische Reaktionen«, meldete Amye Shivaa mit *gebremster* Funkleistung. Die Sender der drei Flash waren so eingestellt, daß ihre Reichweite nur wenige Kilometer betrug. Der Funkverkehr zwischen den Flash sollte nicht zum Verräter an ihnen werden, wenn die Ducks zufällig auch ungebräuchliche Frequenzen abhörten. Aus diesem Grund hatte Larsen auch der POINT OF Funkstille verordnet, es sei denn, es drohte äußerste Gefahr oder der Ringraumer wurde auf andere Weise von den Pilzköpfen oder anderen lokalisiert. Eigentlich konnten die Ducks die Annäherung der POINT OF nicht bemerkt haben – der Sternensog erzeugte keine anmeßbaren Strukturerschütterungen, wie es bei Transitionstriebwerken der Fall war, und da die Entenähnlichen bereits hinter dem Planeten versteckt gewesen waren, als die POINT OF in das System von Coral's Stern einflog, konnten ihre

Ortungen das Schiff auch nicht erfaßt haben.

»Bestätige«, meldete Warren. »Wenn's nicht so verrückt klänge, würde ich sagen, es gäbe ein Erdbeben. Stärke... sechs oder sieben...«

»Eher sieben«, warf die 36jährige Marsgeborene ein.

»Erdbeben?« überlegte Larsen. »Warum soll es das auf Coral nicht geben – unter der Korallenschicht?«

»Weil die Korallenschicht bebt und nicht das Darunter«, orgelte Shanton dazwischen. »Die Oberfläche der Schicht zittert stärker als das, was sich darunter befindet, und Jimmy behauptet, die Erschütterungen lägen zeitgleich mit den Feuerstößen des Raumers.«

»Jimmy? Wie kommt Ihr Brikett auf Beinen denn darauf? Hat Jimmy etwa Zugriff auf die Ortungen des Flash?«

»Hat er.«

»Masse- und Distanzortung«, unterbrach Vultejus. »Wir sind dran!«

Vor ihnen befand sich der Tankraumer der Ducks. Blitzschnell wurden drei Flash mit Höchstwerten gestoppt. Ganz kurz nur brummten Aggregate etwas lauter, als aufkommender Andruck absorbiert werden mußte.

»Runter!« befahl Larsen.

Die drei Flash sanken mit Hilfe ihrer Intervallfelder teilweise in die Korallenmasse ein.

»Distanz fünfundachtzig Kilometer«, meldete Vultejus. »Eigentlich könnten wir uns noch näher heranpirschen.«

»Kein Risiko eingehen«, mahnte Larsen. »Von hier aus erfassen wir sie ebensogut. Gehen wir näher heran, präsentieren wir uns ihrer Energieortung auf dem Serviertablett.«

Um sie herum zitterten wieder die Korallen. Ein neues, starkes Beben durchlief die Schicht. Shivaa meldete: »Ausgangspunkt ist der Ort, den der Duck unter Beschuß hat. Der Robotköter hat recht. Jede Salve löst ein neues Beben aus.«

»He«, polterte Shanton. »Jimmy ist kein Köter, Mädchen! Wenn Sie ihn noch einmal so nennen, programmiere ich ihn darauf, Ihnen ins Bein zu beißen!«

»Und wenn Sie mich noch einmal Mädchen nennen, rasiere ich Ihnen den Bart ab«, konterte Shivaa schlagfertig.

»Funkdisziplin halten«, kam es von Warren, und gemütlich fuhr er fort: »Wenn ihr euch unbedingt streiten wollt, schaltet vorher den Sender ab!«

Larsen nickte. Warren war ihm mit seinem Tadel zuvorgekommen.

»Worauf schießen die Pilzköpfe eigentlich?« brummte Vultejus. »Da ist doch gar nichts! Sieht aus, als wollten sie ein Loch in die Korallenschicht brennen.«

»Vielleicht wollen sie das tatsächlich. Aber welchen Sinn ergibt das? Wenn sie in einem Versteck untertauchen wollen, betreiben sie dafür einen gewaltigen Aufwand. In der Sonnenkorona zu verschwinden, wäre weniger aufwendig.«

»Und wenn sie nach Lebewesen suchen, die sie in konserviertem Zustand durch die Galaxis transportieren können? Vielleicht haben sie ihre... hm, *Fracht* in der QUIET ZONE abgeliefert und gehen jetzt wieder auf Jagd«, spekulierte Shivaa.

»Und den Commander und die anderen haben sie gleich mit abgeliefert«, knurrte Shanton. »Warum zum Teufel war Dhark so leichtsinnig, die Flash aufzugeben?«

Im gleichen Moment schrie Doraner auf. »Wasser! Da ist Wasser! Jede Menge... verdammt, das muß ja ein Ozean sein...«

Und aus diesem Ozean jagte über 80 Kilometer von ihnen entfernt eine gigantische Dampffontäne in die Atmosphäre des grauen Planeten empor!

Der Khaalo war über eine gewaltige Fläche aufgebrochen, und sein Schrei hallte in den Leeti wieder, die so etwas noch nie erlebt hatten, und auch aus grauer Vergangenheit gab es keine Legenden, die von einem solchen Ereignis zu erzählen wußten. Das Feuer der Tod-Götter schuf eine freie Zone und verbrannte dabei immer mehr vom Khaalo. Was jenseits darüber lag, zeigte sich jetzt den Blicken der Leeti aus dem Wasser heraus, und in diesem Jenseits, in dem es kein Wasser gab, schwamm ein gigantischer, dunkler Körper, aus dem das Feuer der Tod-Götter stoßweise herunter kam. Wer aber von den Leeti genauer sehen wollte, was es mit diesem Körper auf sich hatte, der im wasserlosen Jenseits schwamm, der lief Gefahr, vom Feuer verbrannt zu werden.

Axakapa wollten nicht verbrennen.

Axakapa und auch Lenoxat zogen sich zurück, um aus sicherer Entfernung zu beobachten, wie die Struktur des Khaalo immer mehr aufgebrochen und niedergebrannt wurde. Immer mehr schmutziggraue Asche verwirbelte im Wasser und schuf Schlammwolken, die für die Blicke der Leeti undurchdringlich waren.

Und die Tod-Götter mußten Kalo, den Einsamen, hassen! Kalo, den Wahnsinnigen, der ohne seine Gefährtin nicht mehr leben wollte und seine Rammzähne in den Khaalo schlug, statt nur das Tree abzuschaben, aber keiner der Feuerstrahlen der Tod-Götter traf Kalo. Alle fauchten an ihm vorbei und brachten dabei das Wasser zum Kochen.

Kalo konnte Oxon nicht in den Tod folgen!

Immer noch glühten die Ränder des Khaalo, der zitterte und bebte, und Leeti aus anderen Teilen des Planeten sandten fragende Botschaften, weil sie wissen wollten, warum auch bei ihnen die Struktur des Khaalo in Aufruhr geraten war.

Der dunkle, riesige Körper senkte sich jetzt herab und brachte wieder erlösende Dunkelheit über einen Teil der Öffnung, die er sich mit den Feuerstrahlen geschaffen hatte.

Und dann kamen die Tod-Götter selbst zu den Leeti...

Wasser?

Doch Wasser auf dieser trockenen, öden Korallenwelt?

»Unter der Korallenschicht!« stieß Chris Shanton über Kurzreichweiten-Funk hervor. »Die Ducks haben ein Reservoir angebohrt! Deshalb also das Strahlfeuer! Im Gegensatz zu uns haben die gewußt, daß sie hier Wasser finden können und...«

»Wir werden geortet!« schrie Vultejus dazwischen.

Da flammte es auch schon rings um sie herum auf!

Grelle Energiekaskaden zersprühten an den Intervallfeldern der drei Flash.

Belastung schon beim ersten Feuerschlag 45 Prozent!

Obgleich sie zur Hälfte in der Korallenschicht *eingegraben* waren, hatten die Ducks sie bemerkt und sofort und ohne Warnung das Strahlfeuer eröffnet. Graue Korallenmasse verbrannte, verdampfte unter der sonnenheißen Glut der Bordgeschütze.

»Abtauchen!« rief Larsen. »Sofort nach unten! Stop bei dreihundert Metern Tiefe!«

Die Piloten reagierten sofort. Doraner, Vultejus und Shivaa jagten ihre ›Blitze‹ in die Tiefe der Korallenschale hinab!

Larsen las die Tiefenmessung ab.

Fünfzig Meter. Hundert! Hundertfünfzig! Zweihundert!

Über ihnen erfolgte der zweite Feuerschlag der Ducks. Die Energieortung des Flash zeigte Larsen an, daß die Strahlkraft diesmal noch wesentlich höher war. Um sie herum zuckte und bebte die Korallenstruktur, und Larsen sah sie in der Bildprojektion über seinem Kopf bläulich aufglühen.

Blaues Glühen, obgleich die Treffer-Energie überhaupt nicht so tief durchschlagen konnte! Die Flash befanden sich bereits in Sicherheit. Erst wenn die Ducks versuchten, auch hier einen tiefen Schacht in die Korallenmasse zu brennen, wurde es erneut gefährlich.

Wieso glühten die Korallen dann aber in hellstem Blau?

Und dann kam bei zweihundertdreißig Metern Tiefe die nächste Überraschung!

Die Flash *fielen* in einen Hohlraum!

In eine gigantische Höhlung, und unter ihnen gab es plötzlich Wasser!

Aber da war auch eine Art Koralleninsel, eine Plattform, die sich mehrere hundert Meter weit erstreckte und aus der turmartige Stützkonstruktionen emporragten, die die Höhlendecke zu halten schienen.

»Landen!« befahl Larsen. »Nicht tiefer eindringen! Aufsetzen! Intervallfelder aus! Sle aus! Energie auf Minimum!«

Und dann waren drei Flash endgültig auf dem Planeten Coral gelandet!

Das Warten begann. Was würden die Ducks als nächstes unternehmen?

»Wie haben die uns überhaupt bemerkt?« grübelte Vultejus. »Der Funk kann's nicht gewesen sein. Die Reichweite ist so begrenzt, daß sie die Signale beim besten Willen nicht empfangen haben können.«

»Vielleicht haben wir uns durch unsere Ortungen verraten. Wir können ja auch registrieren, ob wir von anderen gescannt werden.«

»Wir verfügen ja auch über M-Technik!«

»Na und?« hielt Larsen ihm entgegen. »Wer sagt uns, daß die Mysterious allen anderen in *jeder* technischen Hinsicht überlegen sind? Seit die POINT OF gebaut wurde, seit die Mysterious Hope verlassen haben, sind tausend Jahre vergangen. Tausend Jahre, in denen andere sich weiterentwickelt haben! Wissen Sie, wie es vor tausend Jahren auf der Erde ausgesehen hat? Vom Fliegen wagte man damals nicht einmal zu träumen, und die Erde hielt man für eine Scheibe, an deren Rand jeder herunterfällt, der sich zu weit vorbeugt. Vielleicht besitzen die Ducks eine Ortungstechnik, die der unseren weit überlegen ist.«

»Warum haben sie dann nicht auf uns reagiert, als sie aus der QUIET ZONE heraus transitierten?«

»Reicht es nicht, daß sie da ganz schnell wieder verschwunden sind und dann versucht haben, uns mit ihren Transitionen auszutricksen?« Larsen stieß den Einstieg des Flash auf und kletterte nach draußen. Federnd kam er neben dem zylindrischen Raumboot auf, das seine spinnenbeinförmigen Ausleger ausgeklappt hatte und mit ihnen auf dem unebenen Korallenboden eine einigermaßen waagerechte Parkstellung geschaffen hatte. Korallen knirschten unter den Stiefelsohlen seines filmdünnen M-Raumanzuges.

Chris Shanton machte sich aus der 025 wieder bemerkbar. »Halten Sie es nicht für verfrüht, eine Picknick-Pause einzulegen, Larsen?«

Der hatte vor seinem Ausstieg die Energieortung gecheckt. Der Duck-Raumer hatte das Feuer eingestellt.

»Hat sich was mit Picknick«, murmelte Larsen. »Vielleicht dauert unsere Wartepause ein paar Stunden, und die möchte ich nicht in einem Flash-Sitz verbringen. Wenn die Ducks wieder angreifen, bleibt uns allemal genug Zeit, wieder zu verschwinden. Selbst mit unseren Nadelstrahlen brauchten wir etwas Zeit, eine über zweihundert Meter starke Korallenschicht zu durchbrechen. Im Moment ist es ohnehin am sichersten, wenn wir uns hier ganz ruhig verhalten und abwarten, bis die Ducks sich beruhigt haben. Wetten, daß die jetzt da oben mit allen Tastern darauf warten, daß sich wieder ein Echo zeigt?«

Und hoffentlich macht Falluta jetzt keinen Fehler, dachte er. In der POINT OF mußte der Energieausbruch geortet worden sein. Falluta hatte zwar strikte Anweisung, die Warteposition nicht zu verlassen, bis die Flash zurückkehrten oder einen Notruf absandten, aber vielleicht kam er trotzdem auf die Idee, daß Hilfe nötig wäre.

Dann kam es garantiert zur Auseinandersetzung, die jetzt vielleicht noch zu umgehen war.

Larsen wollte jedoch wissen, was die Ducks hier beabsichtigten – und er wollte an die sechs Flash der Gruppe Dhark heran! Wenn die POINT OF angriff, bestand die Gefahr, daß bei einem Kampf zwischen den beiden Raumschiffen von dem Duck-Raumer und allem, was sich in ihm befand, kaum mehr übrigblieb als rasch verwehende Energiefahnen.

Aber selbst wenn es nicht um die Flash gegangen wäre, hätte Larsen kein Interesse daran gehabt, daß der Duck-Raumer zu einer kleinen Sonne wurde, die ihre Energien in einem einzigen Ausbruch verstrahlte. Er war kein Killer!

Er dachte an Shivaas Bemerkung von vorhin. Suchten die Ducks hier tatsächlich nach Lebewesen? Hier auf Coral, dem Planeten, auf dem die POINT OF keine Lebenszeichen angemessen hatte?

Vielleicht wissen sie mehr über Coral als wir, überlegte Larsen.

Hinter ihm stiegen auch Chris Shanton mit seinem Robothund und Rul Warren aus ihren Flash. Vultejus, Doraner und Shivaa blieben in Bereitschaft. Warren benutzte einen Handscheinwerfer und leuchtete damit die Umgebung aus. Die Lichtwerfer der Flash wollte Larsen nicht unbedingt einsetzen. Sie waren selbst bei minimalster Lichtabstrahlung energiereicher und damit leichter zu orten als die Handgeräte.

Der Halogenstrahl erreichte das Ende der Höhle nach keiner Seite. Aber hier und da wurde er von diesen turmdicken Säulen reflektiert, die aus dem Boden emporwuchsen und die Korallendecke zu stützen schienen.

»Ob die Decke ein Abstützen überhaupt nötig hat?« grübelte Warren. »Ein so dickes Geflecht bricht so schnell nicht in sich zusammen, selbst wenn es sich über Kilometer-Distanzen spannt.«

Larsens Versuch, bei einem lauten, anhaltenden Schrei anhand des zurückkommenden Echos die Ausdehnung der Höhle zu bestimmen, scheiterte. Der Schall brach sich an den Säulen.

Shanton löste ein kleines Gerät vom Gürtel und sah auf die Leuchtanzeige. »Jimmy sagt, die Höhle sei bis über den Horizont hinaus ausgedehnt.«

Larsen fuhr herum. »Wenn die Ducks Jimmys Ortungsstrahlen anmessen...«

»Jimmy ortet per Ultraschall. Den messen sie garantiert von da oben nicht an«, beruhigte Shanton.

»Jimmy *sagt*?« staunte Warren, dem die Robotkonstruktion weitgehend fremd war.

Shanton hob das kleine Kommunikationsgerät, das einem abgespeckten Mini-Vipho ähnelte. »Er teilt mir seine Erkenntnisse hierdurch mit. Kurzwellenfunk mit begrenzter Reichweite. Für Notfälle hat er auch einen Hypersender unterm Synthetik-Fell.«

»Vielleicht finden wir hier ja als *Überraschung* weitere Giant-Raumer für unsere Flottensammlung«, bemerkte Warren launig. »Auf eine zweite POINT OF INTERROGATION in einer Höhle werden wir ja nicht hoffen dürfen.« Damit erinnerte er an den Komplettnamen des Ringraumers, den seinerzeit Pjetr Wonzeff hervorgestoßen und dann sofort mit Kreide an die Unitallhülle geschrieben hatte: *POINT OF INTERROGATION – Flaggschiff des 1. Raumgeschwaders von Hope!*

»Sagt mal, Freunde«, sagte Shanton. »Hat sich eigentlich schon mal jemand Gedanken darüber gemacht, wer das alles bezahlen soll?«

»Was meinen Sie damit?« Larsen runzelte die Stirn.

»Raumschiffe kosten Geld«, erwiderte der Cheftechniker. »Okay, die erbeuteten Giant-Raumer kosten uns zwar zumindest in der Anschaffung nichts. Dafür aber im Unterhalt. Noch sind die Energiespeicher mehr oder weniger gut gefüllt – wie auch bei der POINT OF. Aber über kurz oder lang werden sie sich entleeren. Ersatz muß her. Woher nehmen und nicht stehlen?«

»Es treiben genug menschenleere... Verzeihung, *giant*leere Raumer im All. Wenn die Konverter eines Schiffes leer sind, schmeißen wir's weg und besetzen ein anderes.« Warren grinste flach.

»Ihre Witze waren auch schon mal besser, Rul«, tadelte Larsen.

»Ich weiß. Und ich weiß auch, daß diese Methode nicht ewig so weitergehen kann. Irgendwann finden wir keine Beuteschiffe mehr, und wir können auch nicht damit rechnen, daß wir jedesmal dann, wenn wir eines benötigen, auch fündig werden.«

»Zudem wäre es Weltraumverschmutzung, Schiffswracks im All zu entsorgen«, wandte Shanton spöttisch ein.

»Wir brauchen also eine neue Eigenproduktion«, forderte Warren.

»Und das«, hakte Shanton ein, »ist einer der springenden Punkte. Schiffsbau ist teuer. Ich brauche nur daran zu denken, was Großprojekte wie die GALAXIS gekostet haben. Wenn sich Commander Sam Dhark damals nicht auch auf politischer Ebene so vehement für das Projekt eingesetzt hätte, wäre vielleicht nie etwas daraus geworden. Dabei war die GALAXIS, rein von der Technik her gesehen, im Vergleich zu den Standards, die wir von den Beute-Kugelraumern und vor allem von der POINT OF her gewohnt sind, alter, billiger Schrott aus der Steinzeit. Ja, schauen Sie mich nicht so verwundert an! Die GALAXIS war Raumfahrt-Steinzeit! Und die Besatzungen, die jetzt Kugelraumer fliegen, werden kaum wieder in vorsintflutliche Terra-Kreuzer der alten Technologie steigen wollen. Raumer mit modifizierter Giant-Technik neu zu bauen, kostet Unsummen. Besatzungen kosten ebenfalls!«

Er machte eine kurze Pause, um Luft zu holen, und fuhr dann fort: »Derzeit rekrutieren wir wie verrückt Raumschiffbesatzungen, bilden Mannschaften aus, um sie in erbeutete Raumer zu stecken und eine schlagkräftige, große Flotte aufzubauen, die Terra vor einem möglichen neuen Angriff schützen soll. Aber diese Mannschaften müssen bezahlt werden! Selbst wenn wir von dem Idealfall ausgehen, daß sie für Kost und Logis arbeiten würden, muß diese Versorgung irgendwoher kommen und bezahlt werden. Es ist aber nicht mal mehr genug Geld für den Wiederaufbau auf Terra vorhanden! Larsen, wir haben uns, seit wir nach Hope geflogen sind, keine Gedanken mehr um Geld gemacht. Wir haben zwar damals auf Hope den *Galax* als Währung eingeführt, damit wir beim Wiederfinden der Erde nicht als die reinen Habenichtse daständen, aber ich weiß nicht einmal, ob mein Konto dort überhaupt noch existiert. Schön, wir gondeln in der Milchstraße herum und haben kaum Gelegenheit, Geld auszugeben. Wenn ich auf Terra in Alamo Gordo bin und etwas erwerbe, sieht mich der Verkäufer nur freundlich an und mailt die Rechnung an die Finanzabteilung der Erdregierung. Aber die Männer und Frauen, die in unseren Raumern und beim Bodenpersonal Dienst tun, brauchen Geld! Die TF wird zu einem Moloch, der immer mehr Finanzmittel verlangt und verschlingt. Irgendwann wird der ganze aufgeplusterte Apparat in sich zusammenbrechen...!«

Larsen schüttelte den Kopf. »Das ist doch nicht unser Problem, Chris. Darum soll sich der Finanzminister kümmern.«

Die Anzeigen von Shantons Mini-Kommunikator änderten sich. »Jimmy erfaßt Lebenszeichen.«

»Wo?« Unwillkürlich fuhr Larsens Hand zum Blaster.

»Im Wasser! Da schwimmt wohl so einiges herum.«

Automatisch richtete Warren den Scheinwerferstrahl auf die dunkle Wasserfläche. Er trat bis an die Kante der Korallenplattform.

»Vorsicht«, warnte Larsen. »Wenn ein Angriff erfolgt...«

»Lieber Himmel, muß man denn bei jeder Lebensform gleich voraussetzen, daß sie feindlich reagiert?« stöhnte Shanton auf.

Das Scheinwerferlicht, von der Oberfläche des dunklen Wassers leicht gebrochen, zeigte die fremden Lebensformen.

Drei Männer hielten den Atem an...

Axakapa spürten, daß der Khaalo ihnen, allen Leeti, etwas mitteilen wollte. Obgleich er so stark glühte wie nie zuvor, waren die Leeti jedoch nicht in der Lage zu verstehen, was der Khaalo befahl.

Verwirrung erfaßte sie.

Und aus dem Jenseits über dem Khaalo, wo es kein Wasser gab, schwamm der große dunkle Körper, der keine Feuerstrahlen mehr von sich gab, dafür aber die Tod-Götter ausspie, nur sahen diese Tod-Götter ganz anders aus, als es den Leeti überliefert war.

Keine Flossen und keine Kiemen besaßen sie, und damit war es allen Leeti ein unlösbares Rätsel, wie sie atmen und sich fortbewegen konnten. Gleich sechs Extremitäten mußten doch das Fortkommen behindern, denn nur die beiden unteren Extremitäten endeten entfernt flossenähnlich. Der tree-förmige Kopf auf dem kugeligen Körper besaß vier Augen rundum verteilt, zwei Münder, denen die scharfen

Rammzähne fehlten, aber keine Kiemen!

Die fremden Tod-Götter bewegten sich auf einer von ihnen geschaffenen Plattform auf dem Khaalo, der sie ob dieses Frevels nicht strafte. Bei sich trugen sie eigenartige Dinge, mit denen sie Eigenartiges taten.

Warum nur schickte der Khaalo sie nicht ins Jenseits zurück, aus dem sie gekommen waren? Warum ließ er zu, daß sie ihn verletzten und teilweise zu schmieriger Schlamm-Asche verbrannten?

Und was wollte er den Leeti mitteilen?

Es waren nie gekannte Impulse voller Aggressivität...

»Fische?« murmelte Larsen verblüfft. »Oder – Amphibien? Wasserschlangen?«

»Alles Kiemenatmer«, behauptete Shanton. »Na, von den Biestern sehen aber die wenigsten so aus, daß ich sie mir auf den Mittagsteller wünsche...«

Amphibien und Schlangen gab es in diesem Wasser nicht, aber Kiemenatmer, die mit beiden irdischen Gattungen Ähnlichkeit hatten, und jede Menge Fische aller Farben, Formen und Größen. Eine Spezies war dabei besonders auffällig, da sie über tintenfischähnliche Tentakelarme verfügte und immer paarweise geradezu aneinander *klebte.* Zu nichts anderem als der gegenseitigen Umschlingung schienen die Tentakel gebraucht zu werden, denn die Fortbewegung fand mit Hilfe großer Flossen statt.

»Faszinierend«, fand Larsen, ohne zu ahnen, daß er es mit Leeti zu tun hatte, die von Tabus und Traditionen gezwungen waren, in genau definierten Paaren zusammenzuleben. Aber mehrmals glaubte er, von diesen Fisch-Paaren mit fast menschlicher Neugier aus dem Wasser heraus angestarrt zu werden.

»Wieso haben wir diese Lebensformen nicht schon von der POINT OF aus feststellen können?« wunderte er sich. »Und auch dieses gewaltige Wasser-Reservoir – es sollte mich nicht wundern, wenn es sich dabei um einen planetenumspannenden Ozean handelt, über den Korallenbänke hinausgewachsen sind, um eine nach außen undurchdringliche Schale um den Planeten zu bilden...«

»Vielleicht schirmt diese Korallenschicht alles ab«, meinte Shanton nachdenklich. Er sah auf sein kurz aufblinkendes Mini-Gerät. »Jimmy meint, wir sollten das mal antesten!«

»Jimmy meint?« ächzte Warren. »Der hört unsere Unterhaltung mit?«

»Natürlich!« grinste Shanton.

Er sah Larsen fragend an.

Der nickte. »Das probieren wir jetzt aus«, beschloß er. »Ewig können wir sowieso nicht hierbleiben. Die Ducks scheinen in unserer Angelegenheit Ruhe zu geben. Mal sehen, was passiert, wenn wir uns ihrem Standort nähern.«

»Sie werden uns wieder angreifen«, prophezeite Mike Doraner aus der 023. »Ich wäre ohnehin dafür, daß wir endlich Tempo vorlegen und versuchen, unsere Flash zu bergen. Das können wir aber nicht, wenn wir uns hier verstecken.«

»Wir gehen zunächst nur näher heran und orientieren uns. Solange wir nicht wissen, *was* die Pilzköpfe hier wollen, möchte ich sie nicht mit einer wilden Aktion verschrecken.«

Chris Shanton pfiff Jimmy heran. »Komm, du *Miststück*. Es geht weiter. Vielleicht sollten wir mal diese Fische fragen, wonach die Ducks *angeln...*«

Und mit dieser Idee lag er nicht einmal ganz falsch...!

Andere Leeti meldeten von weither, daß weitere Jenseits-Götter aufgetaucht waren, die dort schwammen, wo kein Wasser war. Axakapa und die anderen vermerkten es nur am Rande. Es interessierte sie nicht. Wichtig war nur, was der Khaalo ihnen zu sagen versuchte, ohne daß sie es verstanden.

Die Aggressivität stieg.

Und die Tod-Götter begannen zu *fischen...*

8.

Mit geringer Fahrt bewegten die drei Flash sich unter dem Korallendach vorwärts, in die Richtung, in der sie den Tankraumer der Ducks wußten. Die riesige, wasserbedeckte Höhle wollte kein Ende nehmen. Jimmys Ultraschallmessung bewahrheitete sich – hinter der Krümmung des Horizontes ging es immer noch weiter.

Hier und da gab es Korallenplattformen, die aus der dunklen Wasserfläche brachen, und überall die Säulen, die sich wie Baumstämme mit ihren Ästen aufwärts verzweigten und das Höhlendach zum Äquivalent eines Laubdaches in diesem Korallendschungel machten.

»Kaum zu glauben, daß Korallen eigentlich kaum mehr als Ablagerungen abgestorbener Blumentiere sind«, murmelte Vultejus. Er dachte an die Korallenbänke auf der Erde. Hatten diese schon Jahrhunderttausende gebraucht, um zu ihrer heutigen Ausdehnung zu gelangen, wie uralt mußte dann dieser planetenumspannende Korallenstock sein? Wann hatte er angefangen, über die Wasseroberfläche hinaus in den Himmel zu wachsen und zu einem Dach planetaren Formats zu werden, weil es im Wasser selbst nicht mehr genug Platz gab? Schließlich existierten dort auch Lebensformen, die Raum benötigten!

»Wissen Sie, was ich glaube?« fragte der Pilot. »Das hier ist keine Höhle, sondern nur eine Hohlschale um den ganzen Planeten – und dieser ausgedehnte See umspannt Coral in Wahrheit als planetenweiter Ozean! Die abgestorbene Korallenschale blockiert auf irgendeine Weise unsere Versuche, Lebensformen zu scannen.«

»Und das sogar hier unten«, sagte Larsen und gestand, gerade einmal ganz kurz die Ortungen eingeschaltet zu haben. »Obwohl wir jetzt wissen, daß es im Wasser von Leben nur so wimmelt, können die Instrumente nichts feststellen. Die Ducks dagegen konnte ich anmessen. Einige müssen den Raumer verlassen haben.«

»Hoffentlich haben sie den Ortungsversuch nicht bemerkt und eröffnen gleich wieder das Feuer, sobald sie uns in Reichweite haben.«

»Was ihnen hier unten etwas schwerer fallen dürfte«, meinte Larsen.

Ohne Intervallfeldschutz und mit schwächsten Sle-Emissionen glitten die Raumboote vorwärts, einer Ideallinie nach, deren Kurs Jimmy angab. Der maß das vor ihnen liegende Gebiet mit seiner Ultraschallortung aus und warnte vor im Kurs aufragenden Korallensäulen. Mit möglichst wenig Kursänderungen, um nicht durch unnötige Energieemissionen des Antriebs aufzufallen, lavierten die Flash sich zwischen Korallendach und Wasseroberfläche voran. In der vorherrschenden Dunkelheit war das bizarre Bild nicht zu sehen, das die 025 mit ihrem halb aufgeklappten Einstieg bot, in dem Jimmy kauerte, um freie Bahn für seine Fledermausrufe und den Echo-Empfang zu haben.

Jeder wußte, daß dieses *lautlose* Anpirschen bald sein Ende finden würde. Irgendwann *mußten* die Ducks auf die herannahenden Flash aufmerksam werden, wenn sie nicht glaubten, das Ortungsecho von vorhin mit ihrem Strahlbeschuß ausgeschaltet zu haben.

Plötzlich gab es weit voraus einen Lichtschimmer.

Licht in dieser finsteren Unterwelt?

»Da sind sie«, behauptete Vultejus. »Das muß Oberflächenlicht sein, das durch das aufgeschossene Loch kommt, oder Kunstlicht von installierten Scheinwerfern!«

»Bis auf weiteres Funkstille«, ordnete Larsen an. »Darf nur von mir gebrochen werden. Shanton, holen Sie Ihr laufendes Brikett in den Flash, Öffnung schließen! Bereithalten für Kampfhandlungen. Noch keine Intervalle.«

Niemand bestätigte. Der Befehl zur Funkstille sah das nicht vor.

Immer noch schoben sich die Flash näher heran.

Immer heller wurde es, und dann sahen sie nicht nur das Licht, sondern auch ein bläuliches Glühen, das von den Korallen ausging. Sowohl Bereiche unter Wasser als auch an der Höhlendecke glühten ebenso wie einige der Säulen.

Das Glühen pulsierte, aber es wanderte auch zwischen Korallenbereichen hin und her.

Auch die Strukturbeben nahmen ihren Fortgang. Sie schienen sogar noch stärker geworden zu sein in der letzten halben Stunde.

Die *Höhle* erweiterte sich. An dieser Stelle wölbte sich das Korallendach weiter hinauf. War seine Masse hier geringer, war die Schale dünner als an anderen Stellen? Oder handelte es sich um eine der wenigen leichten Erhebungen in der Schale, die nur von innen zu sehen waren?

»Himmel, ist das ein riesiger Dom!« stieß Vultejus hervor.

Larsen bedauerte, daß sie sowohl Funkstille halten mußten als auch die Ortungen der Flash nicht einsetzen durften. Zu gern hätte er gewußt, wie dick oder wie dünn die Korallenschale über ihnen jetzt tatsächlich war.

Noch größer wurde das Gewölbe über der Wasserfläche, und hier vergrößerten sich auch die Inselplattformen und ragten etwas höher empor. Nur die Säulen behielten ihre Durchschnittsgröße bei.

»Da ist das Loch...!«

Es mußte mehrere Kilometer durchmessen. Die Ducks hatten bei ihrem Versuch, eine Öffnung zu schaffen, ganze Arbeit geleistet.

Tageslicht kam von oben herein. Ein rötliches, blasses Licht von der entfernten Riesensonne, das Farben verfälschte.

Larsen erinnerte sich daran, daß die Flash wie die POINT OF über eine Gedankensteuerung verfügten. *Landen!* befahl er. *Alle drei nebeneinander!*

Die 023 und 025 wurden gleichgeschaltet und setzten wieder auf einer Korallenplattform auf. Larsen fragte sich, warum keiner von ihnen schon vorher an diese Möglichkeit gedacht hatte, die drei ›Blitze‹ zu koordinieren. Die Gedankensteuerung schuf eine Kommunikationsverbindung zwischen ihnen, die zwar ihre Schwächen hatte, weil ein direkter Informationsaustausch praktisch unmöglich war, aber diese Verbindung konnte auch mit keinem Mittel von Außenstehenden wahrgenommen werden.

Doch es war verständlich – wann wurde diese Art, Flash pulkweise zu steuern, schon einmal gebraucht? Und Larsen stand auch der Gedankensteuerung der POINT OF wesentlich distanzierter gegenüber als Ren Dhark oder Dan Riker, die wesentlich öfter darauf zurückgriffen. Larsen war eher *Handwerker*.

Er flog schon viele Jahre länger Raumschiffe als die beiden anderen und konnte sich nicht so rasch umgewöhnen.

Er brauchte das Gefühl, Steuerschalter unter den Fingern zu haben, die er bewegen konnte.

Er legte den Kopf in den Nacken und sah, was die plastische Bildprojektion über ihm und dem mit dem Rücken zu ihm sitzenden Vultejus zeigte.

Wieder einmal verwünschte er die Mysterious für diese unsinnige Anordnung der Projektion, die immer wieder zu Nackenschmerzen führte, wenn man lange genug hinsah.

Er sah die Ducks.

Ihr Raumer *parkte* auf einer ausgedehnten Korallenbank.

Vergrößern! verlangte Larsen von der Gedankensteuerung seines Flash, der den Raumer jetzt heranzoomte. Larsen hoffte, daß es sich dabei um ein passives Beobachtungsmedium handelte, das keine eigenen Ortungsimpulse aussandte.

Er sah jetzt eine geöffnete große Schleuse, und er sah auch Ducks, die den Raumer verlassen hatten. Die Vergrößerung war einzigartig und gab Larsen und Vultejus das Gefühl, kaum mehr als hundert Meter entfernt zu sein.

Larsen zwang sich dazu, den Bildausschnitt wandern zu lassen.

Die Ducks schienen sich sehr sicher zu fühlen. Sie trugen keine Schutzanzüge, aber sie führten seltsame Geräte bei sich, an denen sie manipulierten.

»An das Aussehen dieser Burschen werde ich mich nie gewöhnen«, sagte Vultejus. »Dieser Kugelkörper, die kurzen Beine mit den Entenfüßen und der Pilzkopf – einfach scheußlich! Die Proportionen passen überhaupt nicht zusammen. Welcher Teufel der Schöpfung hat diese Wesen bloß mit einem solchen Äußeren gestraft?«

»Wetten, daß sie sich untereinander schön finden, uns aber als einen Ausbund evolutionärer Häßlichkeit ansehen?« gab Larsen zurück.

Bei den Ducks tat sich etwas.

Ein ellipsoider Körper glitt aus der großen Schleuse ins Freie. Larsen erkannte Steuerflossen und eine Menge Öffnungen. Was sich dahinter verbarg, war nicht zu erkennen.

»Was machen sie jetzt?« murmelte Vultejus.

»Angeln«, befürchtete Larsen. »Jetzt fangen sie an, die Lebewesen dieses Planeten für ihre Sammlung zu rekrutieren!«

Falluta hatte die Distanz zu Coral verändert. Der Ringraumer stand jetzt in einem stationären Orbit über der stets gleichen Stelle des Planeten.

Tino Grappa gönnte sich keine Ruhe. Er hatte seine Schicht bereits um Stunden überzogen und verzichtete auf Ablösung. Er schien nicht müde zu werden.

Diese öde, tote Welt hatte es ihm angetan.

Immer wieder ließ er seine Ortungen spielen, allerdings mit minimaler Leistung, um den Ducks auf der Antipode des Planeten nicht durch anmeßbare Streustrahlung zu verraten, wer hier wartete. Um die Ergebnisse seiner Abtastversuche berechnen zu lassen, brauchte er nur einen geringen Teil der Rechnerkapazität des Checkmasters. Falluta hatte der Astro-Abteilung bis auf Widerruf 50 Prozent zur Verfügung gestellt, damit die Wissenschaftler weiter versuchen konnten, ihre Nuß QUIET ZONE zu knacken.

Zwischendurch gesellte Falluta sich zu ihm.

»Der Planet wird von Beben erschüttert«, berichtete Grappa. »Sie nehmen an Stärke immer mehr zu und ziehen sich über die ganze Korallenschale. Wenn das so weitergeht, dauert es nicht mehr lange, bis die Schale auseinanderbricht!«

»Korallen*schale*?« stolperte Falluta prompt über die Wortwahl. »Nicht *Schicht*?«

»Ich hab's mal mit ein paar kleinen Tricks versucht«, konnte Grappa ihm mitteilen. »Mit etwas Zeit sind kleine Wunder möglich, und die Zeit hatte ich ja jetzt... und dieser Planet ist eine *Mogelpackung*.«

»Bitte?« staunte Falluta.

»Er ist nicht das, wonach er aussieht und was die Meßwerte auf den ersten Blick vermuten lassen. Uns erscheint er öde und ausgetrocknet, dabei muß es von Leben geradezu wimmeln. Dieses Leben befindet sich aber unter der Oberfläche. Halten Sie sich fest, Falluta. Der gesamte Planet ist von einem Ozean umspannt! Hundert Prozent Wasser, keine Kontinente, keine Inseln.«

Falluta gab sich rustikal und zeigte dem jungen Mailänder den Vogel. »Und was ist das Graue? Flüssig sieht's nicht gerade aus!«

»Eher überflüssig«, konterte Grappa gelassen. »Diese graue Ödschicht umgibt den planetenweiten Ozean wie ein globales Dach. Der Planet hat sein Wasser nicht durch eine Katastrophe verloren, sondern die Korallen sind über das Wasser hinaus in den Himmel gewachsen und haben sich ringsum geschlossen. Darunter gibt es Leben im Überfluß.«

Falluta schüttelte den Kopf. Er wollte es nicht glauben.

»Der Checkmaster hat eine Wahrscheinlichkeit von 98 Prozent für das errechnet, was ich Ihnen gerade vorgetragen habe«, versicherte Grappa.

Da endlich glaubte Falluta an das Gehörte.

»Auch intelligentes Leben?« erkundigte er sich. »Im Wasser?«

An intelligente Fische wollte Grappa nicht glauben, doch dann erinnerte Falluta ihn an die Amphis. »Schon vergessen, wie wohl die sich im Wasser fühlen? Verdammt, sollten die Ducks tatsächlich von diesen Wasserbewohnern gewußt haben? Dann sind sie ja tatsächlich hierher geflogen, um ihre Sammlung zu vergrößern, wie?«

Grappa zuckte mit den Schultern. »Möglich. Wenn wir nur wüßten, warum sie das tun, diese Sammler und Jäger... warum sie konservierte, tiefgefrorene Wesen von aller Herren Planeten durch die Galaxis transportieren...«

»Vielleicht hat der Commander es inzwischen herausgefunden«, meinte Falluta.

»Oder er gehört jetzt auch zu den Konservierten, Tiefgefrorenen«, unkte Grappa, um schnell das Thema zu wechseln.

Diese Perspektive gefiel ihm überhaupt nicht!

Der ellipsoide Druckkörper, der die Schleuse des Duck-Raumers verlassen hatte, schwebte auf einem flirrenden Kraftfeld.

»Alle Ortungen ein!« flüsterte Larsen, als könne man ihn drei oder vier Kilometer weiter beim Raumer hören. »Aber nur ganz kurz! Das ist unsere Chance! Das Kraftfeld überlagert garantiert alles andere!«

Vultejus schaltete. Sekundenlang scannte Flash 024 den Duck-

Raumer und auch das Ellipsoid.

»Waffensysteme und Konverter sind heruntergefahren. Wenn die Ducks einen weiteren Feuerschlag führen wollen, brauchen sie wenigstens eine halbe Minute, um ihre Systeme auf volle Leistung zu bringen. Ich habe die Position der sechs Flash. Larsen...«

Der ahnte, was sein Pilot vorschlagen wollte, und hielt es für verfrüht. »Korallenschicht scannen!« blockte er ab.

Die Instrumente zeigten ihm neue Werte.

»Und *aus*...«

Kein aktiver Tasterstrahl verließ mehr die 024. Wie zuvor nahmen die Sensoren des Flash nur das auf, was von außen herangetragen wurde, wie Licht und optische Eindrücke.

Über die Bildprojektion beobachtete er, was um den Duck-Raumer herum geschah. Die Szenerie veränderte sich nicht. Die Ducks schienen den kurzen Ortungsversuch des Flash nicht bemerkt zu haben.

Larsen atmete auf und widmete sich den Anzeigen seiner Instrumente. Sie zeigten ihm einen starken Energiefluß innerhalb der Korallenschichten an. Sowohl das *Dach* als auch die Säulen und die Bereiche unter der Wasseroberfläche riefen diese Energieechos hervor. Überall dort, wo das bläuliche Glühen stattfand, waren die Echos unendlich viel stärker als an den Dunkelbereichen.

»Wenn ich nur wüßte, woran mich dieses Energiemuster erinnert«, murmelte Larsen. »So etwas habe ich schon einmal gesehen, aber in ganz anderen Maßstäben.«

»Kirlian-Aura«, platzte Vultejus heraus.

»Die ist aber nicht einfarbig, sondern brilliert in verschiedenen Farbnuancen«, widersprach Larsen.

»Je nach optischem Filter... vielleicht haben wir nur nicht die richtigen Filter, um *diese* Aura *richtig* zu sehen«, entwickelte Vultejus Phantasie.

»Das würde bedeuten, daß die Korallen leben«, sann Larsen. »Aber alles, was wir bisher gesehen und berührt haben, deutet eher darauf hin, daß sie abgestorben sind. Diese Korallen sind ringsum versteinert, verhärtet. Die werden nie mehr blühen...«

»Aber glühen«, brummte Vultejus. »Larsen, bei den Ducks tut sich was!«

Das Ellipsoid schwebte auf die Wasserfläche hinaus.

Um von einem Moment zum anderen senkrecht ins Wasser hinabzustürzen und eine dampfende, fauchende Hölle zu entfesseln!

Die aggressiven Impulse, die vom Khaalo kamen, waren immer stärker geworden und begannen, aus den Leeti rasende Krieger zu machen. In Axakapa und den anderen wurde etwas geweckt, das sie bisher an sich nicht kannten.

Sie fühlten Zorn in sich aufsteigen. Zorn auf die Tod-Götter, die den Khaalo beschädigt und verletzt hatten. Der Zorn wurde stärker als die Ehrfurcht vor den Göttern.

»Was ist mit den anderen Göttern, die gekommen sind?« wollten Lenoxat wissen.

Der Khaalo besänftigte. Er teilte den Leeti mit, daß jene anderen Götter, die über nur vier Gliedmaßen verfügten und sich in viel kleineren Schwebe-Konstrukten bewegten, den Zorn der Leeti nicht verdienten, weil sie dem Khaalo nichts Böses angetan hatten.

Aber die Sechsgliedrigen waren das Böse an sich.

Je stärker der Drang der Aggressivität wurde, um so geringer wurde der Respekt vor den Tod-Göttern, und um so weniger sahen die Leeti sie als Götter an.

Und die Tod-Götter waren gekommen, um Leeti einzufangen wie niedere Tiere!

In dem kleineren Schwebe-Konstrukt, das trotzdem viel größer war als das der anderen, der nicht-bösen Götter, schwammen sie jetzt durch das Wasser und schleuderten ihre Netze.

Gigantisch wurde der Zorn der Leeti, und sie warteten nur noch darauf, daß der Khaalo ihnen erlaubte, zurückzuschlagen und die Tod-Götter zu vernichten.

Nur der Khaalo konnte den Frevel sanktionieren, den sie damit begingen, und aus dem Frevel etwas Gutes werden lassen, aber warum zögerte er, der den Zorn in den Leeti schürte, immer noch, diese Erlaubnis zu erteilen?

An nichts anderes als mörderischen Kampf konnten die Leeti noch denken!

Sie, die Friedfertigen, wurden durch den Willen des Khaalo zu Kriegern!

Larsen durchbrach die Funkstille nur mit einem Wort: »Abwarten!«

Er selbst wartete nicht.

Er übernahm die Steuerung der 024. Blitzschnell hob der Flash ab, fuhr seine spinnenbeinförmigen Ausleger ein und glitt vorwärts, um dann vor der Korallenplattform ins Wasser einzutauchen und darin zu versinken.

Der Brennkreis des Sle verdampfte Wasser und ließ es aufbrodeln, aber dieses Brodeln fiel jetzt sicher niemandem mehr auf. Larsen verzichtete auch jetzt darauf, das Intervallfeld einzuschalten. So lange es möglich war, wollte er auf diesen verräterischen Schutz verzichten.

Der plump wirkende zylindrische Druckkörper bewegte sich im Wasser, als sei es sein Element und nicht der Weltraum. Vultejus lehnte sich zurück und überließ Larsen stillschweigend das Kommando. Aber mit keinem Wort verriet der Erste Offizier der POINT OF, was er beabsichtigte.

Ein paar Kilometer weiter vorn brodelte das Wasser auch.

An dieses Brodeln lenkte Larsen den Flash heran. Er wollte aus der Nähe sehen, was sich unter Wasser abspielte.

War die Hölle ausgebrochen?

Unter Wasser bewegte sich der ellipsoide Körper nicht mehr vermittels jenes Kraftwerkes, sondern mit fauchenden Staustrahltriebwerken. Aus anderen Öffnungen ragten jetzt vielgelenkige Greifarme mit schweren Zangenkonstruktionen hervor, die wild um sich tasteten und nach den fischartigen Bewohnern dieser Gewässer packten.

Sie griffen wahllos zu, und wer auch immer sie steuerte, ging dabei alles andere als zimperlich vor. Zartgefühl gehörte wohl nicht zu den hervorstechendsten Eigenschaften der Ducks.

Bei den ersten Opfern packten die Greifer fiel zu stark zu. Die Bildprojektion über ihren Köpfen zeigte den beiden Insassen der 024, wie einige der Fischwesen einfach zerquetscht oder durchschnitten wurden. Merkten die Manipulatoren im Innern des in wildem Zickzackkurs durchs Wasser rasenden Ellipsoids, daß sie ihr Opfer brutal getötet hatten, lösten sie den Griff und ließen die blutenden, zerfetzten Kadaver achtlos davontreiben.

Auch einige der eng aneinandergepreßten Fischwesen waren darunter, die selbst jetzt ihre Tentakelverschlingung nicht lösten und gemeinsam starben, wie sie gelebt hatten.

Zweimal knallte das Ellipsoid in wilder Amokfahrt gegen Korallenvorsprünge und eine der Säulen. Bruchstücke wurden von den Korallen losgerissen, und dann feuerte das Ellipsoid plötzlich Strahlschüsse gegen die Korallenmasse, schoß sich so seinen Unterwasser-Weg frei.

»Wahnsinn«, keuchte Vultejus. »Die sind doch wahnsinnig! Warum diese Zerstörungswut?«

»Achtlosigkeit«, vermutete Larsen. »Vermutlich denken sie sich gar nichts bei ihren Zerstörungen. Sie wollen nur jedes mögliche Hindernis aus ihrem Weg haben.«

»Aber dieses Massaker... ich dachte, sie wollen die Geschöpfe dieser Welt lebend fangen, um sie in ihren Tiefkühlbehältern zu konservieren und in die QUIET ZONE zu bringen! Warum müssen sie dann so wahllos töten? Ich...«

»Nein!« warnte Larsen. »Nicht eingreifen.«

»Verdammt, ich kann nicht einfach zusehen!« tobte Vultejus. »Ich verpasse denen einen Denkzettel, daß sie...«

Da benutzte Larsen einmal mehr die Gedankensteuerung, mit der er sich immer noch nicht so richtig angefreundet hatte, und blockierte die Waffenschalter des Flash. Vultejus konnte das Feuer auf die Ducks in ihrem Ellipsoid nicht eröffnen.

»Larsen, das sind verdammte Mörder!« fuhr der Flashpilot auf. »Wir können doch nicht zulassen, daß sie wahllos töten...«

Da tauchten ein zweites und ein drittes Ellipsoid ins Wasser. Und jetzt kamen die Ducks wohl auch endlich mit den Greifern ihrer Schwimmkörper zurecht. Sie bekamen Fischwesen zu fassen und beförderten sie mit den Greifzangen durch sich blitzschnell öffnende und wieder schließende Schleusen ins Innere der Ellipsoide.

Larsen atmete tief durch. Scheinbar hatten die Ducks zu Anfang Schwierigkeiten damit gehabt, die Ellipsoide und ihre Greifarm-Konstruktionen sicher zu steuern. Sie mußten sich wohl erst an diese Apparate gewöhnen?

Bedeutete das nicht, daß sie es nicht gewohnt waren, unter Wasser zu jagen?

»Auftraggeber«, murmelte Larsen. »Ihre Auftraggeber haben ihnen diese Technologie zur Verfügung gestellt und ihnen vielleicht auch gesagt, daß es sich auf Coral lohnt, eine unterirdische Unterwasserjagd durchzuführen... Diese Ducks benutzen die ihnen zur Verfügung gestellte Unterwassertechnik, wie wir die Technik der Mysterious benutzen! Haben wir uns nicht auch zu Anfang verdammt dämlich dabei angestellt?«

Vultejus verzichtete auf eine Antwort.

Statt seiner klang Chris Shantons Stimme im Funk auf. Der Cheftechniker hatte die Funkstille eigenmächtig durchbrochen.

»Die Beben in der Korallenschale haben ein katastrophales Ausmaß erreicht, Larsen, und das Loch, das die Ducks gebrannt haben, beginnt sich zu schließen!«

Es war geschehen.

Der Zorn der Leeti durfte sich entladen.

Die Tod-Götter wüteten unter ihnen, töteten viele, töteten auch niedere Tiere, und das alles ohne Sinn, ohne einen erkennbaren Plan, bis sie endlich begannen, Leeti paarweise in die Leiber der Schwebe-Konstrukte zu befördern.

Aber jetzt endlich war es soweit.

Der Khaalo erlaubte, zurückzuschlagen, und der Khaalo gab den Leeti auch die Kraft, das zu tun.

Sie griffen an!

Sie schlugen zu, um ihrerseits den Tod-Göttern, diesen mörderischen Ungeheuern aus dem Jenseits über dem Khaalo, den Tod zu bringen!

Das Wasser wurde zur Hölle.

»Shanton!« fuhr Larsen auf. »Was fällt...«

Eiskalt unterbrach ihn der Cheftechniker. »Das Loch schließt sich, und wenn die Beben noch weiter an Stärke zunehmen, fliegt uns in

Kürze der ganze Planet um die Ohren! Zum Teufel mit der Funkstille! Die Ducks haben jetzt anderes zu tun, als auf uns zu achten!«

»Chris hat recht, Sir!« warf Amye Shivaa ein. »Orte Energieschwund am Duck-Raumer.«

»Wie bitte?« stieß Larsen hervor. Er konnte nicht fassen, daß sich nicht nur Shanton, sondern auch die als zuverlässig und diszipliniert geltende Flashpilotin einfach über seine Anweisungen hinweggesetzt hatte.

Shivaa verstand Larsens Äußerung nicht als Tadel, sondern als Nachfrage. »Die Leistung der Duck-Aggregate schwächt sich bei gleicher Energieabgabe der Konverter ab. Da fließt Energie irgendwohin, allerdings nicht in die bisher genutzten Apparate.«

Larsen seufzte.

Jetzt war es mit der Funkstille so oder so vorbei. Die Ducks *mußten* jetzt auf die Flash aufmerksam werden, schon allein der von Shivaa durchgeführten Energieortung wegen.

»Gefechtsbereitschaft!« ordnete Larsen an. »Intervallfelder ein!«

Drei Flash verschwanden im gleichen Moment aus dem normalen Raum-Zeitgefüge und wurden ersetzt durch drei künstliche Mini-Kontinua, in denen sie sich befanden.

Jede Sekunde erwartete Larsen, daß im Duck-Raumer die Konverter hochgeschaltet wurden, daß aktive Ortung die Intervallfelder der Flash erfaßten, und daß der Raumer das Feuer aus allen Strahlgeschützen eröffnete.

Aber nichts geschah.

»Die müssen doch Tomaten auf allen vier Augen haben, daß sie nichts merken«, kam es von Doraner.

Niemand widersprach.

Die Ortungen verrieten, daß der Tankraumer seinen Status nicht veränderte, obgleich Energie ungenutzt ins Irgendwo abfloß. Was für dieses Abfließen verantwortlich war, konnten die Instrumente der Flash nicht erkennen.

Die Bildprojektion zeigte, daß zwei der Ellipsoide wieder aus dem Wasser auftauchten und hintereinander die Schleuse des Raumers anflogen.

Einer sackte sekundenlang durch, fing sich aber gleich wieder und korrigierte seine Flughöhe.

»Oha, da geht's jetzt aber los«, meldete Shanton. »Hört euch mal den Funkverkehr an! Der Pilot der Ellipse kriegt einen Anpfiff...«

Eine etwas weniger burschikose Ausdrucksweise wäre Larsen lieber gewesen.

Über die Gedankensteuerung schaltete Larsen den Funkempfang kurz auf die gebräuchlichste Frequenz der Ducks um. Schnatterndes Stimmengewirr, das drohend und böse klang, wurde laut hörbar.

Es klang tatsächlich danach, als erhielte der Pilot eine Rüge für das kurze Absacken seiner Maschine.

»Schade«, meinte Vultejus, »daß wir den Checkmaster jetzt nicht um eine Übersetzung bitten können. Ich hätte zu gern gewußt, welche Nettigkeiten man sich zu sagen hat.«

»Sofern der Checkmaster die Sprache der Ducks kennt«, schränkte Larsen ein. »Daß er das Schlangenzischen der Giants in unser Angloter übersetzen konnte, halte ich schon für ein Wunder größeren Kalibers. Aber rufen Sie jetzt um Himmels Willen nicht die POINT OF an!«

»Werde mich hüten«, beruhigte Vultejus.

Auch die zweite Ellipse verschwand in der großen Schleusenöffnung des Raumers.

Die dritte befand sich noch im Wasser. Larsen fand das seltsam. Hatte das dritte Ellipsoid Probleme damit, Wasserbewohner einzufangen?

Plötzlich entsann Larsen sich Shantons erster Meldung, an die jetzt scheinbar niemand mehr dachte. Das Loch, das die Ducks in die Korallenschale geschossen hatten, begann sich zu schließen?

Die Ortungen seines Flash bestätigten es!

Die Öffnung war kleiner geworden!

Ein paar Meter nur, aber immerhin!

Wie war das möglich?

War die trockene, öde Korallenschicht doch nicht tot? Lebten diese Blumentiere doch noch? Aber auch lebende Korallen konnten nicht in diesem Tempo wachsen. Nicht so schnell, daß man sich einfach hinsetzen und ihnen dabei zusehen konnte!

Hier jedoch wurde das Unmögliche möglich!

Eine gigantische Öffnung von mehreren Kilometern Durchmesser begann wieder zuzuwachsen!

Der Fortschritt war meßbar.

Und wie die Korallen wucherten! Die Ränder der gewaltsam geschaffenen Öffnung bildeten neue, eng verwobene Strukturen aus, die sich eng ineinander verzahnten und eine undurchdringliche, immer dicker werdende Schicht bildeten, um dabei dem gemeinsamen Ziel im Zentrum der Öffnung entgegenzuwachsen.

Es war wie bei einer Fraktalgrafik, die sich rasend schnell selbst weiterentwickelte.

»Verdammt, was geschieht hier?« murmelte Larsen.

Das Ellipsoid, das immer noch unter Wasser fuhr, die zuwachsende Korallenschale, der Energiefluß aus dem Duck-Raumer...

Und wenn das alles zusammengehörte?

Wenn der Planet sich gegen das pilzköpfige Fangkommando wehrte? Der Planet – oder seine Bewohner?

Aber was konnten *Fische* gegen *Weltraumfahrer* unternehmen? Selbst wenn sie über Tentakel verfügten, mit denen sie nichts anderes anzufangen wußten, als sich gegenseitig zu umklammern wie Ertrinkende?

Erst Sekunden später merkte Larsen, was er da gerade für ein Gedankenbild geformt hatte: Er hatte diese paarweise auftretenden Krakenfische als die dominierende Lebensform eingestuft!

Stimmte das auch?

Waren wirklich sie der aktuelle Höhepunkt der hiesigen Bio-Evolution?

Da jagte das Ellipsoid aus dem Wasser empor, einer Rakete gleich, die von einem U-Boot abgefeuert wurde.

Das Ellipsoid glühte!

Es glühte im gleichen Blau wie ganze Partien der Korallenmasse, schaffte es nicht, in der Luft an Höhe zu gewinnen, sondern beschrieb eine steile Parabel, um dann wieder ins Wasser zurückzuklatschen!

»Sie greifen an!« rief Doraner im gleichen Augenblick.

Aber es waren nicht die Ducks, die angriffen...

Die Kraft, die der Khaalo den Leeti gab, war stark genug, die Tod-Götter zu bekämpfen und ihnen Schaden zuzufügen, und diese Kraft wuchs von Denkphase zu Denkphase, aber noch reichte sie nicht aus, den großen Körper, der im Jenseits schwimmen konnte, wo es kein Wasser gab, zu zerstören. Sie reichte auch nicht aus, die bereits gefangenen Leeti wieder zu befreien.

Axakapa spürten es ebenso wie Lenoxat. Sie waren wie auch der wahnsinnig gewordene Kalo von den Tod-Göttern eingefangen worden.

Für sie gab es keine Chance mehr.

Sie waren den Tod-Göttern ausgeliefert. Oxat war dabei schwer verletzt worden. Leno trauerte bereits, denn er wußte, daß ihm das gleiche Schicksal beschieden sein würde wie Kalo. Leno und Kalo konnten sich niemals miteinander verbinden.

Nur kurz hatten Axakapa überlegt, ob sie das persönliche Opfer erbringen und sich trennen konnten, um jeder sich mit einem der beiden anderen zu verbinden. Aber Axak würde sich vielleicht mit Kalo verbinden können, nur waren beide vom gleichen Geschlecht und diese Bindung damit schon wieder sinnlos, doch Kapa und Leno paßten auf keinen Fall zusammen.

Was würde aus den anderen Leeti werden?

Keiner konnte hoffen, daß ihre Wut und die Kraft des Khaalo ausreichte, die Tod-Götter wirklich zu besiegen und selbst die Freiheit zurückzuerlangen. Sie waren Gefangene, und als Gefangene würden sie sterben.

Kapa bedauerte jetzt, sich vorhin verweigert zu haben, als Axak ihr den Vorschlag machte, sich zu vermehren.

Jetzt war die letzte Gelegenheit dazu vertan.

Denn die Tod-Götter, diese entsetzlich häßlichen Kreaturen, die so anders aussahen als in den Überlieferungen, kamen und trennten sie voneinander.

Sie nahmen keine Rücksicht darauf, daß Leeti nur zusammen existieren konnten. So, wie sie Kalo die Gnade verweigert hatten, mit seiner Gefährtin zu sterben, so trennten sie jetzt radikal die Leeti voneinander.

Lenoxat wehrten sich.

Lenoxat klammerten sich so sehr aneinander, daß sie sich beinahe gegenseitig zerdrückten, und sie schlugen und bissen um sich. Da aber setzten die Tod-Götter Maschinenkonstruktionen ein, die Lenoxat voneinander trennten.

Axakapa verstanden, warum Lenoxat sich so wütend wehrten. Leno wußte, daß Oxat dem Tod geweiht war, und er wollte die Tod-Götter *zwingen*, auch ihn zu töten, damit ihm Kalos Schicksal erspart blieb.

Aber die Tod-Götter blieben gnadenlos.

Sie *schnitten* Oxat von ihm los. Sie durchtrennten gewaltsam die Tentakel, mit denen Oxat sich an Leno klammerte, und sie durchtrennten auch die Arme Lenos, die er nicht rechtzeitig zurückziehen konnte.

Keinen der Tod-Götter rührte das verzweifelte, schmerzerfüllte Schreien der beiden Leeti, und zu spät erkannten die Götter, daß nun auch Leno sterben würde, weil das Blut aus seinen Tentakeln verströmte.

Oder hatten sie es einfach nicht rechtzeitig erkennen wollen?

Axakapa konnten plötzlich die bösen Gedanken der Tod-Götter wahrnehmen. Der Khaalo öffnete ihnen den Weg dazu, und er zeigte ihnen auch die Kraft des Vernichtens, doch noch ehe sie diese Kraft einsetzen konnten, wurden sie bereits getrennt und waren damit, jeder auf sich gestellt, hilflos.

Nur die bösen Gedanken blieben sichtbar.

Danach waren die Tod-Götter nicht gewillt, Leeti mit in das Reich ihrer Herren zu nehmen, die die Reise dorthin nicht überleben würden.

Blitze flammten aus kleinen Apparaten, die die Götter in den langfingrigen Händen hielten, und verwandelten Leno und Oxat in graue, heiße Asche.

Kalo, der in seinem Wahnsinn den Tod nicht mehr fürchtete, sondern suchte, tobte, und da zerstrahlten sie auch ihn.

Für einen, der keine Angst vor dem Sterben hatte, hatten die Tod-Götter keine Verwendung mehr! Sie brauchten Wesen, die leiden und zittern und sich zu Tode fürchten konnten, um diese samt ihrer Angst den G'Loorn zu schenken, aber was G'Loorn bedeutete, konnte auch der Khaalo Axakapa nicht verraten, weil diese Verbindung plötzlich nicht mehr bestand.

Der Khaalo hatte Axakapa und die anderen gefangenen Leeti verlassen.

Larsen brauchte ein paar Sekunden, um zu begreifen, daß sie, die Terraner, nicht in Gefahr waren. Der Angriff galt nicht ihnen, sondern den Ducks!

Die Fischwesen griffen an!

Sie kämpften!

Sie strahlten blaue Energie ab, und mit dieser Energie ließen sie das Ellipsoid aufglühen.

Es begann zu schmelzen. Rundum kochte und brodelte das Wasser und jagte Dampfsäulen zur Oberfläche. Die Energieortung der Flash spielte verrückt.

Die Meßwerte konnten nicht mehr stimmen!

Von überall her sollte die Energie kommen, die das Ellipsoid vernichtete?

Nicht von den Fischwesen?

Aber wenn die Ortung diese tentakeltragenden Paare ansprach, ging die Energie doch eindeutig von ihnen aus!

»Narretei!« stieß Larsen hervor, und dann brachte er das Kunststück fertig, dem hinter ihm sitzenden Vultejus mit dem Ellenbogen einen freundschaftlichen Stoß gegen die Schulter zu versetzen. »Jetzt brauchen Sie den Mördern keinen Denkzettel mehr zu verpassen, Vultejus – das tun die Angehörigen der Opfer nun selbst!«

Vultejus blieb stumm.

Doraner meldete sich über Funk.

»Larsen, das ist unsere Chance! Wir müssen in den Tank einfliegen und die sechs Flash holen... In diesem Tohuwabohu achtet doch kein Duck mehr auf uns!«

Larsen antwortete nicht. Er sah in der Bildprojektion, wie die Öffnung über dem Duck-Raumer immer kleiner wurde.

Mindestens dreißig, vierzig Meter aus jeder Richtung mußte die Korallenschicht schon zugelegt haben und verringerte den Durchmesser der Öffnung in bestürzendem Tempo. Was, bei allen Planeten, konnte Korallen so schnell wachsen lassen?

Korallen, die in intensivem Blau leuchteten, das immer heller und greller wurde!

»Larsen!« schrie Doraner.

Shanton übertönte ihn. »Im Raumer werden die Konverter hochgefahren! Scheint, als merkten die Pilzköpfe endlich, was los ist!«

»Larsen!« drängte Doraner. »Wir müssen eingreifen, oder wir verpassen unsere Chance endgültig!«

Da flog das Ellipsoid auseinander!

Unter Wasser fand eine verheerende Explosion statt, die die eigenartige Konstruktion auseinanderriß. Ein Feuerball dehnte sich aus, fand seine Begrenzung in verdampfendem, kochendem Wasser, und als die wirbelnden Heißdampfblasen wieder eine Beobachtung zuließen, sanken weißglühende Trümmer zischend und fauchend der Tiefe entgegen, und ringsum trieben tote, verbrannte Körper von Fischwesen langsam zur Oberfläche hinauf. Wesen, die es nicht mehr geschafft hatten, der Explosionsglut schwimmend zu entkommen!

»Wie haben die das gemacht?« schrie Shivaa.

»Antrieb des Duck-Raumers wird aktiviert«, orgelte Shantons Baßstimme.

»Schutzschirm wird initialisiert!«

Eine Gruppe von Ducks, die sich auf der Korallenplattform außerhalb des Raumers befand und überrascht die Unterwasserexplosion mit der sich emporwölbenden Heißdampfglocke beobachtet hatte, schaffte es nicht mehr, an Bord zu kommen. Der erste geriet in den sich aufbauenden Energieschirm und wurde zu einer lebenden Fackel, die sich ins Wasser stürzte, um das Feuer zu löschen. Dort aber warteten Fischwesen, die ihre Zähne in den Körper des Duck schlugen und ihn bei lebendigem Leib zerfetzten.

Welcher Haß mußte in diesen Kiemenatmern toben!

»Raumer startet!«

Schwerfällig hob die plump wirkende Tankkonstruktion ab und fuhr die Landestützen ein. Wie bei der POINT OF und den Flash war danach nichts mehr von diesen Auslegern zu erkennen, deren Sockelflächen jetzt fugenlos bündig mit der Außenhaut des Raumers abschlossen.

Immer noch wartete Larsen ab.

Er zögerte, in eine Auseinandersetzung einzugreifen, von der er immer noch nicht sagen konnte, auf welche Weise sie geführt wurde.

»Konverter der Ducks laufen jetzt auf Maximum«, meldete Shanton, der die Ortung der 025 darauf fixiert hatte. »Was die an Energie abgeben, könnte Cattan jahrelang mit Strom ver...«

Er brach mit einem wilden Fluch ab. Larsen ahnte, was dem Cheftechniker jetzt durch den Kopf schoß. Trotz der Arbeiten, die er nach der Invasion zwischenzeitlich auf der Erde bewältigt hatte, war er Hope-Kolonist und schließlich als solcher von der Erde nach Hope zurückgekehrt! Er war einer der Männer, die maßgeblich am Aufbau der Stadt Cattan beteiligt gewesen waren, und jetzt gab es Cattan nicht mehr, ausgelöscht von einem mörderischen Strahlangriff der Spindelraumer, bei dem Abertausende von Siedlern umgekommen waren.

Shanton gehörte zu den wenigen, die überlebt hatten.

Auch in Larsen tobte ein stiller Zorn. Schließlich hatte er selbst lange genug auf Hope gelebt, auch wenn er als ehemaliges Besatzungsmitglied der GALAXIS mit der Siedlerstadt auf Main Island nie ganz so verwachsen gewesen war. Männer wie Larsen und Szardak hatten nie auf Hope bleiben wollen.

»Schutzschirm flattert...«

Diesmal war es Amye Shivaa, die die Meldung machte. Shanton, der an Bord der POINT OF gegangen war, um vergessen oder wenigstens verdrängen zu können, war in wütendes Schweigen versunken.

»Triebwerksleistung sinkt!«

Aber die Energieabgabe der Konverter fand weiterhin mit Maximalwert statt.

Es schien sogar, als versuche jemand, noch mehr aus den Umwandlern und Speicherbänken herauszukitzeln.

Der Raumer gewann nur zäh und mühsam an Höhe. Etwas Unbegreifliches raubte dem Antrieb die Kraft.

Und wie strahlend blau die Korallen leuchteten, die immer schneller zu wachsen schienen wie in einem Wettlauf mit dem Raumer. Wollten sie sich über ihm schließen, ehe er aus der *Falle* entkommen konnte?

Ein Narr, der hier keine Zusammenhänge sehen wollte!

Die Korallen, oder etwas, das ihr Wachstum steuerte, entzogen dem Duck-Raumer Energie, um sie für sich selbst zu verwenden!

»Raptor-Strahlen«, kam es von Rul Warren, der damit an jene Waffe der Giant-Raumer erinnerte, die gegnerischen Schutzschirmen Energie regelrecht absaugte, um sie den eigenen Konvertern zuzuführen, damit eigene Waffen um so stärker die geschwächten gegnerischen Schirme durchschlagen konnten.

»Raptor-Strahlen kommen hier nicht zum Einsatz!« protestierte Shivaa prompt.

»Ich meinte ja auch nur das Prinzip...«, verteidigte Warren seine Behauptung. »Wetten, daß der Raumer nicht mehr hier 'rauskommt?«

Hoffentlich kommen wenigstens wir hier noch raus, dachte Larsen. *Wenn diese Fischwesen auch uns als Feinde ansehen... schließlich sind auch wir Fremde von den Sternen wie die Ducks...*

Und dann ertappte er sich bei der Frage, ob sein Unterbewußtsein ihn gerade deshalb bisher vom Eingreifen abgehalten hatte!

Weil er befürchtete, daß sie, die Terraner, ebenfalls als Fremde erkannt und angegriffen werden könnten!

»Schutzschirm bricht zusammen«, meldete Shivaa. »Triebwerk stottert! Setzt aus – ist wieder da!«

Es hätte ihres Kommentars nicht bedurft. Sie alle sahen in den Bildprojektionen über ihren Köpfen, wie der Raumer durchsackte und beinahe auf die Korallenplattform niedergekracht wäre.

Im letzten Moment konnte der Pilot ihn abfangen und wieder aufsteigen. Aber damit hatte er jetzt noch größere Schwierigkeiten als zuvor.

»Konverterleistung wird erhöht! Wenn mich nicht alles täuscht, laufen die jetzt schon mit Notleistung weit über Maximum!«

Und das alles brachten die Fischwesen fertig, die nicht einmal über Waffen verfügten?

Wer sonst sollte dafür verantwortlich sein?

»Schutzschirm kommt wieder! Oh, jetzt leiten sie Energie in die Waffensysteme!«

Fast zugleich flammte ein fahler Blitz aus dem Raumer und traf den sich verengenden Korallenrand. Der loderte, glühte – und mehr geschah nicht.

Dem Tankraumer fehlte es an Feuerkraft! Die Energie, die er in die Waffensysteme lenken konnte, reichte nicht mehr aus!

»Drei Konverter im Schiff werden superpromptkritisch!« meldete Shanton jetzt.

Ein häßliches Wort, das zugleich als Fachbegriff eine perfekte Statusbeschreibung war.

Wenn nicht doch noch ein Wunder geschah, flogen den Ducks diese Konverter gleich um die nicht vorhandenen Ohren.

»Einfliegen!« befahl Larsen.

»Endlich!« ächzte Doraner respektlos. »Ich dachte schon, das wird nie mehr was...«

Und drei Flash jagten *blitz*schnell dem Duck-Raumer entgegen!

Der Raumer der Ducks schwankte. Er versuchte wieder an Höhe zu gewinnen. Aber die Bewegungen des Druckkörpers standen in krassem Mißverhältnis zum Energieaufwand. Das, wovon er angegriffen wurde, entzog ihm immer mehr Energie.

Antrieb, Schutzschirm und Waffen bekamen nur noch einen Bruchteil der benötigten Energiemengen zugeführt!

Die drei Flash wurden völlig ignoriert. Die Ducks versuchten, die Korallenränder zu beschießen, konnten deren rapides Wachstum allerdings nicht mehr aufhalten. Die Kampfstrahlen richteten überhaupt nichts mehr aus. Im Gegenteil, sekundenlang hatte Larsen den Eindruck, als würde die Energie die Korallen regelrecht *füttern*. Hatte Warren mit seinem Hinweis auf das Prinzip der giant'schen Raptorstrahlen recht?

»Zwei weitere Konverter superpromptkritisch!« meldete Chris Shanton.

Larsen nahm es zur Kenntnis. Es wurde Zeit für sie!

Sie flogen ein.

Sekunden vorher sah Larsen noch, wie der Raumer seitwärts ausscherte und gegen die wachsenden, blau glühenden Korallen prallte. Im Schutzschirm loderte es grell auf, und der Duck-Raumer wurde zurückgeschleudert. Diesmal brachen große Stücke aus der Korallenschicht heraus, wurden von Elmsfeuern überlaufen und verwandelten sich abstürzend zu glühender Asche. Der Raumer taumelte, sackte wieder durch.

Da glitten die drei Flash, von ihren Intervallfeldern geschützt, durch den Schutzschirm und durch die Wandungen des Raumers!

Der Schutzschirm hätte ihnen nicht einmal Widerstand entgegensetzen können, wenn er auf volle Stärke hochgefahren gewesen wäre. Aber jetzt reichte er nicht einmal mehr, kosmischen Staub abzuwehren.

Intervallfeldbelastung unterhalb des meßbaren Bereichs!

»Drin!« rief Vultejus.

Sie bewegten sich durch den Duck-Raumer.

Der Brennkreis des Flash, der außerhalb des Intervallums wirksam wurde, zog eine glühende Schmelzspur durch das Material des fremden Schiffes. Insgesamt drei dieser Löcher waren in die Außenhülle geschmolzen worden, und weitere Löcher wurden gebrannt, wo immer sich die drei Flash bewegten.

Alle drei Piloten ließen den Sle arbeiten, statt zwischenzeitlich auf A-Grav umzuschalten und die Flash nach einem Beschleunigungs- oder Korrektur-Impuls nur antriebslos treiben zu lassen. Sie interessierten sich nicht dafür, was der Brennkreis für Zerstörungen anrichtete.

Diese Ducks, die brutal unter den Fischwesen von Coral gewütet hatten, waren nicht ihre Freunde, und niemand sah einen Grund, das Material des Raumers zu schonen.

Sollten die Ducks zusehen, wie sie die Lecks in der Außenhülle wieder dicht bekamen und die Zerstörungen im Innern reparierten!

Sie flogen von einem Raum zum anderen, vorbei an Ducks, die völlig untypisch reagierten.

»Was sind das denn für Schlafmützen?« rief Doraner aus.

Er hatte sich schon öfter mit einem Flash in fremden Raumschiffen bewegt – vor allem bei Kampfhandlungen, um diese Raumer, deren Schutzschirme von den Strahlwaffen der POINT OF nicht zu knacken waren, von innen heraus lahmzulegen. Jedesmal aufs Neue hatten er und andere Flashpiloten dabei erlebt, wie die Insassen der Raumer vor ihnen erschraken wie vor Gespenstern, die aus dem Nichts auftauchten, und in panischer Furcht die Flucht ergriffen, oder aber aus Handwaffen das Feuer auf die ›Blitze‹ eröffneten.

Die Ducks jedoch ignorierten die Flash geradezu!

Sie nahmen sie wahr – sie mußten sie einfach wahrnehmen als *Rundumseher* mit ihren vier Augen, die um den ganzen Pilzkopf herum angeordnet waren, aber sie reagierten tatsächlich wie *Schlafmützen!* Doraners Bezeichnung paßte wie die Faust aufs Auge. Die Ducks waren langsam, viel zu langsam. Bis sie überhaupt in irgendeiner Form auf die Flash reagierten, waren die schon an ihnen vorbei durch die nächste Wand verschwunden!

Larsens Alptraum, mit einem Flash *durch einen Insassen* des Raumers zu fliegen, fand nicht statt.

Seltsamerweise war das auch noch keinem anderen Piloten jemals passiert, obgleich niemand vorher sagen konnte, ob nicht hinter der Wand, aus der man gleich wieder herauskam, jemand stand oder saß... Es war gerade so, als gäbe es eine Art Sicherung, die selbständig verhinderte, daß Flash durch Lebewesen flogen.

»Da!« schrie Shivaa auf.

Als Larsen sich fragte, worauf die Pilotin aufmerksam geworden war, sah er es selbst. Die 024 stieß in einen der großen Frachträume vor, der hell erleuchtet war.

Unwahrscheinlich schnell mußten die Ducks gearbeitet haben, ganz im Gegensatz zu ihrer eben beobachteten Schlafmützigkeit, denn hier gab es große Wasserbehälter, in denen sich Fischwesen befanden, die eben erst von den Ellipsoiden an Bord geholt worden waren!

»Stopp, Vultejus!« stieß Larsen hervor. »Aufsetzen! Das sehe ich mir genauer an!«

»Dazu müßten wir das Intervallfeld ausschalten!«

»Weiß ich doch...«, knurrte Larsen.

Vultejus schaltete das Intervallum ab. Dann setzte er den Flash einfach auf, ohne die spinnenbeinartigen Ausleger auszufahren. Der plumpe Zylinderrumpf legte sich direkt auf die nachglühende Spur des Brennkreises.

Larsen wuchtete die Einstiegluke hoch und sprang nach draußen. Der Klarsichthelm seines M-Anzuges blieb zusammengefaltet im Nacken liegen; die Ducks waren Sauerstoffatmer, die annähernd das gleiche Luftgemisch verwendeten wie die Menschen.

Ein Luftgemisch, das jetzt bestialisch nach verbranntem Plastik und schmelzendem Stahl stank. Dafür war der Brennkreis der 024 verantwortlich.

Schallisolation schien bei den Ducks ein Fremdwort zu sein. Das Brüllen und Dröhnen der überlasteten Konverter schlug unangenehm durch. *Das* hatte terranische Technik aus der Steinzeit der Raumfahrt sogar in den ältesten Handelsschiffen der Erde von Anfang an besser im Griff gehabt!

Die beiden anderen Flash schwebten in der Nähe an beiden Enden der Frachthalle. Larsen konnte sich einigermaßen sicher fühlen – die Piloten hatten die Daumen auf den Feuerschaltern für den paralysierenden Strich-Punkt-Strahl.

Larsen sah sich um. Wo waren die Ducks, die die Fischwesen in die Wasserbehälter verfrachtet hatten?

Wie leergefegt war der Frachtraum!

Aber das helle Licht begann zu flackern.

Wurde jetzt auch hier Energie abgezogen?

Larsen starrte einen der Tanks an. Hinter der transparenten Wandung bewegten sich die Fischwesen mit ihren Tentakeln, aber diesmal waren sie nicht zu umschlungenen Paaren, sondern einzeln!

Irgendwie hatte Larsen den Eindruck, daß das gegen ihre Natur war und diese Mischungen aus Fisch und Krake sich höchst unwohl fühlten, dieses Unwohlsein allerdings weniger durch die Gefangenschaft in den großen transparenten Behältern bedingt war, sondern durch die Trennung von ihren Partnern!

Aber etwas stimmte hier nicht.

Dhark und Szardak waren damals mit Riker im Raumer der Ducks gewesen, als die Pilzköpfe das Col-System auf der *Fluchtroute* durchflogen, und damals waren entführte Lebewesen in Eisblöcken tiefgefroren gewesen. Und auch, als dieser Raumer das erste Mal in der Nähe der QUIET ZONE auftauchte, war er dem Bericht der ausgesandten Flashpiloten zufolge mit *eingefrorenen* Wesen beladen gewesen!

Diese Krakenfische waren aber nicht vereist.

Hatten die Ducks noch keine Zeit gefunden, sie zu *konservieren*, oder funktionierte ihre Cryo-Technologie bei Wassergeschöpfen nicht richtig?

Eine starke Erschütterung ging durch den Raumer. War er wieder gegen ein Hindernis gestoßen, oder hatte er aufgesetzt? Larsen federte den Stoß ab und bewegte sich weiter.

Langsam näherte er sich dem großen Behälter. Er fragte sich, ob es eine Möglichkeit gab, diese Wesen zu befreien, die im Wasser trieben und keine Notiz von ihm nahmen. Dabei mußten sie ihn durch die transparente Wandung ebenso sehen können, wie er sie sah. Und im Gegensatz zu den schlafmützigen Ducks bewegten sie sich recht flink.

Den Behälter öffnen? Die Krakenfische herauslassen?

Ein Blasterschuß würde reichen, die Wandung zu zerstören. Oder einer der Flash konnte mit dem Duststrahl, der anorganische Materie in amorphen Staub verwandelte, den Tank öffnen. Das würde nicht einmal den Fischkraken Schaden zufügen, die ja aus *organischer* Materie bestanden!

Aber was dann? Was folgte daraus?

Das Denken fiel Larsen schwer.

Ein großes Schott fuhr auf.

»Roboter!« hörte er Amye Shivaa rufen und fragte sich müde, wieso er die Frau hören konnte, die sich doch in ihrem Flash befand. Daß er sie aus dem Helmfunk hörte, wurde ihm seltsamerweise nicht klar.

Er wandte sich zu dem Schott um, dessen Geräusch er gehört hatte.

Jetzt sah er die Roboter.

»Larsen, Helm schließen!« hörte er, ohne zu verstehen.

Roboter der Ducks stapften herein, die schwere Strahlwaffen trugen und diese auf ihn, den Terraner, richteten.

Er griff zum Blaster, sah sich nach einer Deckung um.

Im nächsten Moment zuckte ein blaßroter Energiefinger an ihm vorbei.

Flash 025 schoß mit dem Nadelstrahl. Nur zwanzig Meter von Larsen entfernt wurden drei Robots spontan in Energie umgewandelt. Grellstes Licht flutete heran, dem das Brüllen von Explosionen und die Gluthitze folgte, die bei dieser Energieumwandlung frei wurde. Die Druckwelle packte Larsen und fegte ihn quer durch den großen Frachtraum.

Beinahe verlor er das Bewußtsein, als er gegen einen anderen Behälter prallte.

Hatte nicht jemand etwas von ›Helm schließen‹ gerufen?

Mußte wohl einen Grund haben. Bedächtig griff Larsen nach hinten, zog den semistabilen Falthelm wie eine Kapuze nach vorn und registrierte zufrieden, wie er von selbst verriegelt und gesichert wurde. Im gleichen Moment war Ralf Larsen von der Außenwelt unabhängig geworden.

Endlich bekam er den Blaster aus dem Plastikfutteral am Gürtel, aber es gab keine drei Duck-Roboter mehr, die ihn angreifen wollten. Sie waren in grellen Lichtblitzen auseinandergeflogen, und jetzt meldeten die Meßsysteme seines Raumanzuges härteste r-Strahlung.

Wer hatte die Roboter abgeschossen?

Ein Flash?

Da mußte der Pilot aber verdammt fix gewesen sein!

Plötzlich schwebte ein Flash mit geöffnetem Einstieg auf ihn zu. Unter dem zylindrischen Rumpf flammte unwahrscheinlich grell der Brennkreis des Sle, der Stahlplastik verdampfte. Aus dem Helmfunk tönte Vultejus' Stimme: »Nun steigen Sie endlich ein, Larsen, oder wollen Sie von der r-Strahlung geröstet werden? Als strahlender Leuchtkörper eignen Sie sich bestimmt nicht...«

Der Flash setzte wieder mit dem Rumpf auf, damit Larsen leichter einsteigen konnte, doch so ganz war der Erste Offizier der POINT OF noch nicht bei der Sache. Er grübelte immer noch, wie man die gefangenen Fischwesen befreien konnte.

Vultejus packte zu, damit das Einsteigen schneller ging, und dann klappte der Einstieg wieder zu. Augenblicke später stand das Intervallfeld wieder um Flash 024.

Und im gleichen Moment konnte Ralf Larsen wieder normal denken!

»Sterne und Boliden, was hat mich denn da erwischt?« stieß er hervor, zu dessen Wortschatz Flüche normalerweise nicht gehörten. »Das hat mich ja regelrecht verdummt...«

»Eingeschläfert«, half Vultejus aus. »Wie die Ducks... diese Verbrecher... aber das Intervallfeld schützt uns vor dem Fremdeinfluß!«

»Und die Fischwesen sind auch nicht betroffen«, behauptete Larsen und fragte sich, wieso er eben noch nicht einmal bemerkt hatte, daß sein Denken sich rapide verlangsamte. Er formte seine Frage in Worte, und Chris Shanton, der wie die anderen über Funk mithörte, behauptete: »Das, was dem Raumer Energie entzieht, entzieht auch dem menschlichen Gehirn elektrische Energie!«

»Könnte sein«, stieß Larsen hervor.

»Es hat auch der 024 Energie entzogen, solange das Intervallfeld ausgeschaltet war«, warf Vultejus ein. »Aber jetzt nicht mehr...«

»Und über das alles können wir uns ausführlich unterhalten, wenn wir wieder lebend hier 'raus sind«, fuhr Shanton fort. »Ein Duck-Konverter ist eben komplett abgeschaltet worden, ehe er hochgehen konnte, aber alle anderen sind jetzt superpromptkritisch! Alle, Larsen! Wenn wir Glück haben, bleiben uns noch drei, vier Minuten, dann fliegt dieser Raumer auseinander, und dann spielt es keine Rolle mehr, ob Sie eben radioaktive Strahlung aufgenommen haben, als Shivaa die drei Robs zerstrahlt hat...«

In der Bildprojektion sah Larsen wieder den großen Transparent-Tank mit den Fischwesen darin.

Keine Chance mehr, sie zu bergen.

Selbst wenn sie den Tank zerstörten, würde zuviel Zeit vergehen, die Kiemenatmer zu bergen, und wie sollten sie sie aus dem Raumschiff bringen, ohne daß sie starben? Diese Fischkraken brauchten Wasser, um zu leben. Wasser, mit denen die Flash-Kabinen sich nicht befüllen ließen. Die Wesen würden ersticken, ehe sie nach draußen gebracht werden konnten.

Außerdem waren die Flash schon mit den Menschen voll besetzt; am engsten war es in der 025, in der der massige Chris Shanton und zusätzlich sein Robothund hockten. Keine Möglichkeit, die Fischwesen aufzunehmen.

Die Flash der Gruppe Dhark mußten erst einmal unter Kontrolle gebracht werden!

Und selbst wenn dann noch genug Zeit geblieben wäre, gab Larsens Erlebnis zu denken. Der Energieentzug würde auch die Bergungsarbeiten beeinträchtigen. Nein, die Entführten hatten keine Chance.

Ihnen konnte nicht geholfen werden!

Jetzt ging es nur noch darum, die sechs leeren Flash zu bergen.

»Weiter!« stieß Larsen hervor, in ohnmächtigem Zorn ob der Erkenntnis seiner und der anderen Hilflosigkeit. »Zu den Flash!«

Und wieder durchdrangen die Beiboote der POINT OF feste Materie, um dorthin zu kommen, wo Ren Dhark und seine Gefährten ihre ›Blitze‹ aus unerfindlichen Gründen zurückgelassen hatten...

Axak sah das Wesen, das einer der anderen Götter sein mußte, von denen der Khaalo berichtete. Einer derer, die nicht böse waren.

Axak beobachtete das Wesen ohne jegliche Gefühlsregung. Alles Fühlen in ihm war abgestorben, als man Kapa und ihn trennte, und als der Khaalo sich zurückzog, um in Axaks Denken für immer zu schweigen.

Axak registrierte deshalb nicht, daß der andere Gott überlegte, ob es eine Möglichkeit gab, den gefangenen Leeti zu helfen, sie zu befreien.

Die schwebenden Dinge, in denen die anderen Götter durch das Jenseits außerhalb des Wassers schwammen, kämpften gegen Maschinen der Tod-Götter. Aber daß die Maschinen der Tod-Götter vernichtet wurden, half niemandem mehr.

Die Leeti waren verloren für immer. Sie konnten nur noch hoffen, daß der Khaalo die Tod-Götter besiegte und verhinderte, daß weiteren Leeti Böses angetan wurde.

Axak und die anderen, die gefangen worden waren, durften nie mehr hoffen. Und es wurde um sie herum kalt, so kalt, so entsetzlich kalt, und dann mit einem Male so furchtbar heiß, daß alles Denken verlosch...

9.

In einem dunklen Raum standen die sechs Flash, sauber nebeneinander geparkt, mit verschlossenen Einstiegsluken.

Und mit eingeschalteten Intervallfeldern!

Larsens Grübeln, wieso die Ducks die ›Blitze‹ nicht entdeckt hatten, schien ihre Antwort darin zu finden, daß die Pilzköpfe ihre Energieortung, die die Intervalle hätten verraten müssen, nicht auf das Innere ihres eigenen Schiffes fokussierten, und daß dieser Raum offenbar nur selten genutzt wurde. Alle anderen Räume, die sie auf dem Weg hierher durchflogen, waren erleuchtet gewesen, auch wenn das Licht mehr und mehr zur flackernd-trüben Funzel wurde, je mehr Energie dem Raumer entzogen wurde. Hier jedoch war es so stockdunkel, daß Larsen sich vorkam wie der biblische Jonas im Bauch des Wales.

Die Scheinwerfer der Flash zeigten, was sie konnten, und füllten den Raum mit Licht.

»Und was jetzt?« fragte Rul Warren. »Nun haben wir insgesamt neun Flash, aber nur sechs Piloten! Und die sechs leeren Flash sind intervallgeschützt! Wie kommen wir da 'rein?«

»Gedankensteuerung!« platzte Chris Shanton heraus. »Wenn die so gut ist, wie wir uns zu glauben angewöhnt haben, müßten die Flash doch ferngesteuert folgen können!«

Larsen verdrehte die Augen. Auf diese Idee hätte eigentlich er selbst kommen müssen. Aber er stand noch immer mit dieser Technologie auf Kriegsfuß. Daß Chris Shanton vor ihm auf diesen so selbstverständlichen Gedanken kam, überraschte ihn. War Shanton soviel flexibler als der alte Weltraumhase Larsen?

»Schon versucht«, sagte Doraner im gleichen Moment. »Aber ich bekomme keine Verbindung! Als wären diese sechs Flash *abgeschaltet!«*

»Oder kodiert!« entfuhr es Shanton. »Shivaa, können Sie an einem der leeren Kästen andocken? Lassen wir die Intervallfelder verschmelzen...«

»Geht denn das?« staunte die Pilotin.

»Das geht!« sagte Larsen sofort. »Zwei sich berührende Intervallfelder verschmelzen in der Überlappungszone zu einem einzigen, nur ist das dann nicht doppelt stark! Vandekamp behauptet... ach, vergessen Sie's! Tun Sie es einfach!«

Damals, als sie festgestellt hatten, daß die POINT OF über *zwei* Intervallfelder verfügte, die getrennt geschaltet werden konnten und zu einem Achtel ineinander ragten, hatte ein Kontinuumsexperte namens H. C. Vandekamp eine Reihe wilder Theorien aufgestellt, zu denen auch die gehörte, die Larsen eben erwähnte.

Der Erste Offizier riskierte keinen Blick auf den Zeitgeber. Er wollte nicht wissen, wie wenig Zeit ihnen noch blieb, und er hoffte, daß Shanton auch keine weitere Hiobsbotschaft über durchgehende Konverter mehr verlauten ließ.

Die 025 glitt auf den vordersten der geparkten Flash zu. Dann berührten sich die beiden Intervallfelder. Aus zwei Mini-Welträumen wurde ein einziger, der jetzt beide Kleinstraumer einschloß.

In der Bildprojektion sahen Larsen und die anderen, wie der Einstieg der 025 aufflog. Shanton schwang sich nach draußen, erstaunlich gelenkig und schnell für seine Körpermasse.

Der Einstieg des geparkten Flash öffnete sich!

»Funktioniert!« meldete Shanton. »Innerhalb des Intervallums arbeitet die Gedankensteuerung!«

Er kletterte in das geparkte Raumboot.

»Verschwindet!« stieß er hervor. »Ich übernehme die anderen und komme euch als Geschwader nach! Los, haut ab, ehe hier alles hochgeht!«

»Abwarten, ob es funktioniert!« hielt Larsen als Einsatzleiter dagegen.

Shivaa betätigte sich jetzt als Schwarzmalerin. »Letzter Duck-Konverter im überkritischen Bereich! Geschätzte Zeit bis zur ungesteuerten Massenreaktion fünfzig Sekunden!«

Larsen mußte wieder an die Fischwesen denken, denen er nicht helfen konnte. Den Ducks galt sein Bedauern weniger, aber liebend gern hätte er sich mit den Pilzköpfen unterhalten und sie über die Gründe ihres Tuns oder ihr Verhältnis zu den mörderischen Wesen befragt, die in Spindelraumern flogen.

Da meldete Chris Shanton alles klar. »Habe die Flash unter Kontrolle...«, und Larsen sah in der dreidimensionalen Bildprojektion, wie alle sechs Flash synchron abhoben, ihre Ausleger einfuhren und davonglitten.

Noch dreißig Sekunden...

»Und 'raus!« befahl er.

Neun Flash ergriffen die Flucht!

Aber noch nicht ganz!

Shanton sah beim Durchfliegen des Raumers Ducks, die jetzt nicht mehr in stark verlangsamten Reaktionen taumelten, sondern bewußtlos zu Boden gesunken waren.

Die fremde Kraft, die dem Raumer die Energie entzog, schien auch sie handlungsunfähig gemacht zu haben! Sie entzog den Gehirnen der Ducks soviel Energie, daß sie nicht mehr arbeiten konnten...

Da riskierte Shanton alles! Seinen Beute-Flash brachte er dazu, zu landen, wie Vultejus es vorhin mit der 024 gemacht hatte! Daß die über die Gedankensteuerung synchrongeschalteten anderen fünf Flash es ihm nachmachten, berührte ihn nicht.

Intervallfeld aus!

Einstieg auf!

Und jetzt mußte er unwahrscheinlich schnell sein, so schnell wie noch nie in seinem Leben, sonst erwischte ihn die Verdummung, wie sie vor ein paar Minuten Larsen erwischt hatte!

Im nächsten Moment war er schon aus dem Flash und landete neben einem der reglosen Ducks. Ihm kam der Gedanke, daß der Pilzkopf wieder aktiv werden würde, wenn er sich im Schutz des Intervallfelds befand, und eiskalt zog Shanton den Amphiblaster, hatte ihn in der gleichen Bewegung mit Daumendruck auf Paralyse umgeschaltet und feuerte den Schockstrahl mit mittlerer Dosierung auf den Duck ab!

Noch zehn Sekunden...

Blitzschnell ließ Shanton den Blaster wieder verschwinden, packte zu und wuchtete den Duck empor! Daß das kleinwüchsige Wesen über wenig Gewicht verfügte, kam ihm zupaß.

Drei Sekunden... Ohne darauf zu achten, daß der Duck kopfunter ankam, stopfte er ihn in den zweiten Sitzplatz, sprang selbst in den Flash und schaffte es gerade noch, den Einstieg zu schließen, als um ihn herum der Duck-Raumer zu einer kleinen Sonne wurde!

Mit verheerender Wucht flog der Tankraumer der Ducks auseinander. Grelle Feuerwolken erfaßten die Korallenränder und verdampften unter dem Schiff Abermillionen Tonnen Wasser. Eine hochenergetische Feuerfront zerfraß alle Materie, die sich in unmittelbarer Nähe befand. Dutzende Kilometer weit tobte die Katastrophe.

Neun Flash, geschützt durch ihre Intervallfelder, entgingen diesem Inferno. Auch die von Shanton synchron gesteuerten Maschinen hatten es rechtzeitig geschafft, die Mini-Welträume wieder aufzubauen. Wahrscheinlich wären sie sonst in den entfesselten Gewalten untergegangen, auch wenn das Unitall, jenes Kunstmetall, aus dem die Mysterious ihre Raumschiffe gebaut hatten, einen sagenhaft hohen Schmelzpunkt besaß...

Die neun Flash jagten um den Planeten, nahmen Kurs auf die POINT OF und flogen ins Flash-Depot ein!

Das Inferno blieb unerreichbar fern hinter ihnen auf der Antipode des Planeten zurück. Aber Larsen bedauerte, daß sie nun immer noch nicht viel mehr als vorher wußten, was die Ducks anging und deren Absichten.

Und dann grinste ihn Chris Shanton an. »Larsen, mögen Sie Überraschungen?«

»Nein!« gab der Erste Offizier kühl zurück, der nicht vergessen hatte, daß Shanton vor Stunden eigenmächtig die befohlene Funkstille durchbrochen hatte.

»Dann freut Sie sicher auch unser unfreiwilliger Besucher nicht«, schmunzelte der Dicke und winkte Larsen zu, ihm zu folgen.

Wenige Sekunden später glaubte Ralf Larsen, seinen Augen nicht mehr trauen zu dürfen, als Chris Shanton einen Duck aus »seinem«

Flash *auslud*!

»Tut mir leid, wenn ich mal wieder übers Ziel hinausgeschossen sein sollte«, brummte Shanton, »aber ich dachte mir, daß dieser Bursche uns vielleicht ein paar Fragen beantworten könnte...«

Larsen schluckte. »Da haben Sie verdammt recht, Chris«, murmelte er. »Vielleicht kommen wir jetzt doch einmal einen Schritt vorwärts!«

Ein Duck hatte den Untergang seines Raumers überlebt. Die Opfer nicht.

Trotzdem war diese Mission irgendwo ein Erfolg geworden...

Die POINT OF jagte mit Sternensog zu ihrer ursprünglichen Warteposition zurück, um dort am Rand der QUIET ZONE weiter auf Lebenszeichen der Gruppe Dhark zu warten.

Die Explosion des Duck-Raumers hatte das sich schließende Loch in der Korallenschale wieder weiter aufgerissen und erheblich vergrößert. Dutzende von Kilometern weit hatte der atomare Brand getobt, doch die seismischen Reaktionen hatten seltsamerweise im gleichen Moment ihr Ende gefunden, in dem die Ducks aufhörten zu existieren.

Gerade so, als hätte jemand oder etwas registriert, daß der Feind ausgeschaltet worden war.

Larsen dachte nicht weiter darüber nach. Er bedauerte die toten Fischwesen, und er bedauerte, daß der Raumer vernichtet worden war. Nur zu gern hätte er Shanton, Congollon und andere darauf angesetzt, herauszufinden, wieso der Antrieb des Tankschiffes in der Lage war, innerhalb der QUIET ZONE zu operieren.

Aber vielleicht wußte der Gefangene ja etwas darüber.

Nur, darauf zu hoffen, hieß, das Glück über die Maßen zu strapazieren. Der Zufall wäre zu unwahrscheinlich, daß ausgerechnet dieser Duck Antriebstechniker oder Ingenieur war, der sich mit dem Hypersprungtriebwerk auskannte...

Warten wir es ab, dachte Larsen grimmig. *Die Zukunft wird es uns zeigen...!*

Der Khaalo empfand kein Bedauern über den Tod so vieler Leeti.

Die Fremden von den Sternen existierten auf seinem Planeten nicht mehr. Die Bösen, die gejagt und gemordet hatten, waren vernichtet, und die anderen mit ihren lauteren Absichten von selbst wieder gegangen. Nichts anderes hatte der Khaalo von diesen erwartet. Deshalb auch hatte er sie verschont.

Sein Zorn dagegen hatte die mörderischen anderen getroffen, die wahllos zugeschlagen und zerstört hatten, um Lebewesen einzufangen. Sein Zorn hatte ihnen Energie abgesaugt, um diese Energie sich selbst einzuverleiben und einen Teil davon auch den Leeti zu gewähren, um im gemeinsamen, vom Khaalo unmerklich gelenkten Gegenschlag die mörderischen anderen zu bekämpfen und zu vernichten.

Der Khaalo hatte einen Teil ihrer Gedanken aufgefangen.

Sie hatten nach einer intelligenten Lebensform gesucht, und sie hatten diese intelligente Lebensform in den Leeti vermutet, ohne zu begreifen, daß deren Intelligenz erst durch den Khaalo ermöglicht wurde. Er war nicht nur Katalysator, er war Schöpfer und Lenker in einer Person.

Er war die beherrschende Intelligenz des Planeten, den die lauteren anderen ›Coral‹ genannt hatten.

Die Mörderischen hatten das nicht erkannt, und der Khaalo, dessen Wunde sich längst wieder schloß, schüttelte sich jetzt nicht mehr vor Lachen über deren Dummheit. Wie hätten sie, die Intelligenzjäger, auch die komplette Korallenmasse in ihr kleines Fahrzeug verfrachten und fortschaffen wollen...?

10.

Die Sicht war nicht gerade berauschend.

Die Stellung der Sonne am wolkenlosen Himmel gaukelte eine Tageszeit vor, die einem irdischen Nachmittag entsprochen hätte.

Aber dies war nicht die Erde – und im Grunde war nichts vertraut.

Es war, als würden sich die von den Menschen wahrgenommenen Bilder überlagern, als gäbe es noch eine zweite Sonne, die dieses Phänomen verursachte: diese... Dopplerillusion.

Fakt aber war, daß der Planet nur diese eine Sonne umlief.

Niemand war je so weit ins Zentrum der Galaxis vorgedrungen wie Ren Dhark und seine Begleiter.

Hier schien alles anders zu sein als gewohnt!

In geschlossener Formation marschierten sie am östlichen Rand des Raumhafens durch eine Ansammlung kleinerer, kuppelförmiger Erhebungen, ohne die geringste Ahnung davon zu haben, was sich eventuell darunter verbergen konnte.

Geschlossene Formation. Die Standardstrategie beim Erkunden einer fremden Umwelt.

Aber auch nicht zu geschlossen, so daß sie sich bei einem eventuellen Angriff – von wem oder was auch immer – nicht gegenseitig behindert hätten.

Zwölf Personen.

Zwei Frauen: Rani Atawa und Anja Field.

Zehn Männer – nun ja, den einen, Tyler, konnte man rein biologisch noch als halbes Kind einstufen –, Dhark und Riker, Doorn sowie Szardak, Wonzeff, Kaplan und John Martell mit zwei seiner Elite-Soldaten. Ihre Namen: Ron Ogar und Spy Gorm.

Sie alle marschierten zügig und hatten bereits eine beträchtliche Strecke zurückgelegt.

Nichts wie weg von dem Duck-Raumer und seiner merkwürdigen Fracht, hatte die Devise gelautet. John Martell und seine beiden Elite-Kämpfer sicherten in Dreiecksformation die von ihnen umrahmte Gruppe nach allen Seiten ab.

Es waren noch keine dreißig Minuten vergangen, seit sie überstürzt das Raumschiff der Ducks verlassen und den Boden dieser unbekannten Welt betreten hatten, die sich jenseits der Schiffswandung auftat.

Über die Größe des Planeten ließen sich vorläufig nur hypothetische Schlüsse ziehen. Einzig die Mysterious-Raumanzüge hatten ihnen verläßliche Daten über die Luftzusammensetzung geliefert. Demnach war sie erdähnlich, mit leichten Verschiebungen der gasförmigen Anteile. Besaß die Erde einen Stickstoffanteil von 77,1 Prozent, so lag er hier bei 69,7 Prozent, während der Sauerstoff-Anteil nahezu identisch war. Dafür existierte ein etwas höherer Prozentsatz von Edelgasen. Die Schwerkraft betrug 0,93 g.

Erdähnlich, wie gesagt.

Doch damit erschöpfte sich auch schon jede weitere Ähnlichkeit mit dem dritten Planeten der fernen Sol.

Links vor ihnen erstreckte sich ein sanft ansteigender Hang, mit etwas bewachsen, das aussah wie trockenes, braungelbes Gras. Die *Wiese* dehnte sich bis zu einem gelbgesäumten Fluß aus, der ungefähr einen Kilometer weit entfernt dahinfloß. Jenseits des Wasserlaufes, der begradigt sein mußte, so schnurstracks schnitt er durch die Landschaft, reichten niedrige Hügelketten bis zum Fuße eines hoch aufragenden Gebirgszuges, dessen Grate und Gipfel weiß gepudert waren. Zahlreiche kleine Gletscher reflektierten die Sonnenstrahlen. Rechts von ihrem Standpunkt erstreckte sich etwas, das ausgedehnten Wäldern glich. Allerdings fehlte das typische Aussehen, mit dem Bäume einer Landschaft ihren Stempel aufdrückten.

Gespenstische Stille herrschte; es war, als hielte die Natur dieses Planeten den Atem an. Ein leichte Brise wehte zwar, aber sie trug weder das Geräusch von rauschenden Grasflächen noch das Knarren von Zweigen und Blättern mit sich. Aber sie verbreitete Düfte – nicht vom frischen Gras oder blühenden Zweigen, sondern einen muffigen Geruch, wie er in alten Kellern herrschte, in dem sich Feuchtigkeit und Schimmel die Hände reichten.

Ren Dhark atmete langsam und gleichmäßig und behielt das von John Martell an der Spitze eingeschlagene Tempo bei. Er war bemüht, den Himmel, den Wald und die Umgebung in ihrer Nähe gleichzeitig im Auge zu behalten.

Nach einer Weile fiel Martell zu ihm zurück.

»Haben Sie etwas gesehen, John«, fragte der Commander und deutete mit einer flüchtigen Bewegung auf das schwere Sichtgerät, das der General in der Hand trug und das, wie er wußte, alle Farben des Spektrums und noch ein paar andere Wellenlängen dazu sichtbar machen konnte, neben seiner Funktion als Bildaufzeichnungsgerät. »Hat man unser Aussteigen registriert? Folgt uns jemand?«

»Negativ. Bis auf die Blechheinis von der Entlademannschaft am Raumschiff, scheint die Piste verlassen zu sein. Merkwürdig...« Martell zog die Unterlippe zwischen die Zähne und kaute darauf herum.

Merkwürdig. Dieses Wort umschrieb exakt die Situation – *ihre* Situation.

Schon der Flug hierher war seltsam genug gewesen.

An Bord eines Duck-Raumers, der eine Passageerlaubnis für die QUIET ZONE erhalten hatte, was ihn befähigte, zum Zentrum der Galaxis vorzustoßen.

Nur – von *wem* hatte er dies gestattet bekommen?

Und daraus erhob sich eine weitaus dringendere Frage: Wer war in der Lage, eine mehrere hundert Lichtjahre große Verbotszone zu schaffen, in der die Gesetze der Physik ganz offensichtlich gezielt manipuliert und außer Kraft gesetzt werden konnten?

Vielleicht erhielten sie die Antwort hier!

Vielleicht auch nicht.

Wie auch immer, zunächst mußten sie sich in Sicherheit bringen, daran bestand kein Zweifel. Es war nicht zu erwarten, daß man ihre Präsenz auf dieser Welt so ohne weiteres tolerieren würde. Hatten sie sich doch mittels eines Tricks an Bord des Duck-Raumers geschlichen und eigentlich hier nichts zu suchen, waren ungebetene Gäste.

Ein fernes Rumoren weckte ihre Aufmerksamkeit ...

Die Gruppe hielt kurz an und orientierte sich.

»Dort...!« Dan Riker lokalisierte die Richtung, aus der das Geräusch kam.

Dhark richtete den Blick dorthin.

Die Roboter waren mit der Löschung der exotischen Fracht fertig geworden. Ohne sichtbare Vorbereitungen stieg der Duck-Raumer mit ohrenbetäubendem Getöse in den Himmel. Wenig später rollte der Donner durch das Firmament, mit dem das Sternenschiff die Schallmauer durchstieß und dem Weltraum zustrebte.

An Bord sechs Blitze.

Einer mit aktivierter Gedankensteuerung.

Diese würde sofort nach Erreichen des Normalraumes ein Peilsignal und eine dezidierte Nachricht an die POINT OF senden. Der Ringraumer wartete mit neunundneunzigprozentiger Gewißheit am Rande der QUIET ZONE auf ein Lebenszeichen des Commanders und seines Teams, daran hatte Dhark keine Zweifel.

»Da geht er hin...«, murmelte Dan Riker.

»Und ward nimmer mehr gesehen«, versetzte Szardak mit unverhülltem Sarkasmus, in dem sich allerdings eine Spur Unsicherheit verbarg. Seine Miene reflektierte deutlich die widerstreitenden Gefühle, die ihn bewegten. »Wißt ihr, was wir jetzt sind?« ließ er sich weiter vernehmen.

Dhark tauschte mit Dan Riker, der schon den Mund zu einer Erwiderung öffnete, einen Blick, um ihn zu veranlassen, unter allen Umständen zu schweigen.

»Wir sind Gestrandete«, sagte Szardak, »Schiffbrüchige zwischen den Sternen. Gestrandet auf einem unbekannten Planeten, allein, nur auf uns gestellt...«

Und auf dem Weg in ein ungewisses Schicksal..., durchzuckte es Ren Dhark.

Aber das sprach er nicht laut aus.

Sie setzten ihren Marsch fort.

Noch immer befanden sie sich auf dem Areal des Raumhafens, allerdings jetzt *hinter* dem Terminal, wenn man zwischen der ehemaligen Lage des Duck-Raumers und ihrer augenblicklichen Position eine Linie zog.

Die Sonne neigte sich einer Himmelsrichtung zu, die Dhark kurzerhand Westen zu nennen beschloß, aus reiner Sentimentalität, wie er sich einredete. Eine mittelhohe Bergkette zog sich dort am Horizont entlang, die sich zunächst nach Süden und dann mit einem scharfen Knick nach Osten und um diese Ebene mit dem Raumhafen im ungefähren Mittelpunkt erstreckte. Metallisch schimmernde Reflexe blinkten auf einer Trasse, die sich im Nordosten auf einen hochgewachsenen Wald zubewegte.

Nach einer weiteren halben Stunde mäßigten sie das Tempo etwas, weil sie eine einigermaßen geschützte Örtlichkeit für ein sicheres Lager finden wollten. Zum einen schien es recht bald dunkel zu werden. Zum anderen, um über ihre weitere Vorgehensweise zu beraten.

Ein Platz zum Rasten bot sich ihnen in Gestalt einer weitläufigen, niedrigen Anlage, deren Aussehen hinsichtlich ihres Verwendungszwecks eigentlich nur eine Deutung zuließ. Die fahle Sonne vergoß ihr blasses Licht über ein Labyrinth von mannsdicken Rohren, Tanks und Leitungen. Die Anordnung wirkte wie ein bizarrer Technologie- oder ein surrealer Ausstellungspark mit seinen in sich verdrehten und überlappenden Rohrleitungen, war aber vermutlich nichts anderes als eine Art Raffinerie zur Energieerzeugung gewesen.

Jetzt schien sie stillgelegt; die Mysterious-Anzeigen registrierten keine energetischen Muster.

Mit gezielten Handbewegungen dirigierte Dhark seine Gruppe.

Als sie das zweiflügelige Tor eines flachen Gebäudes vorsichtig aufdrückten, bot sich ihnen nur der Anblick einer Werks- oder Wartungshalle, an deren linker Längswand unförmige Maschinen mit schwachen, flackernden Lichtern von plumpen Robotern bedient wurden, Mechaniker, deren einziger Daseinszweck darin zu bestehen schien, vorgegebene Handgriffe stupide auszuführen.

Von ihnen drohte mit Sicherheit keine Gefahr.

Dennoch war ein gewisses Risiko nicht auszuschließen. Irgend ein dienstbeflissener Dispatch-Robot konnte ihre Anwesenheit registrieren und – an wen? – weitermelden.

Rund zweihundert Schritte entfernt lag eine weitere Halle; sie war absolut leer. Lediglich Schrott, zu unordendlichen Haufen zusammengetragen, lag in den Ecken.

Riker leckte sich die Lippen.

»Gehen wir rein?« wollte er wissen.

»Nein«, widersprach John Martell. »Wir kampieren besser im Freien.« Er deutete nach rechts zur Frontwand, wo eine Rampe nach oben führte. »Dort oben, auf dem Dach der Halle.«

»Und riskieren dabei, daß wir entdeckt werden?« fragte Rani Atawa. Ihr Gesicht mit dem braungelben Teint und dem dunklen Punkt über ihrer Nasenwurzel wirkte angespannt.

»Nein. Es ist ganz einfach sicherer. So können wir eine sich abzeichnende Gefahr schon von weitem erkennen und rechtzeitig und schnell darauf reagieren.«

Ren Dhark erwog kurz beide Möglichkeiten, während er noch einmal das Innere der Halle musterte. Nein, da war nichts, was nach Gefahr aussah. Aber dennoch...

»Wir gehen nach oben«, entschied er und brachte den gemischten Chor aus Zustimmung und Ablehnung zum Schweigen. Er wußte, daß John Martell recht hatte. »Wir alle brauchen Ruhe und Zeit zum Nachdenken.«

»Okay, Leute!« rief Dan Riker unterdrückt. »Ihr habt gehört, was der Commander gesagt hat. Hinauf mit euch. Nehmt die Beine in die Hand!«

Das wirkte.

Im Eiltempo begaben sie sich über die schmale Rampe nach oben und ließen sich zwischen buckelförmigen Lichtschächten nieder.

»Ahhh...« Dhark rieb sich die schmerzenden Schienbeine, während er die Umgebung sondierte.

Von dieser erhöhten Warte konnte man weit über den kleinen Raumhafen blicken. Jenseits der Piste, die jetzt, nach dem Start des Duck-Raumers absolut verlassen von Raumfahrzeugen war, erhoben sich üppige und riesige... *Pilzwälder?*

Es war so. Eine andere Bezeichnung ließ sich für die Vegetation dieser Welt nicht finden.

Pilze!

Die Flora dieser Welt schien mit dem Chlorophyll auf Kriegsfuß zu stehen und stattdessen eine Verbindung mit der Gattung der blattgrünfreien, heterotrophen und oft saprophytisch lebenden Mycophyta eingegangen zu sein... Anstelle von Grün dominierten hier Graublau und Gelb in all ihren Abstufungen die Vegetation.

»Schauen Sie mal, Commander!«

Martell unterbrach Dharks Gedankengänge und reichte ihm das wuchtige Sichtgerät, das nicht ausschließlich nur als ›normales‹ Fernglas fungierte. Durch Umschaltung ließ es sich auch in ein starkes Aufzeichnungsgerät verwandeln. Ein Mikroprozessor mit einem nichtflüchtigen Eprom speicherte alle Informationen, die bei Bedarf jederzeit über den kleinen Schirm abgerufen werden konnten.

»Etwas entdeckt?« Dhark hob die Brauen.

»Sehen Sie selbst...«

Dhark sah auf den kleinen Monitor und rief die Aufnahmen ab, die aus dem Blickwinkel John Martells aufgezeichnet worden waren.

Zunächst kam der Raumhafen ins Blickfeld. Man konnte erkennen, wie die Zielerfassungskamera das Gelände heranzoomte. Hektische Betriebsamkeit erfüllte das Areal um den Gebäudekomplex. Scharen von Laderobots fuhren mit ihren Schwebeplattformen hin und her, stapelten, luden auf und luden ab. Dazwischen wuselten alle möglichen Formen von Robots auf kleinen Räderkarren oder auf Selbstfahrlafetten durch die Gegend; an einer Stelle wurden große Schwebeplattformen aus unterirdischen Kavernen ans Tageslicht gebracht.

Roboter, wohin man blickte.

Keine Lebewesen.

Die Datenkolonnen, die am Rande des Monitors entlangflimmerten, sagten nichts von Individualschwingungen.

Nun, viele Raumhäfen arbeiteten vorwiegend vollautomatisch.

Warum also nicht auch dieser?

Langsam schwenkte der Beobachter die Kamera.

Er verweilte bei jenem gewaltigen Stapel von Thermocontainern, in die die exotischen, im Kryozustand konservierten Tier(?)leiber aus dem Duck-Raumer ihrem weiteren Verwendungszweck zugeführt wurden.

Einem Verwendungszweck, der noch der Aufklärung bedurfte.

... Dhark hatte plötzlich die Vorstellung von einem großen Bankettsaal; an langen, schweren Tischen saß eine wild schnatternde Gesellschaft und band sich Servietten um, ehe sie damit begann, die tiefgefrorenen Spezies auf Gabeln zu spießen und sie mit wuchtigen

Schneidwerkzeugen zu tranchieren. Deutlich hörte er ein Mampfen und Schmatzen, hörte das Krachen, mit denen starke Kiefer Knochen zermalmten, ein Schlingen und Würgen. Und noch etwas anderes vernahm er: Ganz am Rande seines Wahrnehmungsvermögen flackerten Schreie der Angst durch sein Denken, Laute einer unvorstellbaren Pein...

Er blinzelte verwirrt.

Und der Spuk verschwand vor seinem inneren Auge.

Welch eine makabre Vorstellung! Und zu diesem gänzlich unpassenden Zeitpunkt. Kopfschüttelnd konzentrierte er sich wieder auf die Bildfolge.

Die ersten Plattformen schienen beladen; sie setzten sich in Bewegung und glitten mit relativ hoher Geschwindigkeit auf ein fernes Ziel zu.

Ein Ziel, das eindeutig jenseits des Raumhafens lag.

Dhark runzelte die Stirn, als er erkannte, daß es sich bei den metallischen Reflexen, die er auf der Trasse gesehen hatte, um diese Schwebeplattformen gehandelt haben mußte.

Erneuter Schwenk...

Der Rand der Piste kam ins Bild. Er bestand aus einem niedrigen Streifen leopardfleckiger Gewächse, begann unmittelbar neben dem Belag der Piste und setzte sich ein paar hundert Meter weit in die Tiefe fort.

Daran schloß sich lockerer Bewuchs mannshoher Pilze unterschiedlichster Formgebung an.

Schließlich erhoben sich dahinter wie eine gigantische Mauer mehr als hundert Meter hohe Pilzbäume. Laut den eingeblendeten Daten lag dieser ›Wald‹ in rund dreißig Kilometern Entfernung vom Raumhafen. Ein halber Tagesmarsch, wenn man ohne Pause und in hohem Tempo marschierte.

Und zwischen diesen Bäumen...

Dharks Augen weiteten sich überrascht.

»Verdammt!« sagte er. Und noch einmal, diesmal mit Nachdruck: »Verdammt!«

»Nicht wahr, Commander«, murmelte Martell neben ihm.

Dharks Verblüffung war nur zu verständlich.

Er hatte plötzlich begriffen, daß sich in diesem Wald aus Pilzen, farblich sowie architektonisch perfekt eingepaßt, ein künstliches Gebilde von der Größe und Ausdehnung einer... einer Großstadt verbarg!

Die mindestens hundert Meter hohen Pilze konnten mit irdischen Hochhäusern verglichen werden. Zwischen ihnen herrschte reger Verkehr über kreuz und quer und spiralförmig verlaufenden Schienenbahnen und Rollwegen, die die einzelnen ›Pilzdome‹ miteinander verbanden.

»Hat man da Worte...«, sagte Dhark gedehnt.

»Sie haben es also gemerkt, Commander?«

Dhark nickte. »Metropolis in Pilzform?«

Martell sagte: »Sieht ganz danach aus.«

»Das heißt aber auch, es gibt auf dieser Welt nicht nur diesen Raumhafen mit seiner robotischen Besatzung. Zusätzlich müssen wir auch mit einer ausgedehnten Zivilisation rechnen. Aber einer Zivilisation welcher Art?« Dhark verstummte für einen Augenblick. Dann fügte er hinzu: »Ob man von unserer Anwesenheit schon Kenntnis genommen hat?«

John Martell gefiel diese Überlegung ganz und gar nicht, aber da er sie selbst in sich trug, konnte er sich kaum weigern, die Idee zu Ende zu verfolgen. »Wenn ja, warum hat man uns dann nicht gleich angegriffen?«

Dhark faßte ihn scharf ins Auge.

»Zivilisation bedeutet nicht immer gleich Aggression, haben Sie das schon vergessen?«

»Nein«, erwiderte Martell trocken. »Aber es schadet auch nicht, wenn man diese Prämisse in seine Überlegungen mit einbezieht.«

Die anderen hatten inzwischen mitbekommen, was zwischen Dhark und Martell im Gange war und hatten sich dicht um die beiden Männer geschart, um ja keine Einzelheit zu verpassen.

»Vielleicht weiß man längst, daß wir hier sind«, spann Martell den begonnenen Faden weiter, »Vielleicht will man uns erst ein wenig beobachten? Vielleicht in Sicherheit wiegen?«

Dhark grübelte. Seine Unterlippe hatte er nachdenklich vorgeschoben, ohne Rücksicht darauf, wie das aussah.

»Vielleicht *dies*, vielleicht *das*«, Dan Riker schüttelte den Kopf. »Für meine Begriffe sind das ein bißchen zuviele ›Vielleichts‹. Vergißt man hier nicht, daß niemand, ich betone: niemand an Bord des Duck-Raumers von unserer Anwesenheit wußte! Ergo existieren wir nicht für – hmm – wen auch immer. Wer weiß schon von uns? Und wenn wir uns nicht gerade wie die Kavallerie verhalten, die mit gesenkten Zügeln und einem fröhlichen Lied auf den Lippen in die Stadt eingaloppiert, wird das vorläufig auch noch eine ganze Weile so bleiben. – Hoffe ich wenigstens«, fügte er nach einer winzigen Pause hinzu.

John Martell lag schon eine scharfe Antwort auf Rikers Einlassung auf den Lippen. Aber dann erkannte er, welche Richtung das nehmen würde, daß er aber auch eine andere Wahl hatte, einfach dadurch, daß er nicht reagierte.

Dhark registrierte ein wenig erstaunt, wie ungehalten, ja regelrecht ärgerlich Dan Riker war. Er mußte das im Auge behalten; was er zu diesem Zeitpunkt nicht brauchen konnte, waren Animositäten zwischen den einzelnen Mitgliedern des Teams.

Außerdem brannte ihnen ein ganz anderes Problem auf den Nägeln: Sie mußten herausfinden, weshalb der Duck-Raumer eine Passage zu genau dieser Welt erhalten hatte, und – was noch vordringlicher war – wie sie diese wieder verlassen konnten!

Die *Namenlose Welt*!

Darauf hatte man sich ohne lange Diskussionen geeinigt.

Etwas auf ihr war nicht in Ordnung. Ganz und gar nicht.

Die unbekannte Sonne des unbekannten Planeten hatte sich dem Horizont genähert.

Lange Schatten legten sich über den Raumhafen, dessen Peripherie von jenen eigenartigen Pilzwäldern gebildet wurde, die ihnen gleich nach dem Verlassen des Duck-Raumers aufgefallen waren. Die Schatten brachen sich an Ecken und Kanten und schufen eigenartige Zwielichtinseln.

Etwas war überhaupt nicht in Ordnung.

»Würden Sie sich etwas präziser ausdrücken?« Ren Dhark sah Anja Field auffordernd an. Sie war es, die davon gesprochen hatte, daß etwas sie irritierte. Ganz gewaltig irritierte. »Was stört Sie? Heraus damit!«

»Das Licht«, meinte Anja Field zögernd.

»Was ist mit dem Licht?«

»Eigentlich ist es die Sonne...« Die Frau verstummte nachdenklich und ließ nicht davon ab, in den Himmel zu starren.

»Was denn nun?« Dharks Stimme ließ einen ungeduldigen Unterton erkennen. »Das Licht? Oder die Sonne? Oder was?«

Seufzend senkte Anja den Kopf und blickte Ren Dhark an. Es schien im Augenblick nicht leicht, Sympathiepunkte zu sammeln.

»Beides«, sagte sie, »und noch ein bißchen mehr.«

Jetzt war es Ren Dhark, der den Kopf hob und in den Himmel starrte.

Obwohl dieser Planet von seiner Sonne nur unwesentlich weiter entfernt war wie die Erde von ihrer Lichtspenderin, strahlte dieser Stern der mittleren G-Klasse ganz offensichtlich nicht genügend Licht aus, um in einer erdähnlichen Atmosphäre den Eindruck von grellem Tageslicht zu erwecken. Es war überhaupt ein seltsames Licht, das die am Himmel kaum sichtbare Sonne verbreitete. Dhark konnte ohne zu Zwinkern in die Scheibe blicken.

»Wieso kann ich das?« wandte er sich nach einer Weile an Anja Field, seiner Expertin im Umgang mit den Algorithmen der Mysterious-Mathematik. »In die Sonne blicken, ohne daß ich geblendet werde?«

Sie zögerte einen Moment. Dann antwortete sie: »Das hat vermutlich mit einem Phänomen zu tun, das sich Schwarzschild-Lösung beziehungsweise -Metrik oder auch Schwarzschild-Radius nennt.«

»Was hat es damit auf sich?«

Sie seufzte wieder. »Es ist eine verflixt schwierige Materie, glauben Sie mir. Sind Sie sicher, daß Sie etwas darüber hören möchten?«

Er war es, wie sie an seinem Gesichtsausdruck erkennen konnte. Sie zog eine Grimasse und nickte resigniert. »Meinethalben. Aber sagen Sie später ja nicht, ich hätte Sie nicht gewarnt. Also gut...«

Schwarzschild-Metrik.

Schon wenige Monate, nachdem Einsteins neue Gravitationstheorie an die Öffentlichkeit gedrungen war, hatte bereits die erste wichtige Lösung ihrer Gleichungen vorgelegen, denn der deutsche Astronom Karl Schwarzschild war 1916 zu Werten gelangt, die der Krümmung der Raum-Zeit in der Nähe einer sphärischen Masse entsprachen. Seine Lösung, auch Schwarzschild-Metrik genannt, ergab für Massen von Sonnen- oder Planetengröße und ziemlich große Entfernungen vom Mittelpunkt exakt das von Newton lange zuvor postulierte Schwerkraftverhalten: Ein umgekehrt quadratisches Verhältnis zum Abstand vom Mittelpunkt der Masse.

»... die Schwarzschild-Lösung«, fuhr Anja Field fort, während sie mit einer gewissen Befriedigung registrierte, daß Dan Riker wie fasziniert an ihren Lippen hing, »bedeutet das vierdimensionale Äquivalent einer Situation, die sich ergibt, wenn wir einen kugelförmigen, schweren Gegenstand auf ein flach gespanntes Trampolin fallen lassen: eine Beule im kosmischen Gewebe. Ihre Metrik stellt eine sphärisch-symmetrische Störung dar, die, in alle Radialrichtungen gleich, von dem Objekt aus nach außen wirkt. Dabei hängt das Ausmaß der Verformung unmittelbar von der Masse des Zentralkörpers ab. Mit der Schwarzschild-Metrik läßt sich das Verhalten des... eigentlich eines jeden!... Sonnensystems darstellen – durch die Krümmung der Raumzeit in ihrer Umgebung veranlaßt eine Sonne nämlich ihre Planeten, in elliptischen Bahnen um sie zu kreisen.«

»Wie?« schnarrte Gorm, einer der beiden Elitesoldaten. »Wollen Sie uns auf den Arm nehmen?«

Der zweite Soldat heuchelte krampfhaft Interesse und knuffte seinen Kameraden in die Seite. »Niemand will dich auf den Arm nehmen, Ron.« Und zu Anja Field gewandt, sagte er: »Fahren Sie fort. Ich interessiere mich wirklich für Ihre Ausführungen...«

Das stachelte die Wissenschaftlerin an, noch tiefer ins Detail zu gehen und mit ihrem Wissen zu glänzen.

»Um aber nun von den eben geschilderten Vorgängen zu dem zu gelangen, was wir hier vorfinden«, sie machte eine Handbewegung, die den Himmel über ihr einschloß, »muß ich den *Schwarzschild-Radius* ins Spiel bringen, der den Mittelpunkt eines Sterns in einem bestimmten Abstand umschließt. Dieser Radius, dessen Größe oder

Ausdehnung sich nach der Masse einer Sonne oder eines jeden zur Diskussion stehenden Himmelskörpers richtet, legt eine kugelförmige Region fest, in der sich die Auswirkungen der allgemeinen Relativitätstheorie außerordendlich intensiv bemerkbar machen. Innerhalb der Grenzen dieser Region ist die Raumkrümmung extrem, was sich dadurch auswirkt, daß deutliche Bahnabweichungen auftreten. Nun sind bei Objekten eines Sonnensystems diese Radien relativ klein – der Schwarzschild-Radius von Sol beträgt ungefähr drei Kilometer, der der Erde keine drei Zentimeter –, bei sehr großen Sternen und Galaxien ist dieser Radius jedoch erheblich größer. – Könnt ihr mir noch folgen?«

Sie konnten, wie sie betonten.

Und so fuhr Anja Field fort: »Die Definition des Schwarzschild-Radius betrifft die Eigenschaft eines Körpers, die man seine *Entweichgeschwindigkeit* nennt. Damit meine ich...«

»Gemeint ist«, meldete sich Arc Doorn zu Wort, »die Geschwindigkeit, die ein in der Umgebung dieses hypothetischen kosmischen Objektes befindliches Teilchen mindestens erreichen muß, um seinem Schwerkrafteinfluß zu entrinnen. Diese Entweichgeschwindigkeit ist deshalb so wichtig, weil sie die Geschwindigkeit ist, mit der ein Körper den Schwerkraftbereich eben dieses Planeten verlassen kann, um in den Weltraum zu gelangen. Auf unserer guten alten Erde wären das fast zwölf Kilometer pro Sekunde. Hat ein Körper eine größere Masse und/oder einen kleineren Radius, so ist die Entweichgeschwindigkeit größer. Angenommen, die Erde wäre bei gleicher Masse viermal so klein...«

»... oder bei gleicher Größe viermal so massereich!« warf die Wissenschaftlerin ein.

»... dann würde ihre Entweichgeschwindigkeit doppelt so hoch sein«, fuhr Doorn mit seiner Erläuterung fort, »und wenn man es schließlich mit einer besonders großen Masse und einem deutlich kleineren Radius zu tun hat, erreicht diese Entweich- oder besser Fluchtgeschwindigkeit die Lichtgeschwindigkeit. Ist es das, was Sie uns erklären möchten?«

»Ja. Und nein. Das eine hat auch mit dem anderen zu tun. Bleiben wir einen Augenblick noch bei einem Körper wie dieser Sonne da...«

Anja Field hob die Hand und deutete auf den diffusen Lichtfleck über der Gruppe. »Stellen wir uns vor, diese Sonne, die laut den Mysterious-Anzeigen in etwa unserer eigenen entspricht, würde zu einer winzigen Kugel von weniger als drei Kilometern Durchmesser schrumpfen, ihre Dichte wäre dann außerordentlich groß – mehr als 10^{16}mal so groß wie die des Wassers. Doch wenn ein Himmelskörper in etwa die Dichte des Wassers aufweist, ist sein Schwarzschild-Radius ungefähr zehn hoch acht mal größer als der Sonnenradius selbst. Auf jeden Fall könnten dann nicht einmal mehr Photonen von der Oberfläche dieses Sterns entkommen, einfach weil die Entweichgeschwindigkeit dort größer als die Lichtgeschwindigkeit wäre. Das Licht, jedes Licht, das auf ein so seltsames Objekt fiele, würde von ihm vollkommen absorbiert werden. Deshalb erschiene dieses Objekt unter allen Umständen vollkommen schwarz. Und aus diesem Grund nennen wir kosmische Körper, die auf Größen unterhalb ihres Schwarzschild-Radius geschrumpft beziehungsweise zusammengepreßt worden sind, auch *Schwarze Löcher*.

Schwarze Löcher jedoch sind gefräßige Kreaturen. Sie verschlingen nicht nur alle Materie oder Energie, die in ihre Nähe kommt. Auch die Lichtpartikel eines Sterns werden von ihnen angezogen, falls sie sich in der mißlichen Lage befinden, dem Einflußbereich eines solchen Schwarzen Lochs zu nahe zu kommen. Und das System dieser Sonne über uns befindet sich schon verteufelt nahe der Black-Hole-Schale, hinter der wir das Milchstraßenzentrum vermuten. Möglicherweise ist es nach kosmischen Maßstäben nur noch ein winziger Moment, bis dieses System mitsamt der Sonne von dem dunklen Monster in seinen gefräßigen Schlund gezogen wird. Das Licht wird jetzt schon zu einem ganz gehörigen Prozentsatz von ihm verschluckt. Wenn wir über die nötigen Instrumente verfügten, könnten wir vermutlich feststellen, daß sich das es umgebende elektromagnetische Feld schon leicht in Richtung Schwarzes Loch ausbeult.«

Die Gruppe hatte Anja Field mit unterschiedlich gelagerter Aufmerksamkeit zugehört.

»Also deshalb diese diffuse Helligkeit...«, sagte Dhark, nachdem die Mathematikerin geendet hatte, und seine Stirn hatte sich gefurcht.

Die anderen schwiegen. Wie es schien, war jeder Einzelne von ihnen mit höchst widerstreitenden Gefühlen und Gedanken beschäftigt.

»So ist es.« Anja Field lächelte, dann gähnte sie plötzlich ungeniert und ausgiebig.

»Was gibt das, wenn's fertig ist?« erkundigte sich Dan Riker.

Sie knuffte ihm gegen die Schulter, wandte sich aber an die Allgemeinheit.

»Wißt ihr was?« sagte sie und gähnte schon wieder. »Ich bin müde.«

»Ruhen wir uns aus«, sagte Dhark. »Morgen sehen wir weiter.«

Die meisten brauchten tatsächlich Schlaf, und Dhark mußte über einiges nachdenken. Sie wurden sich einig, die Nacht auf dem Dach der Halle zu verbringen. Martells Soldaten würden die Wache übernehmen. Ihre Konditionierung ließ sie wesentlich länger als 24 Stunden ohne Schlaf auskommen.

Bald kündigten ruhige Atemzüge an, daß die meisten schliefen. Dhark lag mit im Nacken verschränkten Händen gegen eine der Kuppeln gelehnt und starrte in die zunehmende Dunkelheit.

Er grübelte über ihr weiteres Vorgehen nach.

Noch vor Mitternacht lockerte sich die starke Wolkendecke auf, die am Abend den Himmel überzogen hatte. Wenig später war das Firmament über dem *Namenlosen Planeten* leergefegt, und ein Meer von dicht zusammengedrängten Sternen erschien, die, wie Ren deutlich sehen konnte, in majestätischer Bewegung waren. Hier im Mittelpunkt der Milchstraße wurden sie durch die Rotation des gigantischen Schwarzen Lochs im Zentrum in eine Ebene gepreßt.

Sie stehen hier schon so dicht beieinander, hatte Anja Field erklärt, *daß es ihren Tod bedeutet. Und im Augenblick ihres Sterbens brennen sie in einem schrecklichen Licht. Sie flammen wie Magnesiumfackeln auf und werden vom Gezeitenstrom in Neutronenwolken und Atome zerrissen.*

Ren bewegte sich auf seinem Platz und suchte sich eine bequemere Stellung; er noch kein Auge zugemacht. Aber das war nicht weiter von Bedeutung.

Er fröstelte leicht.

Eine rein subjektive Empfindung, wie er wußte. Zwar wurde es trotz der am Tage herrschenden relativ angenehmen Temperaturen von etwa zwanzig Grad bei Dunkelheit empfindlich kalt. Nahezu Gefrierpunkt, zeigte der Temperatursensor des M-Anzugs an. Aber der Anzug schützte seinen Träger natürlich auf jede erdenkliche Art und Weise – zumindest gegen niedrige Temperaturen.

Ein Lichtblitz fing sich in Dharks linkem Auge. Als er genauer hinsah, konnte er erkennen, wie eine Nova etwa dreißig Grad über dem Planetenhorizont in einem weißroten Licht erstrahlte, als sie von der unvorstellbaren Gravitation des Schwarzen Lochs zermalmt wurde und in der Agonie ihren mehrere Millionen Grad heißen Kern in den Raum schleuderte.

Während er zusah, wie sich der Rest der Nova als Plasmastreifen dem Ereignishorizont näherte, fragte er sich, wie lange die Sonne dieses Planeten dem unvorstellbaren Sog noch widerstand.

Ren Dharks Sorgen wuchsen von Stunde zu Stunde.

Er war kein Typ, der leicht resignierte, geschweige denn vorzeitig aufgab, aber die jüngsten Ereignisse zehrten doch an seinen Nerven.

Wie auch an den Nerven der anderen. Keine Frage.

Langsam döste er ein.

Und nur kurze Zeit später glitt er in einen unruhigen Schlummer.

Der Wind wurde mit fortschreitender Nacht schwächer.

Der Geruch fremdartiger Pflanzen und Blüten erfüllte die Luft. Und für eine kurze Stunde schien die Welt zu träumen...

... nur die Welt?

... mit jedem Schritt, den er macht, wird das Gefühl, in einem atmosphärenlosen Totenschiff zu sein, stärker und stärker. Das Geräusch ihrer Füße hallt von den Gangwänden wider, erzeugt ein rollendes Echo, das sich in der weitläufigen Tiefe dieses merkwürdigen Schiffes verliert...

... vor ihnen zeichnet sich das Ende des Ganges ab...

... er blickt auf Szardak, der neben ihm geht, dann schaut er zurück

zu Dan Riker, der das Schlußlicht bildet.
WOLLEN WIR? signalisiert dieser Blick.
Er liest nur Zustimmung in ihren Augen.
... sie tun die letzten Schritte... und stehen vor der Öffnung zu einem röhrenförmigen Schacht, in dem sich ein Etwas befindet, das fatal an einen irdischen Lastenaufzug erinnert. Das Gebilde, fußtief in einer nach oben und in die Tiefe führenden Röhre hängend, ist allseitig von einem Gitterwerk umschlossen; diese Absicherung, denn eine solche ist es mit Sicherheit, ist allerdings nur einen guten Meter hoch...
... ein weiteres Rätsel...
»Keine Seile zu erkennen«, sagt Riker, der die nach oben führende Röhrenverlängerung ausleuchtet, »oder irgendein anderes Beförderungssystem. Zu sehen sind lediglich eine Unzahl extrem niedriger Decks. Die Besatzung scheint aus Pygmänen zu bestehen. Wie kommen wir da bloß hinauf?«
»Oder hinunter«, versetzt er und stellt erneut Kontakt zu den Flash her. Der Empfang ist ausgezeichnet, wie Mike Doraner aus der 001 versichert.
... keine Störungen.
Alles unverändert...
Erleichtert bestätigt er...
... er deutet auf das engmaschige, fingerstarke Gitterwerk. »Janos und ich sollten versuchen, uns draufzustellen. Dan, du bleibst als Sicherung zurück!«
»Recht herzlichen Dank!« versetzt Riker brummig. »Wollte schon immer mal wissen, wie sich eine Sicherung fühlt...«
... Szardak und er klettern über das Gitter und stellen sich auf die Bodenplatte. Die runde Fläche unter ihnen hüpft kaum merklich auf und ab.
»Und jetzt...?« setzt Szardak an und hält sich an dem niedrigen Gitter fest.
In diesem Moment gerät ihr Fahrstuhl in Aufwärtsbewegung. Im letzten Moment können sie abspringen. Als sie wieder Boden unter den Füßen haben, nimmt der Korblift seine alte Position ein. Riker untersucht den Tragkorb und bewegt eine Art Lasche, die über einer Gitterverbindung sitzt. Er schiebt sie nach rechts. Im gleichen Moment beginnt der Lift, langsam in die Tiefe zu sinken. Riker bringt den

Hebel sofort wieder in die alte Lage. Der Korblift kommt zurück...

... die Steuerung ist von geradezu primitiver Einfachheit.

Narrensicher.

Daraufhin entschließt er sich zu einem neuen Versuch.

Diesmal springen sie nicht ab...

... die Fahrt ist nicht lang.

Gleich im nächsten Deck stoppt der Lift von selbst...

... er und Szardak blicken auf ein Deck, das wie eine meterdicke, spiegelglatte Eisdecke aussieht. Zwischen Eisschicht und Decke beträgt die Höhe kaum mehr als einen halben Meter. Die Decke ist braun und kahl. Bearbeitungsspuren sind zu erkennen. Alles macht den Eindruck, als ob es nachlässig oder sehr schnell zusammengebaut ist...

... ein Provisorium...

... mit Szardak verläßt er den Lift. Dafür müssen sie sich auf den Bauch legen und kommen so der Eisdecke noch näher...

»... ist ja grauenhaft!« sagt Szardak mit verhaltener Stimme.

Unter ihnen steckt, eindeutig tiefgefroren, ein Tier neben dem anderen! Tiere, die wie Ungeheuer wirken. Die aus starren Augen zu ihnen heraufblicken, manche mit weit geöffnetem Rachen, als wollten sie jeden Moment zuschnappen!

... Szardak und er robben immer weiter über das glasklare Eis. Die Kreaturen sind in Gruppen zusammengefaßt...

»... durch das All fliegendes Kühlhaus«, flüstert Szardak. »Welch ein Wahnsinn!«

Bis zu diesem Moment hat er diese Überzeugung Szardaks geteilt.

... jetzt glaubt er es nicht mehr...!

Ren Dhark bewegte sich im Schlaf. Er stöhnte so laut, daß er davon wach wurde.

Er fühlte sich wie ein Ertrinkender, der sich nach langem Kampf endlich ans Ufer rettet.

Wo befand er sich?

Die Orientierung fiel ihm schwer.

Sein Atem kam stoßweise. Er spürte den Puls in seinen Schläfen hämmern, während er zum Himmel blickte.

Tintige Schwärze verhüllte das Firmament. Die rotierende Scheibe des Milchstraßenzentrums war inzwischen unter den Planetenhorizont gesunken, und das Licht der außerhalb des Ereignishorizontes befindlichen Sterne war ebenfalls wie von der Hand eines Riesen vom Himmel gefegt.

Dies, so erkannte er, war die *Namenlose Welt.*

Die Wirklichkeit hatte ihn wieder, die Realität forderte ihren Tribut. Und augenblicklich bohrte sich erneut die scharfe Erinnerung an die letzten Tage in sein Gehirn – und auch an die länger zurückliegenden seines an Ereignissen so reichen Lebens.

Er wußte plötzlich mit schmerzender Klarheit, daß das, was er eben erlebt - oder geträumt? – hatte, kein Traum gewesen war, sondern gelebte Erinnerung an die erste Begegnung mit den Ducks, die allem Anschein nach keinerlei Achtung vor fremden Lebensformen hatten und sie als *Frischfleisch* zur späteren Verwendung durch die Galaxis karrten. Es war eine Begegnung gewesen, die bleibende Furchen in seinem Geist hinterlassen hatte.

Und nun waren sie ihnen erneut begegnet...

Wieder hatten sie ihr fremdes, merkwürdig unfertig wirkendes Raumschiff bis in die letzten Winkel gefüllt gehabt mit tiefgefrostet konservierten exotischen Lebewesen, die den Eindruck machten, als seien sie kreuz und quer in der Galaxis eingesammelt worden...

O Mann, o Mann!

Ein paar Schritte von ihm entfernt bewegte sich eine nur schemenhaft erkennbare Gestalt...

Er hob den Kopf, erschrak für einen winzigen Moment. Dann legte er sich wieder entspannt zurück, als er in dem lautlosen Schatten einen der beiden Elite-Soldaten aus Martells Truppe erkannte, der seine Wache hielt.

Er sah nicht auf seinen Chronometer, aber er schätzte, daß es weit nach Mitternacht sein mußte.

Neben und hinter ihm schnarchten die anderen leise. Jemand murmelte im Schlaf, ein anderer hustete kurz.

Ren Dhark schlief wieder ein.

Und dieses Mal – so glaubte er zumindest – träumte er nicht.

»Das dort vorn scheint die Hauptstation zu sein«, murmelte Arc Doorn und deutete auf den mitten im Raumhafen-Areal gelegenen Gebäudekomplex von rund fünfhundert Metern Durchmesser, in dessen Mitte sich ein Turm erhob, der ringförmig von linsen- und pilzförmigen Bauten umgeben war und den Eindruck eines gelb-rot gestreiften Flaschenkürbis bot. Seine Spitze wölbte sich knollenförmig auf. Offenbar die Leitstelle, den großen Glasflächen zufolge, in denen sich das Tageslicht spiegelt.

Etwas in Doorns Stimme störte Dan Riker.

»Nervös?« erkundigte er sich.

Langsam wandte sich Doorns Gesicht Riker zu. Seine Miene war mürrisch wie immer.

»Nicht übermäßig«, erwiderte er. »Ich war schon nervöser.«

Riker zog eine Grimasse. Dann sah er die anderen der Reihe nach an. Jeder einzelne nickte ihm zu. Wie es ihm schien, war der Blickkontakt mit der jungen Anja Field besonders intensiv. Er kniff ein Auge zu, und sie zwinkerte aufmunternd zurück.

Riker grinste flüchtig.

»Also gut!« sagte er. »Machen wir uns auf den Weg. Das übrige findet sich.«

Sie gingen los.

Anfangs konnten sie die Deckung wahllos herumstehender containerähnlicher Behälter ausnutzen, doch dann lag die Fläche des Raumhafens bis zum Gebäudekomplex offen vor ihnen unter dem blassen, jadefarbenen Himmel.

Rechts von ihnen, weit drüben, dort, wo einmal der Duck-Raumer gestanden hatte, waren die Roboter noch immer emsig zugange, die entladenen Thermocontainer, die zu Pyramiden gehäuft unter dem seltsamen Tageslicht lagen, auf Schwebeplattformen zu stapeln, die sich, sobald sie beladen waren, wie von Geisterhand gesteuert, auf den Weg machten.

Auf den Weg zu jener Stadt, die man tags zuvor in der Ferne entdeckt hatte.

Die kleine Gruppe der Menschen schwenkte nach links und bewegte sich in einer schwachen Parabel auf die Gebäude zu.

Dan Riker vorneweg an der Spitze, dann kamen Anja Field, Doorn,

Rani Atawa und Szardak. Pjetr Wonzeff, der Ukrainer, lag ein paar Schritte zurück und bildete die Nachhut.

›*Wir müssen*‹, so hatte Dhark formuliert, als sich die verwaschene Sonne über den Pilzwäldern im Osten erhob und den neuen Tag brachte, *›uns trennen. So können wir unsere Chance verdoppeln, mehr über diese Welt herauszufinden. Was wir brauchen, vorrangig brauchen, ist eine Möglichkeit, diesen Planeten bei Bedarf kurzfristig zu verlassen.‹*

Nun, bis dahin konnte es noch eine Weile dauern. Aber was sie dazu beitragen konnten, würden sie tun.

Der Boden, über den sie sich voranbewegten, war glatt und staubig, sah aus wie Beton, bestand jedoch aus einem unbekannten Material. Hin und wieder bewegten sie sich durch Wolken flaumleichter Sporen, die von ihren Schritten aufgewirbelt wurden.

Dan Riker beachtete die Sporenwolken kaum; er dachte an die bevorstehende Aufgabe, die es zu bewältigen galt. Dies war nicht das erste Mal, daß er eine solche Mission übernahm.

Keineswegs.

Und doch hatte er diesmal ein etwas unbehaglicheres Gefühl bei der ganzen Sache als sonst.

Zwar hatte er versucht, abzuwinken, als ihn Ren Dhark an die Spitze der zweiten Gruppe befahl. Seiner Meinung nach gab es gleich fähige Leute im Team – Wonzeff beispielsweise, Szardak oder Doorn. Aber Ren Dhark erteilte ihm dauernd derartige Aufträge, als hätte er Spaß daran, seine, Rikers, exponierte Stellung zu zementieren...

... und nun auch noch dies.

Er stolperte über eine aus dem Boden ragende Befestigungsklaue, verhaspelte sich beim Versuch, das Gleichgewicht zu behalten und landete mit nur mühsam unterdrückten Flüchen auf einer zerbeulten Metallplatte, die unter seinem Gewicht schepperte und krachte. Dichte Sporenwolken stiegen in dem leichten Wind auf, bildeten Spiralen um seine Beine und strömten grauweiß in der Luftströmung davon.

»Was ist?« drang Szardaks Stimme an sein Ohr. »Schon müde?«

»Papperlapapp!« murrte Riker.

Wollte ihn das Pokerface etwa auf den Arm nehmen?

Er wußte nicht, was ihm weniger gefiel – die offen zur Schau gestellte Ironie Szardaks, oder daß er hingefallen war. Ironie aber war etwas, das er nicht vertrug, nicht von diesem... diesem, er suchte nach einem Begriff ... ja, von diesem sibirischen Bauern, der besser auf der Kolchose seiner Großeltern geblieben wäre, anstatt ihm, Dan Riker, hier auf die Nerven zu gehen. Er spürte, wie heiliger Zorn ihn erfaßte, eine Wut, die er mit Sicherheit gleich an Szardak auslassen würde, falls dieser noch eine einzige derartige unqualifizierte Bemerkung machte wie gerade eben.

Heiliger Zorn...!

Plötzlich fiel ihm eine lebhafte Erinnerung an seine Kindheit ein. Er war von seinen Eltern, die nicht sehr gläubig, aber auch keine Agnostiker waren, in einer theologischen Grauzone großgezogen worden. Von all den Geschichten, die ihm seine Mutter erzählt hatte, war ihm immer eine besonders im Gedächtnis geblieben, die vom Heiligen Zorn Gottes, als er die Menschheitsgründer aus dem Paradies vertrieb, weil...

Was? Weil *was* geschehen war...?

»Dan?« Szardaks Stimme schien wie aus weiter Ferne zu ihm zu gelangen.

Und wieder: »Dan?«

Dann packte ihn der Sibirier und half ihm hoch.

»Alles in Ordnung mit Ihnen?« fragte er, sein Gesicht war ernst und ruhig. Keine Spur von Spott.

»Ja, ja.« Riker räusperte sich. Er fühlte sich komisch, hatte das Empfinden, als zöge sich irgend etwas bedauernd aus ihm zurück. »Ich habe nur nachgedacht. Ich glaube, ich habe ein bißchen zuviel Lärm gemacht, aber sonst... sonst ist alles klar.«

»Lärm?« Janos lächelte ihm zu, ein seltsames Lächeln aufgrund der Bioplastnase, die sein Mienenspiel etwas unbeweglich machte. »Wen, glauben Sie, *stört* hier Lärm?«

Riker sah ihn einen Moment an, eine Braue leicht hochgezogen, als wollte er Janos fragen, ob das wirklich sein Ernst war. Dann nickte er.

»Nun, ich schätze, Sie haben recht«, sagte er. »Na gut; begeben wir uns dorthin, wo wir uns Antworten auf unsere Fragen erhoffen.«

Sie gingen weiter, trotteten über eine scheinbar endlose Fläche.

Leichter Wind regte sich und trug die Geräusche der bei den Schwebeplattformen arbeitenden Roboter herüber.

Ansonsten war es still.

Kein Vogel sang.

Keine Stimmen brachen das Schweigen.

»Unheimlich«, hörte Riker Ranis nervöse Stimme murmeln. »Es ist niemand da.«

Riker und Doorn wechselten einen Blick.

»Nun«, sagte Doorn nach einem unmerklichen Zögern, »das wissen wir erst wirklich, wenn wir nachgesehen haben. Nicht wahr?«

»*Ich* weiß es jetzt schon«, sagte Rani. »Man kann es förmlich riechen. Ich habe Angst vor diesem Ort.«

»Ach was!« sagte Riker grober als beabsichtigt und handelte sich einen tadelnden Blick aus Anja Fields Augen ein, weshalb er in versöhnlichem Tonfall hinzufügte: »Wir haben schon andere Situationen gemeistert, finden Sie nicht, Rani?«

»Das schon... Aber...«

»Aber was, Rani?« fragte Wonzeff.

Rani Atawa zögerte.

Wie wollte sie ihren Gefährten begreiflich machen, daß sie wirklich das Empfinden hatte, hier ginge etwas nicht mit rechten Dingen zu? Was würden sie sagen, wenn sie davon sprechen würde, daß es nicht sicher war, hier zu bleiben.

Nicht bloß auf diesem Raumhafen.

Nein, auf dem ganzen Planeten. Etwas hier war nicht... nicht *richtig...*

Sie schloß die Augen.

Eine instinktive, wenn auch sinnlose Konzentrationshilfe, die sie sich angewöhnt hatte, als sie noch in Bombay studierte. Die Dunkelheit, die ihr Innerstes umschloß, wurde dadurch weder klarer noch dunkler.

Sie blieb dieselbe, die sie schon so viele Jahre hindurch gewesen war. Sie hinderte sie lediglich daran loszuschreien.

Loszuschreien...?

Ihre Gedanken wirbelten herum, ein Durcheinander bar jeglicher Ordnung. Die Dunkelheit umhüllte ihren ansonsten so effizienten analytischen Verstand, und sie verlor sich selbst in völliger Verwirrung. Und dann schraubte sich aus dieser Dunkelheit etwas herauf...

Die Erinnerung an einen ganz bestimmten Abend in Bombay...

Sie stand mit ihrer Mutter auf der Terrasse des weißen Landhauses in den Malabar-Hügeln. Feiner Nebel hing zwischen den Eukalyptusbäumen drunten auf der Talsohle. Drüben, über den Wassern der Bucht sah man die Lichterketten von *Queen's Necklage*. Über den Hafen hinweg ließen sich gerade noch die niedrigen Konturen der Elefanten-Insel erahnen. Dort hatten vor langer Zeit Schiwa-Verehrer fünf Tempelhöhlen in den Fels gehauen, die seitdem von Millionen von Gläubigen und Touristen aufgesucht worden waren. Die Brandung schimmerte phosphoreszierend im Mondschein, und die dichten Jasminhecken verbreiteten einen betäubenden Duft. Aus einem nahe gelegenen Tempel kam das charakteristische Surren einer Gubgubi-Trommel. Hinter ihnen, unter dem von vier schlanken Säulen getragen, vorspringenden Dach, waren ein paar Korbsessel um einen Tisch angeordnet. Leere Teetassen standen auf einem runden Silber-*thali*. Im gußeisernen Becken einer *Chulha* glühte noch der Rest Holzkohle. Rani hatte sich in den etwas wärmeren, blauen Baumwoll-Sari gehüllt.

Und sie hörte ihre Mutter wieder das sagen, was sie nach ihrem Abschluß zu ihr gesagt hatte: ›*Laß dich nicht von deiner Arbeit abbringen...*‹, sie sagte ›abbringen‹, meinte aber wohl etwas ganz anderes, ›*... nicht, daß ich dich zu irgend etwas zwingen wollte. Ich habe dich in deinem eigenen Interesse auf die Akademie geschickt. Du weißt das...*‹

Sie wußte es.

Mutter.

Sie weinte, ohne Tränen zu vergießen. Sie konnte schon seit langem nicht mehr richtig weinen...

Warum sie überhaupt weinte, wußte sie nicht.

»Rani?« Und lauter, drängender: »Rani! Was haben Sie?«

Die tiefe Stimme des Ukrainers verbreitete Ruhe, Sanftheit und ließ das Durcheinander in Ranis Verstand zur Ruhe kommen. Wie aus einem schlechten Traum erwachend, sah sie ihn an.

»Vergessen Sie es«, sagte sie zu Wonzeff. »Ich bin vermutlich leicht hysterisch. Die letzten Tage waren offensichtlich etwas viel an Aufregung.«

Wonzeff tätschelte Ranis Arm.

Sie zuckte zurück, als habe sie Angst vor der Berührung. Sie wußte, daß es nicht richtig war. Ihre Reaktion schien theatralisch überzogen. Aber sie spürte das Gefühl deutlich.

Es war tatsächlich *Angst*.

Sie verstand es nicht.

Wonzeff schien ihre Reaktion zu verstören.

»Tut mir leid«, sagte er verunsichert über das, was seine freundliche Geste hervorrief. »Wirklich. Ich will mich nicht aufdrängen. Ich bin nur beunruhigt. Und wenn ich beunruhigt bin, neige ich dazu, anderen auf die Nerven zu fallen.«

»Nein«, sagte Rani und schenkte Wonzeff ein etwas unschlüssiges Lächeln. »Es tut *mir* leid.«

»Nachdem ihr euch beide gegenseitig genug leid getan habt«, erreichte sie die Stimme Rikers, »wie wäre es, wenn ihr euch etwas bemühen würdet, nicht zurückzubleiben?«

Inzwischen waren sie näher an das Raumhafengebäude herangekommen, ohne behelligt worden zu sein. Im Schatten eines würfelförmigen Containers verhielten sie ihre Schritte und blickten forschend auf das letzte freie Stück vor ihnen.

Anja Field schloß zu Riker auf.

»Meinst du, daß wir anhalten und erst noch ein wenig abwarten sollten, ehe wir versuchen einzudringen, Dan?«

Er spürte ihre abwägenden Überlegungen, die sie ruhig und ohne Hektik vortrug.

»Wie ist *deine* Meinung, Anja?«

»Nun... Vielleicht laufen wir in eine Falle.«

»Könnte sein.«

»Aber du glaubst es nicht, Dan?«

Riker sagte, vorsichtig jedes Wort abwägend: »Mir gefällt nicht, was du damit anzudeuten versuchst, Anja.«

Tatsächlich gefiel ihm diese Vorstellung nicht.

Die Lage schien schlimm zu sein. Schlimmer, als sie aussah.

Und das war etwas, was ihn auf eine gewisse Weise ängstigte. Denn er wußte nicht, wie viel schlimmer es noch kommen konnte.

Anja antwortete lange nicht.

Und Dan Riker überlegte, ob er sich zum Narren gemacht hatte. Sie hatte ihm ihre Empfindungen mitgeteilt, ihre Befürchtungen, und ihm fiel nichts besseres ein, als mit Gemeinplätzen zu antworten.

Mir gefällt nicht, was du damit anzudeuten versuchst...

Sicher war sie jetzt enttäuscht von ihm. Dabei würde er doch alles tun, um sie nicht zu enttäuschen. Am liebsten hätte er sie in die Arme genommen, hätte sie tröstend gestreichelt...

Er schüttelte wie benommen den Kopf.

»Anja, was *ist* hier los?« Er flüsterte fast. »Was geht hier *vor*? Hast du auch gemerkt, daß wir alle einem leicht halluzinatorischem Einfluß unterliegen?«

Anja gab einen langen, unbehaglichen Seufzer von sich.

»Ich fürchte, du fragst die falsche, Dan«, sagte sie, und ihr Tonfall gab ihm zu verstehen, daß auch sie von einem Wirrwarr widerstreitender Gefühle und Gedanken geplagt wurde. »Etwas geschieht hier, aber frag bitte nicht mich, was das sein könnte. Zu dumm, daß Tyler nicht hier ist. Er könnte es uns vielleicht sagen.«

Dan nickte.

Er empfand Erleichterung. Es tat gut zu wissen, daß er nicht der einzige war, der verrückte Gedanken hatte.

Ohne sie anzusehen sagte er: »Hast du auch soviel Angst wie ich?«

Anja nickte unmerklich. »Wenn wir keine hätten«, sagte sie leise, »wäre definitiv mit uns etwas nicht in Ordnung, Dan. Findest du nicht auch?«

Danach schien alles einfach zu sein.

»Was jetzt, Dan?« fragte Arc Doorn.

»Nun, ich schätze, es wäre nicht verkehrt, den Kontrollturm aufzusuchen«, sagte Dan. »Welches wäre der schnellste Weg nach dort? Eine Ahnung? Irgendwelche Vorschläge?«

Wonzeff deutete auf das ihnen am nächsten gelegene Gebäude. »Ich denke, der schnellste Weg dürfte dort hineinführen...«

Jedermann sah, was Wonzeff meinte: ein übermannshohes Tor, annähernd rund, mit einem Lamellenverschluß versehen, der sich wie die Irisblende einer Kamera öffnete und schloß, sobald ein Roboter sich näherte, was nicht sehr häufig der Fall war.

»Einladend«, fand Dan Riker.

Er sah seine Crew der Reihe nach an. »Wollen wir?«

Sie alle signalisierten ihre Bereitschaft.

»Dann vorwärts...«

Sie marschierten seit zwei Stunden. Ren Dhark bildete die Spitze. Hinter ihm kamen Tyler, dann Ian Kaplan und schließlich John Martell mit seinen beiden hartgesichtigen Soldaten.

Der Marsch durch die niedrige Vegetation war ermüdend. Wie sich bei der morgendlichen Lagebesprechung herausstellte, war die Nacht auf dem Dach der Halle für jeden einzelnen wenig erfrischend gewesen.

Von ungewöhnlich intensiven Alpträumen geplagt, hatten sich die meisten zerschlagen und lustlos gefühlt.

Vor zweimal sechzig Minuten hatten sie sich im ersten, verwaschenen Morgenlicht abmarschbereit gemacht, von der zweiten Gruppe getrennt und die Gefährten schnell aus den Augen verloren: Riker, Field, Szardak, Doorn, Wonzeff und Atawa.

Mit gutem Grund hatte Dhark die Gruppe so strukturiert.

Mit der Mathematikerin Anja Field sowie Arc Doorn, dem Fremdtechnik-Genie, hatte Riker diejenigen Wissenschaftler im Team, von denen er sich die meisten Erfolge beim Entschlüsseln der Raumhafen-Technik dieser Sauerstoffwelt versprach.

Außerdem erhoffte Dhark sich Daten aus den sicher vorhandenen Computern. Daten, die ihnen Aufschluß darüber geben konnten, wo genau sich das System befand, welche Routen durch die Sterne führten, und welche andere Welten noch von den Ducks angeflogen wurden.

Vielleicht war der Mittelpunkt der Galaxis gleichzeitig ein Zentrum hochtechnisierter Sternensysteme?

Möglich war alles.

Rani Atawa, die Exo-Biologin, hatte Ren Dhark noch ein paar Verhaltensmaßregeln mit auf den Weg gegeben...

›Laßt in jedem Fall eure Helme zu‹, hatte sie geraten. *›Es ist nicht auszuschließen, daß in diesen Dickichten und Wäldern Mykotoxine, also Sporengifte, en masse herumschwirren. Die überwiegende Anzahl der mir bekannten Pilzarten vermehrt sich durch Sporen. Die überwiegende Anzahl dieser Sporen ist giftig. Warum sollte es hier anders sein...‹*

Das war vor rund einhundertzwanzig Minuten gewesen.

Und seitdem bewegten sie sich, mehr oder weniger mühsam, durch eine fremdartige Flora.

Tyler war die Anstrengung am meisten anzumerken...

Seit der Landung auf diesem unbekannten Planeten hatte der Robonenjunge zwar keinen seiner visionären Anfälle mehr gehabt, aber dadurch fühlte er sich überhaupt nicht befreit, wie er Dhark gegenüber versicherte, zu dem er sich wie über eine unsichtbare Nabelschnur verbunden fühlte.

Im Gegenteil.

Er fühlte sich mehr wie jemand, den man in eine Bleikugel eingesperrt hatte. Nichts kam herein, nichts ging hinaus. Wozu das Ganze? Um ihn quasi kalt zu stellen, ihn von jedem externen Signal abzuschneiden?

Er wußte es nicht.

Ob dies eine gegen seine Person gerichtete, gezielte Aktion oder lediglich ein natürliches Phänomen war, ließ sich nicht feststellen. Sicher war nur, daß es im Magnetfeld dieser Welt Anomalien gab, die man ebenfalls dafür verantwortlich machen konnte. Denn Tylers Esperfähigkeiten waren beim Eindringen des Duck-Raumers in die QUIET ZONE nicht generell beeinträchtigt gewesen.

Seine persönliche *Quiet Zone* machte sich erst nach der Landung auf dieser Welt bemerkbar.

Alle Versuche Tylers, nach dem Personal des Raumhafens oder den Bewohnern der fernen Stadt zu espern, hatten sich als Fehlschlag erwiesen.

Vor einer Stunde noch hatte er erneut einen Versuch unternommen, Kontakt zu bekommen.

Er konnte sich anstrengen, wie er wollte.

Nichts.

Als Ergebnis seiner wenig ergiebigen Versuche kristallisierte sich lediglich heraus, daß im Raumhafen nur Automaten, Maschinenwesen agierten, während es im Gegensatz dazu in der Pilzstadt nur so von zahllosen, unterschiedlichen Spezies zu wimmeln schien.

Nein. Tyler ging es nicht besonders, seit sie auf dieser Welt gestrandet waren. Von jeher wenig gesprächig, schien er sich nun ganz in sich selbst zurückzuziehen. Nur an seinen blutunterlaufenen Augen konnte man erkennen, welch ungeheuren Belastung er ausgesetzt sein mußte, wie er gegen etwas ankämpfte, von dem sich weder Ren Dhark noch die anderen ein rechtes Bild machen konnten.

Dhark hatte nur eine vage Vorstellung dessen, was dem Jungen zu schaffen machte. Auf seine ihm eigene wortkarge Art hatte Tyler lediglich die Befürchtung geäußert, daß es sich bei einer dieser Spezies, die er in der Stadt geespert hatte, um eine Entität handelte, die mit den G'Loorn identisch sein könnte.

Und vor denen hatte er einen Heidenrespekt...

Tyler stieß leise Laute des Unbehagens aus.

›Sie winden mein Gehirn aus, drehen das Innerste nach außen...‹ An diese Äußerung Tylers mußte Dhark denken, und er konnte nicht sagen, ob das Seufzen und Stöhnen des Robonenjungen auf echtem Schmerz beruhten oder Anzeichen seiner Erschöpfung waren, hervorgerufen von immer wiederkehrenden Alpträumen.

Alpträume, die auf eine äußerst irritierende Weise jeden Einzelnen von ihnen heimzusuchen schienen, abgelöst von Momenten der Übelkeit, von unerklärlichen Schwindelanfällen und Phasen vollkommener Desorientierung, die zum Glück bislang immer nur Sekunden andauerten.

Bislang...

Den Ursachen dieser Probleme war mit den beschränkten Mitteln ihrer medizinischen Ausrüstung nicht beizukommen.

Dhark hoffte nur, daß sie mit fortschreitender Dauer vielleicht doch abnehmen würden – andernfalls konnte daraus eine echte Gefahr erwachsen, ja, sie konnten sich sogar zu einer Katastrophe ausweiten...

Die Terraner orientierten sich, so gut es ging, an dem in der Ferne aufragenden Rand des Pilzwaldes. Die Vegetation war in der Tat alles andere als irdisch. Martell mahnte immer wieder zur Vorsicht. Sie überquerten häufig genug kleine Bachläufe, in denen eine trübe Brühe träge dahinrann...

»Commander!«

»Hm!« sagte Dhark und blieb stehen.

»Tut mir leid«, sagte Martell und sah aus, als täte es ihm alles andere als leid. »Haben Sie gedöst?«

»Nein«, sagte Ren Dhark. »Ich bin hellwach.« Er sah Martell scharf an, um das zu beweisen.

»Wie Sie meinen. Aber Sie waren für ein paar Sekunden richtig weggetreten.«

»Gehen wir weiter«, sagte Dhark.

Die Stadt kam langsam näher.

Die ›Pilze‹ wurden höher, wuchsen dichter. Ihre Hüte berührten sich immer häufiger, sperrten das Tageslicht aus.

Dhark und seine Begleiter bewegten sich gebückt durch ein nur schwach ausgeleuchtetes Labyrinth von schlauchförmigen Stämmen, die einen strengen Geruch nach modriger Erde verströmten.

Dann wieder überquerten sie Lichtungen, die, von kniehohen Teppichen weißlicher Wurzeln bedeckt, das Vorankommen zu einer schweißtreibenden Arbeit machten.

Dhark war sich sicher, daß es sich dabei um die monströs vergrößerten Zellfäden handelte, die das Substrat des Bodens durchzogen und zuweilen als Myzel-Geflecht ans Tageslicht traten.

Es war mühsam, das Tempo zu halten...

Trotzdem beharrte Ren Dhark darauf, die *Stadt* möglichst schnell zu erreichen.

Hin und wieder sahen sie in der Ferne die Piste, die vom Raumhafen in die Stadt führte, und über die sich ein steter Strom von Schwebeplattformen mit ihren Ladungen aus dem Duck-Raumer ergoß.

Nach einer Weile sagte Kaplan, und seiner Stimme war die Anstrengung anzumerken: »Mir ist da etwas aufgefallen, Commander!«

»Was? Etwa, daß es hier nichts Grünes gibt?«

Das Gelände fiel leicht ab. Sanft und weit geschwungen, üppig von gelbbraunen Schlauchpilzen bedeckt, verlief der Hang nach unten, um nach etwa fünfhundert Metern wieder anzusteigen und in eine höher bewachsene Vegetationszone überzugehen.

»Das ist es nicht«, erwiderte Ian Kaplan und versuchte krampfhaft, in dem verfilzten Wurzelwerk unter seinen Füßen die Balance zu halten.

»Was meinen Sie dann?«

Kaplan fluchte unterdrückt, als er mit seinem linken Fuß einbrach, auf etwas trat, das mit einem deutlichen Knall nachgab und mit einem fast ordinären Stöhnen und Fauchen eine Wolke grauweißen Staubes hochblies.

»Igittigitt! Was ist das für ein Sche...dreck! «

Kaplan zog seinen Fuß aus dem Loch und schlenkerte das Bein, um die anhaftende, dunkelolivfarbene, klebrige Sporenmasse zu entfernen.

»Haben Sie sich nicht so, Ian«, riet ihm Dhark. »Wohl noch nie was von einem *Phallus impudicus stellaris* gehört, oder?«

»Phallus was...? Ist das was unanständiges, Commander?"

»Nichts da, Ian«, mußte ihn Dhark enttäuschen, während ein Grinsen um seine Mundwinkel spielte. »Es handelt sich vermutlich nur um die außerirdische Version einer simplen Stinkmorchel. – Aber Sie wollten mich doch auf etwas aufmerksam machen, schon vergessen?«

Das Dickicht lichtete sich.

Und Kaplan sagte: »Es gibt hier so gut wie keine Fauna, Commander. Oder meine Augen taugen nichts. Oder meine Ohren. Mir kommt es vor, als gäbe es hier weder Insekten noch Tiere. Ich habe keinen Beweis dafür und kann meine Vermutung nicht untermauern. Aber so ist es nun mal.«

Keine Fauna...

Ren Dhark dachte einen Moment darüber nach. Sah sich um. Sah Kaplan wieder an. »Wissen Sie«, sagte er perplex, »das *stimmt.* Ist das nicht verrückt?«

»Es ist nicht verrückt«, sagte Kaplan, kickte einen kleinen Pilz zur Seite, der ihm im Weg zu sein schien, und blickte Dhark durch die transparente, halbstabile Haube des M-Anzuges bezeichnend an.

Natürlich nicht... dachte Dhark und versuchte seinerseits in dem sie umgebenden Dickicht Laute und Bewegungen zu lokalisieren. Normalerweise war man auf dschungelähnlichen Welten fortwährend von einem nie endenden Lärm umgeben. Von Kreischen und schrillem Zetern, von heißerem Krächzen ebenso wie von melodischen Gesängen bunter Vögel. In dichten Vegetationszonen raschelte und flatterte es fortwährend. Aber hier gab es weder die vielstimmige Heiterkeit des Vogelgesangs noch das Zirpen von Insekten. Nur die modrigen Gerüche einer schmarotzenden, alle Spielarten von Pilzen hervorbringenden Vegetation.

Keine Fauna..., das bedeutete, daß sie sich auf dieser Welt keinen wilden Tieren zu stellen hatten, keinen durchs Dickicht schleichenden Raubkatzen, sich windenden, zustoßenden Schlangen oder was sonst die Fauna eines erdfremden Planeten sich so ausdenken mochte...

Aber war das gleichbedeutend damit, daß ihnen hier überhaupt keine Gefahren drohten?

Auf eine nahezu brutale Art wurden sie nur wenig später eines Besseren belehrt.

Sie folgten seit einigen Minuten einem Wasserlauf, dessen Uferregion auf einer Breite von etwa zwei Schritten nur niedrig bewachsen war und deshalb ein rascheres Vorankommen erlaubte. Über dem Bach berührten sich die Schirmkronen übermannshoher Pilzgewächse, so daß sie sich im Gänsemarsch wie durch einem Tunnel bewegten. Feine Fäden hingen in lockerem Abstand aus den Kronen herab und bewegten sich leicht im Wind.

Es war Tyler, der als erster gegen einen der Fäden stieß.

Wie auf ein unhörbares Signal hin glitt ein ganzer Teppich dieser Fäden aus der Höhe herab und legte sich um ihn.

Tylers erstickter, verblüffter Schrei ließ die anderen zusammenfahren.

Dhark fühlte, wie sich seine Nackenhaare sträubten. Für Sekunden unfähig, einen klaren Gedanken zu fassen, sah er, wie der Robonenjunge unter einem Knäuel wirbelnder Pflanzententakel verschwand und den Boden unter den Füßen verlor, als etwas ungemein Kräftiges ihn in die Höhe hievte.

Hilflos zappelnd hing er in den Fängen von etwas, das an ein grobmaschiges Netz erinnerte, welches unter den Schirmkronen hing und ahnungslosen Wanderern auflauerte, die des Wegs kamen. Ein eigentlicher Körper war nicht zu erkennen, statt dessen waren die einzelnen Knoten des Netzes zu kopfgroßen Wucherungen verdickt, von denen die Fangfäden herabhingen.

Tyler wand sich in dem Fadenknäuel wie ein Insekt im Netz einer räuberischen Spinne. Spätestens dieser Zwischenfall widerlegte die These vom völligen Fehlen einer Fauna.

»He!« rief er, noch immer mehr verblüfft über die plötzliche Attakke, als wirklich beunruhigt. »Hilft mir denn niemand? Oder glaubt ihr, es ist besonders angenehm hier oben?« Dann, und erstmals schwang echte Besorgnis in seiner Stimme: »Pfui Teufel! – Was ist *das* denn...?«

Schaumiges Sekret sickerte aus winzigen Kapillaren und verbreitete einen stechenden Geruch. Offenbar handelte es sich um Verdauungssäfte, mit denen dieses ›Netz‹ seine Beute aufzulösen pflegte.

John Martell gab seinen beiden Soldaten ein paar präzise Anweisungen.

Sie hoben die Strahler. Die Flammenzungen schnitten mit der Präzision eines chirurgischen Lasers durch das Netz. Rauch wirbelte hoch, brennender, kristalliner Staub rieselt herab. Und Tyler plumpste in das aufspritzende Wasser des Baches.

Gorms Arm zuckte vor, griff nach ihm. Und ohne sichtbare Kraftanstrengung zog der Soldat den Jungen mit einer raschen Bewegung aufs Trockene.

Tyler schüttelte sich wie ein begossener Pudel und keuchte erstickt. Mit weit aufgerissenen Augen rang er nach Luft. Offenbar hatte er sich beim Sturz aus der Höhe vor Schreck an der eigenen Spucke verschluckt.

»Alles in Ordnung?«

Gorm klopfte ihm auf den Rücken und schaute sorgenvoll auf ihn hinunter.

Tyler nickte krampfhaft und wehrte Gorm ab.

»Ja«, murmelte er griesgrämig. »Alles in Ordnung.« Das Erlebnis schien ihm noch immer in den Knochen zu sitzen.

Dann grinste er zögernd in die Runde. »Mist. Das verdammte Ding hätte mich fast festgenagelt.«

»Vielleicht auch nicht«, entgegnete Ron Ogar. »Wer weiß, vielleicht wärst du ihm auch bloß sauer aufgestoßen.«

»Klingt großartig«, sagte Tyler. Dann fügte er hinzu, und seine Stimme klang rauh in den Helmen der anderen: »Ich schätze, ich muß mich bei euch bedanken, Leute. Nur ein Idiot verhält sich so ungeschickt, wie ich es getan habe – oder?«

»Klar«, erwiderte Ogar und grinste. »Als Anwärter für 'nen Posten bei den Space Marines hast du's tatsächlich voll verpatzt, Junge.«

»Glatt versaut, Junge. Yep!« schlug Spy Gorm in die gleiche Kerbe. »Kapiert, Junge?«

»Mein Name ist Tyler«, sagte Tyler. »Nicht Junge!«

»Klar doch, Junge«, Gorm nickte versöhnlich, »ich meine... *Tyler*.«

Ren Dhark sah Martell auffordernd an.

Und dieser machte dem kleinen Spiel seiner beiden Elitesoldaten ein Ende.

Er lächelte zuerst Gorm an, dann Ogar. Es lag allerdings keine Spur von Freundlichkeit in diesem Lächeln.

»Schluß der Debatte!« sagte er scharf. »Versucht doch einmal, die nächste Straße zu überqueren, ohne von einer niederflurigen Transportpalette überfahren zu werden. Okay? Gorm, Sie übernehmen die Spitze, ich die Mitte und Sie, Spy, sind dafür verantwortlich, unseren Arsch zu decken. Und jetzt... Abmarsch!«

Sie bewegten sich seit einigen Minuten am Rande einer Lichtung, die nahezu vegetationslos war – bis auf einen ballonförmigen Pilz in der Mitte, dessen Oberseite mit kopfgroßen, rubinroten Blütenmündern gespickt war, die im Wind leicht zitterten.

Die Lichtung lag rechter Hand.

Zur Linken stand ein Spalier unmöglich verdrehter und ineinander verschlungener Mycophyten.

Blinzelnd sah Dhark zum Himmel auf. Das Licht der verwaschenen

Sonne rief seltsame Effekte hervor. Dann senkte er den Blick wieder auf den Boden, sorgfältig Fuß vor Fuß setzend. Er verspürte keine Lust, wegen einer vermeidbaren Unachtsamkeit auf die Nase zu fallen.

Rechts, ganz am Rande seines Blickfeldes glaubte er eine Bewegung zu erkennen. Als er genauer hinsah, schalt er sich einen Narren. Offenbar litt er schon wieder an Halluzinationen.

Nach wie vor rührte sich nichts.

Nach wie vor stand dieser aufgeblasene Ballon von einem Pilz auf der Lichtung.

Und in diesem Augenblick fühlte Dhark, wie ihn ein Schauer überlief. Wieder ließ er den Blick über die Lichtung schweifen.

Nichts! Da war nichts!

Nichts...?

Etwas flog durch die Luft.

Wwwuuussch.

Dann wieder.

Wwwuuussch – wwwuussch...

»Heh!« schrie einer der beiden Soldaten überrascht – war es Gorm? –, dem ein rundes Geschoß mit Vehemenz dicht neben dem Ohr vorbeizog. »Was soll das?«

»Runter!« schnappte Martell scharf. »Alle Mann Deckung!«

Sie warfen sich in den Dreck.

Wwwuuussch – wwwuuussch – wwwuuussch.

Ein brummender Luftzug erhob sich, als in immer schnellerer Folge faustgroße Bälle wie von einem Katapult abgefeuert aus den Blütenkelchen des Ballonpilzes herausgeschossen wurden. Dort, wo sie auftrafen, zerplatzten sie zu kleinen, braungrauen Sporenwolken.

»Man schießt auf uns«, sagte Ogar, fast verwundert und hatte seinen Blaster schon im Anschlag. Nur mit dem Lokalisieren des ›Feindes‹ schien er noch seine Schwierigkeiten haben. »Diese Mistkerle!«

»Quatsch«, sagte Dhark. »Was Sie hier sehen, ist nichts anderes als ein Zeugungs- oder richtiger, ein Fortpflanzungsakt.«

»Wie bitte?« Ron Ogar schnaubte ungläubig und sah ihn stirnrunzelnd an.

»Sie haben richtig gehört«, warf Kaplan ein und setzte sich wieder auf. Mit ekelverzerrtem Gesicht wischte er sich faulige Überreste des Bodensubstrats von den Knien. »Bei den Vertretern der Gattung Mycophyta erfolgt die Vermehrung durch Verschmelzung unterschiedlicher Sporenarten. Das geschieht entweder innerhalb des Mutterpilzes, der dann Tochtergeschwulste produziert, oder außerhalb, indem ein Pilz seine Sporen von sich wegschleudert, um Platz für die Nachkommenschaft zu haben. – Mehr oder weniger, jedenfalls«, setzte er hinzu, nachdem er einen Blick auf Dharks Mienenspiel geworfen hatte, das ob dieser auf das nackte Grundgerüst vereinfachten Darstellungsweise eines komplizierten Vorganges leicht belustigt wirkte.

Inzwischen hatte das ›Bombardement‹ aufgehört.

»Ich denke«, versicherte Dhark und erhob sich. »Mister Kaplan hat soweit recht. Gehen wir weiter.«

Sie verschwendeten mehr als zehn Minuten bei der Umrundung eines hochaufragenden Gewirrs von in sich zusammengestürzten Pilzen, ehe sie wieder die ursprüngliche Richtung einschlagen konnten.

Manchmal mußten sie regelrechte Wolken treibender Sporen durchqueren, die unter ihren Tritten aufstiegen, und Dhark beglückwünschte sich dazu, Rani Atawas Rat befolgt zu haben. Gott allein mochte wissen, was alles an unbekannten Krankheiten sie ansonsten eingeatmet hätten.

Inzwischen hatte John Martell wieder die Führung übernommen. Seine beiden Elite-Kämpfer stapften, die schweren Blaster in den Armbeugen und unentwegt nach den Seiten sichernd, am Ende. Sie liefen zehn Schritte voneinander getrennt, so daß sie zusammen mit Martell ein etwas schiefes Dreieck bildeten, das Dhark, Tyler und Kaplan einschloß.

Die optimale Vorgehensweise beim Personenschutz auf einer Fremdwelt – Seite 343, Para 4b, Abschnitt VII, Militärisches Handbuch für Space Marines.

Dhark nickte anerkennend.

Ein erstaunter Ausruf im Helmfunk ließ ihn herumfahren.

Er sah gerade noch, wie etwas durch die Luft zischte und sich mit einem Knall um Ogars rechten Fuß wandt. Der Elitesoldat setzte eben dazu an, über einen vermoderten Pilz zu steigen, als er die Berührung an seinem Fuß spürte. Er stieß einen Fluch aus und starrte mit deutlichen Anzeichen von Ekel hinab; die biegsame, daumendicke Wurzelranke, die sich um seinen Fuß schlang, nötigte ihm ein unwilliges Knurren ab, das sich allerdings rasch in einen Laut zorniger Überraschung verwandelte, als der Boden um ihn heftig erzitterte. Noch mehr Wurzeln pfiffen peitschenartig durch die Luft, legten sich um das Bein, krochen zur Hüfte hinauf und zerrten an seinem Körper.

Als er den plötzlichen Zug verspürte, fluchte Ron Ogar verhalten. Mit einem Grunzen stemmte er die Beine in den Grund und zog seinerseits kräftig an der Wurzel, die sich um seinen linken Arm geschlungen hatte...

Zwanzig Schritte entfernt vollführte eine Art Flaschenpilz eine stolpernde Bewegung, dann eine zweite. Die Vogelaugenstruktur seines Stammes verschwand und wurde zu einem streifenartigen Muster. Der blütenkelchartige Mund auf der Spitze schloß sich mit einer fast obszönen Art von Schluckbewegungen, die äußere Lederhaut begann sich mit pumpenden Bewegungen aufzublasen.

Ogar zog kräftiger. Doch so schnell gab der Pilz den Kampf nicht auf. Aus winzigen Öffnungen in den Wurzelranken trat eine weißlich schimmernde Flüssigkeit aus, die aufschäumte, als sie mit dem Material des Mysterious-Anzuges in Berührung kam. Irgendein Gift, mit dem dieser hinterhältige Vertreter der Gattung Mycophyta sein Opfer offensichtlich bewegungsunfähig zu machen versuchte.

Aber Ogar war kein Opfer im gewohnten Sinn.

Das Gezerre an seinem Körper wurde ihm zu dumm. Er beschloß, den Bemühungen des Pilzes ein Ende zu setzen. Mit seinen prankenartigen Händen packte er eine Anzahl der Wurzeln zu einem Strang zusammen, stemmte die Füße ein und begann, seine Kraft erstmals wirklich einzusetzen. Vor Anstrengung traten die Adern auf seiner Stirn dick hervor. Er keuchte leicht und verstärkte seine Bemühungen. Die Bewegungen des Flaschenpilzes wurden hektischer. Dann löste sich der Stamm mit einem ekelhaft schmatzenden Geräusch aus dem Boden. Eine Wolke erdigen Gestanks malträtierte die Nasen der Menschen, ehe die Filter in Aktion traten – ausgelöst von Gedanken? – und den Geruch sowie Fremdkeime aussperrten.

Ogar zog mit der Rechten den Blaster aus dem Holster. Mit gezielten Schüssen trennte er die Wurzeln durch, die von ihm abfielen, sich ringelten und eilig in den Boden zu graben versuchten. Dann zerstrahlte er den Flaschenpilz zu einem verkohlten Haufen.

Asche erhob sich träge, begann im Luftzug mäandernd zu wandern...

»Puh!« sagte Ron Ogar grinsend, schob den filmdünnen, halbstabilen Kapuzenhelm in den Nacken und wischte sich den Schweiß von der Stirn. »Was für ein Kampf.« Er nahm den Blaster wieder in die Armbeuge und blickte beifallheischend auf die Umstehenden. »Was ist? Der Krieg ist vorbei. Wir können weiter!«

Die Brise wurde es stärker. Die Aschewolke bewegte sich auf die Gruppe zu... Sie enthielt Milliarden von Sporen...

Dann bemerkte Ogar, daß sein General sich vor ihm aufbaute.

»Das war leichtsinnig, Soldat«, ertönte seine barsche Stimme durch die Transparenz des Helmes.

»Sollte ich mich erwürgen lassen, Sir?« gab der Soldat zurück. Das Grinsen nistete noch immer in seinen Mundwinkeln.

»Reden Sie kein Blech, Mann«, kam die scharfe Entgegnung Martells. »Ich meine nicht den Kampf mit dem Ihnen hoffnungslos unterlegenen Pilz! Hatten Sie nicht strikte Order, den Helm nicht zu öffnen, Mann?«

Ogar wurde blaß. Der Blick seiner Augen begann zu flackern.

Die Sporenwolke hatte ihn erreicht...

Erschrocken einatmend, versuchte er, den Helm zu schließen.

... und drang ein.

Es blieb bei dem Versuch.

Auf halben Weg fiel Ogars Hand wieder zurück. Der Helm blieb offen. Kalter Schweiß bildete sich auf dem Gesicht des Marines.

Er schlug sich auf die Brust.

»Oh, Mann«, sagte er. Er fröstelte. »Mist, elender.«

»He, Buddy... Was hast du?« Gorm hatte sich vorgebeugt, machte einen halben Schritt auf seinen Kameraden zu, noch hatte er nicht begriffen, wartete auf irgendeine schlaue Bemerkung.

Aber Ogar sagte nur: »I-ch fühle mich n-icht besonders... Ha, ha...«

»Komm schon, Buddy. Du wirst doch jetzt nicht schlapp machen. Das ist doch purer Schwachsinn...«

»N-n-ein, ich...«

Gorm schluckte. »Ron?«

»Ahh, das tut weh!«

Furcht verwandelte Ogars Gedärme in einen eisigen Klumpen. Gehetzt blickte er um sich. Er wollte wegrennen, getrieben von einem Impuls, der aus der archaischen Matrix seines Unterbewußtseins heraufbrandete. Aber es gab keine Flucht vor dem, was sich explosionsartig in seinen Lungen, seinem Körper ausbreitete.

»Jesus«, sagte er verwundert und fiel langsam auf die Knie. Und noch einmal: »Jesus!«

Gorm streckte die Hand nach ihm aus.

»Nein!« kam Martells schneidende Stimme. »Weg von ihm. Fassen Sie ihn nicht an!«

»Wir müssen ihm helfen!« beharrte Gorm. Doch seine Miene verriet, daß er ahnte, daß hier jede Hilfe zu spät kam.

Ogar fiel aus seiner knieenden Stellung mit dem Gesicht zu Boden, in der Parodie einer Verneigung vor... vor *was*?

In dieser Stellung verharrte er Sekunden, dann kippte er stöhnend zur Seite und wälzte sich auf den Rücken. Seine aufgerissenen Augen verrieten die beginnende Agonie.

»Arrghh«, gurgelte er. »Tut... das... weh!«

Noch während Ren Dhark, Martell und die anderen Ogar wie erstarrt umstanden, wölbte sich plötzlich dessen Anzug, dehnte sich unglaublich. Aber es war nicht der Anzug. Sein Körper war es, der sich veränderte und zu wachsen schien.

»Aaahhh!« Ogars Schrei brandete über die Lichtung.

Etwas geschah mit ihm. Er stieß laute, rasch aufeinanderfolgende Schreie aus, als würde er Kreischen, Atem holen, um dann wieder dieses nervenzerrende Geräusch von sich zu geben.

Monoton.

Mit maschinenhafter Regelmäßigkeit.

»Aaahh! Aaahh! Aaahh...«

Gorm schluckte mit trockener Kehle. »Ron! Nein!«

Ogars Körper vollführte eine Reihe seltsamer Verrenkungen. Er zappelte auf dem Boden herum, seine Glieder trommelten einen dumpfen Takt. Dann schien er förmlich zu explodieren. Mit aufgerissenen Augen und gepreßtem Atem verfolgten die Umstehenden die Veränderungen, die mit Ogar vorgingen: Wie ein silberner Pelz sprossen binnen Sekunden Tausende feiner Wurzeln durch seine Haut, perforierten sie, ließen sie aufplatzen. Blut spritzte in winzigen Fontänen heraus. Der Myzelpelz sprengte Ogars Kleidung und wurde von der Innenseite des Mysterious-Anzuges am Weiterwachsen gehindert. Aus Ohren, Nase und Mund des sterbenden Mannes wucherten weißliche Ranken hervor, wanden sich obszön in ihrer Biegsamkeit und fleischlicher Nacktheit.

Sekunden dehnten sich zu Ewigkeiten.

Ogars Gesicht wurde zu einer grotesken, von kleinen Pilzen überwucherten Maske, aus seinen Augen leuchtete das pure Grauen. »Neiin!« gellte er mit überlasteten Stimmbändern. »N-ein, das i-st n-icht wahr! Bitte... helft mir! Tötet mich. Schnell... ich halt das nicht aus... Aaahhrrgg!« Seine Stimme überschlug sich.

»Verdammte Scheiße! Mist, verdammter!« brüllte Gorm. »Dhark! Martell! Unternehmt um Gottes Willen etwas!«

»Oh, Mann!« stöhnte Ian Kaplan.

Dhark zögerte. Es war ein Alptraum. Das konnte nicht wahr sein. Unschlüssig sah er von einem zum anderen, dann wieder auf Ogar... Aber noch ehe er sich zu einem Entschluß durchringen konnte, handelte Gorm bereits und enthob ihn so jeglicher Entscheidung.

Fluchend, wilde Verwünschungen ausstoßend, schwenkte er seinen schweren Blaster in Richtung seines Kameraden – und erschoß Ogar.

Die Zeit schien stehen zu bleiben.

Und erneut ging eine Verwandlung mit Ogar vor.

Im selben Augenblick, in dem er starb, verließen ihn die Pilzstrukturen, denen das Höllenfeuer aus dem Strahler offensichtlich nichts anhaben konnte. Welche Kräfte sie dazu befähigten, war nicht zu erkennen. Wie eine verpuffende Wolke schossen sie hoch in die Luft. Für einen kurzen Moment wandte und drehte sich die Wolke, unschlüssig auf der Stelle verharrend, als sondierte sie, wohin sie sich wenden konnte. Möglicherweise suchte sie nach einem neuen Wirt, nach weiteren Lebensimpulsen. Aber die Menschen waren hermetisch in ihren Mysterious-Anzügen eingeschlossen, unangreifbar für alles, was sich außerhalb der schützenden Hülle tummelte. Gleich darauf kreiselte die Sporenwolke mit dem Wind davon.

Während Tyler sich mit bleichem Gesicht abwandt, flüsterte Kaplan wieder: *»Oh, Mann, oh, Mann!«*

Dharks Magen zog sich zu einem kalten Knoten zusammen. Der erste Tote, den sie zu beklagen hatten. Das Unternehmen schien ein Eigenleben zu entwickeln, begann, sich zu einem Fiasko auszuweiten.

»Wir sollten ihn begraben«, knurrte Gorm und starrte wild auf seinen toten Kameraden.

John Martell nickte. »Tun wir es. Zumindest *das* können wir für ihn tun.«

Gorm hatte bereits den kleinen Schanzspaten aus seinem Einsatzpack genommen und faltete das Grabwerkzeug auseinander. Während Martell mit Kaplans und Dharks Hilfe Ogar aus dem Mysterious-Anzug schälte, begann er damit, eine flache Grube auszuheben.

Nichts konnte einem die Präsenz eines Planeten deutlicher machen als ein Loch, das man in seine Oberfläche grub. Die Anstrengung, das Klirren von Metall auf Erde, der muffige Gestank ausgetrockneter Wurzeln – all dies bestätigte die Wirklichkeit eines Ortes, mochte er noch so fremd sein, besser als irgend etwas anderes dies je tun konnte.

Das Bodensubstrat war dick mit Myzelsträngen durchsetzt und ließ sich nur widerstrebend entfernen.

Als die Grube tief genug war, wickelte man Ogar in die osmotische Regenhaut, die jeder Elitesoldat in seinem Marschgepäck mitführte, und legte ihn in die Grube.

John Martell sprach ein paar Worte, das Standardgebet für Militärangehörige und für derartige Gelegenheiten vorgeschrieben.

Dann schaufelte Gorm das Grab zu, klopfte den Boden darüber fest. Und noch während er das tat, begann er schon wieder unterdrückt zu fluchen.

»Schaut euch *das* an!«

Sie sahen, was er meinte...

Der Boden, den Gorm über das Grab geschaufelt hatte, verlor jede Farbe. Vom Grabhügel ausgehend, breitete sich ein weißgrauer Fleck aus, dessen Ränder auffaserten. Ein farbloser Tintenklecks, genauso wirkte er. Und er wurde noch größer. Es hatte den Anschein, als fliehe jede Mikrobe vor dem darunterliegenden Leichnam einer Spezies, die nicht dieser Welt entstammte.

»Ich will verdammt sein, wenn da schon wieder etwas nicht stimmt«, sagte Ian Kaplan. »Dieser Planet steckt voller Überraschungen.«

»Ich schätze, wir werden noch mehr solcher Ungereimtheiten erleben«, nickte John Martell.

Diesmal war Ren Dhark an der Reihe. »Ich schätze, Sie könnten beide recht behalten«, erklärte er.

In einem Punkt hatte Kaplan zweifellos recht:

Dieser Planet steckte tatsächlich voller Überraschungen.

»Vorsicht!« ließ sich Martells nervöse Stimme über den Helmfunk vernehmen.

Ren Dhark warf ihm einen Blick zu.

In der Mitte eines Weges, der mit Platten aus einer unbekannten Substanz belegt war, bewegten sie sich zwischen den ersten *Gebäuden* der Pilzstadt dahin. Angewehter Sand knirschte unter ihren Sohlen. Der Weg wandt sich in Spiralen aufwärts und mündete vor ihnen in die nächste *Etage* zwischen zwei Pilzdomen, die, wie sich herausstellte, aus festem, anorganischem Material gebaut und nur äußerlich der vorherrschenden Flora des Planeten angelehnt waren.

»Keine Sorge«, erwiderte er, »wir geben acht!«

Gleich nachdem sie in die Stadt eingedrungen waren, auf Nebenwegen, über eine Reihe spiraliger Treppen, Aufzüge und Rollwege, war ihnen aufgefallen, welches Tohuwabohu an Lebensformen sich in der Stadt aufhielt. Es schien ein Sammelbecken aller Lebensformen im Umkreis von Lichtjahrzehnten zu sein. Und doch – oder gerade deswegen vielleicht? – bewegten sie sich unbehelligt zwischen all den Individuen, die sich kein Jota um die Neuankömmlinge zu scheren schienen.

Es war, als existierten sie nicht.

Oder ihre äußere Erscheinung war so vertraut, daß man keinen Blick auf sie verschwendete.

Seltsam, dachte Dhark.

Aber er schwieg dazu.

Noch.

Eine Gruppe braunfleckig schimmernder Knollenpilze, die sich auf winzigen Räderpaaren surrend voranbewegte, kam vor ihnen zwischen den Stelzen eines der linsenförmigen Rundbauten auf die Straße herausgeschossen... Es dauerte ein paar Sekunden, ehe Dhark realisierte, daß es sich um mechanische Wesen handelte. Auf den Brustplatten dieser kleinen Roboter prangte deutlich sichtbar ein Symbol, mit dem die Terraner allerdings nichts anzufangen wußten. Zwischen ihnen schwebte eine Platte, die eine frappierende Ähnlichkeit mit einer Antigravbahre aufwies. Die Gestalt auf ihr war mit breiten Bändern festgezurrt und wimmerte und – ja, wie beschreibt man Laute, die keinen glichen, die man schon einmal gehört hatte?

Dhark erhaschte einen flüchtigen Blick auf die absolut fremde Physiognomie des *Kranken*.

Und er spürte, wie sich ihm die Nackenhaare sträubten.

Die Augen dieses Wesen spiegelten eine entsetzliche Qual wider. Es schien unendlich zu leiden.

Hinter ihm stieß Tyler einen würgenden Laut aus. Er taumelte, und nur Gorms schneller, zupackender Griff bewahrte ihn vor einem Sturz. Der Elitesoldat schien den Robonenjungen inzwischen in sein Herz geschlossen zu haben.

»Oh, Gott!« kam Tylers erstickte Stimme aus dem Helmfunk. »Schmerz ... Welch ein Schmerz... Ich – ich...« Er verhaspelte sich und verstummte verstört.

Und noch jemand war verstört, mehr als verstört: Ren Dhark! Ihm war, als hätte er die Laute, die dieses leidende Wesen von sich gab, *verstanden!* Ein Vorgang, der ihm leichte Schauer über den Rücken schickte. Bei Tyler war dieser Vorgang des *Verstehens* aufgrund seiner Fähigkeiten ja noch irgendwie nachvollziehbar.

Aber er?

Oder entwickelte er jetzt auch noch paranormale Fähigkeiten? War das vielleicht der Grund, daß er seit ihrem Eindringen in diese fremde Stadt eine Art von Hintergrundgeräusch in seinem Kopf hörte, auf das er sich keinen Reim machen konnte? Ein ständiges Brodeln und

Zischen, einmal weit, weit entfernt, dann wieder so nahe, daß er der Meinung war, es geschähe unmittelbar hinter seiner Schulter. Wenn er genau hinhörte, meinte er, ein Stimmengewirr zu vernehmen, das an- und abschwoll und sich manchmal zu einem Crescendo steigerte.

Konnte das sein? Außerdem...

Martell stieß einen warnenden Laut aus und holte ihn so in die rauhe Wirklichkeit zurück.

Zwischen den schlauchförmigen Stauden, die den Weg zur Schienenbahn säumten, erschienen drei wuchtige Roboter, eindeutig Kampfmaschinen, die den *Knollenblätterpilzen* folgten.

Dhark stockte fast der Atem.

Wenn sie ihren Weg fortsetzen wollten, mußten sie dicht an den Maschinenwesen vorüber.

Neben ihm stieß Kaplan ein unterdrücktes Keuchen aus.

»Auch das noch!« zischelte er, und Dhark sah, wie er sich versteifte.

Den anderen erging es ähnlich.

Dhark hielt unwillkürlich den Atem an, als sich glatte, schwarz schimmernde Linsen auf ihn richteten. Seine Beine schienen aus Blei zu bestehen. Hoffentlich sahen diese Robots die filmdünne Haut der Kapuzen als natürlichen Bestandteil ihrer Physiognomie an.

Nimm dich zusammen! befahl er sich selbst. Automatisch setzte er Fuß vor Fuß.

Die metallenen Köpfe drehten sich wieder in die ursprüngliche Richtung. Der Spuk war vorüber.

Martells schmales Gesicht mit den vielen Fältchen in den Augenwinkeln zeigte die Grimasse eines etwas verunglücklichten Lächelns, während er prustend den Atem ausstieß.

Sie beschleunigten ihre Schritte.

Ein leichter Wind trug die morbide Süße verwesender Vegetation aus der Tiefe herauf. Dhark fragte sich, weshalb er in der hermetischen Abgeschlossenheit des M-Anzuges diese Düfte und Gerüche wahrnehmen konnte? Ein weiteres Phänomen war die Tatsache, daß ein Außenstehender nichts von ihren Unterhaltungen im Helmfunk hören konnte, während hingegen ihre Ohren jedes Geräusch aufzufangen in der Lage waren. Sprach man entsprechend laut, war es, als existiere die filmdünne Haut des M-Anzuges überhaupt nicht.

Eines der vielen, noch immer nicht ganz geklärten Mysterien. Dhark fragte sich, wann sie wohl die letzten Geheimnisse dieser M-Raumanzüge ergründen würden?

Überall erschienen Gruppen von Extraterrestriern auf den Wegen zwischen den Pilzhäusern. Gleich den sich – noch! – unerkannt zwischen ihnen aufhaltenden Terranern bewegten sie sich mit einer relativ deutlich erkennbaren Ziellosigkeit.

»Abgesehen davon, daß ich eben um Jahrzehnte gealtert bin«, ließ sich Kaplan vernehmen, »was haben Sie vor, Commander?«

»Unser Plan bleibt nach wie vor gültig«, erklärte Ren Dhark. »Wir müssen herausfinden, was auf diesem Planeten geschieht. Und ob die von Tyler geäußerte Befürchtung zutrifft.«

»Und was schlagen Sie vor?«

»Wir erkunden die Stadt. Vermutlich die einzige auf diesem Planeten. Haben Sie nicht gesehen, daß sämtliche Güter vom Raumhafen hierher gebracht werden?«

»Pah!« stieß Gorm hervor. »Tiefgefrorenes Frischfleisch! Wen oder was will man damit füttern?«

»Zoobewohner vielleicht?« bot Kaplan an.

»Davon bin ich nicht überzeugt«, ließ sich Dhark vernehmen. »Haben Sie sich schon mal Gedanken darüber gemacht, was hier abgeht?«

Dhark war sehr nachdenklich geworden. Seit einiger Zeit sah er sich mit einem weiteren Phänomen konfrontiert, dessen Hintergrund er verzweifelt suchte. Kultur und Zivilisation waren von einer kaum erfaßbaren Anzahl der unterschiedlichsten Umwelteinflüsse abhängig. Hier, auf diesem relativ eng begrenzten Habitat, fand er die größten Gegensätze zwar nicht der bekannten Galaxis, aber doch eines großen Teils davon. Wieder überholte sie eine kleine Gruppe der Stadtbewohner. Allein in ihr registrierte er fünf verschiedene Formen intelligenten Lebens. Nichts verband diese Individuen miteinander, nicht das kleinste Merkmal von Typus oder Physiognomie – abgesehen davon, daß es sich um Sauerstoffatmer handelte, denn er sah niemanden abgeschottet in luftdichten Anzügen herumlaufen. Diese Pilzstadt war ein Schmelztiegel der unterschiedlichsten Intelligenzen. Trotzdem. Etwas mußten diese Lebewesen gemeinsam haben.

Etwas ganz Bestimmtes. Ein Merkmal, das allen anhaftete.

Nur, wo versteckte sich die Lösung dieses Rätsels?

»Tyler hat vor kurzem etwas Interessantes von sich gegeben«, sagte Martell plötzlich.

Der junge Robone war in der Zwischenzeit wieder in jenen Zustand der Wortkargheit geglitten, der ihn befallen hatte, seit sie auf dieser Zentrumswelt gelandet waren.

»So! Und was hat Tyler gesagt?«

Dhark blickte ihn auffordernd an.

»Erinnern Sie sich, daß er von Schmerz sprach? Vielleicht hatte er für einen Moment seine Esperfähigkeit wieder zurückerlangt und fand etwas heraus. Wir sollten ihn fragen... Was haben Sie, Commander?«

Dhark war unvermittelt stehen geblieben und starrte jetzt in den verwaschenen Fleck der Sonne, als könne er von dort die Antwort auf viele Fragen bekommen.

»Das ist es! Genau das ist das *Link*, das Verbindungsglied, das ich gesucht habe! Warum bin ich nicht gleich darauf gekommen...«

»Worauf sind Sie nicht gekommen?" Fragend beäugte Kaplan den Commander.

Der schlug sich mit der flachen Hand gegen die Stirn. »Sie leiden«, sagte er. »Schaut ihnen ins Gesicht – oder das, was vermutlich ihr Gesicht darstellt. Sie *leiden* ganz offensichtlich Qualen, alle...«

Die Erkenntnis machte die Männer zunächst sprachlos.

Schließlich sagte Kaplan.

"Wo sind wir hier? In einer Station für Kranke? Ist es das, was Sie damit andeuten wollen, Commander?«

Dhark setzte zu einer Antwort an, aber Tyler kam ihm zuvor.

»Nein«, sagte er tonlos, »eine *Krankenstation* im Sinne von Heilen ist das nicht, wo wir uns befinden.« Er schniefte, und scheinbar widerwillig fuhr er fort: »Dies hier erinnert mich eher an ein *Schlachthaus*!«

11.

Tyler ging es nicht gut.

Schon lange nicht mehr.

Eigentlich, seit sie sich auf diesem Planeten aufhielten.

Er hatte zwar seit der Landung mit dem Duck-Raumer keinen seiner visonären Anfälle mehr erlebt, die Verbindung zu Edgar und Pia schien gerissen, aber es war keineswegs so, daß er sich dadurch *befreiter* gefühlt hätte.

Im Gegenteil. Er fühlte sich, als sei er nicht vollständig. Als hätte man ihm einen Arm, ein Bein abgetrennt. Nein, schlimmer: als hätte man ihm eines seiner Sinne beraubt. Nur hin und wieder blitzte etwas von seiner alten Kraft in ihm auf. Meist bemerkte er jedoch nur ein gelegentliches Stechen, eher lästig, als ein wirklicher Schmerz. Manchmal wurde es schlimmer, war näher an *ihm* dran, *greifbarer, begreifbarer!*

Dann wieder pulsierte es nur ganz am Rande seiner Wahrnehmung.

Wie ein fernes Pochen, das Einlaß forderte.

Das Klopfen eines zarten Fingers.

Pias Finger?

Wie kam er jetzt auf Pia?

Sie schien die schwächste von ihnen dreien zu sein, aber war sie das wirklich?

Wenn es darauf ankommt, Pia, bist du nicht so zerbrechlich, wie du den Anschein erweckst. Wie schon Edgar sagte, du bist nicht der geringste von uns...

Er vermißte sie. Wie er Edgar vermißte...

Und weil das so war, war es gut, die anderen um sich zu haben, sie zu sehen, ihre Anwesenheit zu *spüren.*

Aber dann starb dieser – dieser Ogar.

Er erlebte seinen Todeskampf, fühlte *selbst* jedoch nicht viel. Als würde er von irgend etwas Unerklärlichem abgeschottet, spürte er die geistigen Attacken dieses geschundenen Lebens kaum.

Dafür aber etwas anderes...

Und das raubte ihm schier den Verstand.

Nacheinander tauchten sie in der Halle auf.

Anja Field zuletzt.

Das Lamellentor schloß sich hinter ihr mit dem Augenzwinkern einer überdimensionalen Irisblende. Dann standen sie alle da und blickten sich wortlos um.

Wortlos, erstaunt.

»Und was machen wir jetzt?« fragte Rani. Sie hörte den vertrauten Klang ihrer eigenen Stimme hohl und irgendwie tonlos, was ihr das Gefühl gab, sehr klein und sehr verloren zu sein. Neben ihr drehte sich Arc Doorn langsam von einer Seite zur anderen. Es sah aus, als lausche er wie eine humanoide Radarantenne auf Signale.

Vor ihren Augen lag ein weitläufiger Raum, der zum Teil der Energieversorgung dienen mußte. Unter sonnenhellen Leuchtplatten arbeiteten mit leisem, kaum wahrnehmbaren Summen Aggregate. Gedrungene, halbkugelförmige Wartungsroboter mit einer Vielzahl von Greifwerkzeugen und Handlungsarmen glitten auf surrenden Laufrollen über die spiegelnden Gänge zwischen den Maschinen. Im Hintergrund waren weitere kybernetische Maschinen zu sehen. Von den Wartungsrobotern hatten sie sicher nichts zu befürchten. Bei ihnen handelte es sich sehr wahrscheinlich um ausschließlich auf ganz bestimmte Tätigkeiten programmierte Werkzeuge.

Und so war es auch.

Niemand scherte sich um die Eindringlinge.

»Kommt schon! Was machen wir?« wiederholte die Biologin. Niemand außer Dan Riker merkte etwas von der verhaltenen, unterdrückten Nervosität Rani Atawas.

»Gehen wir eine Etage höher«, schlug Szardak in ungewohnt lockerem Tonfall vor. »Oben liegen meist die Beauty-Shops, die Bistros, Restaurants und... was ist?« Er verstummte, als er mitbekam, daß ihn alle auf einmal durchdringend ansahen.

»Nun gut!« sagte Riker forsch, um ein gewisses Unbehagen zu vertreiben, das in seinem Hinterkopf rumorte und sich einen Weg nach draußen bahnen wollte. »Versuchen wir, das Hauptterminal zu finden.«

Er deutete zur Seite. Dort setzte sich der Raum fort. Ein kurzer Korridor mündete in einen noch größeren, führte eine Schräge hoch auf ein Niveau, das von unten nicht einzusehen war.

»Ich denke, der schnellste Weg dürfte dort hinaufführen...«

Diese Worte habe ich schon einmal gehört, dachte Rani Atawa, verwundert darüber, daß ihr das gerade jetzt einfallen mußte. *Aber da war es Wonzeff, der sie sagte.*

»Wer macht den Anfang?«

»Immer der, der fragt. Ist doch klar!« Arc Doorn grinste Riker an.

»Es geht nichts über Freunde, für die man sich aufopfern darf!«

Sie gingen weiter – ihre Schritte klangen gedämpft auf dem Boden – in den Korridor hinein, die Rampe hinauf, durch eine Reihe weiterer Räume, deren Verwendungszweck im dunkeln blieb, und gelangten schließlich in einen großen Warteraum. Offenbar lag hier das Hauptterminal.

Das Sonnenlicht drang nahezu ungehindert durch große Panoramascheiben ins Innere des Raumes und erhellte ihn bis in den letzten Winkel.

»Unheimlich«, sagte Rani nach einer Weile des Schweigens. »Seht ihr, was ich sehe? Nichts. Rein gar nichts!«

Sie alle kannten Raumhäfen, doch keiner von ihnen war je in einem Raumhafenterminal gewesen, das vollkommen leer war. Die langen Reihen von – von Schaltern? waren unbesetzt, eine Phalanx von Monitoren hoch an der Stirnwand der Wartehalle zeigte lediglich Statik. Rolltreppen bewegten sich seufzend und wispernd.

Trotzdem herrschte eine seltsam drückende Stille.

Dan Riker reckte unbehaglich die Schultern.

Dies war eindeutig ein Passagierterminal – ohne Passagiere.

Während die anderen noch unschlüssig herumstanden, war Riker mit raschen Schritten an die Fensterwand gegangen und sah hinaus.

Außer der verlassenen Piste und dem seltsam blassen Himmel

darüber war nichts zu sehen. Erst weiter drüben, dort, wo sich die niedrigen Frachtterminals erhoben, sah er in der flimmernden Luft die Antigravpaletten und die Laderoboter an der jetzt leeren Ladebucht des Duck-Raumers. Durch die sphärisch gewölbten Scheiben konnte er, nach oben blickend, die Außenwand des Towers teilweise sehen. Ihr erklärtes Ziel.

Nach einem letzten Blick auf die verlassene Piste kehrte er zu den anderen zurück.

»Gehen wir ganz nach oben«, schlug er vor. »Möglicherweise erfahren wir im Tower mehr«.

»Ganz meine Meinung«, sagte Doorn. »Vielleicht finden wir ein paar Hinweise darüber, in welcher verfluchten Ecke des Weltraums wir uns hier befinden. Ich bin sogar ziemlich überzeugt davon.«

»Oder wann der nächste Raumer kommt, der uns zurück zur POINT OF bringt«, spann Szardak den Faden weiter.

Riker zuckte die Achseln.

»Mutmaßungen bringen uns nicht weiter«, verkündete er. »Versuchen wir dort drüben unser Glück!«

Die Blicke der anderen folgten seinem ausgestreckten Arm. Zwischen zwei Rolltreppen wuchs die Röhre eines Lifts in die Decke. Der Größe des vertikalen Schachtes nach, mußte ihm irgendeine zentrale Bedeutung zugeordnet werden. Riker war sich nahezu sicher, daß es sich um den Zugang zum Tower handelte.

Die spielenden Lichter auf der in ungefährer Augenhöhe angebrachten Sensorplatte signalisierten, daß der Aufzug betriebsbereit war.

Die kleine Gruppe Menschen ging hinüber. Arc Doorn inspizierte kurz die Symbole der Sensortafel, berührte mehrere Felder. Ein Segment am Fuß der Röhre glitt zur Seite. Die hell erleuchtete Kabine faßte sie alle auf einmal, wie Dan Riker mit Erleichterung registrierte.

Doorn machte sich an der Sensortafel im Innern zu schaffen. Die Kabine ruckte an und glitt, von einem Energiefeld getrieben, aufwärts.

»Wenn wir Glück haben«, sagte Wonzeff, und die Anspannung ließ seine Stimme flach klingen, »ist auch der Tower verlassen."

»Was aber, wenn man oben bereits auf uns wartet?« meinte Anja Field.

»Wenn ja«, erwiderte Pjetr, »wissen wir uns auch zu wehren.« Er hob die Waffe leicht an und klopfte mit der freien Linken gegen den Schaft.

»Sollten wir Lebewesen antreffen«, sagte Riker eindringlich, »nur Lähmwaffen anwenden, verstanden?«

Die Kabine verlangsamte ihre Fahrt. Gleich würden sie wissen, ob auch dieser Teil des Raumhafens unbesetzt war. Spannung ließ die Mienen erstarren.

Der Lift hielt.

Sie warfen sich, kaum daß die Tür weit genug aufgeglitten war, mit vorgehaltenen Waffen nach draußen und zur Seite. Doch ihre Aktionen verpufften.

Niemand stellte sich ihnen in den Weg.

Vor den Gefährten lag die Leitzentrale des Towers. Helligkeit schlug ihnen entgegen.

Mit einem einzigen Blick sondierte Dan Riker die Lage: Keine der sieben Konsolbänke mit ihren Reihen von Datenterminals war besetzt.

»Hier ist niemand.«

Er schob die Waffe ins Holster und drehte sich um.

»Janos, Pjetr! Sie übernehmen die Sicherung nach draußen. Die Damen haben Pause, und Sie, Arc, machen sich an die Arbeit. – Deswegen sind wir ja schließlich hier, nicht wahr?«

Doorn breitete die Hände in Rikers Richtung aus und zuckte mit mürrischer Miene die Achseln, als wollte er sagen: *Genau das habe ich auch vor... mich an die Arbeit zu begeben.*

Dann wandte er sich um, warf einen Blick auf die Computerkonsolen, die Phalanx flacher Sichtschirme und den großen Hauptschirm, der diesen Raum dominierte. Seine Mundwinkel zuckten. Er schien die anderen schon vergessen zu haben. Er glitt in den Sitz vor der Hauptkonsole, die sich als solche durch ihre Größe und exponierte Position erkennen ließ. Die Erregung, eine noch unbekannte Technik zu entschlüsseln, hatte von ihm Besitz ergriffen. Seine Finger berührten die Kontrollen: Symbole, eingelassen in Weichplastiktastaturen, deren Sinn sich ihm offenbaren würde.

So oder so.

Daran hatte er überhaupt keine Zweifel.

»Keine sehr fortschrittliche Hardware«, sagte er nach einer Weile des Studiums, »mit der Software wird's nicht anders aussehen, vermute ich mal.«

Er tippte auf der fremdartigen Tastatur, wobei er sich einprägte, was er tat. Schließlich nickte er.

Etwas lief in diesem Raum mit einem tiefen, langgezogenen Seufzen an. Es war, als erwache jemand aus tiefem Schlaf. Riker erkannte die für anlaufende Computersysteme typischen Geräusch. Irgendwo schienen Programme hochgeladen zu werden.

Bis hierher war es einfach gewesen.

Jetzt kam der schwierigere Teil.

Doorn überlegte einen Augenblick lang, ehe seine Finger wieder mit der Virtuosität langjähriger Erfahrung über die Tasten spielten.

Die Bildschirme erhellten sich zwar, blieben aber leer. Er fluchte erbittert und enttäuscht.

Da er bislang aber in der bekannten Galaxis noch keine Anlage gefunden hatte, die *nicht* auf binäre oder tertiäre Kombinationen reagierte, würde er auch diesen Computer früher oder später knacken. Das war nicht das Problem, wohl aber die Zeitfrage. Er konnte nicht ewig hier hocken oder sich häuslich einrichten, ohne damit rechnen zu müssen, daß früher oder später jemand von der humanoiden Belegschaft des Raumhafens auftauchen und vermutlich ein paar sehr unangenehme Fragen stellen würde.

Erneut machte sich Arc Doorn an die Arbeit.

Nach zehn Minuten zeigten sich die ersten Erfolge: Auf dem zur Konsole gehörenden Computerbildschirm erschien ein Muster, das entfernt an eine graphische Benutzeroberfläche erinnerte.

Doorn grunzte.

»Da wären wir ja, Baby«, murmelte er, höchst zufrieden. »Wenn das kein guter Anfang ist! Zeig mir noch ein bißchen mehr von dir. Los. Komm schon – öffne dich für mich...!«

»Sind Sie drin?« fragte Riker, und schaute Doorn über die Schulter. Der schob ihn sanft aber bestimmt zur Seite.

»Weiß nicht...« Er tippte erneut etwas in die Tastatur. Über den Bildschirm rollten Kolonnen von Schriftzeichen und Symbolen.

»Algorithmen, nichts Aufregendes«, erklärte er unwillig auf Rikers

Frage. »Sobald ich den Schlüssel gefunden habe, werde ich Zugang auf die Datenbanken haben.«

»Schwierig?« fragte Riker.

»Kaum.«

»Nein?«

»Tatsache ist, daß man hier unserer Entwicklung auf dem Gebiet der Computertechnik um hundert Jahre hinterherhinkt. – Na ja, um ein paar Jahre zumindest«, schränkte Doorn ein.

Riker ließ ihn allein.

Diesen Ausdruck in den Augen des Fremdtechnik-Genies kannte er. Man störte ihn besser für eine Weile nicht mehr, wollte man nicht seinen Unwillen heraufbeschwören. In Situationen wie diesen ließ der Computerexperte allenfalls noch Anja Field in seine Nähe. Die Mathematikerin war in seinen Augen ein ebenbürtiger Partner.

Wonzeff stieß Riker leicht mit dem Ellbogen an. Seine Stirn war gefurcht. »Es gefällt mir nicht«, sagte er. »Es gefällt mir ganz und gar nicht. Niemand stellte sich uns in den Weg. Kein Hinterhalt, in den wir stolperten. Kein Garnichts... Sehr verdächtig.«

»Was wäre besser?« begehrte Anja Field auf. »Ein Kontingent bis an die Zähne gewappneter Planetarier, die sich uns waffenschwingend in den Weg stellen? – Weshalb dieses Mißtrauen?«

Störrisch schüttelte Wonzeff den Kopf.

»Es ging einfach zu leicht«, beharrte er. Er schwieg einen Augenblick, setzte dann hinzu: »Wißt ihr, das hier erinnert mich an eine Mausefalle.«

»Warum gerade eine Mausefalle?« Rani zog eine Braue hoch.

»Weil man in eine derartige Vernichtungsmaschinerie ohne Schwierigkeiten hineinkommt. Heraus jedoch...« Pjetr Wonzoff ließ offen, was er meinte.

Jeder verstand ihn auch so.

»Herrje, seht euch das an!« rief Arc Doorn. Er wandte sich zu den anderen um und grinste über beide Wangen.

»Du meine Güte« sagte Anja Field und lehnte sich über Doorns Schulter.

Und Szardak rief halblaut: »He, schauen Sie sich einmal den Hauptschirm an!«

Linien begannen sich auszubilden, erst senkrecht, dann horizontal. Sie überschnitten sich und bildeten ein zunächst nur grob generiertes Gradnetz. Dann erschien eine dreidimensionale Bahndarstellung innerhalb eines sphäroiden Gitternetzes. Farblich hervorgehobene Symbole innerhalb dieser Darstellung wurden von Parabeln tangiert. Neben diesen Symbolen projizierte der Konsolcomputer Datenblöcke, die geschäftig nach oben wegrollten.

»Können Sie sich einen Reim darauf machen, Arc?« fragte Riker.

»Aber ja«, murmelte Doorn fast ehrfürchtig. »Dies ist eindeutig ein Systemanalogon dieses Teils der Milchstraße. Wir haben voll ins Schwarze getroffen. Es handelt sich vermutlich um Routen zwischen diesem und den Raumhäfen benachbarter Zentrumswelten. Die Leutchen scheinen eine rege Handelsverbindung zu pflegen.«

Arc Doorn berührte weitere Kontrollen. »Ich suche mir einen Zugang zu dieser Datenbank... oh, verdammt!«

Der großflächige Schirm wurde leer.

»Was haben Sie getan?«

»Vermutlich die falsche Taste gedrückt«, bekannte Doorn ungerührt. »Kann jedem mal passieren. Hab' ich aber gleich wieder.« Er führte seine geübten Hände über die Kontrollen.

Sekunden, dann baute sich das Bild erneut auf.

Was allgemeine Erleichterung hervorrief.

Doorns Blick glitt suchend über die Konsole. »Aha, das dürfte es sein!«

»Was?« fragte Wonzeff.

Doorn sagte: »Ein Interface. Ein Anschluß für periphere Geräte, oder zur Vernetzung mehrerer Computer. Über dieses Interface bekomme ich auch Zugang zu den Datenspeichern.«

Er tippte etwas in die Tastatur seines Instrumentengürtels und zog eine kleine Sonde aus einer Tasche. Eine haarfeine Lichtfaserleitung spulte ab, über welche die Sonde, ein programierbarer Kontaktschlüssel, mit dem Anzugrechner Verbindung hielt. Der Schlüssel heftete sich an den Interfaceanschluß der Datenbank und begann, die Ausgangssequenzen durchzurechnen. Nach einer Weile piepste er.

Arc Doorn schnaubte zufrieden.

»In Ordnung. Jetzt werde ich die Blechbüchse anzapfen...«

Nur wenig später lief die Überspielung der Informationen aus der Hauptkonsole in den Anzugrechner an.

»Es klappt«, sagte Doorn. »Ich hab sie! Ich hab sie! Ich...« Er kam nicht mehr dazu, den Satz zu beenden.

Im gleichen Moment brachte ein metallischer Klang den Raum zum Erbeben. Wie ein Hammer, der auf Metall trifft.

»Was zum Teufel ist das?« Riker blickte wild um sich.

»Ach du Schreck!« rief Rani Atawa.

Anja Field starrte nur.

Das Hämmern hörte nicht auf, es wurde nur leiser und schien sich zu entfernen.

»Die Schotten! Sie schließen die Schotten in diesem ganzen verdammten Raumhafen!« brüllte Wonzeff.

Dann kreischte mit einem infernalen Geräusch eine Warnsirene los, in deren Geheul die eigene Anzugswarnung fast unterging.

»Schließt eure Anzüge, verdammt noch mal!« gellte Anja Field.

»Schon gut, schon gut, sie sind zu!«

Aber schon drohte weiteres Verhängnis: Aus Gitterfeldern an den Wänden waberte ein blauschimmerndes Leuchten.

»Mein Gott!« keuchte Anja entsetzt nach einem hektischen Blick auf die Anzugskontrollen. »Mikrowellen! Sie fluten den Raum mit Mikrowellen. Wir werden alle gegrillt... wir werden sterben!«

»Wahrhaftig«, murrte Kaplan, »ich hatte schon vor der Landung auf dieser Welt die Ahnung, daß nicht alles nach Programm gehen würde.«

Dhark warf ihm über die Schulter einen skeptischen Blick zu.

»So? Ahnung? Woher diese Vorahnung?«

»Das weiß ich auch nicht.« Ian Kaplan zog die Schultern hoch. »Vorahnungen sind nicht das Ergebnis rationaler Denkvorgänge. Ein erhebliches Stück Unterbewußtsein und vor allem Instinkt spielen dabei mit.«

Ren Dhark lachte kurz und hart. »Das dürfte die...« Er verstummte, als Kaplan plötzlich sagte:

»Warten Sie!«

Dhark drehte den Kopf und sah, wie Kaplan sich staunend und argwöhnisch umschaute. Und dieser Ausdruck in seinen Augen... war das etwa Furcht?

"Was ist, Ian? Was ist los mit Ihnen?«

"Hören Sie denn nichts?«

Kaplan hob eine Hand in Höhe des Ohrs... dann hielt er sie einfach ausgestreckt in die Luft, wie ein Mann, der nach etwas griff, das nur er sehen konnte, und drehte die Handfläche mit gekrümmten Fingern nach oben.

Dhark wollte ihn fragen, was er mit seinem *›Hören Sie denn nichts?‹* meinte, dann wurde ihm klar, daß auch er es hörte. War es ihm nicht selbst schon vor kurzem aufgefallen, als er jenem leidenden Wesen auf der Antigravbahre begegnete? Er hatte es gehört, ganz sicher. Aber er hatte es abgetan, als Hirngespinst, als Reaktion überreizter Nerven, die ihm einen Streich spielten.

Aber jetzt war es anders.

Stärker.

Deutlicher.

Der mittägliche Wind weht ihnen entgegen. Kein starker Wind. Mehr eine Brise, aber sie war voller Stimmen. Das war die Luft auch schon vorher. Aber nun war ein ganz anderer Klang darin. Ein Klang, dessen Veränderungen auch die anderen wahrnahmen.

»Was hat das zu bedeuten?« fragte Martell an Dhark gewandt. Und noch einmal, verwundert, ungläubig, unsicher: »Was hat das zu bedeuten?«

»Und was ist das für ein Geräusch?« fragte Gorm.

»Großer Himmel", sagte Kaplan, und ein zögerndes, ungläubiges Verstehen huschte über sein Gesicht.

Nur Tyler sagte nichts. In sich gekehrt, seit er davon gesprochen hatte, daß ihm die Situation in der Stadt wie die eines Schlachthauses vorkam, trottete er neben ihnen her.

Die Geräusche wurden deutlicher, unterteilten sich in Fragmente, die – einmal deutlicher, einmal weniger begreiflich – gefiltert durch die Hülle der M-Anzüge an ihre Ohren drangen. Es war, als würde jemand in einem voll besetzten Raum an der Schärfeeinstellung eines Audioempfängers herumdrehen, um eine bestimmte Sendung klar und deutlich zu hören – und das trotz des Hintergrundgeräusches aus durcheinanderwuselndem Sprechen nichtmenschlicher Kehlen.

Einzelne Laute schälten sich aus dem bislang zu hörenden unverständlichen Kauderwelsch heraus. Ren Dhark dachte, er könnte in diesem Tohuwabohu laute und deutliche Stimmen heraushören. Dann stellte er fest, daß er Worte verstehen konnte, teilweise sogar Sätze.

»... muß K'K'wriszt dazu bringen, daß er sich darum kümmert, ehe dieser Gompkglam...«

»... einen Zkkraaat für nichts...«

»... Hhmmfthh ist sicher nicht im Sinne des wohlhabenden Großen Diiermondur...«

»... hat mich doch dieser kleine, hinterhältige und verkommene Gedak von Gixgax um meine letzten Glondak gebracht...«

Die anderen schienen die gleiche Erfahrung zu machen.

»Was passiert hier?« Martell verstand noch immer nicht.

Aber Dhark spürte eine deutliche Gewißheit.

»Diese Stadt«, sagte er, »ist etwas Einzigartiges. Merken Sie das nicht? Und es ist einfach wunderbar!« Ein Schauer raste durch ihn. »Ihre Erbauer haben sich – vermutlich vor langer Zeit – des Problems angenommen, dem babylonischen Sprachengewirr vieler unterschiedlicher Rassen dieser Sternenregion beizukommen, indem sie die gesamte Stadt als riesigen Translator konzipierten.«

»Ha, ha«, machte Gorm, und sein Blick sprach Bände.

»Heilige Eiche von Killarney«, ließ sich Kaplan hören, und ein ungläubiges Grinsen huschte über sein Gesicht. Auf seiner linken Wange schien die Drachentätowierung zum Leben zu erwachen. »Und wie, Commander, hat man das bewerkstelligt... Was glauben Sie?«

»Irgendein Energiefeld«, mutmaßte Dhark, »das einen Neuankömmling nach einer gewissen Zeit der Akklimatisierung in die Lage versetzt, die Sprache der Bewohner oder der Besucher zu verstehen. Auf diese Weise kann jeder mit jedem sprachlich verkehren, ohne mühsam und langwierig die Sprache des jeweiligen anderen studieren zu müssen.« *Genau das ist es*, dachte er. *Ein Kommunikationsfeld. Und mir gefällt diese Vorstellung!*

Martell betrachtete Dhark mit einem langen, abschätzenden Blick. Dann kam sein gewohnter Pragmatismus wieder zum Vorschein, als er sagte: »Das würde bedeuten, man versteht auch uns, richtig?«

»Vermutlich, ja. Aber das ließe sich leicht überprüfen, oder nicht?«

»Richtig!« Ein verstehendes Lächeln huschte über sein Gesicht. »Und genau das werde ich jetzt tun. Etwas dagegen?«

Fast eine Minute verstrich, während die beiden Männer einander ansahen. Dann lachte Ren Dhark fast jungenhaft und nickte. »Nun, warum nicht. Nur zu!«

Dhark und die anderen folgten Martell die flache Treppe hinauf, dann über die sonnenwarmen Platten der großen Terrasse, die mehr einem Forum glich. Im Schatten eines Pflanzenkübels hockte ein großgewachsenes, schlankes Geschöpf. Es hatte den Kopf in den Nacken gelegt und die Sehorgane geschlossen. Der leichte Mittagswind spielte in den langen Stoffetzen, die seine ganze Gestalt umhüllten.

»Hör zu, Freund!« redete ihn Martell an.

Die Gestalt, auf deren *Gesicht* ein schmerzhafter Zug lag, der eines Hexenmeisters am Schandpfahl würdig gewesen wäre, öffnete nach einer Weile ein Auge. Damit musterte sie Martell mehrere Sekunden lang, ehe sie fragte: *»Wasni'sdeinB'egr?"*

Martell warf einen hilfesuchenden Blick auf Dhark. Der zuckte nur mit den Schultern. *Du hast es so gewollt*, hieß diese Geste. *Nun schau, wie du damit zurecht kommst.*

John Martell schluckte und zwang sich zur Konzentration auf das Sprachproblem. Er konnte nicht wirklich unzufrieden sein. Ein paar Laute waren ihm durchaus vertraut vorgekommen.

Er versuchte, sich an ein paar Fakten aus dem Linguistikseminar zu erinnern, das auf der Akademie von einer gewissen Dr. Lovejoi gehalten worden war und ihn zu Tode gelangweilt hatte. Ein Umstand, den er nie für möglich gehalten hatte, doch die Diktion der Linguistin machte den Vortrag zu einer stinklangweiligen Sache. Martell war immer tiefer in seinem Sessel zusammengesunken, hatte auf die Spitzen seiner Schuhe niedergeblickt und versucht, nicht hinzuhören. Das war nicht so einfach gewesen. Die Dozentin hatte eine helle, durchdringende Stimme besessen. Soweit sich Martell erinnern konnte, hatte er noch nie eine Frau mit einer derartigen Stimme gekannt. Und doch war einiges von damals hängen geblieben. Es gab, so hatte er gelernt, ein paar Laute, die universelle Bedeutung hatten. Er versuchte es mit einem dieser Universallaute.

»Hä?« Fragte er.

Inzwischen hatte sich das Auge des Wesen wieder geschlossen. Es dauerte eine Weile, ehe es widerwillig erneut ein Sehorgan öffnete, diesmal war es das andere.

»Was'n dein Begehr?« wiederholte es geduldig. Und dann noch einmal, diesmal klar und deutlich: »Was ist dein Begehr?«

Es war schon merkwürdig, einmal die *wirkliche* Sprache des Wesens zu hören, und dazu, wie bei einer Simultanübersetzung, eine zweite Stimme zu vernehmen, die in verständlicher Sprache redete.

»Eine Auskunft, nichts weiter.«

Diesmal öffnete die Gestalt beide Augen.

»Welche Auskunft, o Unglückseliger?«

Martell warf Dhark einen einigermaßen ratlosen Blick zu, ehe er sich schulterzuckend wieder seinem Gesprächspartner zuwandte.

»Wo finde ich diejenigen, die die Geschicke dieser unvergleichlichen Stadt leiten?«

»Du leidest?« Ein Schauer überkam die Gestalt.

Martell stöhnte auf. Offensichtlich hatte der allumfassende Übersetzer noch so seine Schwierigkeiten mit der terranischen Sprache.

»Gleich wirst du leiden, Freund der lockeren Bekleidung!« murmelte er grimmig, wenn auch unhörbar für sein Gegenüber. Laut jedoch sagte er: »Nein, und wenn doch, dann nur an der Leere meines Magens.«

Dhark zog die Augenbrauen hoch. Kein Zweifel, John Martell paßte sich den Gepflogenheiten seines Gesprächspartners an.

»Wie bemerkenswert!« Die ›Stimme‹ des Fremden bekam einen schrillen Ton. Eine ganze Reihe der sich ständig in Bewegung befindenden Stoffetzen – in Wirklichkeit handelte es sich um Tentakel, wie die Terraner jetzt feststellen konnten – hoben sich und deuteten flatternd in Richtung eines Gebäudekomplexes am jenseitigen Ende des Forums. »Dort, o Glatthäutiger«, sagte er mit einer überzogen theatralisch wirkenden Gebärde seiner Tentakel, »findest du Trost und Heilung und Atzung. Verlange nach...« hier versagte die Übersetzung vollständig, »... und man wird dir und deinen Begleitern die unendlichen Leiden des universellen Konzepts zuteil werden lassen.«

Leiden? dachte Dhark. *Sollte es nicht eher Freuden heißen!* Die Anpassung an das Translatorfeld schien noch nicht optimal gelungen zu sein.

Irgendwie bekam die Szene etwas Irreales.

»Was ist das, das universelle Konzept?« fragte Martell.

In diesem Moment erwachte Tyler aus seiner Lethargie.

»Vorsicht!« sagte er mit leiser Stimme, die nur im Helmfunk zu verstehen war. »Etwas geschieht innerhalb der nächsten Minuten. Wir sollten von hier verschwinden – so schnell wie möglich!«

Dhark fragte nicht, woher Tyler diese Erkenntnis nahm. Er wußte, daß der Junge in der Lage war, gesammelte Eindrücke, die sich aus Bruchstücken von Individualschwingungen auch fremder Lebewesen zusammensetzten, in Gedankenschnelle zu verarbeiten, auszuwerten und zu extrapolieren.

Martells Kontrahent sagte eben: »Ihr habt noch nichts vom universellen Konzept vernommen?«

»Bei den Barthaaren des Rigon von Tattoo – nein!« entfuhr es Martell.

Der Sitzende zuckte zusammen.

»O Ihr Unglückseligen. Ihr wißt wahrhaftig nicht, daß nur diese Welt ein sicherer Hort in einem Meer der Unwissenheit ist? Ein Fels in der Brandung von Dummheit und Wahnsinn?«

»Woher sollten wir? Ich fürchte, es hat sich noch nicht herumgesprochen«, versetzte John Martell und wandte sich ab.

»Wir müssen verschwinden!« drängte Tyler.

Tatsächlich schien es höchste Zeit zu sein.

Dhark erkannte alarmiert, daß sie von Sekunde zu Sekunde von mehr und mehr Extraterrestriern umringt wurden. Ein Kreis aus Leibern, der sich nur widerstrebend öffnete, als Gorm mit kräftigen Armen eine Gasse schuf.

Die Situation hatte sich grundlegend verändert.

Auch fremdartigen Physiognomien war anzumerken, wenn die Stimmung ihrer Besitzer umschlug. Sehorgane blickten drohend. Und düsteres Murmeln drang aus verkniffenen Mundöffnungen.

»Schneller, John, Tyler, Ian!« drängte Dhark.

Der Ex-General sagte scheinbar ruhig:

»Falls wir schießen müssen – nur Schocker verwenden!«

»Verstanden.«

Finger glitten über die Waffenkontrollen.

Dhark spreizte den Abstrahlfokus weit auseinander, um einen möglichst breit gefächerten Strahl zu bekommen.

Plötzlich erhob sich ein mehrstimmiger Chor auf dem Platz.

»Haltet sie auf! Sie haben sich als unwürdig erwiesen. Sie müssen leiden wie wir!«

Gorm reagierte noch vor Martell und Dhark.

Er zog den Paraschocker und feuerte in rascher Folge. Vor ihnen brachen Gestalten zusammen, die sich den Terranern in den Weg zu stellen versucht hatten.

Ein vielstimmiges Wutgeheul aus fremdartigen Kehlen war die Reaktion.

Martell hatte zu Gorm aufgeschlossen. Sie bewegten die Waffen von einer Seite zur anderen.

Dann war der Weg frei.

»Mir nach!« rief Martell und setzte über die zusammengesunkenen Leiber hinweg.

Ren Dhark sah, was der General beabsichtigte, als er dicht hinter ihm zwischen zwei steinernen Pflanzenkübeln hindurchsprintete und die flache Treppe zu Gesicht bekam, die im rechten Winkel zu ihrer Fluchtroute zu einem Schweberparkplatz hinaufführte.

Oben angekommen, war nur einer der Gleitwagen zu sehen.

»Wie sich das trifft!« japste Martell mit einem verzerrten Grinsen. »Gorm, Sie blockieren die Treppe, während ich versuche, dieses Ding zum Laufen zu bringen.«

Gorm blieb stehen, drehte sich um, lief ein paar Schritte zurück und kniete nieder, den Paraschocker in der Hand. Drunten sammelten sich die vielgesichtigen Anhänger des universellen Konzepts, was immer sich dahinter auch verbergen mochte, und schickten sich an, über die Treppe heraufzukommen. Via Helmfunk informierte er die übrigen über das Geschehen.

»Schießen Sie, Mann!« befahl Martell mit gereizter Stimme. »Ich krieg' die verflixte Tür nicht auf!«

Gorm legte den Strahler auf den linken Unterarm und gab in schneller Folge Schüsse ab. Am Fuß der Treppe häuften sich die Besinnungslosen.

Hinter ihm erklang Metall auf Metall.

Mit allen Kräften und mit einem klappbaren Mehrzweckwerkzeug aus seinem Notgepäck hämmerte Martell auf die Schwebertür ein. Dann ertönte ein triumphierendes Schnauben.

»Gorm! Hierher!«

Spy Gorm feuerte ein letztes Mal. Dann hetzte er über die Fläche auf den Wagen zu, der bereits eine Handbreit über der Fahrtrasse schwebte. Er warf sich durch den Einstieg und glitt in den Sitz neben Tyler.

»Können Sie das Ding in Bewegung setzen, John?« fragte Dhark mit drängender Stimme.

»Aber sicher doch! Sie wissen doch, daß ich eine A-Lizenz für antigravgesteuerte Transportvehikel habe.«

Er hantierte an den Kontrollen herum.

»Hoffentlich weiß dieses Vehikel das auch«, ließ sich Ian Kaplan vernehmen.

Martell stieß nur ein verächtliches Brummen aus.

Dhark blickte aus dem Fahrgastraum zurück und sah die Anhänger des universellen Konzepts ziellos wie aufgescheuchte Ameisen umherrennen.

»Ich hasse es, fliehen zu müssen«, sagte er. »Aber jetzt wird es allerhöchste Zeit, John.«

Der Bodenschweber ruckte und schlingerte. Dann setzte er sich in Bewegung und glitt auf der Trasse dahin.

»Zugegeben«, knurrte Martell und schob den Regler für die Geschwindigkeit auf maximale Leistung. »Mir ergeht es nicht anders. Aber besser zweimal geflohen als einmal gestorben.«

»Er lebt«, sagte Anonga undEr schüttelte zugleich den Kopf, als hege er starke Zweifel an der getroffenen Feststellung. »Aber er wird zusehends schwächer.«

»*Er?* Warum nicht *sie!«* Vandecamp blickte ihn zweifelnd an.

Der Arzt, der an Stelle Manu Tschobes an Bord der POINT OF gekommen war und die Reise zum Mittelpunkt der Galaxis mitgemacht hatte, zuckte mit den Schultern.

»Sagen wir, daß ich einfach das Empfinden habe, Donald ist ein männlicher Vertreter seiner Rasse!«

»Donald?«

»Sagen Sie bloß, Sie kennen sich in der terranischen Literaturgeschichte so wenig aus?« Anongas Miene blieb ernst, lediglich in seinen Mundwinkeln nistete ein winziges, spöttisches Lächeln.

»Ich bin Physiker«, mokierte sich Vandekamp.

»Und das schließt jede Kenntnis bestimmter anderer Wissenszweige aus, vor allem, wenn es sich um Randgebiete handelt, beziehungsweise das Wissen darum nur von marginalem, allgemeinem Interesse ist«, versetzte Professor Dongen.

Vandekamp blickte ihn scharf an.

»Werden Sie jetzt bitte nicht albern«, gab er zurück. Er fuhr sich durch die Haare, was eine gewisse Ratlosigkeit ausdrückte. »Natürlich kenne ich Shakespeares Dramen. Auch *Ulysses* von James Joyce ist mir noch geläufig... Aber von einem Zeitgenossen namens *Donald* in Zusammenhang mit der Weltliteratur habe ich noch nichts vernommen.«

»Ts, ts«, Anonga tat entsetzt. »Noch nie etwas davon gehört? Oh, Gott!« Er schickte einen verzweifelten Blick zur Decke. »Bin ich denn hier an Bord der POINT OF von lauter Kulturbanausen umgeben?«

Die meisten der Anwesenden grinsten versteckt, einige lachten ganz offen.

»Das war ein Scherz, nicht wahr?« H. C. Vandekamp lächelte, ohne einen Millimeter Zähne zu zeigen. »Ich hätte es mir denken können. Duck! *Donald Duck!* Die Ducks. Natürlich...«

»Lassen Sie's gut sein«, meinte Professor Dongen besänftigend. »Wir alle kennen doch Anongas etwas makaberen Sinn für Humor, der mitunter von der Farbe Schwarzer Löcher ist. Es gibt drängendere Probleme. Wollen wir wieder an die Arbeit gehen?«

Schlagartig wurde jedermann im Raum ernst.

Es gab tatsächlich drängendere Probleme...

Schon während der Flucht der POINT OF vor den Doppelwulst-

Raumern hatte es sich angekündigt. In Richtung des Milchstraßenzentrums mußte es etwas geben, für das es nur eine passende Bezeichnung zu geben schien: *unheimlich*.

Noch immer konnte sich keiner an Bord des Ringraumers einen Reim darauf machen, weshalb die Verfolger trotz ihrer unverkennbaren Vorteile die Jagd urplötzlich aufgegeben und sich zurückgezogen hatten.

Vor *was* fürchteten sie sich?

Vielleicht vor etwas, das in jenem Szenario Schwarzer Löcher verborgen lag, die sich schalenförmig um das Zentrum der Galaxis ballten, und das so schrecklich war, daß sie es lieber nicht darauf anlegten, damit in Kontakt zu geraten?

Nur – dieses *Etwas* konnte bislang nicht entdeckt werden!

Einziges Bindeglied dazu schien ein Duck zu sein. Er oder *sie* – oder vielleicht doch lieber *es*? – war der Überlebende von Coral, jener uralten Korallenwelt. Seit der Vernichtung seines Raumschiffs hielt er sich als Gefangener an Bord der POINT OF auf. Ein Verhör war vielleicht die einzige Möglichkeit, mehr über die Verhältnisse im Zentrum der Galaxis zu erfahren.

Doch bislang waren diese Versuche gescheitert...

Der Raum, in dem man *Donald* untergebracht hatte, war hermetisch abgeriegelt worden. Zusätzlich befand er sich unter einem modifizierten Amphi-Energiefeld, um die Schiffssicherheit auf alle Fälle zu gewährleisten. Dies alles waren reine Vorsichtsmaßnahmen – schließlich wußte man noch immer nicht genau, zu welchen Aktionen das kleine Wesen fähig war. Die Besatzung des Ringraumers hatte kein Risiko eingehen wollen.

Nach menschlichem Ermessen konnte von dem Duck keine Gefahr drohen.

Nach menschlichem Ermessen.

Aber konnten hier menschliche Maßstäbe angelegt werden?

Man hatte bislang mit den üblichen Mitteln versucht, mit dem Duck zu kommunizieren.

Ohne Erfolg.

›Wollen wir wieder an die Arbeit gehen?‹ So hatte Professor Dongen gefragt.

Nichts lieber als das würde man tun.

Nur: *Wo* ansetzen?

Die wenigen Informationen, die man überhaupt hatte sammeln können, ergaben so gut wie keinen Zusammenhang und ließen keine Rückschlüsse zu.

»Er stellt sich ziemlich stur«, gab Anonga bekannt. »Ich habe schon so ziemlich alles versucht. Ehrlich, ich weiß nicht, wie ich an ihn rankommen soll!«

»Es ist nicht Ihre Schuld«, tröstete ihn Pal Hertog.

Anonga warf einen schiefen Blick auf den Physiker.

»Davon scheint nicht jeder überzeugt zu sein.«

Der Wissenschaftler ließ ein freundliches Lächeln sehen.

»Nicht jeder ist vollkommen«, sagte er leise. »Davon kann ich etliche Lieder singen.«

»Wie wollen wir nun weiter vorgehen?« wollte Doraner wissen.

Hertog hatte sich mit dieser Frage schon beschäftigt, wie seine Antwort verriet.

»Es gibt vor allem zwei Arten von Informationen, die wir unbedingt brauchen«, sagte er nachdenklich und zupfte sich am Ohr. »Einmal sind das Informationen über den Verbleib unseres Commanders und der anderen Besatzungsmitglieder, und zum anderen ist es das Wissen, das er – ahem...«, er hüstelte leicht, »das *Donald* darüber hat, wie man unbehelligt von Störungen des Antriebs zum Zentrum vordringen kann. Was halten Sie vorderhand für wichtiger?«

»Natürlich die Informationen über unseren Commander, und wie wir ihn zurückbekommen können, was sonst!« antwortete Ralf Larsen sofort und sah sich beifallheischend um.

»Natürlich«, sagte Vandekamp. »Aber ich nehme an, das Wissen dieses, hmm, Entenwesens über das Durchqueren der QUIET ZONE ist auch von nicht zu unterschätzender Bedeutung, vielleicht sogar wichtiger, da es uns in die Lage versetzen könnte, uns selbst um die Rettung des Commanders zu kümmern.«

»Vermutlich ja«, stimmte Professor Dongen zu. »Wie wäre es denn, wenn wir beide Wege zugleich beschreiten würden?«

»Nur zu«, Anonga erlaubte sich ein bitteres Lächeln. »Geben Sie mir Bescheid, wenn Sie der Informationsflut nicht mehr Herr werden.

Aber beeilen Sie sich.«

»Sie hören mir nicht zu, glaube ich«, beschwerte sich Anonga. »Ich habe Ihnen schon zu Beginn dieser... dieser Diskussion gesagt, daß Donald zusehends schwächer wird.«

»Schwächer...?« dehnte Vandekamp.

»Genau das meine ich.« Anonga drehte seinen Laborsessel wieder in Richtung ihres Diskussions- und Untersuchungsgegenstandes.

Hinter der energetischen Sperre saß der Duck unbewegt auf seinem Lager, die Entenfüße waren gekreuzt, die beiden Armpaare lagen im Schoß unterhalb des kugelförmigen Leibes, und die beiden vorderen Augen an der Peripherie des pilzförmigen Kopfes waren geschlossen. Die beiden hinteren Sehorgane des Rundsehers ebenfalls, wie Anonga durch einen Blick auf das Hologramm erkennen konnte, das etwas versetzt über dem Duck in der Luft schwebte und die Rückenpartie des kleinen Wesens zeigte.

Äußerlich wie innerlich war dieses Geschöpf ein Rätsel für Anonga.

Er hatte es im Laufe seines Lebens schon mit einigen fremden Lebewesen zu tun gehabt, aber niemals mit einem, das so verflixt dem Alpha-Männchen einer fiktiven Heldenfamilie aus Comic-Heften glich, die vor allem – wenn auch nicht ausschließlich! – das Entzücken von Kindern hervorrief.

Die Hautfarbe des Ducks war graugrün. Der Pilzkopf verfügte über zwei Mundöffnungen, ein Nase – beziehungsweise das Äquivalent eines derartigen Organs – war nicht erkennbar.

Besaß dieser Duck Individualität? Eine Persönlichkeit? Oder funktionierte er auf eine unbegreiflich fremde Art und Weise, zu der die Menschheit keinen Zugang bekam?

Anonga wußte, daß die Maßstäbe, mit denen Menschen einander und andere Lebewesen maßen, unter Umständen sehr unterschiedlich waren. Und daß wirkliche Verständigung ein ziemlich heikles Feld sein konnte. Es war das alte Problem, mit dem jeder Programmierer von Fremdsprachentranslatoren sich die Nächte um die Ohren schlug.

Besaß der Duck überhaupt Empfindungen, Gefühle? Wußte er zu unterscheiden zwischen Humor und Ironie? Kannte er Begriffe wie Neid und Mißgunst? Und was war...

Vandekamps Stimme stoppte seinen inneren Monolog.

»Weshalb wird dieser Duck schwächer?«

Anonga furchte die Brauen. »Nicht genug, daß er offenbar nicht im Traum daran denkt, einen Dialog mit mir führen zu wollen – nein, er verweigert auch jegliche Nahrungsaufnahme.«

»Und wenn wir ihn intravenös ernähren?«

»Ein guter Einfall«, lobte Anonga mit offenem Sarkasmus. »Sie sagen mir dann nur noch, wie Donalds Metabolismus funktioniert, damit ich ihn nicht gleich in der ersten Minute umbringe.«

Eine Weile herrschte Schweigen.

Ehe es ungemütlich zu werden drohte, meldete sich Pal Hertog zu Wort.

»Es hilft nichts«, stellte er klar, »wir machen weiter. Und wenn es noch so lange dauert. Wir können Dhark und die anderen nicht einem unbekannten Schicksal überlassen...«

12.

Ian Kaplan blieb stehen und richtete einen verwunderten Blick auf die Szene. »Was geht dort vor?« fragte er und deutete nach vorn.

Seit ihrer überstürzten Flucht vor den Anhängern der universellen *Leidensfraktion*, wie sie der Mann irischer Abstammung nannte, waren nicht mehr als dreißig Minuten vergangen.

Sie befanden sich mittlerweile am anderen Ende der Stadt, in einem Bezirk, dessen Bedeutung als Lebensraum vielschichtig angelegt schien. Am ehesten entsprach er einer auf verschiedenen Ebenen erbauten Plaza.

Jede dieser Ebenen war über eine Vielzahl kleiner Brücken, flacher Treppen und geschwungener Rampen zu erreichen.

»Was meinen Sie, Ian?«

»Diese Ansammlung von... von Spezies!«

»Laßt uns näher rangehen«, sagte Dhark.

Sie hatten zwischen ihrer letzten Station und dieser hier eine beträchtliche Entfernung mit dem Schweber zurückgelegt und konnten annehmen, daß die Kunde darüber, daß sich eine Gruppe Individuen durch Flucht den *Freuden des universellen Konzepts* entzog, noch nicht bis hierher gedrungen war. Trotzdem bewegten sie sich mit der gebotenen Umsicht. Sie eilten eine flache Steigung abwärts, zwischen Hausfronten entlang auf einen Punkt zu, dem *alle* zuzustreben schienen.

»Wappnen Sie sich«, ließ sich Martell vernehmen. »Kann leicht sein, daß wir auch von hier auf schnellstem Wege verschwinden müssen.«

Langsam gingen sie weiter, hatten die ungefähre Mitte der Plaza erreicht – und bewegten sich am hellichten Tag inmitten eines Alptraums, der den Fieberphantasien eines kranken Geistes entsprungen zu sein schien.

Um sie herum war alles voller alptraumhafter Wesen, ätherischer, durchsichtiger Gestalten, rüsseltragender, tentakelbewehrter, schuppenhäutiger, echsenhafter, käferartiger und gefiederter Extraterrestrier. Die Luft war voll von Lauten aus nichtmenschlichen Kehlen, verständlichen Lauten, wenn man nur deutlich genug hinhörte. Das Translatorfeld – oder wie immer man diese Vorrichtung bezeichnen mochte – war nach wie vor aktiv. Es waren überwiegend Laute des Schmerzes, des Leids, der Qualen. Manchmal erhoben sich die Schreie aus dem tiefsten Innern gequälter Kreaturen zu einem Crescendo von dante'schem Ausmaß. Hinter ihnen begann ein einzelnes Wesen wild zu schreien, gefolgt von einem Klagegeheul aus vielen Kehlen, das sich zu einem hysterischen Singsang veränderte.

Fabelwesen schienen zwischen den Mauern der Stadt zu lauern, im tiefen Schatten der Viadukte.

Irre Schreie ertönten, jagten den Männer Schauer über den Rücken.

Der Wind trug ein Stöhnen und Heulen durch die Straßen. Das *Urböse* feierte triumphal Einzug, und seine Diener predigten vom universellen Konzept.

Die ganze Stadt schien sich in gespenstischer Trance zu befinden. Hier wurde einem Dämonen gehuldigt, der nur einen Namen hatte: Chaos!

Der Lärm verstummte so plötzlich, daß Dhark unwillkürlich zusammenschrak. Die abrupte Stille wirkte gespenstisch. Dann sah er, daß sich die *Gesichter* nach oben reckten.

Unwillkürlich hob er selbst den Kopf.

Über ihnen überspannte eine Fußgängerbrücke diesen Platz von einer höhergelegenen Ebene zur nächsten. Auf dem Rand balancierte ein Extraterrestrier, der aus der Tiefe wie eine kleine, ausgestopfte Strohpuppe wirkte. Augenblicke nur noch, und er würde die Balance verlieren und abstürzen. Die Distanz betrug nach Dharks Schätzungen gut und gern zwanzig Meter. Unterhalb seines Standpunktes bildete sich wie durch Zuruf eine freie Stelle. Alle wichen zurück, drängten sich zu einer ringförmigen Mauer des Schweigens.

»Er wird sich umbringen!« stieß Gorm rauh hervor. »Wir sollten ihm helfen.«

»Irrtum«, bemerkte Tyler mit leiser, tranceartiger Stimme. »Er *will* sich umbringen. Will sich von seinem unerträglichen Leid erlösen.«

Ein Selbstmörder, dachte Ren Dhark staunend. *Hier auf einem fremden Planeten? Lichtjahrzehntausende von der Erde entfernt!*

Und noch während er das dachte, nahm das Verhängnis seinen Lauf.

Das Wesen beugte sich in einer grotesken und doch irgendwie erschütternd wirkenden Geste der Verneigung nach vorne, löste sich vom Geländer und fiel herab.

Und während es fiel, begann es zu schreien. Es schrie gerade laut genug, um die Hintergrundgeräusche der Stadt zu durchdringen – dann war plötzlich Stille.

Sie dauerte zwei Atemzüge lang.

Danach hörte man den Aufprall.

Der zerschmetterte Körper des Selbstmörders lag auf dem Pflaster und glich jetzt noch mehr einer ausgestopften Vogelscheuche. Eine braungelbe Flüssigkeit sickerte unter dem grotesken Kopf hervor, der in einem unnatürlichen Winkel vom Körper abstand.

Dhark machte einen Schritt.

Martell packte sein Handgelenk und hielt ihn zurück.

»Hier kommt jede Hilfe zu spät«, versetzte Martell und schüttelte den Kopf.

Kaplan keuchte erstickt auf.

»Da, sehen Sie! Commander – sehen Sie doch!«

Ren Dhark sah es... und merkte, wie ihm der Atem im Hals stecken blieb.

Wie bei Ron Ogar verließ auch hier eine Sporenwolke den Leichnam und trieb im Wind davon.

»Ein makabres Schauspiel!« murmelte Ian Kaplan. »Warum haben diese... diese Sporen nicht versucht, einen neuen Wirt zu finden?«

»Vermutlich deshalb«, antwortete Dhark, »weil jeder hier in der Stadt schon von den Sporen *belegt*, infiziert ist. – Außer uns natürlich«, setzte er hinzu.

Ein lauter Ruf erhob sich über dem einsetzenden, allgemeinen Lärm:

»Die Mechanischen! Zur Seite!«

Noch während sich der Platz leerte, näherte sich ein Bodenschweber. Die Türen schwangen nach oben weg, und Roboter schwärmten aus. Sie nahmen den Leichnam auf und betteten ihn auf eine Antigravbahre. Eine gedrungene Reinigungsmaschine surrte geschäftig aus dem Laderaum und verspritzte eine schäumende Flüssigkeit über die Stelle, wo der/die/das Tote gelegen hatte. Breite Düsen sogen die Nässe auf.

Dhark spürte Kaplans Hand auf seiner Schulter.

»Merkwürdige Symbiose. Wer dafür wohl verantwortlich ist?«

»Ich fürchte, darauf werden wir so schnell keine Antwort bekommen«, meinte Martell, ohne auch nur im entferntesten zu ahnen, wie sehr er sich irrte.

Tyler vermied es, in dem Disput eine Rolle zu spielen. Seine Miene war angespannt, seine Lippen dünne, blutleere Striche. Er machte einen entrückten Eindruck, als ginge ihn das alles nichts an, als berührten ihn die Geschehnisse nur ganz am Rande. In Wirklichkeit hatte er einen Kokon um sich errichtet, um diese fremden Stimmen der Furcht und namenlosen Pein auszuschließen, die immer stärker geworden waren, je mehr sie sich diesem Teil der Stadt genähert hatten. Und da war noch diese Entität, die sich hinter einer unbegreiflichen Dunkelheit verbarg. Eine kalte Schwärze, alles wie eine Membran umgebend, sich manchmal ausdehnend, dann wieder zusammenziehend. Und immer wenn diese Schwärze anwuchs und wieder zusammenfiel, wußte er instinktiv, was dieses Muster bedeutete. Er hatte ähnliches bereits schon an Bord der POINT OF erlebt, als er mit dem G'Loorn mental gerungen hatte, um an das Wissen des Aliens zu kommen. Und nun schien er sich wieder im Einflußbereich eines dieser... dieser erschreckenden Wesen zu befinden.

»Tyler!«

»Commander?« Tylers Kehle war rauh.

»*Hörst* du etwas?«

»Wir sollten weitergehen«, sagte Tyler. Er sondierte mit einem umfassenden Blick das Terrain.

»Wohin?«

»Dorthin!«

»Ich begreife nicht...!« entfuhr es Kaplan, als er sah, was Tyler meinte.

Der Gebäudetrakt am Ende der Brücke war der umfassendste Komplex, den die Terraner in dieser Stadt bislang gesehen hatten. Stege umspannten ihn spiralförmig. Aus Öffnungen drangen Dampfschwaden, hinter den Mauern rumorten starke Maschinen.

»Weshalb gerade dorthin?«

Dhark schwieg eine Weile. Schließlich sagte er: »Machen Sie sich keine Gedanken über die Richtung. Es gibt Dinge, über die man nicht nachgrübeln sollte.«

»Sieht aus wie eine Fabrik!« meinte John Martell und wußte nicht, auf welch fürchterliche Weise sich seine Vermutung bewahrheiten sollte.

Dhark nickte. »Wir sollten sie uns näher ansehen.«

Über eine flache Treppe gelangten sie auf eine kaum frequentierte Brücke hinunter, die sich über einen kleinen Wasserlauf spannte. Danach öffnete sich vor ihnen das Netz von gepflasterten Wegen und glatten Straßen, das die Gruppe schon von oben erblickt hatte. Alle Wege und Straßen vereinigten sich vor dem tunnelförmigen Haupteingang und verschwanden darin.

»Da!« murmelte Kaplan und deutete auf die Straße hinaus.

Auf der Trasse, die wie ein breites Band den Pilzwald um die Stadt zerschnitt, näherte sich wieder eine vollbeladene Antigravpalette vom Raumhafen.

Ihr Ziel war klar erkennbar: das klaffende Maul des Eingangsportals.

»Wie kommen wir möglichst unentdeckt hinein?« sagte Dhark und musterte nachdenklich die näherkommende Transportpalette. Aus Pylonen an den vier Ecken ragten knollige Auswüchse, in denen Reihen von roten und gelben Lichtern nervös zuckten.

»Entern wir doch einfach diese Schwebepalette und halten quasi als blinde Passagiere Einzug in die Fabrik«, schlug Kaplan vor. »Was meinen Sie, Commander?«

»Gute Idee«, stimmte Dhark zu. »Okay, Leute. Versuchen wir unser Glück.«

Sie waren nicht gestorben.

Trotz Anja Fields Befürchtungen.

Auf irgendeine unerklärliche, nicht nachvollziehbare Weise hatte sich bei jedem Einzelnen das anzugeigene Intervallum aktiviert. Unerklärlich deshalb, weil es bislang nicht absichtlich, nicht gewollt hatte aktiviert werden können.

Von keiner der menschlichen Koryphäen.

Beschämender noch, man hatte noch nicht einmal eine Steuerung dafür am M-Anzug entdeckt!

Das blauschimmernde Leuchten der Mikrowellenfelder erlosch nach wenigen Sekunden.

Auch das entnervende Schrillen der Sirene verstummte.

Sie standen sich in der Hauptzentrale des Towers gegenüber, ihr gesunder Menschenverstand kämpfte gegen ihre Gefühle an. Ringsum zogen sich nicht lesbare Anzeigen und unentzifferbare Datenreihen über die Schirme. Elektronisches Gewisper erfüllte den Raum wie ein Heer Mäuse, das sich hinter den Wänden tummelte.

Rikers Gedanken drehten sich wie ein elektrischer Kreisel, durchforschten Alternativen, zogen mögliche Lösungen in Betracht und verwarfen sie, bis nur noch eine übrig war: Sie mußten hier raus!

Das war vorrangig. Eingesperrt in diesem Raum, konnten sie kaum Verteidigungsstrategien entwickeln, waren zu leicht Ziel möglicher Überraschungsangriffe.

»He, toll«, sagte Rani, als Riker das Ergebnis seiner Überlegungen verkündete. »Darauf wäre ich nicht gekommen.«

Riker zuckte die Schultern. Er wirkte müde.

Plötzlich begann eine Stimme zu plärren:

»........«

Sie war eindeutig mechanischen Ursprungs. Und in ihrer penetranten Wiederholung des offensichtlich immer gleichen Inhalts konnte man schließlich erahnen, was sie sagte.

»UNBEFUGTE EINDRINGLINGE – UNBEFUGTE EINDRINGLINGE...«

Wonzeff, der die Richtung lokalisiert hatte, brachte die Ansage mit einem genau plazierten Schuß aus seinem Blaster zum Verstummen. Es stank für ein paar Sekunden stechend nach verschmorten Leitungen, ehe ein wimmernd anlaufender Ventilator die Raumluft reinigte.

»Die Tür läßt sich nicht öffnen«, sagte Szardak.

»Natürlich nicht«, versetzte Wonzeff. »Das ist bei Notfallsituationen so üblich... aber laßt mich mal!«

Er trat an die Tür heran. Der Öffnungsmechanismus war eine handgroße Platte mit verschiedenfarbig leuchtenden Sensoren, die Szardaks Versuche ungerührt hinnahm.

Wonzeff drängte den Gefährten zur Seite, trat dann selbst zwei Schritte zurück, richtete den Blaster auf die Sensorplatte und zerstrahlte sie.

Etwas jaulte und erstarb wimmernd. Die Tür glitt eine Handbreit auf.

»Wo rohe Kräfte sinnvoll walten«, zitierte Arc Doorn ein uraltes Sprichwort bewußt falsch, dann half er Wonzeff und Szardak, den Türspalt zu vergrößern. Mit vereinten Kräften ließ sich die Tür soweit aufschieben, daß man hindurchschlüpfen konnte.

Riker warf einen letzten Blick über die Computerkonsolen, über die Phalanx der Sichtschirme, mit denen dieser Raum vollgestopft war, und auf den großen Hauptschirm. Seine Mundwinkel zuckten. Dann folgte er den anderen.

Der große Lift, der sie in den Tower gebracht hatte, war nicht blokkiert. Notfallprogramme beinhalteten gewöhnlich auch einen Evakuierungsplan. Vermutlich gehörte der betriebsbereite Lift zu letzterem.

Minuten später befanden sie sich unten in der großen Raumhafenhalle.

»Wir gehen gleich hier raus!« ordnete Riker an und deutete auf die Schwingtüren. »Los, vorwärts! *Beeilung!*«

Ihre Schritte klangen laut in der großen Wartehalle, als sie auf die Türfront zuliefen.

Riker und Doorn bildeten die Nachhut.

»Sie wissen etwas, oder nicht?« fragte Doorn unvermittelt und hielt Riker für einen Augenblick zurück. »Was ist es?«

»Ich weiß *vielleicht* etwas«, verbesserte Riker. »Vielleicht auch nicht. Vorläufig werde ich meinen Mund halten... bis auf einen Vorschlag.«

»Welchen?«

»Wir sollten so schnell wie möglich ein Versteck suchen. Das ist mein Vorschlag.«

Arc Doorn wirkte perplex. »Nun...«, er sah Riker stirnrunzelnd an.

»Sie haben schon richtig gehört.«

»Was befürchten Sie?«

»Nichts.

Arc Doorn sah ihn forschend an. Dann zuckte er die Schultern und machte, daß er nach draußen kam.

Riker war unbehaglich zumute. Ihm gefiel die Vorstellung nicht, daß Doorn jetzt sicherlich ungehalten war. Er wußte nicht warum, aber es gefiel ihm ganz und gar nicht. Aber wie sollte er Doorn und den anderen begreiflich machen, daß er beim Verlassen der Hauptzentrale und seinem letzten Blick zurück den Eindruck gewonnen hatte, daß sich auf dem Hauptschirm ein Gesicht zu manifestieren suchte.

Ein Gesicht, das eindeutig keine menschlichen Züge aufwies, sondern insektoide...

Die kleine Gruppe wartete auf ihn.

Riker schüttelte den Kopf. Wenn er weiter so grübelte, würde er noch verrückt werden. Entschlossen stieß er die Tür auf und trat hinaus in die seltsam drückende Stille. Außer den auf ihn Wartenden, der verlassenen Piste und dem reglosen, verwaschenen Himmel war nichts zu sehen.

Noch nicht...

Die Schwebeplattform wirkte riesig, als sie im schnellen Laufschritt direkt neben ihr herliefen. Die Basis war fast mannshoch. Darin verbarg sich der Mechanismus, der sie befähigte, zwei Handbreit über den Straßenbelag zu schweben. Die Seite, an der die Gruppe Terraner lief, war von buckligen Auswüchsen, Streben und Leitungen bedeckt. Darüber begann die eigentliche Ladefläche. Jetzt, aus der unmittelbaren Nähe, konnte man erkennen, daß die Ladung Thermobehälter unregelmäßig gestapelt war. Die Lücken waren groß genug, um sich darin zu verstecken.

Dhark atmete tief aus, hob die Hand und rief mit unterdrückter Stimme durch den Helmfunk: »Es geht los!«

Fast gleichzeitig sprangen sie hoch, packten zu, hakten die Füße in vorstehende Rohre und rollten sich über den Rand. Sie krochen zwischen die großen Behälter.

Es dauerte nur Minuten, bis der große Schatten des Portals über die Palette hinwegglitt. Sie waren drin. Das ganze lief so unspektakulär ab, daß Dhark fast ein wenig enttäuscht war. Aber er machte sich nichts vor. Ohne den Schutz der Transportbehälter wären sie beim Hineinspazieren sicher von elektronischen Alarmsystemen erfaßt und lokalisiert worden.

Hinter dem Portal erstreckte sich ein kurzer Tunnel. In den Wänden regten sich Lichter. Strahlenbündel spielten über die Palette mit ihrer Last. Die Männer zogen die Köpfe ein, krochen tiefer in die Lücken. Ein summendes Geräusch wurde hörbar, steigerte sich zu einem Winseln und brach dann abrupt ab.

Dhark wartete ein paar Atemzüge. Nichts geschah, die Palette setzte unbeirrt ihre Fahrt fort. Er streckte vorsichtig den Kopf aus seinem Versteck und spähte um die Ecke nach vorn.

Mit zusammengekniffenen Augen versuchte er die schwelende, rötliche Dunkelheit zu durchdringen.

Erst allmählich gewöhnten sich die Augen an das Zwielicht.

Hinter ihm rührte sich John Martell. Im Liegen robbte er auf den Ellbogen nach vorn und tauchte neben ihm auf.

Die Plattform kam an eine Art Weiche, ruckte ein paarmal und glitt dann nach links weiter. Hinein in die Helligkeit einer große Halle, die von Dampfschwaden erfüllt war.

Die Fahrt verlangsamte sich.

Es wurde heller.

Dhark sagte beunruhigt: »Wir müssen 'runter von dem Ding. Los, Bewegung! Zusammenbleiben, wir dürfen uns nicht aus den Augen verlieren!«

Nacheinander sprangen sie von der Plattform. Nur Tyler zögerte. Die hoch unter der Decke hängenden Lampen riefen scharfe Schatten auf seinem blassen Gesicht hervor.

Gorm lief neben der Transportpalette her und öffnete die Arme. »Mach dir keine Gedanken, Junge! Spring einfach!«

Tyler holte Atem – und landete sicher in Gorms Armen. Er ließ sich von dem Soldaten auf die Füße stellen und nickte dankbar.

In der wirbelnden, von grellen Lichtern erfüllten und dampfgesättigten Atmosphäre der Halle zog die Palette davon.

Die Gruppe entfernte sich von der Trasse und ging nach links, näher an die hoch aufragende Wand heran, an der sich aufsteigend Laufstege und balkonartige Vorsprünge abzeichneten.

»Dort hinauf!« Dhark deutete auf eine Treppe, die zu dem ersten der Laufstege führte. »Von oben haben wir einen besseren Überblick.«

Angelangt, befanden sie sich etwa zehn Meter über dem Hallenniveau. Sie liefen auf dem Gittersteg tiefer in die Halle hinein. Die Sicht wurde etwas besser.

Martell machte die anderen auf etwas am Hallenboden aufmerksam. Unter ihnen kam die Schwebepalette zum Halt. Ein autarker Laderoboter von der Größe zweier ausgewachsener Männer stieß seine zu Klauen umfunktionierten Arme in die Aushöhlungen eines Transportcontainers mit den im Kryoschlaf befindlichen Spezies und hob ihn hoch. Es dröhnte, als er auf seinen breiten Raupen zurückfuhr, herumschwang und auf eine ganze Reihe der rechteckigen Thermocontainer zurollte, die sich auf einem in den Boden eingelassenen Transportband fast unmerklich tiefer in die Halle hineinbewegten. Einem Ziel zu, das von der Gruppe noch nicht eingesehen werden konnte.

Dhark sah, daß sich eine bereits entladene Schwebepalette in einer Art Kreisel drehte, der sie auf der anderen Seite ausspuckte, wo sie Fahrt aufnahm und sich wieder auf den Weg machte, zurück zum Raumhafen.

Fließbandarbeit.

Vollautomatisiert.

Sie liefen weiter.

Nach und nach enthüllte die Halle ihre wahre Größe.

Und das, was in ihr geschah...

Dhark sog scharf die Luft ein.

Kaplan sagte: »O Gott!«

Martell und Gorm schwiegen, lediglich ihre Gesichtszüge wurden womöglich noch verkniffener, als sie es ohnehin schon waren.

Wie beschreibt man ein Szenario, das in seiner Wirklichkeit jedem noch so kruden Alptraum hohnlachte? Dhark fand keine Worte. Ihm blieb nichts, als zu schauen und zu versuchen, über das Schauen nicht schreiend verrückt zu werden.

Seine Gedanken fuhren Achterbahn. In seiner Jugend hatte er einmal zusammen mit seinem Vater eine der Fischzuchtfarmen vor der Küste Jakartas besucht. Zum Schluß ihrer Besichtigung hatte sie der Verwalter in die Verarbeitungsanlage geführt, wo die Fischleiber aus den Silos auf lange Laufbänder glitschten, um dort von Reihen vermummter Männer und Frauen mit Atemschutzmasken vor den Gesichtern tranchiert und portioniert zu werden. Das Bild der blitzenden Klingen, die mit chirurgischer Präzision Köpfe, Schwänze und Flossen abtrennten, die Leiber aufschlitzten und in Portionen zerhackten, blieb ihm noch lange im Gedächtnis haften. Das, was dort unten geschah, vermittelte ihm auf eine atembeklemmende Weise ein ähnliches Bild, wenngleich hier nichts geschlachtet wurde, sondern...

Die Thermocontainer hatten das Ende des Transportbandes erreicht, durchliefen Lichtschranken und eine mechanische Vorrichtung drehte und kippte sie. Die Deckel sprangen auf. Der Inhalt kippte auf eine Verteilerschnecke, die die einzelnen Blöcke auf kleinere Rollbänder rutschen ließ, wo sie von einem Heer halbkugelförmiger Roboter mit komplizierten Handlungsarmen gedreht und gerichtet wurden. Aus galgenförmigen Vorrichtungen über den Laufbändern sprangen gleißende Laserblitze und drangen in die Kryoeisblöcke.

Es brodelte, blubberte und zischte. Warmer, feuchter Dampf stieg auf. Saure Wolken bildeten sich. Etwas weiter weg senkten sich blitzende Sonden in die Körper. Ströme von Kolloiden rannen durch transparente Zuleitungen. – Und die von eisiger Starre befreiten Körper rutschten einer nach dem anderen in niedrige Wannen.

»Schaut nach rechts!« rief Kaplan leise durch den Helmfunk.

Dort *regte* sich in einer Wanne der Körper eines... eines Echsenwesens.

Es stieß den Atem wie ein bellendes Husten aus.

Klauenfinger mit hornigen Nägeln packten den Rand der Wanne. Das Geschöpf zerrte sich hoch, erhob sich auf die Ellbogen. Grunzte und drehte sich, krümmte sich zur Seite und rollte sich über die Seite der Wanne. Sofort waren Roboter zur Stelle. Eine nadelfeine Sonde drang in den Schädel des Echsenwesens. Gleich darauf streckte sich der schuppige Körper und lag still. Aber es lebte. Die tonnenförmige Brust hob und senkte sich deutlich. Langsam wurde das Wesen vom Laufband weitergetragen, auf ein transparentes, trichterförmiges Silo zu, in dem es wie Nebel weißlich waberte. Der Körper glitt darunter hindurch – und eine Wolke senkte sich auf ihn herab... umhüllte ihn .. drang in ihn ein.

Dhark brauchte einen Moment, um zu verarbeiten, was er sah. Dann begriff er, um was es sich handelte. Hier wurden die wiedererweckten Spezies mit den Pilzsporen infiziert, wurden mit etwas Unbegreiflichem *geimpft*, das ihnen Schmerzen und Pein zufügte.

Wiedererweckt um zu leiden...

Zu welchem Zweck?

Wer fand Gefallen daran, daß sich eine ganze Stadtbevölkerung in Agonie wand?

Das alptraumhafte Geschehen in der Halle nahm seinen Fortgang. Entsetzt und doch fasziniert beobachtete Dhark, wie eine Traube der wiedererweckten Geschöpfe um ein säulenförmiges Gebilde herum angeordnet lag. Von kranzförmig angebrachten Halteschienen senkten sich mit blinkenden, vielfarbigen Sensoren gespickte Hauben herab. Sie fuhren kleine, vielgliedrige und spinnenartige Metalltentakel aus, die die Köpfe der Wesen umspannten. Er war sich sicher, daß im gleichen Moment haarfeine Elektroden wie Nadeln durch die Kopfhaut stießen und sich bestimmte Zentren in den Gehirnen suchten.

Es konnte nur schmerzhaft sein. Und die Geschöpfe reagierten auf die einzige Weise, die ihnen möglich war und die sie ausführen konnten – sie schrien. Ein durchdringendes Kreischen erfüllte die Halle, hob sich über den allgemeinen Lärm der Maschinen.

Tyler flüsterte etwas. Es war im Helmfunk kaum zu vernehmen.

Dhark riß sich von dem Geschehen los, drehte sich zu ihm um. »Ja?«

Tylers dünne Stimme zitterte, er mußte sich auf die Lippen gebissen haben. Ein schmales, rotes Rinnsal versickerte unterhalb seines Kinns.

»Dort... dort. Sieh nur!«

Dhark hätte es schon früher sehen können, wenn er statt gebannt auf diese Säule zu blicken, darüber hinaus geschaut hätte, in das rötliche

Halbdunkel, das den hinteren Teil der Halle erfüllte.

In dem rötlichen Nebel bewegte sich etwas, das Dhark den Atem stocken ließ.

Der G'Loorn war ein Riese.

Größer als alle anderen.

Eine Naturgewalt.

Unaufhaltsam. Unbezwingbar. Die schrecklich schöne Adaption eines uralten Mythos. Ein ins riesenhafte mutierter Hybride aus Pflanzenintelligenz und graziösem Insekt. Der Inbegriff des Entsetzlichen.

Er war der *Seelenfresser.*

Töricht, bei seinem Anblick auch nur mit einem Jota an Widerstand zu denken.

Er ragte drohend auf. Umschlossen von einer Art Thron, dominierte er vom Ende des langgestreckten Raumes durch seine bloße Präsenz alles, was sich in seiner näheren und weiteren Umgebung befand.

Die Chitin-Kiefer öffneten und schlossen sich unentwegt.

Klick – Rii-tsch, Klick – Rii-tsch...

Mit ihnen war der Alien in der Lage, alles zu fressen. Anorganische Materie ebenso wie Fleisch, Sehnen, Knochen. Doch daran war er im Augenblick nicht interessiert. Er war anderweitig beschäftigt. Er wollte – er brauchte – er bekam eine andere Beute.

Seelenfresser...

Er weidete sich an den Qualen der an die unmenschliche Maschine angeschlossenen Wesen, deren *Leidensdruck* gemessen und an ihn weitergeleitet wurde, auf eine Art und Weise, die einem menschlichen Verstand unbegreiflich war.

Die Chitin-Kiefer zuckten und zitterten.

Klick – Rii-tsch, Klick –Rii-tsch

Wie in einem Rauschzustand wand und drehte sich der G'Loorn auf seinem Thron und schien nichts von dem wahrzunehmen, was um ihn herum geschah.

»Commander! Was haben Sie vor...?«

Dhark fuhr herum, funkelte Martell an – der vor dem fast mordlüsternen Ausdruck auf dem Gesicht des Commanders leicht zurückschreckte – und merkte erst jetzt, daß seine Finger sich um den Kolben des Paraschockers krallten, daß die Knöchel weiß hervortraten.

Rasch, ohne zu zögern, fast instinktiv hob er den Strahler.

»Diesmal wird er mir nicht entkommen!« stieß er rauh hervor. »Diese Bestie ist abgelenkt. Ich werde sie paralysieren...«

Ohne darauf zu achten, daß er entdeckt werden konnte, rannte Dhark über den Steg zum Ende der Halle. Nach wenigen Schritten befand er sich fast über dem G'Loorn. Seine Finger spannten sich um den Abzug. Ein blaßblauer Strahl fauchte durch die Luft auf das insektiode Alien zu – und wurde von etwas Unbegreiflichem abgelenkt.

Dhark stieß einen überraschten Laut aus, feuerte weiter und weiter.

»Hören Sie auf, Commander!« schrie Martell, packte Dharks Schußhand und drückte sie zur Seite. »Sie richten nichts aus, merken Sie das nicht?«

Dhark fluchte und starrte Martell wild an. Dann entspannte er sich und nickte. Er mußte einsehen, daß ihm auch diesmal kein Erfolg beschieden war.

Unten erwachte der G'Loorn aus seiner Trance. Ein grauenvolles Schrillen drang aus den weit offenen Mandibeln. Die klauenbewehrten Gliedmaßen streckten sich in Richtung der Terraner.

Dhark empfand Kälte im Magen. Für die Dauer von mehreren Herzschlägen war er wie gelähmt.

Ein leiser hoher Ton.

»Was ist...?« fragte Kaplan.

Dhark schüttelte abwehrend den Kopf. Ein anderes Geräusch erforderte seine ganze Aufmerksamkeit. Er steckte den Paralysator zurück und nahm stattdessen den Blaster in die Hand. Martell und Gorm machten es ihm nach.

Geräusche kamen von allen Seiten. Metall traf auf Metall...

»Roboter!« sagte Dhark heiser. »Vermutlich will man uns einfangen.«

»Wenn es nur das ist...«, dehnte Martell.

»Da werden wir aber ein Wörtchen mitreden«, schnaubte Gorm.

Ein Klirren. Aus dem Dampf trat eine im Hallenlicht glänzende Maschine, dann noch eine. Insgesamt vier Roboter schoben sich auf dem Steg näher. Kondenswasser rann von ihren Panzerungen. Die Handlungsarme waren auf die Terraner gerichtet.

Unten schrillte wieder die schreckliche *Stimme* des G'Loorn.

Erteilte er Befehle?

»Wenn sie noch einen Schritt näher kommen, feuern!« sagte Dhark. »Wir dürfen ihnen keine Chance lassen... Jetzt!«

Martell, Gorm und Dhark feuerten nahezu zeitgleich auf die mechanischen Gestalten. Die hellen Energiebahnen, eng gebündelt und präzise gezielt, trafen den ersten Robot. Seine vorderen Augenpaare leuchteten grell auf. Blauweiße Fäden entfesselter Energien faserten über seine Gestalt, dann brannte er mit einem dumpfen Glühen aus.

Auch Gorms Schuß saß. Der zweite Roboter blähte sich unerklärlich langsam auf, ehe er in einer Implosion in sich zusammenstürzte. Es sah aus, als würde er von seinem eigenen Feuer aufgefressen. Die anderen beiden Maschinen stapften durch die brennenden und qualmenden Trümmer weiter unbeirrbar auf die Männer zu.

»Achtung! Über Ihnen!« Das war Martells warnende Stimme.

Dhark erhaschte aus den Augenwinkeln eine Bewegung links oben. Ein fliegendes Ellipsoid kam durch die wirbelnden Dampfschwaden herangeschossen.

Dhark fuhr herum und erwischte das Gebilde, noch ehe es sie erreicht hatte.

»Ich hab ihn!«

Der flugfähige Roboter drehte sich wie ein Brummkreisel rasend schnell um die eigene Achse, während er schnell an Höhe verlor. Schließlich schlug er mit einem splitternden Krachen auf dem Hallenboden auf, wobei er ganze Segmente eines voll beladenen Förderbandes zerstörte.

Inzwischen hatte Gorm die beiden anderen Roboter erledigt. Fluchend beförderte er die glühenden Überreste mit wilden Fußtritten über den Rand des Stegs nach unten. Kleine Brandherde flackerten auf. Qualm stieg in Spiralen nach oben. Aus verborgenen Düsen sprühte weißer Schaum und erstickte die Flammen nach kurzer Zeit.

Unten ging der Erweckungsprozeß maschinenhaft stupide weiter.

»Wir sollten verschwinden!« Kaplans schreiende Stimme überlud fast den Helmfunk. »Wir müssen raus hier!«

Dhark hörte nur mit einem Ohr zu. Seine Blicke suchten das Tohuwabohu am Hallenboden zu durchdringen.

Dann sah er den G'Loorn, wie er sich zu seiner ganzen Größe erhob. Von den metallenen Tentakeln, die ihn mit dem Thron verbanden, lösten sich einige mit peitschenartigem Knall.

Dhark blinzelte sich den Schweiß aus den Augen. Er hatte keine Angst mehr. Für Panik blieb keine Zeit. Er war zu beschäftigt mit anderen Dingen, auf die er sich konzentrieren mußte, um noch entsetzt zu sein. So beispielsweise, wie er dem G'Loorn Schaden zufügen konnte, ohne ihr eigenes Leben dabei nennenswert zu gefährden. Von seinem Standort aus bis hinüber zu anderen Hallenseite erstreckte sich ein Geflecht aus Trägern, Rohren und gekrümmten Zuleitungen. Dazwischen Wartungsstege, nicht breiter, als zwei Füße Platz hatten.

Die künstliche Plattform mußte Tonnen wiegen. Darunter stand der Thron des Alien.

Dann sah Dhark die von oben herabführenden, armdicken Stangen, die die Platte sicherten.

Der Alien löste sich mit einem entnervenden Schrillen von den letzten Leitungen, die ihn mit dem Sitz verbanden.

Und Dhark schoß. Der Strahl gleißte durch die dampfgesättigte Atmosphäre. Traf sein Ziel. Flüssiges Metall spritzte. Mit einem Kreischen zerreißenden Metalls brach die Zwischendecke einseitig herunter, schwankte mit deutlichem Knirschen. Stakkatoartige Explosionen wurden laut, als die Haltebolzen der anderen Seite durch das jetzt anwachsende Gewicht überlastet wurden, brachen und jaulend durch die Halle pfiffen.

Und dann kam das tonnenschwere Gebilde herabgestürzt und begrub den hektisch um sich schlagenden G'Loorn unter sich.

»Nichts wie raus jetzt!« rief Dhark.

Die Gruppe setzte sich in Bewegung. Tyler stürzte, schlug mit einem Knie gegen das Bodengitter. Der Schmerz zwang ihn, innezuhalten. Gorm stürmte an ihm vorbei, grunzte, griff zu und schwang sich den Jungen über die Schulter, ohne auch nur seine Geschwindigkeit zu verringern.

Auf dem Weg zurück zum Portal öffnete sich rechter Hand ein kleiner Tunnel in der Wand, dem sie bei ihrem Eindringen kaum

Beachtung geschenkt hatten. Kurz entschlossen kroch Martell hinein. Die anderen folgten zögernd, einer nach dem anderen.

»Beeilung!« rief Martell ihnen zu.

Gorm setzte Tyler ab und schob ihn in die Öffnung. Dann ging er gebückt hinter ihm her.

Vor dem kleinen Tunnel hielt Dhark noch einmal inne. Etwas veranlaßte ihn, einen Blick zurückzuwerfen. Unter dem Berg zusammengestürzter Träger und Rohre regte sich etwas. Dhark spürte, wie sich seine Nackenhaare aufstellten, als Tentakel und Chitinklauen mit unmenschlicher Kraft den Schrott zur Seite rissen – und der G'Loorn wie ein Bote der Hölle aus dem verdrehten und gequetschten Durcheinander auftauchte, um sich einen Weg durch geborstene Leitungen und verbogene Metallgitter zu bahnen.

Er war völlig unversehrt!

Jetzt, dachte Dhark und ballte die Fäuste, *werden aus den Jägern die Gejagten.*

»Ich bin noch immer nicht in der Lage, darüber nachzudenken, was hier geschehen ist – und noch geschieht«, sagte Ian Kaplan. »Träume ich das alles... kann ich die Wirklichkeit nicht mehr von einem Trugbild unterscheiden?«

Hinter ihnen blieb die Pilzstadt zurück. Unter ihrem Schweber spulte sich die glänzende Trasse der Straße ab, die geradewegs auf den fernen Raumhafen zuführte.

»Dieses Trugbild ist so lebendig, daß es uns jederzeit töten kann!« sagte Dhark zurückhaltend.

Ian brummelte etwas Unverständliches, dann lehnte er sich im Sitz zurück und schloß die Augen.

Für den Augenblick waren sie der Gefahr entronnen.

Der kurze Tunnel, durch den sie den Fabrikdom verlassen hatten, hatte in einer Nebenhalle geendet, die sich als eine Art Fahrzeughangar entpuppte. In abgeteilten Boxen hatten sie geländegängige Fahrzeuge und einige Bodenschweber vorgefunden.

Den größten der Schweber hatte John Martell mit Beschlag belegt. Nachdem sie alle eingestiegen waren, hatte er das Gefährt über die

Rampe ins Freie gesteuert, ohne daß sie von den anwesenden Wartungs-Robots daran gehindert worden waren.

Inzwischen lag die Stadt schon weit hinter ihnen. Sie befanden sich etwa auf der halben Distanz zum Raumhafen.

Es war später Nachmittag. Im Osten lastete eine weiße, langgestreckte Wolkenbank über dem Gebirgsmassiv mit seinen im tiefstehenden Sonnenlicht wie Fenster schimmernden Gletschern. Im Westen lag die niedrige Hügelkette bereits im abendlichen Schatten.

Der Raumhafenkomplex war schon zu erkennen.

»Versuchen wir, Riker und seine Gruppe zu erreichen«, schlug John Martell vor, »um sie von unserer bevorstehenden Ankunft zu unterrichten.«

»Ich übernehme das«, nickte Dhark.

»Verschlüsselt«, riet Martell.

»Natürlich verschlüsselt«, versicherte ihm Dhark ruhig.

Er aktivierte den Reichweitenfunk und begann auf der Welle zu senden, die sie am Morgen dieses an Ereignissen so überquellenden Tages vereinbart hatten.

»Hier Dhark«, sagte er. »Ich rufe Riker!«

Der Computer des M-Anzuges zerhackte die Funkmeldung, so daß kein Unbefugter mithören konnte, falls aber doch, so würde er wenigstens nicht verstehen, was gesagt wurde.

»Hier Dhark. Ich rufe Riker. Dan, melde dich!«

Aus dem Lautsprecher drang nur ein Knistern.

Dhark runzelte besorgt die Stirn. Dann eine vertraute Stimme: »Hallo, Ren! Dan hier. Alles in Ordnung bei euch?«

»Wie man's nimmt«, erwiderte Dhark, erleichtert, die Stimme des Freundes zu vernehmen. »Und bei euch?«

»Du wirst es nicht glauben, aber wir haben Dinge erlebt...«

»Später«, wehrte Dhark ab. »Wo befindet ihr euch im Augenblick?«

»Auf dem Weg zu unserem ersten Lagerplatz. Du weißt schon...

»Ausgezeichnet. Wir treffen uns dort in...« Dhark sah auf sein Chronometer, warf einen Blick nach draußen, um die Entfernung bis zum Raumhafen abschätzen zu können, dem sie inzwischen schon viel näher gekommen waren, »... in zirka zehn Minuten.«

»Okay. Wir nehmen die Beine in die Hand. Bis dann, alter Freund.«

Der Kontakt erlosch.

Du wirst es nicht glauben, aber wir haben Dinge erlebt...

Dhark warf einen Blick auf seine Gefährten, die erschöpft in den Sitzen hingen. Tyler wirkte, wie immer eigentlich, in sich gekehrt, hatte sich *zurückgezogen*. Dann schien er Dharks Blick zu spüren. Er schaute hoch, lächelte. Der Commander nickte lächelnd zurück. Anschließend richtete er den Blick nach draußen. Der Rand des Landefeldes kam in Sicht und blieb hinter ihnen zurück. Martell zog den Bodenschweber in eine Kurve. Der Komplex des Terminals mit dem Tower lag zu ihrer Linken. Rechts kamen die niedrigen Hallen mit den Kuppeldächern in Sicht. Auf der freien Fläche dazwischen ein halbes Dutzend Pünktchen, die aus der Ferne scheinbar elend langsam über die Betonfläche trotteten: Riker, Atawa, Field, Szardak, Wonzeff und Doorn.

Dan, alter Freund, du wirst es nicht glauben, aber auch wir haben Dinge erlebt, die...

Dharks Gedankengang brach unvermittelt ab. Ohne es beabsichtigt zu haben, war sein Blick von der Ladebucht des Duck-Raumers weg gewandert. Und fassungslos starrte er auf das spindelförmige Raumschiff, das sich aus der Abenddämmerung auf das Landefeld herabsenkte und auf der Piste zur Ruhe kam.

Für einen Moment schienen die Ereignisse wie in einem Standbild eingefroren zu sein. Dann verengten sich Dharks Augen zu schmalen Schlitzen, als drüben die Schleuse aufsprang und einen schier unaufhörlichen Strom Soldaten mit unverkennbar insektoiden Merkmalen ausspie.

G'Loorn?

Falls ja, ging hier und jetzt nicht nur ihre Suche und Flucht zu Ende, sondern auch – ihr Leben.

Im günstigsten aller Fälle...

REN DHARK Band 8

Die Meister des Chaos

erscheint im Herbst 1997
